Les ouvrages de **Maya Banks** figurent régulièrement sur les listes des best-sellers du *New York Times* et de *USA Today*, aussi bien en romance érotique, contemporaine et suspense qu'en romance historique. Maya vit au Texas avec son mari et ses trois enfants, des chats et un chien. C'est une lectrice de romance passionnée, qui adore partager ses coups de cœur avec ses fans sur les réseaux sociaux.

Du même auteur,
chez Milady Romantica :

À corps perdus :
1. *Succomber*
2. *S'abandonner*
3. *Posséder*

À fleur de peau :
1. *Rush*
2. *Fever*
3. *Fire*

Chez Milady, en poche :

KGI :
1. *En sursis*
2. *Seconde chance*
3. *Mémoire volée*
4. *Murmures nocturnes*
5. *Sans répit*
6. *Sans pitié*
7. *Sous contrôle*

À fleur de peau :
1. *Rush*
2. *Fever*
3. *Fire*

CE LIVRE EST ÉGALEMENT DISPONIBLE
AU FORMAT NUMÉRIQUE

www.milady.fr

Maya Banks

Rush

À fleur de peau – 1

Traduit de l'anglais (États-Unis) par Laurence Boischot

Milady

Milady est un label des éditions Bragelonne

Titre original : *Rush*

Suivi d'un extrait de : *Fever*

Originellement publiés par Berkley Publishing Group
Penguin Group (USA) Inc.

ISBN : 978-2-8112-1589-7
ISBN : 978-2-8112-1761-7

Bragelonne – Milady
60-62, rue d'Hauteville – 75010 Paris

E-mail : info@milady.fr
Site Internet : www.milady.fr

Je dédie ce livre à tous les membres de ma famille,
qui ont fait preuve d'une patience d'ange alors que,
en plein milieu des vacances, maman a eu une idée folle
qui ne voulait plus la lâcher.

Pour Kim, qui m'a écoutée quand je lui ai dit
que je devais absolument mener ce projet à bien,
et qui m'a aidée jusqu'au bout.

Pour Lillie, qui m'a épaulée à chaque instant.
Enfin, pour Cindy, qui m'a apporté
son indéfectible soutien.

Prologue

— Mia ! Le portier vient d'appeler pour dire qu'une voiture t'attendait en bas.

Au son de la voix de Caroline, dans la pièce voisine, Mia retint son souffle et tendit la main vers le contrat posé près d'elle sur le lit. Le papier en était froissé sur les bords tellement elle l'avait lu.

Elle l'avait appris par cœur et s'était joué une bonne centaine de fois le scénario qui y était décrit. Elle voyait clairement des images de Gabe et d'elle. Des images où Gabe la contrôlait et la possédait – où il faisait d'elle sa chose.

Elle replia le document et le rangea dans son sac avant d'aller jeter un dernier regard à son reflet dans le miroir de sa coiffeuse. Depuis quelques jours elle dormait mal, et cela se voyait. Son maquillage ne parvenait pas à cacher les cernes noirs qui lui soulignaient les yeux, et elle avait le teint blême. Même ses cheveux semblaient chiffonnés, malgré tous ses efforts.

Trop tard, elle n'avait plus le choix : il était temps d'y aller.

Elle prit une profonde inspiration avant de sortir de sa chambre et de traverser le salon en direction de la porte.

— Mia ! Attends !

Caroline la rejoignit en courant et la serra dans ses bras, puis s'écarta pour replacer une mèche rebelle derrière l'oreille de Mia.

— Bonne chance, ma chérie. Tu n'es pas dans ton assiette, depuis quelques jours. Si cette histoire te stresse autant, laisse tomber, d'accord ?

— Merci, Caro. Je t'adore, répliqua Mia avec un sourire.

Caroline mima un baiser sonore tandis que Mia tournait les talons.

Aussitôt qu'il la vit sortir de l'immeuble, le portier lui ouvrit la portière de la voiture. Mia s'adossa au confortable dossier de cuir et ferma les yeux alors que la berline s'éloignait de l'Upper West Side pour se diriger vers le cœur de Manhattan et le siège de HCM.

Jace, son frère aîné, avait téléphoné la veille, et elle s'en voulait terriblement de lui cacher une chose pareille. Il appelait pour s'excuser d'avoir manqué Mia à la soirée d'inauguration. S'il avait su qu'elle y serait, il aurait fait en sorte d'y rester plus longtemps.

Puis ils avaient bavardé une petite demi-heure, et, après s'être assuré que tout allait bien pour elle, Jace lui avait raconté les détails de son séjour en Californie, où il séjournait avec Ash. Ils avaient convenu de dîner ensemble à son retour avant de raccrocher. Aussitôt, une vague mélancolie avait enveloppé Mia. Jace et elle étaient très proches, et elle n'avait jamais hésité à lui confier ses états d'âme. Il avait toujours été là pour elle – pour l'écouter et la consoler, même pendant sa crise d'adolescence. Jace était le grand frère parfait, pourtant elle lui cachait quelque chose – et il ne s'agissait pas d'un petit secret sans conséquence.

Perdue dans ses pensées, Mia eut à peine conscience du trajet et ne revint à la réalité que lorsque le chauffeur annonça :

— Nous sommes arrivés, mademoiselle Crestwell.

Elle ouvrit brusquement les yeux et cilla face au vif soleil de cette journée d'automne. Ils se trouvaient effectivement au pied des bureaux de HCM. Le temps que la jeune femme se ressaisisse, le chauffeur lui tenait déjà la portière. Elle se passa les mains sur le visage pour tenter de réveiller un peu ses sens émoussés, puis sortit dans la brise fraîche qui lui fouetta les cheveux.

Une fois de plus, elle entra dans le hall de l'immeuble et prit l'ascenseur jusqu'au quarante-deuxième étage, en proie à une pernicieuse impression de déjà-vu : l'estomac noué, les paumes moites, les nerfs en pelote. Sauf que, cette fois, sa panique avait une source tangible. Elle savait ce qu'il voulait. Elle n'ignorait rien de ce qui l'attendait si elle acceptait les termes du contrat.

Lorsque Mia sortit de l'ascenseur et approcha de la réception, Eleanor leva les yeux et annonça avec un sourire :

— Monsieur Hamilton souhaite vous voir immédiatement.

— Merci, Eleanor, murmura Mia en empruntant le couloir.

La porte de Gabe était ouverte, et la jeune femme hésita un instant sur le seuil, les yeux rivés sur lui. Les mains dans les poches, il se tenait face à la baie vitrée et contemplait Manhattan.

Il était magnifique – une véritable œuvre d'art. Malgré sa pose nonchalante, il émanait de lui une sorte de puissance brute. Mia comprit soudain ce qui l'attirait tant chez cet homme – ou, du moins, l'une des raisons. Elle se sentait en sécurité avec lui. Le simple fait de se trouver près de lui était un réconfort. Elle se sentait… protégée.

C'était d'ailleurs l'essence même de la relation qu'il lui proposait. Sécurité, confort, protection – il lui garantissait tout cela. En retour, elle n'avait qu'à lui céder le contrôle de son être, tout simplement.

Ses réticences s'évanouirent alors, et elle se sentit légère, presque euphorique. Il était hors de question qu'elle scelle ce pacte la peur au ventre. Elle résolut d'embrasser sans la moindre crainte tout ce que Gabe avait promis de lui offrir. En échange, elle se donnerait à lui sans réserve et compterait sur lui pour chérir le cadeau qu'elle lui faisait en se soumettant.

C'est alors que Gabe se retourna et la vit là, debout. Mia fut médusée de lire du soulagement dans ses yeux. Avait-il redouté qu'elle ne vienne pas ? Il avança vers elle et l'attira à l'intérieur avant de refermer la porte. Puis, sans lui laisser le temps de dire un mot, il la serra dans ses bras et pressa ses lèvres contre les siennes.

Mia laissa échapper un gémissement lorsqu'il fit remonter ses mains jusqu'à ses épaules d'un geste possessif, puis le long de sa gorge pour lui prendre le visage entre ses paumes. Il l'embrassait avec une fougue inouïe, comme s'il était affamé – comme s'il venait enfin de rompre les chaînes qui l'empêchaient de l'atteindre. C'était le genre de baiser qui, jusqu'alors, ne peuplait que les fantasmes de la jeune femme. Jamais personne ne lui avait donné l'impression de se consumer ainsi.

Gabe ne cherchait pas à imposer sa force – il semblait souhaiter qu'elle capitule. Il la voulait, elle, et il lui montrait à quel point. Si elle avait encore eu la moindre crainte que ce contrat ne soit pour lui qu'une façon de tromper l'ennui, elle aurait été pleinement rassurée.

Il lui caressa la joue, le cou, puis le dos pour l'attirer encore plus près, avec une poigne de fer.

Mia sentit l'érection qui tendait le tissu de son pantalon et qui vint se presser contre son ventre. Puis il rompit leur baiser, et tous deux se contemplèrent, à bout de souffle. Les yeux brillants, il murmura :

— J'ai cru que tu ne viendrais pas.

Chapitre premier

Quatre jours plus tôt…

Gabe Hamilton allait rôtir dans les flammes de l'enfer, et il s'en contrefichait. Au moment où Mia Crestwell avait fait son entrée dans la salle de bal du *Bentley Hotel*, dernier fleuron de HCM Global Resorts and Hotels, inauguré en grande pompe, elle avait captivé son regard.

Cette jeune femme représentait le fruit défendu – c'était la petite sœur de son meilleur ami. Sauf que ce n'était plus une gamine, et qu'il n'avait pu s'empêcher de le remarquer. Depuis quelque temps déjà, l'image de cette fille le troublait, et il avait eu beau résister, il restait indéniablement attiré par son charme envoûtant.

Ce soir-là, il cessa de lutter.

Le fait que Mia soit présente alors qu'il ne voyait pas trace de Jace conforta Gabe dans son idée. L'heure était venue pour lui de passer à l'action.

Il but une gorgée de vin et fit mine d'écouter poliment les remarques du petit groupe avec lequel il bavardait. À vrai dire, il ne leur prêtait qu'une oreille distraite et ne leur accordait guère que d'aimables platitudes, comme à son habitude en ce genre d'occasion mondaine.

Il ignorait totalement que Mia serait présente. Jace ne lui en avait pas soufflé mot. D'ailleurs, le savait-il lui-même ? Gabe en doutait fort. En effet, à peine cinq minutes plus tôt, Jace et Ash s'étaient éclipsés en compagnie d'une jolie brune aux jambes fuselées, sans doute en direction d'une des suites luxueuses situées au dernier étage de l'hôtel.

Jace n'aurait pas mis les voiles – même pour une femme – s'il avait su que Mia devait arriver. Heureusement qu'il n'était pas là, après tout. Cela facilitait grandement les choses.

Gabe remarqua que Mia parcourait la salle du regard, comme si elle cherchait quelqu'un. Lorsqu'un serveur s'approcha avec un plateau, elle saisit un élégant verre à pied mais ne le porta pas à ses lèvres.

Elle était vêtue d'une petite robe affolante qui épousait la moindre de ses courbes, assortie à une paire de talons particulièrement osés. Elle avait relevé ses cheveux en un chignon désordonné, qui semblait n'attendre que d'être défait. Quelques mèches folles s'en échappaient et lui caressaient la nuque, attirant les regards…, invitant les baisers. Gabe avait envie de traverser la pièce pour poser sa veste sur les épaules de celle qu'il considérait comme sienne et la soustraire ainsi à la vue de tous ces inconnus. C'était pure folie, évidemment. Mia ne lui appartenait pas. Mais les choses allaient changer.

La robe de la jeune femme lui dénudait presque entièrement le dos, or Gabe ne tenait pas à ce que d'autres que lui l'admirent. Pourtant, de nombreux hommes la dévoraient déjà des yeux – comme Gabe lui-même.

Mia portait une chaîne très fine ornée d'un simple diamant et des boucles d'oreilles assorties. C'était Gabe qui lui avait offert cette parure pour Noël, et il tira une immense satisfaction de la voir sur elle. Cela lui semblait être le signe qu'elle serait bientôt sienne.

Elle l'ignorait encore, mais il avait attendu longtemps. Il avait passé de longues années à se maudire comme un criminel pour oser nourrir de tels fantasmes au sujet de la petite sœur de son meilleur ami. Le regard qu'il portait sur elle avait changé lorsqu'elle avait eu vingt ans, mais lui-même en avait alors trente-quatre, et il la savait encore trop jeune pour ce qu'il désirait d'elle. Il avait donc patienté.

Mia représentait pour lui une obsession, une drogue dont il ne souhaitait pas se sevrer, même s'il n'aimait guère l'admettre. Mia avait à présent vingt-quatre ans, et leur différence d'âge ne semblait plus insurmontable. C'était du moins ce qu'il se répétait en boucle. Jace deviendrait fou s'ils avaient une liaison – après tout, Mia resterait éternellement une gamine à ses yeux –, mais Gabe était prêt à courir le risque pour enfin goûter au fruit défendu.

Oh, il avait des projets pour Mia… beaucoup de projets. Il ne lui restait plus qu'à les mettre en pratique.

Mia but une petite gorgée de vin – elle n'avait accepté le verre que pour se donner une contenance au milieu de tous ces gens beaux et fortunés – et chercha Jace d'un regard quelque peu nerveux. Il avait dit qu'il serait présent à la soirée d'inauguration du tout nouvel hôtel de la chaîne HCM, et elle avait décidé de lui faire la surprise en s'y rendant.

Le *Bentley* était situé sur Union Square et respirait un luxe moderne et visant une clientèle de haut vol. Après tout, c'était l'univers dans lequel évoluaient Jace et ses deux meilleurs amis. Ils avaient travaillé d'arrache-pied pour en arriver là, mais leur succès n'en demeurait pas moins époustouflant, surtout si l'on considérait qu'ils n'avaient pas encore atteint la quarantaine.

À trente-huit ans, ils avaient déjà acquis une réputation mondiale. Pourtant, aux yeux de Mia, ils restaient son grand frère et les amis de celui-ci. Enfin, ce n'était pas tout à fait exact en ce qui concernait Gabe, mais Mia se disait souvent qu'il était temps de mettre un terme à ses rêveries d'adolescente énamourée. Quand elle avait seize ans, c'était compréhensible. À présent qu'elle en avait vingt-quatre, cela frôlait l'obsession maladive.

Ash et Gabe étaient nés avec une cuillère en argent dans la bouche, ce qui n'était pas le cas de Jace et de Mia. Elle ne se sentait toujours pas très à l'aise dans le milieu que fréquentait son frère, mais elle était immensément fière du chemin qu'il avait parcouru, surtout pour un jeune homme qui avait dû finir d'élever seul sa petite sœur après la mort de leurs parents.

Gabe était proche des siens, ou du moins l'était-il tant que ces derniers étaient encore ensemble. À la consternation de tout leur entourage, son père avait quitté sa mère juste après leur trente-neuvième anniversaire de mariage. Quant à Ash, sa situation était… disons… intéressante. Il ne s'entendait pas du tout avec sa famille et avait pris ses distances très jeune. Il avait même refusé leur fortune et le rôle qui lui serait revenu de droit dans les affaires familiales. Sa réussite devait d'autant plus les faire enrager, puisque le mérite lui en revenait, à lui seul.

Mia savait pertinemment qu'Ash n'avait plus aucun contact avec les siens. De fait, il passait tout son temps avec Jace et Gabe – surtout avec Jace. Ce dernier avait expliqué à

Mia que les parents de son ami étaient « de vrais salauds », et elle n'avait pas demandé davantage de précisions. De toute façon, elle ne risquait pas de rencontrer les intéressés : ils se comportaient comme si HCM n'existait pas.

Mia vit approcher deux hommes qui souriaient comme des loups fondant sur leur proie. Elle eut envie de fuir mais se ressaisit aussitôt. Elle tenait à trouver Jace et ne pouvait se résoudre à partir déjà – pas après avoir mis autant de soin à se préparer, au cas où elle croiserait Gabe. C'était pathétique, et elle s'en rendait bien compte, mais qu'y pouvait-elle ?

Elle redressa donc les épaules et sourit, déterminée à ne pas faire honte à son frère en ce soir de gala.

C'est alors qu'à sa grande surprise Gabe fendit la foule, coupa la route aux deux intrus et prit Mia par le bras pour l'entraîner à l'écart.

—Euh... bonsoir, Gabe. À moi aussi, ça me fait plaisir de te revoir, bredouilla-t-elle.

Elle ignorait comment il s'y prenait, mais cet homme la rendait tout simplement stupide. En sa présence, elle devenait incapable de formuler la moindre pensée cohérente. Il devait se demander par quel miracle elle avait réussi à décrocher son diplôme de lettres – avec mention, qui plus est. Certes, ni Jace ni lui ne voyaient l'intérêt des études qu'elle avait suivies. Jace aurait voulu qu'elle se lance dans un cursus de commerce afin de rejoindre leur entreprise, qu'il considérait comme une affaire familiale. Sauf que Mia n'était toujours pas sûre de la voie qu'elle voulait réellement emprunter – encore un sujet qui avait le don d'exaspérer Jace.

Cela la faisait culpabiliser, d'ailleurs : elle pouvait se payer le luxe de méditer ses choix, elle. Jace lui avait toujours garanti le plus grand confort ; il lui avait acheté un appartement et subvenait à ses moindres besoins même si, depuis la fin de ses études, elle s'était débrouillée pour ne pas dépendre totalement de lui.

Ses camarades de fac avaient déjà tous décroché un boulot. Tandis qu'ils entamaient leur carrière, elle travaillait à mi-temps dans une pâtisserie et rechignait à déterminer ce qu'elle voulait faire du reste de sa vie.

Son indécision n'était probablement pas sans rapport avec les fantasmes qu'elle nourrissait envers l'homme qui, justement, la tenait fermement par le bras. Il fallait vraiment qu'elle se débarrasse de cette fixation et qu'elle commence à vivre pour de bon. Elle n'allait quand même pas se laisser dépérir en espérant qu'un beau jour il la remarque enfin et décide de la faire sienne.

Pourtant, elle ne pouvait s'empêcher de le dévorer des yeux, comme une droguée ayant déjà trop attendu sa prochaine dose. Il suffisait que Gabe entre dans une pièce pour captiver l'attention de tous. Il avait les cheveux bruns, coupés court et coiffés avec juste assez de soin pour lui donner un air d'élégance toute simple mais raffinée. Gabe Hamilton incarnait parfaitement le mauvais garçon qui faisait tourner les têtes. Il semblait se moquer de tout, pourtant il obtenait toujours ce qu'il désirait. Sa belle assurance et son arrogance étaient deux des caractéristiques qui fascinaient Mia depuis le début. Elle avait tenté de lutter contre son attirance, mais celle-ci, loin de se laisser oublier, avait carrément viré à l'obsession avec les années.

— Mia, j'ignorais que tu devais venir, lança-t-il à voix basse. Jace ne m'a rien dit.

— Il n'était pas au courant, rétorqua-t-elle avec un sourire. Je voulais lui faire la surprise. D'ailleurs, où est-il ?

— Euh… il a dû s'absenter, répondit Gabe d'un air vaguement gêné. Je ne suis pas sûr qu'il revienne parmi nous ce soir.

Le sourire de la jeune femme vacilla.

— Oh, fit-elle en baissant les yeux, soudain mal à l'aise. Il faut croire que j'ai sorti ma jolie robe pour rien.

Gabe la détailla de la tête aux pieds avec nonchalance, et elle eut l'impression qu'il la déshabillait sans le moindre effort.

— Jolie robe, en effet.

— Bon, je ferais mieux d'y aller. Sans Jace, je n'ai pas vraiment de raison d'être ici.

— Tu peux me tenir compagnie, déclara brusquement Gabe.

Mia écarquilla les yeux. Gabe n'avait jamais vraiment manifesté le désir de passer du temps avec elle. Au contraire, il semblait plutôt l'éviter – de façon assez flagrante pour qu'elle en fasse un complexe. Bien sûr, il se montrait toujours d'une gentillesse exemplaire. Il lui faisait parvenir des cadeaux pour Noël et son anniversaire, et s'assurait régulièrement qu'elle ne manquait de rien, même si cette précaution était superflue, grâce à Jace. En revanche, il semblait s'ingénier à ne pas passer plus de cinq minutes en sa présence.

— Tu veux danser ? ajouta-t-il.

Mia le dévisagea, éberluée, se demandant où se cachait le véritable Gabe Hamilton. L'homme qu'elle connaissait depuis des années ne dansait jamais. Ce n'était pas faute de savoir s'y prendre, mais il s'en donnait rarement la peine.

Mia vit plusieurs couples sur la piste – certains d'âge mûr, d'autres de la même génération que Gabe, mais personne d'aussi jeune qu'elle. Rien d'étonnant : la plupart des invités faisaient partie d'une classe fortunée à l'élégance bien établie, et rares étaient ceux qui y accédaient avant la trentaine.

—Euh... d'accord, bredouilla-t-elle.

Après tout, elle avait passé deux heures à se préparer. Il aurait été dommage d'avoir revêtu cette jolie robe et ces talons vertigineux pour repartir sitôt arrivée.

Gabe posa une main dans son dos, et elle eut l'impression d'être marquée au fer rouge. Elle dut réprimer un frisson tandis qu'il la guidait vers la piste. C'était sans doute une très mauvaise idée de danser avec lui si elle voulait l'oublier. Pourtant, elle refusait de laisser passer cette chance de connaître la chaleur de ses bras, même si ce n'était que pour quelques minutes – quelques merveilleuses minutes.

La plainte sensuelle d'un saxophone s'élevait par-dessus les notes cristallines d'un piano et le rythme lancinant d'une contrebasse. Mia crut sentir la musique fondre dans ses veines lorsque Gabe l'enlaça, et la mélodie entêtante lui donna l'impression d'évoluer dans un rêve particulièrement vivace.

Gabe fit glisser une main dans son dos nu, jusqu'à l'endroit où le fin tissu effleurait sa peau, juste au-dessus de la naissance de ses fesses. Elle avait dû se faire violence pour revêtir un modèle aussi osé et, à présent, elle s'en félicitait.

—Heureusement que Jace n'est pas là, fit remarquer Gabe.

—Pourquoi ? demanda-t-elle en levant les yeux vers lui.

—Parce qu'il aurait fait une crise cardiaque en te voyant dans cette robe – si on peut vraiment appeler ça ainsi, vu son économie de tissu.

Mia sourit, ce qui creusa une fossette dans sa joue.

—Les absents ont toujours tort. En tout cas, ils n'ont pas leur mot à dire.

— Peut-être, mais moi, je suis là, rétorqua Gabe sur un ton abrupt.

Le sourire de la jeune femme se mua en grimace.

— J'ai déjà un grand frère, Gabe. Il me suffit largement.

— Oh, je n'ai aucune envie de jouer les grands frères avec toi, Mia, riposta-t-il, les lèvres pincées.

Elle lui décocha un regard peiné. Si cela lui coûtait tant de passer cinq minutes avec elle, alors pourquoi était-il venu la trouver ? Il aurait pu faire comme d'habitude et ne pas daigner remarquer sa présence.

Elle recula d'un pas, et la douce ivresse de son étreinte – ses bras autour d'elle, sa main dans son dos – se dissipa. Elle avait commis une erreur stupide en venant à l'improviste. Elle aurait dû appeler Jace pour le prévenir. Il lui aurait dit de ne pas se déranger. Ça lui aurait évité de se retrouver debout au milieu de la piste, humiliée par Gabe.

Ce dernier l'examina un instant d'un air songeur, puis poussa un soupir et tourna les talons, l'entraînant à sa suite en direction de la terrasse. Les portes vitrées étaient ouvertes pour laisser entrer la brise nocturne, et Gabe attira Mia contre lui avant de franchir le seuil.

De nouveau, elle sentit la chaleur de ses bras – et de son parfum, entêtant, exquis.

Gabe s'éloigna de la porte pour gagner une zone d'ombre. Les lumières de la ville scintillaient autour d'eux, et, de temps à autre, le bruit d'un klaxon rompait le silence.

Mia était envoûtée par le parfum de Gabe. Épicé mais tout en finesse, il complémentait parfaitement son odeur naturelle, en y ajoutant juste une touche boisée de grand air et de sophistication virile.

— Oh, et puis merde ! marmonna-t-il d'un ton résigné, comme s'il cédait face à une force invisible.

Avant que Mia ait pu réagir, il l'attira brusquement contre son torse, et elle laissa échapper un petit soupir de surprise. Les lèvres de Gabe, tentatrices, étaient toutes proches des siennes. Elle sentait son souffle sur sa peau et voyait un muscle jouer sur sa tempe. Il crispait les mâchoires, comme s'il essayait de se contenir. Puis il cessa de lutter.

Il pressa sa bouche contre celle de Mia dans un baiser brutal, brûlant…, exigeant. Et ô combien délicieux ! Il passa la langue entre ses lèvres et, en une danse douce, sensuelle, caressa la sienne. Il ne se contentait pas de l'embrasser – il la consumait. Par ce baiser, il prenait possession d'elle. L'espace de cet instant magique, elle appartenait corps et âme à Gabe Hamilton. Tous les hommes qu'elle avait connus avant lui disparurent, éclipsés.

Avec un soupir, elle s'abandonna complètement à cette étreinte et se sentit fondre. Elle en voulait davantage – elle le voulait tout entier : sa chaleur, ses mains…, cette bouche ! Ce baiser dépassait ses rêves les plus fous. Les fantasmes qu'elle avait nourris toutes ces années pâlissaient face à la réalité.

Gabe attira sa lèvre inférieure entre ses dents et la mordit avec juste assez de vigueur pour lui montrer qui était le maître. Puis il adoucit ce geste d'un léger coup de langue suivi de petits baisers jusqu'au coin de sa bouche.

— Ça faisait tellement longtemps que j'en avais envie, murmura-t-il d'une voix rauque.

Stupéfaite, Mia sentit ses jambes céder sous elle et pria pour garder l'équilibre sur ses hauts talons. Rien n'aurait pu la préparer à un cataclysme pareil. Gabe Hamilton l'avait embrassée. Mieux que ça : il l'avait entraînée sur la terrasse d'une salle de bal pour l'étourdir de ses baisers.

Elle sentait encore sur ses lèvres la brûlure de ses assauts et elle planait complètement, comme si elle venait de s'injecter la drogue la plus puissante du monde. Elle avait à peine bu une gorgée de vin, il ne pouvait donc s'agir que de Gabe. C'était lui, sa drogue, purement et simplement. Une drogue mortelle.

— Arrête de me regarder comme ça, tu vas t'attirer des ennuis, gronda-t-il.

S'il faisait allusion à ce qu'elle croyait, elle ne demandait pas mieux.

— Ah bon ? fit-elle à voix basse. Et comment je te regarde ?

— Comme si tu voulais que je t'arrache cette robe indécente et que je te prenne là, tout de suite, sur cette terrasse.

Mia déglutit – difficilement – et choisit de se taire. Elle n'était pas sûre de comprendre ce qui venait de se produire. Les sens en panique, elle avait du mal à se faire à l'idée que Gabe Hamilton l'avait embrassée fougueusement – avant de menacer de la prendre sur la terrasse de son hôtel.

Il s'approcha de nouveau, et, aussitôt, Mia fut enveloppée dans la chaleur de son corps. Son cœur battait à un rythme fou, et elle haletait littéralement.

— Passe me voir demain, Mia. Dix heures précises dans mon bureau.

— P… pourquoi ? bafouilla-t-elle.

Le visage de Gabe se durcit, et elle discerna dans son regard un éclat qu'elle ne lui connaissait pas.

— Parce que je le veux.

Elle écarquilla les yeux, mais, aussitôt, il lui saisit la main et l'entraîna en direction de la salle de bal, qu'il traversa sans s'arrêter. Il marchait si vite que Mia avait du mal à le suivre. Ses talons claquaient bruyamment sur le marbre poli.

L'esprit en ébullition, elle ne put que demander :

— Gabe, où est-ce qu'on va ?

Il la fit sortir du hall de l'hôtel et s'arrêta enfin pour faire signe au voiturier, qui s'activa immédiatement. Une minute plus tard, une luxueuse berline noire s'arrêta devant la porte, et Gabe y fit monter Mia.

Debout sur le trottoir, une main sur la portière, il se baissa pour regarder la jeune femme.

— Tu vas rentrer chez toi et ôter cette robe impudique. Et demain, à 10 heures tapantes, tu seras dans mon bureau.

Il commença à refermer la portière mais retint son geste le temps d'ajouter :

— Mia ? Tu as intérêt à être là.

Chapitre 2

— Alors, attends. Si je comprends bien, tu as refusé de sortir avec nous pour aller au gala pompeux de l'hôtel de ton frère, et tu as à peine eu le temps d'arriver que Gabe Hamilton t'a traînée sur la terrasse pour t'embrasser sauvagement avant de te renvoyer à la maison, avec la consigne stricte d'être dans son bureau à 10 heures ce matin. C'est ça ?

Vautrée dans le canapé en face de Caroline, sa meilleure amie et colocataire, Mia se frotta les yeux pour essayer de dissiper le brouillard qui flottait dans son esprit. Elle n'avait pas dormi de la nuit, ce qui n'avait rien d'étonnant. Gabe avait mis son univers sens dessus dessous, et, alors même que l'échéance approchait, elle n'avait toujours pas la moindre idée de la marche à suivre.

— Oui, en gros, c'est ça, répondit-elle.

Caroline fit une grimace et s'éventa de la main en un geste théâtral.

— Et moi qui croyais que ta soirée n'aurait pas pu être plus réussie que la nôtre ! On s'est bien amusées, mais je n'ai pas eu droit au baiser d'un milliardaire à tomber, moi…

— Oui, mais pourquoi ? demanda Mia, irritée.

Elle s'était répété cette question en boucle pendant sa longue insomnie. Pourquoi Gabe l'avait-il embrassée ainsi ?

Pourquoi souhaitait-il soudain la voir après des années passées à l'éviter ?

Enfin, il n'avait pas exprimé sa requête sous la forme courtoise d'un souhait, mais cela n'était de toute façon pas dans ses habitudes. Gabe Hamilton donnait des ordres et s'attendait à ce qu'on les exécute. Mia ne savait pas trop ce que cela révélait de sa propre personnalité, mais elle adorait ce trait de caractère. Rien que d'y penser, elle éprouvait un délicieux frisson.

— Parce qu'il a envie de toi, poulette ! déclara Caroline en levant les yeux au ciel. Je ne vois pas pourquoi ça t'étonne : tu es jeune et belle, et je suis sûre que tu as déjà peuplé ses fantasmes plus d'une fois, depuis le temps.

— Arrête, c'est dégoûtant, dit comme ça ! protesta Mia avec une grimace.

— Oh, ça va ! Tu rêves de lui depuis que tu as seize ans. Et puis il s'était tenu tranquille jusque-là, non ? Tu as vingt-quatre ans maintenant, ça change tout.

— Si seulement je savais ce qu'il a derrière la tête ! s'écria Mia, préoccupée.

— Tu te poses la question alors qu'il t'a menacée de te prendre sur-le-champ ? Là, je ne peux plus t'aider, ma belle ! lança Caroline sur un ton faussement exaspéré.

Elle consulta sa montre puis toisa Mia d'un air entendu.

— Ma chérie, il te reste moins d'une heure pour te préparer, alors bouge tes fesses de ce canapé et va te faire belle !

— Je ne sais même pas comment m'habiller, marmonna Mia.

— Moi, je sais, rétorqua Caroline avec un sourire. Allez, viens ! Fais-moi confiance, il va en rester sur le cul, ton Gabe.

« Sur le cul » ? Mia faillit éclater de rire. Si quelqu'un était sur le cul, dans cette histoire, c'était elle. Les événements de la veille l'avaient tant bouleversée qu'elle craignait de se ridiculiser en entrant dans le bureau de Gabe. Encore fallait-il qu'elle arrive jusque-là en un seul morceau.

Gabe feuilleta un instant le contrat qu'il venait de sortir de son tiroir puis en contempla la première page. Il avait sous les yeux le chemin qu'il comptait emprunter avec Mia. C'était la première fois qu'il lui fallait autant réfléchir à son approche. D'ordinaire, il fonçait droit au but en toutes circonstances, qu'elles soient personnelles ou professionnelles. Il ne laissait nulle place aux émotions, même dans une relation. Il s'était fait avoir une fois – il s'était même fait entuber, pour parler cru – et s'était juré que ça ne se reproduirait plus jamais.

Rien de tel que de se faire ridiculiser publiquement par une femme en qui il avait toute confiance pour rester vacciné contre ce genre d'histoires.

Il n'avait pas pour autant renoncé au beau sexe – il l'appréciait beaucoup trop. Il adorait voir ses conquêtes se soumettre à sa volonté… et à ses mains expertes. Seulement, il avait changé de tactique. On ne lui avait pas laissé le choix.

Mais Mia…

Inutile de prétendre qu'elle était comme toutes les autres. Mia n'avait rien à voir avec ses autres proies. Elle ne représentait pas qu'un visage féminin qu'il pourrait contempler avec une certaine affection mais non sans une distance salvatrice. Ses autres cibles savaient toujours exactement à quoi s'en tenir – Gabe s'assurait que les termes de l'offre et de la demande soient on ne peut plus clairs.

Mia était la petite sœur de Jace, mais, surtout, Gabe l'avait connue très jeune et l'avait vue grandir. Il s'était rendu à sa remise des diplômes du lycée et, le soir du bal de promo, il avait pris un malin plaisir à toiser d'un air sévère le gringalet qui lui avait servi de cavalier. Le pauvre gosse avait failli faire dans son froc lorsque Jace, Ash et Gabe lui avaient exposé de façon franche et directe ce qui lui arriverait s'il avait la mauvaise idée de manquer de respect à Mia.

Il l'avait aperçue brièvement pendant les vacances, quand elle venait rendre visite à Jace. Il avait même assisté à sa remise des diplômes, à l'université.

Cela avait été un véritable enfer, d'ailleurs, car, à cette date, Mia n'était déjà plus une innocente jeune fille en fleur. Elle était devenue une femme magnifique, et Gabe refusait d'imaginer combien d'amants elle avait eus. Cela n'aurait fait qu'aiguiser sa colère. De toute façon, ces expériences antérieures n'avaient plus aucune importance, car, justement, elles appartenaient à son passé.

Il ne restait plus à Gabe qu'à planifier son approche. Mia était… différente. Plus jeune, certes, mais aussi plus réservée. Plus naïve, peut-être, à moins que ce ne fût une erreur de perception de sa part. Comment savoir ce qu'elle faisait de sa vie quand elle échappait à la vigilance de Jace ?

Quoi qu'il en soit, Gabe devrait user de finesse pour éviter d'effrayer la jeune femme d'entrée de jeu. Il était hors de question qu'il recule ou essuie un refus à présent qu'il avait fait le premier pas.

Et puis il y avait Jace, évidemment. Gabe n'avait pas encore bien réfléchi à cet aspect-là du problème, mais cela ne servait à rien de se tracasser à ce sujet maintenant. Il devait d'abord se concentrer sur Mia. Il s'occuperait de Jace une fois qu'elle serait tombée dans ses filets.

Il entendit du bruit dans le couloir et releva les yeux, irrité. Il avait pourtant spécifié à la réceptionniste de HCM qu'il ne voulait être dérangé sous aucun prétexte. Il avait encore plus d'une heure devant lui avant l'arrivée de Mia.

Jace et Ash entrèrent dans son bureau avec désinvolture, et l'agacement de Gabe monta d'un cran. Que faisaient-ils dans les locaux, ces deux-là ? Ils étaient censés s'envoler pour la Californie afin de rencontrer l'entrepreneur qui devait mettre en chantier un nouveau complexe hôtelier.

Les trois associés voyageaient beaucoup, se répartissant les projets en cours, tant aux États-Unis qu'à l'étranger. Les affaires courantes concernaient, outre ce fameux site californien, les plans d'un futur hôtel à Paris et une île des Caraïbes, sur laquelle ils espéraient pouvoir acheter un vaste terrain. Pourtant, dernièrement, Gabe s'était essentiellement cantonné à New York, histoire de se consacrer au *Bentley*, leur fleuron de Union Square. Il lui revenait toujours d'apporter la touche finale à un nouvel investissement. C'était sa manie de vouloir tout contrôler : même ses deux meilleurs amis ne lui inspiraient pas assez confiance pour qu'il leur délègue cette tâche cruciale.

Jace et Ash étaient ses exécutants intermédiaires, comme Gabe aimait les appeler. Tous trois possédaient des parts égales dans l'entreprise, mais c'était Gabe qui esquissait les nouveaux projets, des grandes lignes jusqu'aux moindres détails. Une fois qu'il en avait négocié les conditions, Jace et Ash intervenaient et se chargeaient de toutes les étapes de la construction. Puis Gabe reprenait les rênes pour la fameuse touche finale.

Cet arrangement leur convenait parfaitement à tous les trois et leur permettait de se partager la gestion des affaires courantes.

Leur amitié, qui datait de l'université, s'était essentiellement forgée autour de soirées arrosées où ils draguaient les plus belles filles du campus. Gabe ne s'expliquait pas vraiment ce qui les avait tant rapprochés. Ils s'étaient bien trouvés, tout simplement.

La situation s'était corsée pour Jace quand ses parents avaient été tués dans un accident de voiture et qu'il avait dû assumer la responsabilité de sa jeune sœur, mais Gabe et Ash s'étaient ralliés autour de lui et l'avaient épaulé de leur mieux.

Puis, pendant la triste farce de son divorce hypermédiatisé, ç'avait été au tour de Jace et d'Ash d'apporter leur soutien à Gabe.

Peut-être que, d'une certaine manière, Mia était la cause du lien si fort qui unissait les trois hommes. L'ironie de la chose n'échappait pas à Gabe, qui risquait justement, au moindre faux pas, de faire voler en éclats cette belle amitié.

— Qu'est-ce qui te défrise comme ça, mon pote ? lança Ash en s'installant avec nonchalance sur l'une des chaises qui faisaient face à Gabe.

Jace s'assit sur le siège voisin, silencieux, moins désinvolte.

Jace et Ash étaient les deux seules personnes que Gabe qualifiait réellement d'amis. Il leur accordait toute sa confiance et toute sa loyauté – deux choses dont il était pourtant extrêmement avare.

Jace et Ash formaient un sacré duo, avec Jace dans le rôle du grand brun ténébreux et Ash dans celui du beau gosse au sourire ravageur. Gabe était persuadé que c'était la combinaison de ces deux personnalités qui rendait les femmes folles de ses amis. En tout cas, ils ne manquaient jamais de jolies volontaires pour d'enthousiastes ménages à trois.

Ash était toujours à l'affût, et son charme inné faisait toujours mouche. Gabe avait déjà assisté à la manœuvre : les filles perdaient la tête, la parole et, bien souvent, leur souffle. Pendant ce temps, Jace observait en silence, de ses grands yeux sombres. Les femmes semblaient considérer sa réserve comme un défi à relever, là où Ash était une proie presque trop facile. Ces dames mettaient une détermination farouche à séduire Jace, pour finalement se rendre compte qu'il était inaccessible.

Les trois amis cultivaient chacun leurs petites préférences et ne s'en cachaient pas – encore un point commun qui les avait rapprochés à l'université. Ils avaient accumulé une fortune et une renommée telles qu'elles suffisaient à leur garantir un flot ininterrompu de candidates – que ce soit purement pour le sexe ou pour une relation durable, tant que tout le monde comprenait clairement les termes du contrat.

C'était un accord tacite entre eux, surtout depuis le désastreux divorce de Gabe : ils travaillaient d'arrache-pied mais restaient libres de mener leur vie privée comme ils l'entendaient.

De même que Gabe et Ash avaient soutenu Jace quand Mia était devenue sa responsabilité, Ash et Jace avaient fait preuve d'une solidarité à toute épreuve lorsque Lisa avait demandé le divorce. Mieux, ils l'avaient farouchement défendu contre les accusations sournoises et infondées qu'elle avait jetées en pâture à la presse et qui avaient terni à jamais la réputation de Gabe, tant professionnelle que personnelle. Ce dernier ne comprenait toujours pas ce qui avait poussé son ex-femme à de telles extrémités, mais il serait éternellement reconnaissant à Jace et à Ash de leur soutien inconditionnel pendant ce qui avait été les pires mois de sa vie.

Il n'avait sans doute pas été le meilleur mari du monde, mais il s'était toujours assuré que Lisa disposait de tout ce qu'elle pouvait désirer. Leur vie sexuelle n'était certes pas conventionnelle mais reposait sur un consentement mutuel. Il ne l'avait jamais forcée à faire quoi que ce soit et bouillait encore de rage quand il repensait aux calomnies qu'elle avait osé proférer.

Il s'était retrouvé cloué au pilori, aussi bien dans les médias qu'au tribunal, et Lisa s'en était sortie indemne, jouant l'innocente victime d'un salaud manipulateur.

Depuis, il avait pris soin de ne jamais entamer une relation sans avoir, au préalable, exposé le détail de ses exigences dans un contrat signé par les deux parties concernées. Cette mesure pouvait paraître un peu extrême, mais Gabe avait trop à perdre et ne souhaitait pas subir la trahison d'une autre Lisa.

— Vous ne devriez pas être dans un avion pour la Californie ? demanda-t-il d'un ton impatient.

— Le pilote a appelé, répondit Jace en fronçant légèrement les sourcils. Il y a un petit problème technique sur le jet. Le temps qu'il en prépare un autre et qu'il fasse valider le nouveau plan de vol, on ne pourra décoller que vers 11 heures.

Gabe fit rapidement le calcul : ses amis devraient avoir vidé les lieux bien avant son rendez-vous avec Mia. Il espérait seulement qu'elle ne faisait pas partie de ces gens hyperponctuels qui arrivent toujours en avance pour tout. Lui qui était d'ordinaire sourcilleux en la matière, il aurait même pardonné un certain retard à la jeune femme.

Sous son bureau, il fit jouer ses mains, serrant puis desserrant les poings pour essayer de se détendre. Il n'avait pas réussi à penser à autre chose qu'à Mia depuis qu'elle était entrée dans cette salle de bal, la veille. À présent qu'il avait osé voir en elle autre chose que la petite sœur de son meilleur ami, il était consumé par une nervosité qui ne lui ressemblait guère.

Le mot « impatience » était trop faible pour décrire l'état dans lequel il se trouvait. Il sentait l'adrénaline lui fouetter le sang en continu. Mia avait réussi à faire basculer son univers si bien ordonné, et il n'en pouvait plus d'attendre qu'elle se soumette à sa main – et à sa volonté.

Il bandait rien que d'y penser, alors même qu'il était assis en face de ses deux associés. La situation était décidément des plus inconfortables. Il croisa les doigts pour que ni Jace ni Ash n'aient la mauvaise idée de s'approcher de lui.

Puis, sachant que Jace l'apprendrait de toute façon et qu'il trouverait bizarre que Gabe n'en ait pas parlé, il annonça :

— Mia est venue à l'inauguration, hier soir. Tu l'as ratée de peu, Jace.

Aussitôt, son ami se redressa, l'air soucieux.

— Quoi ? Elle était là ?

— Oui, elle voulait te faire la surprise. Elle est arrivée cinq minutes après que vous avez emmené votre nouvelle copine à l'étage.

— Oh merde ! dit Jace d'un air dégoûté. J'ignorais complètement qu'elle avait l'intention de venir. Elle aurait dû me prévenir, j'aurais fait en sorte d'être là. Qu'est-ce qui s'est passé ? Tu lui as parlé ? Elle est restée longtemps ?

— Ne t'en fais pas, je m'en suis occupé, assura Gabe d'un ton détaché. Je lui ai dit que tu avais été retenu quelque part, puis je l'ai fait danser cinq minutes et j'ai demandé à mon chauffeur de la raccompagner chez elle. Tu aurais eu une attaque en voyant sa robe, de toute façon.

— C'est que notre petite Mia a bien grandi, commenta Ash avec un demi-sourire.

— Ta gueule, putain ! lança Jace avant de reporter son attention sur Gabe. Merci d'avoir veillé sur elle. Je n'aurais pas aimé la savoir à cette soirée, surtout si tu me dis que sa tenue était provocante. J'imagine tous ces vieux croulants qui ne demandent qu'à tromper leur femme avec un modèle plus jeune… Pour eux Mia représenterait le Saint-Graal. Ça me ferait mal qu'elle termine dans le lit d'un de ces ploucs – une conquête anonyme parmi tant d'autres.

Gabe aurait dû se sentir coupable, mais il se savait déjà condamné aux flammes de l'enfer pour tout ce qu'il envisageait de faire à Mia. Pourtant, elle ne constituerait jamais une conquête anonyme à ses yeux. Il ne se sentit donc pas visé par la remarque de Jace.

Soudain, l'interphone sonna.

— Monsieur Hamilton, il y a ici une mademoiselle Houston pour MM. Crestwell et McIntyre.

— Vous emmenez votre nouvelle copine en Californie ? demanda Gabe à ses amis en haussant un sourcil.

— Pourquoi s'en priver ? rétorqua Ash avec un sourire. Elle nous aidera à faire passer les heures de vol…

Gabe secoua la tête avant d'annoncer dans l'interphone :

— Faites-la entrer, Eleanor.

Un instant plus tard, la ravissante brune que Gabe avait aperçue avec Jace et Ash la veille franchit la porte de son bureau. Le claquement de ses talons fut étouffé aussitôt qu'elle atteignit l'épais tapis.

Ash ouvrit les bras, et la jeune femme s'assit tout naturellement sur ses genoux, les jambes croisées en direction de Jace. Ce dernier lui posa une main sur la cheville et la fit remonter jusqu'au creux de son genou d'un geste possessif, sans pour autant lui accorder un regard. Il semblait simplement lui rappeler que, pour l'instant du moins, elle lui appartenait.

Gabe ne put s'empêcher de comparer la nouvelle venue à Mia. Réflexe idiot : cette femme avait quelques longueurs d'avance sur la jeune sœur de Jace. Elle était plus âgée, plus expérimentée, et savait exactement à quoi s'en tenir avec ses deux camarades de jeu. Mia, en revanche, n'avait pas la moindre idée de ce que Gabe lui réservait. Il pourrait déjà s'estimer heureux si elle ne s'enfuyait pas en le traitant de tous les noms.

Le spectacle que Gabe avait sous les yeux ne l'aurait pas dérangé, d'habitude. Après tout, ce n'était pas la première fois qu'Ash et Jace faisaient venir l'une de leurs conquêtes au bureau. Pourtant, ce jour-là, il était pressé de les voir partir. Il ne voulait pas perturber Mia plus que nécessaire et, surtout, il ne tenait pas à ce que Jace découvre les projets qu'il avait pour sa petite sœur.

Gabe consulta ostensiblement sa montre, puis lança un regard appuyé à Ash, qui avait passé un bras autour des courbes généreuses de la nouvelle venue. Ses amis n'avaient pas pris la peine de la présenter, ce qui signifiait sans doute qu'ils ne comptaient pas la fréquenter bien longtemps.

— Une voiture vient vous chercher ? demanda Gabe pour enfoncer le clou.

— Pourquoi, on te dérange ? contra Jace.

— Non, pas vraiment, soupira Gabe en se calant dans son fauteuil d'un air blasé, mais j'ai plein de mails et de messages en retard. J'ai passé la journée d'hier à régler les derniers détails pour la réception.

— Genre ! s'esclaffa Ash. Laisse tomber, mon pote, tu n'arriveras pas à nous faire culpabiliser de ne pas avoir été dans les parages. On sait tous très bien que tu ne nous aurais pas laissés faire quoi que ce soit, de toute façon.

— C'est vrai, ça, espèce de tyran, renchérit Jace.

La jolie brune émit un léger gloussement qui agaça prodigieusement Gabe. Elle avait peut-être quelques longueurs d'avance sur Mia mais cette dernière au moins ne ricanait pas comme une bécasse adolescente.

— Fichez-moi le camp ! gronda-t-il. Contrairement à vous, j'ai du travail. Allez donc faire du charme à nos amis californiens, histoire qu'on puisse attaquer les travaux dans les temps. Je viens de passer des mois à caresser les investisseurs dans le sens du poil, ce n'est pas pour les mettre en rogne en leur annonçant des délais à rallonge.

— T'ai-je déjà déçu ? s'enquit Ash d'un ton suave.

Gabe les congédia d'un geste impatient. Non, Ash ne l'avait jamais déçu, et Gabe n'avait aucune inquiétude au sujet du chantier. Tous trois formaient une solide équipe ; les forces des uns complétaient admirablement les faiblesses des autres.

HCM n'était pas qu'une société profitable, c'était une entreprise fondée sur l'amitié et la loyauté – deux valeurs que Gabe s'apprêtait à mettre à rude épreuve pour assouvir son obsession envers la petite sœur de Jace. *Quelle galère !*

Heureusement, Jace se leva et tendit la main à la jeune femme. Ash suivit le mouvement, et tous trois prirent la direction de la porte.

Cependant, avant de sortir, Jace se retourna.

— Je vais essayer d'appeler Mia, mais est-ce que tu pourrais quand même lui passer un coup de fil pendant mon absence ? T'assurer que tout va bien et qu'elle n'a besoin de rien ? Ça m'ennuie de l'avoir ratée hier.

Gabe acquiesça d'un hochement bref de la tête et s'efforça de garder un air neutre.

— Compte sur moi.

— Merci, mon pote. On se voit à notre retour.

— Donnez-moi des nouvelles du chantier, quand même, reprit Gabe.

— Un vrai tyran, répéta Ash avec un sourire.

Gabe lui fit un doigt d'honneur, et, sur ce salut, ses deux amis sortirent, encadrant leur conquête du moment. Gabe se cala au fond de son siège et consulta sa montre avec un soupir de soulagement. Il lui restait une demi-heure avant l'arrivée de Mia. Jace et Ash seraient déjà loin.

Chapitre 3

Mia descendit du taxi sur la Ve Avenue, à une courte distance des bureaux de HCM. Il faisait un temps magnifique, et elle poussa un profond soupir. Déjà, la brise fraîche qui jouait dans ses cheveux annonçait l'approche de l'hiver.

Gabe habitait une résidence de grand luxe, tout près, au numéro 400 de l'avenue, tandis que Jace vivait dans l'Upper West Side, non loin de chez Mia. Elle était d'ailleurs persuadée que c'était pour rester près d'elle qu'il ne s'était pas installé dans le voisinage du bureau. Quant à Ash, il habitait au numéro 1, Morton Square, au bord de l'Hudson.

Mia entra dans le hall du gratte-ciel et sortit de son sac le passe qui lui permettrait de franchir les tourniquets de sécurité et d'accéder aux ascenseurs. Jace lui avait remis cette carte magnétique la première fois qu'il lui avait fait visiter les locaux, quelques années auparavant, mais elle en avait rarement eu besoin puisque, chaque fois qu'elle venait ou presque, c'était justement en compagnie de son frère. Le passe ne fonctionnait peut-être même plus, auquel cas elle devrait laisser une pièce d'identité à l'accueil – manœuvre qui lui fournirait une parfaite excuse pour se dégonfler et prendre le large.

Heureusement, elle franchit le tourniquet sans encombre.

Elle entra dans l'ascenseur bondé, puis avança vers le fond en voyant d'autres gens arriver. Elle consulta sa montre : dix heures moins dix. Elle qui avait horreur d'être en retard était presque mal à l'aise d'avoir si peu d'avance.

Pourtant, elle ignorait toujours ce qui la poussait à obéir si scrupuleusement aux ordres de Gabe. Il n'allait quand même pas lui faire couper la tête si elle n'était pas pile à l'heure. N'empêche… Elle avait perçu, dans le ton de sa voix, un je-ne-sais-quoi qui l'avait dissuadée de le contrarier. Et puis, pour être tout à fait honnête, elle mourait d'envie de savoir pourquoi il l'avait convoquée avec tant d'autorité.

Caroline l'avait littéralement poussée sous la douche puis habillée, comme une enfant. Elle avait choisi un jean qui épousait amoureusement les courbes de Mia et un débardeur moulant, par-dessus lequel elle lui avait fait enfiler un tee-shirt large mais court, qui lui dénudait une épaule et – quand elle bougeait juste comme il fallait – la mince bande de peau visible entre son débardeur et son jean.

Caroline avait ensuite séché les cheveux de Mia en prenant soin de faire boucler quelques mèches ici et là, pour donner à l'ensemble un air joliment décoiffé. Elle lui répétait souvent qu'une crinière comme la sienne rendait les hommes fous, mais Mia n'était pas sûre de vouloir pousser Gabe à la folie – ou à quoi que ce soit d'autre, d'ailleurs. Il avait certes tenu le premier rôle dans nombre de ses fantasmes d'adolescente – et d'adulte –, mais, en se frottant à lui, elle avait perçu une puissance incroyable.

Intimidée, elle s'était prise à douter : saurait-elle vraiment tenir un homme pareil ?

Elle s'était à peine maquillée. Elle n'avait rien contre un peu d'artifice mais n'aurait pas assumé un look trop apprêté. Elle aurait eu l'impression de porter une pancarte proclamant sa ferme intention de vivre, enfin, ses ridicules fantasmes de midinette. Et si cette réunion se révélait parfaitement innocente ? Elle passerait vraiment pour la dernière des idiotes si elle se pointait attifée comme une allumeuse pour se rendre compte que Gabe souhaitait juste s'enquérir de sa bonne santé. Il était quasiment impossible de savoir ce que ce mec avait derrière la tête. Il dissimulait ses intentions et ses émotions avec un soin particulier.

À 9 h 59, Mia sortit de l'ascenseur et s'avança vers la réception de HCM, où Eleanor l'accueillit avec un sourire. Mia n'eut pas le temps de se demander si elle venait de commettre une folie en acceptant ce rendez-vous ni de reprendre ses esprits. Elle n'avait plus qu'une minute pour entrer dans le bureau de Gabe.

— J'ai rendez-vous avec Gabe à 10 heures, murmura-t-elle.

— Je vais lui annoncer votre arrivée, dit Eleanor en décrochant le combiné.

Mia se détourna, incertaine de la suite. Gabe comptait-il venir la chercher, ou attendait-il qu'elle le rejoigne ? Quand elle venait voir Jace, elle entrait sans frapper. Il ne la faisait jamais patienter, à la différence de ses rendez-vous professionnels.

— Vous pouvez y aller, reprit Eleanor.

Mia la remercia d'un bref sourire puis, redressant les épaules, elle emprunta le couloir qui passait devant le bureau de Jace et menait à celui de Gabe, en coin. Elle s'arrêta devant la porte et baissa les yeux sur les chaussures à talons ultrasexy que Caroline l'avait encouragée à porter, et qui laissaient voir un ongle verni de rouge vif.

Elle eut soudain l'impression d'être une monumentale andouille. Elle ne savait pas bien ce qui était passé par la tête de Gabe la veille, mais elle avait sûrement mal compris. Et voilà qu'elle débarquait dans son bureau chaussée comme une croqueuse d'hommes.

Elle était sur le point de se dégonfler et de partir en courant – enfin, en marchant aussi vite que ses maudits talons le lui permettraient – lorsque la porte s'ouvrit sur Gabe Hamilton, qui la contempla.

— Je commençais à croire que tu avais changé d'avis, murmura-t-il après un long silence.

Mia rougit violemment, et espéra qu'il n'avait pas deviné ses pensées. Cela dit, sa mine coupable était sans doute suffisamment éloquente.

— Je suis là, rétorqua-t-elle bravement en relevant le menton d'un geste de défi.

— Entre, dit-il en s'effaçant pour la laisser passer.

Elle prit une profonde inspiration et pénétra dans l'antre du lion.

Elle avait déjà vu le bureau de Gabe lorsque Jace lui avait fait visiter les locaux, mais cela remontait à des années, et elle était alors si émerveillée qu'elle n'avait pas vraiment enregistré ce qu'elle voyait. Cette fois, en revanche, elle examina la pièce avec un intérêt non dissimulé.

L'ensemble respirait le luxe et l'élégance. Meubles d'ébène sur un sol de marbre en partie recouvert par un tapis persan, fauteuils de cuir sombre auxquels une patine raffinée conférait une allure tout européenne… Quelques tableaux décoraient la pièce, mais un mur entier était occupé par une gigantesque bibliothèque qui abritait des œuvres diverses et variées.

Gabe adorait lire. Jace et Ash le taquinaient souvent à ce sujet, mais c'était une passion que Mia et lui partageaient. À Noël, alors qu'il lui avait envoyé la parure de diamants qu'elle portait la veille, elle lui avait offert une première édition dédicacée d'un roman de Cormac McCarthy.

— Tu as l'air tendue, fit remarquer Gabe, interrompant sa rêverie. Je ne vais pas te mordre, tu sais. Pas encore, du moins.

Elle haussa les sourcils, et il lui fit signe de s'asseoir. Il alla même jusqu'à reculer une des chaises faisant face à son bureau et à placer une main dans le dos de Mia tandis qu'elle s'installait. Elle frissonna sous la chaleur de sa paume. Il ne semblait pas pressé de rompre le contact.

Au contraire, il fit glisser ses doigts le long de son épaule tout en s'éloignant pour rejoindre sa place. Il la dévisagea intensément, si bien qu'elle sentit le feu lui monter peu à peu aux joues. Il ne se contentait pas de la contempler – il la dévorait du regard.

— Tu voulais me voir, risqua-t-elle d'une petite voix.

— Je voudrais faire bien plus que te voir, Mia, rétorqua-t-il avec un sourire en coin. Si je voulais simplement te voir, j'aurais passé plus de temps en ta compagnie hier soir.

La jeune femme poussa un soupir tremblant, puis elle oublia carrément de respirer et se passa la langue sur les lèvres, nerveuse.

— Pitié, Mia, ne fais pas ça…

— Quoi ? demanda-t-elle, les yeux écarquillés.

Gabe prit une profonde inspiration et crispa les poings sur son bureau avant de souffler lentement.

— Je veux que tu viennes travailler pour moi.

Mia avait longuement essayé de s'imaginer ce qu'il pourrait bien dire, mais elle ne s'était certainement pas préparée à ça. Elle le toisa, bouche bée, le temps de se faire à l'idée qu'il venait de lui proposer un emploi. Elle avait vraiment failli passer pour la reine des truffes. Elle serra les mâchoires afin de masquer son humiliation.

— J'ai déjà du travail, et tu le sais très bien.

Gabe balaya cette objection d'un geste impatient.

— Un travail qui ne fait honneur ni à tes qualités ni à tes études, et tu le sais très bien, riposta-t-il, reprenant ses mots.

— Je ne compte pas y passer ma vie, se défendit-elle, mais ils ont toujours été super avec moi et ils ont besoin d'un coup de main pour l'instant. Je leur ai promis que je resterais le temps qu'ils trouvent quelqu'un d'autre.

— Et ça fait combien de mois qu'ils te disent ça, Mia? demanda-t-il avec un coup d'œil courroucé.

Elle rougit et baissa brièvement les yeux.

— Tu mérites mieux que de tenir la caisse dans une pâtisserie, Mia. Jace n'a pas financé tes études pour que tu passes tes journées à fourguer des donuts.

— Je te l'ai dit, c'est temporaire!

— Je suis ravi de l'entendre. Rien ne t'empêche donc de démissionner et de venir travailler pour moi, conclut-il en se calant dans son fauteuil, sans jamais la quitter du regard.

— Et en quoi consisterait mon poste, exactement?

— Tu serais mon assistante… personnelle.

La façon dont il formula cette phrase et la pause qu'il marqua avant le mot « personnelle » firent frissonner Mia.

— Tu n'as pas d'assistante, tu détestes ça, contra-t-elle d'un ton accusateur.

— C'est vrai que tu serais la première depuis longtemps, mais je ne doute pas que tu fasses une employée modèle.

Songeuse, Mia prit le temps d'examiner soigneusement le visage de Gabe et son expression intense.

— Pourquoi ? l'interrogea-t-elle enfin. Qu'est-ce que tu veux exactement, Gabe ? D'ailleurs, pendant que tu y es, explique-moi ce qui s'est passé hier soir parce que, franchement, je n'ai rien compris.

Il esquissa un lent sourire, d'une délicieuse arrogance.

— Ah…, mon chaton a donc des griffes.

« Mon chaton » ? La portée de ce possessif n'échappa pas à la jeune femme.

— Ne te moque pas de moi, Gabe. Dis-moi ce qui se trame. Pourquoi est-ce que tu veux que je travaille pour toi ?

Il pinça les lèvres puis soupira.

— Parce que je te veux, toi, Mia, lança-t-il enfin, la couvant du regard.

Un silence suffocant s'abattit sur la pièce, et Mia n'entendit plus rien que le sang qui lui battait les tempes.

— Je… je ne comprends pas.

Gabe sourit alors, d'un sourire de prédateur qui caressa la jeune femme comme la plus douce des soies.

— Moi, je crois que si, souffla-t-il.

L'estomac de Mia fit un bond, et une armée de papillons envahit sa poitrine, lui chatouillant la gorge. C'était tout simplement irréel, elle devait nager en plein rêve.

— Impossible. Ce que tu suggères… Si je travaille pour toi, on ne peut pas…

— Ah bon ? On ne peut pas ? reprit-il sur un ton moqueur tout en faisant pivoter son fauteuil pour étendre ses longues jambes d'un geste nonchalant. C'est tout l'intérêt de la chose, au contraire : tu serais à mes côtés à chaque instant et disponible quand je voudrais… et comme je voudrais.

Mia sentit son corps s'embraser ; elle s'agita sur sa chaise, les mains jointes.

— Tout ça me dépasse, avoua-t-elle.

C'était sans doute la réplique la plus pitoyable qui soit, mais son cerveau semblait tourner à vide.

Son cœur battait si fort qu'elle avait l'impression qu'il allait jaillir de sa poitrine. Le message qu'elle avait lu dans les yeux sombres de Gabe était complexe et profond. Elle se sentait traquée, presque comme une proie.

— Approche, Mia.

Cet ordre, énoncé d'une voix douce mais ferme, la tira du brouillard où elle se débattait. De nouveau, elle croisa le regard de Gabe et retint son souffle en comprenant qu'il attendait qu'elle vienne à lui.

Elle se leva, les jambes en coton, et frotta ses paumes sur son jean pour se donner de l'assurance. Puis elle fit un premier pas, et un deuxième, jusqu'à faire le tour du bureau et à rejoindre Gabe, installé dans son fauteuil de ministre.

Il tendit la main et, sitôt qu'elle y glissa la sienne, il l'attira sur ses genoux. Elle atterrit avec une certaine maladresse, mais il se redressa sur son siège et la cala contre son torse. Sans la lâcher, il enfouit une main dans sa chevelure et fit jouer ses mèches autour de ses doigts.

— La relation que je te propose n'a rien de traditionnel, annonça-t-il. Je ne veux surtout pas que tu t'engages là-dedans sans savoir exactement à quoi t'attendre.

— Comme c'est noble de ta part, railla-t-elle.

— Petite insolente, dit-il en refermant le poing sur ses cheveux pour tirer doucement.

Il riva son regard au sien, les paupières mi-closes, et dégagea les doigts de ses boucles pour dessiner le contour de ses lèvres du bout de l'index.

— Je te veux, Mia. Et je te préviens tout de suite, j'ai pour habitude d'obtenir ce que je veux.

— Donc tu me veux à la fois pour mes compétences et… pour moi. Physiquement, je veux dire.

— Exactement, confirma-t-il dans un souffle.

— Qu'est-ce que tu entends, au juste, quand tu parles de relation tout sauf traditionnelle ?

Gabe hésita une seconde avant de répondre, d'une voix brusque :

— Tu m'appartiendras corps et âme. Tu seras mienne.

Oh ! Voilà une affirmation qui paraissait… lourde de conséquences. Mia n'était pas sûre de comprendre toutes les implications de cet aveu. La bouche sèche, elle commença à s'humecter les lèvres mais se reprit aussitôt en pensant à la réaction qu'avait eue Gabe à ce geste un instant plus tôt.

— Je te montrerai la voie, poursuivit-il d'une voix plus douce. Je ne vais pas te lâcher comme ça dans la nature, tu sais. Je saurai faire preuve de patience le temps que tu comprennes ce que j'attends de toi.

— Je ne sais même pas quoi répondre ! laissa-t-elle échapper.

Il lui caressa la joue, puis le cou. Ils étaient tout proches, seuls quelques centimètres séparaient leurs lèvres.

— Je crois que c'est le moment de me dire ce que tu éprouves pour moi, l'encouragea Gabe. Est-ce que tu me veux avec autant de force que je te veux, toi ?

Oh, mon Dieu ! Était-ce bien réel ? Allait-elle oser ? C'était sûrement ça qu'on éprouvait quand on se tenait sur le toit d'un gratte-ciel et qu'on se penchait pour regarder en bas – le vent dans les cheveux, un seul faux pas pouvant provoquer la chute…

Gabe approcha encore son visage du sien et, prenant soin de ne pas toucher sa bouche, lui effleura la joue du bout des lèvres avant de lui pincer le lobe de l'oreille. Mia frissonna des pieds à la tête et sentit la chair de poule lui hérisser les bras.

— Dis-moi ce que je veux savoir, ordonna-t-il d'une voix sourde, si bien que son souffle lui caressa l'oreille.

— O… oui, bredouilla-t-elle.

— Oui, quoi ?

— Moi aussi, je te veux, admit-elle, les yeux baissés.

— Mia, regarde-moi.

La sereine autorité de sa voix lui alla droit au cœur. L'entendre parler ainsi lui faisait encore plus prendre conscience de sa présence, de sa virilité, et cela ne faisait qu'exacerber son désir.

Elle releva la tête et vit la flamme qui brûlait au fond de ses prunelles. De nouveau, il plongea la main dans sa chevelure et tira légèrement dessus.

— J'ai un contrat, poursuivit-il, un document qui détaille chaque aspect de la relation que je te propose. Je veux que tu prennes le week-end pour le lire et que tu me donnes ta réponse lundi.

Mia cilla, trop surprise pour répondre immédiatement. Quand, enfin, elle trouva ses mots, elle eut l'impression que sa langue allait refuser de les formuler.

— Un contrat ? Tu veux qu'on signe un contrat ?

— Ne prends pas cet air horrifié, dit-il d'une voix calme. C'est uniquement pour assurer ta protection – et la mienne.

— Je ne comprends pas, souffla-t-elle en secouant la tête, incrédule.

— J'ai des goûts hors du commun, Mia – des goûts plutôt extrêmes. Lis les termes du contrat avec beaucoup d'attention. Ensuite, tu pourras décider si, oui ou non, tu te sens prête à t'engager dans le genre de relation que j'exige.

— Tu penses vraiment ce que tu dis, constata-t-elle.

Gabe fronça les sourcils. Il se redressa et, serrant d'un bras ferme la taille de Mia pour l'empêcher de glisser, il se pencha en avant et ouvrit un des tiroirs de son bureau, d'où il sortit un document constitué de plusieurs pages agrafées.

— Lis-le, dit-il en le posant sur les genoux de la jeune femme. Prends ton temps, histoire de bien comprendre les implications. Je voudrais connaître ta réponse lundi matin. Si tu as des questions ou que tu as besoin de précisions, on pourra en discuter à ce moment-là.

— C'est tout ? demanda-t-elle, toujours profondément perplexe. Je rentre chez moi, je lis ton contrat, et on se revoit lundi pour finaliser les termes de notre relation ?

Gabe serra les lèvres mais acquiesça.

— Si on veut, oui, mais tu donnes à tout ça une allure bien plus impersonnelle que ça ne l'est en réalité.

— On ne fait pas plus impersonnel que ce que tu me proposes ! protesta-t-elle. Tu négocies ça comme s'il s'agissait d'un de tes hôtels !

— Non, Mia, il n'est pas question de négocier, corrigea-t-il d'une voix douce. Ne l'oublie pas. Tu lis le contrat et tu choisis de le signer ou pas. Mais, si tu signes, tu t'engages à respecter les termes qui y figurent.

Mia passa les doigts sur le document, puis l'attrapa et, avec une profonde inspiration, se leva des genoux de Gabe.

Ses jambes faiblirent, et elle dut poser la main sur le bureau pour avancer.

— Tu es venue comment ? demanda Gabe.

— En taxi, répondit-elle dans un murmure.

Aussitôt, il décrocha son téléphone.

— Je vais demander à mon chauffeur de te raccompagner chez toi. Il viendra également te chercher lundi matin.

— Tu es tellement sûr de toi – et de moi…, murmura-t-elle.

Il posa une main sur le combiné et plongea son regard dans celui de la jeune femme.

— La seule chose dont je sois sûr, c'est que je t'attends depuis déjà bien trop longtemps.

Chapitre 4

Au lieu de rentrer chez elle, où Caroline ne manquerait pas de lui sauter dessus pour lui réclamer un compte-rendu détaillé, Mia demanda au chauffeur de la déposer au coin de la 83e Rue, tout près de *La Pâtisserie*. Il y avait là un petit parc où elle savait, à cette heure, qu'elle ne croiserait que quelques enfants accompagnés de leur nounou.

Elle resserra sa prise sur son sac – et sur le contrat qu'il contenait – et se dirigea vers le banc le plus éloigné de l'aire de jeux, à l'abri des regards.

Elle devait prendre son service à midi mais soupçonnait déjà qu'il lui faudrait un moment pour digérer ce qu'elle s'apprêtait à lire. La requête impérieuse de Gabe lui demandant de venir travailler pour lui résonnait encore à ses oreilles.

Certes, elle n'avait jamais considéré son emploi actuel comme quelque chose de permanent, mais elle aimait bien le couple âgé qui tenait la pâtisserie. Elle avait beaucoup fréquenté leur petit salon de thé, et ils avaient fini par établir une relation presque affectueuse. Les tâches que Mia exécutait pour ses employeurs ne justifiaient effectivement pas les sommes que Jace avait investies dans ses études, mais un jour, sur un coup de tête, elle avait demandé aux propriétaires de la boutique s'ils avaient besoin d'un coup de main. Ce petit boulot lui avait offert un répit, le temps de décider quoi faire de son avenir, et elle appréciait le fait de ne pas vivre entièrement aux crochets de Jace. Il s'était suffisamment occupé d'elle pendant son adolescence ; elle ne voulait plus qu'il ait à s'inquiéter de son sort.

Mia s'assit sur le banc et jeta un coup d'œil à la ronde pour s'assurer que personne ne risquait de voir ce qu'elle s'apprêtait à lire, puis elle sortit le contrat de son sac.

La jeune femme écarquilla les yeux au fil des phrases, pourtant elle continua, tournant les pages d'un geste automatique, partagée entre l'incrédulité la plus totale et une étrange curiosité.

Gabe n'avait pas menti quand il avait annoncé qu'elle lui appartiendrait corps et âme. Si elle signait le contrat et s'engageait dans cette relation, elle lui cédait tout pouvoir sur sa personne.

Il était bien précisé qu'elle devait se tenir à la disposition de Gabe à toute heure du jour et de la nuit, en plus de l'accompagner dans ses déplacements. Bref, il la voulait sans cesse à portée de main. Il appartenait à Gabe de déterminer ses horaires de travail et, à l'intérieur de ces horaires, Mia devait se dévouer entièrement à lui.

Oh, mon Dieu ! Le document spécifiait même les modalités de leur vie sexuelle.

Les joues en feu, Mia releva brièvement les yeux. Elle craignait qu'en voyant son expression tout le monde ne devine la teneur de ses pensées. Surtout, elle ne voulait pas que qui que ce soit s'approche assez pour distinguer les mots imprimés sur la page.

En signant ce document, elle laisserait Gabe décider seul de ce qui se passerait entre eux, et pas seulement au lit. Mia devrait se plier au moindre de ses ordres.

Ce qui la dérangeait le plus, c'était le fait que, pour détaillé que soit ce contrat, il ne contenait aucune description précise puisqu'il impliquait que, de toute façon, elle ferait tout ce que Gabe voudrait, quand et comment il le voudrait.

En échange, il garantissait que le moindre de ses besoins – physique ou financier – serait satisfait. En revanche, il n'était nullement fait mention de besoins émotionnels. Ce n'était pas le genre de Gabe. Mia le connaissait suffisamment pour savoir qu'il n'accordait plus aucune confiance à la gent féminine. Le contrat promettait du sexe et une quasi-relation, mais n'envisageait pas la moindre intimité entre eux. Ni le moindre sentiment, d'ailleurs.

Gabe se réservait le droit de rompre leur accord au moindre écart de la part de Mia. La formulation ressemblait fort à une clause de licenciement pour faute professionnelle. Après tout, il s'agissait d'une offre d'emploi – avec une double casquette. Mia serait à la fois l'assistante de Gabe et sa maîtresse. Son jouet sexuel. Sa chose.

Le poste qu'il lui proposait était en réalité une couverture, un prétexte pour la garder près de lui en permanence. Il voulait qu'elle soit constamment disponible, au bureau comme en déplacement. Sauf qu'il dépassait même le cadre professionnel et exigeait de contrôler également le temps qu'elle passait loin de lui.

Elle atteignit la dernière page et fronça les sourcils. Il était bien gentil de lui laisser le week-end pour lire son contrat et de n'exiger une réponse que pour lundi matin, mais aucune des clauses ne lui disait en quoi consisterait son quotidien une fois le papier signé. Les termes restaient très vagues. À quoi tout cela rimait-il ? Qu'attendait-il d'elle, au juste ?

Est-ce qu'il comptait l'attacher à son bureau pour la baiser toutes les demi-heures ? Devrait-elle lui tailler une pipe chaque fois qu'il passerait un coup de téléphone un peu long ? Elle n'avait trouvé qu'une seule référence un peu précise concernant le sexe. Il s'agissait d'une clause stipulant que Gabe se réservait le droit de s'aventurer sur le terrain du bondage et du SM si ça lui chantait.

Mia n'osait même pas imaginer ce que ça pouvait impliquer.

Elle n'était pas totalement niaise ; elle avait eu plusieurs amants, dont certaines relations durables. En revanche, elle n'avait jamais rien fait de très aventureux, tout simplement parce qu'elle n'en avait pas ressenti le besoin.

Tout ça lui semblait très licencieux – et vaguement risible, étant donné que les clauses étaient formulées en termes fort sérieux dans un contrat par lequel elle renoncerait à toute autorité sur son propre corps.

Tandis qu'elle approchait de la fin du document, Mia sentit la moutarde lui monter au nez.

Un paragraphe rappelait qu'elle devait s'assurer de bien comprendre la nature de leur arrangement et qu'en signant elle s'engageait à ne pas calomnier Gabe au sujet de leur relation lorsqu'elle s'adresserait à une tierce personne ou aux médias.

Hein ?! Les médias ? Comme si elle allait se pointer sur le plateau de *Good Morning, America* et raconter au monde qu'elle était la petite douceur coquine de Gabe Hamilton !

Puis elle passa au paragraphe suivant et ouvrit des yeux ronds comme des soucoupes.

Le médecin de Gabe lui fournirait un rapport sur la santé de celui-ci, en échange duquel elle prendrait rendez-vous pour un check-up complet. Ainsi, les deux intéressés seraient assurés de la bonne santé de leur partenaire. Par ailleurs, il attendait d'elle qu'elle prenne la pilule, l'utilisation de préservatifs étant limitée à des rapports avec une autre personne que Gabe.

Mia laissa retomber le contrat sur ses genoux, bouche bée. *C'est quoi, ce délire ?* Gabe comptait-il lui imposer d'autres amants ?

Cette hypothèse – et tout ce qu'elle impliquait – lui donna le vertige.

Elle n'avait pas tort quand elle se demandait si elle serait capable de tenir un homme comme Gabe. Il ne jouait décidément pas dans la même catégorie qu'elle. Son contrat l'avait tellement prise au dépourvu que ce n'était même plus drôle.

En repensant au moment où il lui avait promis qu'il serait patient et lui montrerait la voie, elle faillit éclater de rire. Elle allait avoir besoin d'une sacrée visite guidée, en effet ! Elle comptait déjà faire chauffer Google à peine rentrée à la maison – il fallait absolument qu'elle se renseigne sur les réjouissances que semblait lui promettre ce contrat.

D'une main tremblante, elle reprit le document et termina de le lire. C'était de la folie pure. Mais le pire, c'était qu'elle ne l'avait pas encore déchiré avant d'appeler Gabe pour lui signifier où il pouvait se le fourrer.

Envisageait-elle réellement de signer *ça* ?

Ses émotions oscillaient entre « Putain de merde » et « Oh, mon Dieu ! » mais une partie d'elle avait envie de découvrir toute l'étendue des vices de Gabe. À en juger par ce qu'elle avait sous les yeux, il se situait bien loin des normes conventionnelles.

Mia n'avait que de très vagues souvenirs du divorce de Gabe et de Lisa – elle était encore trop jeune pour bien comprendre, à l'époque. Elle savait que cela avait été une période très éprouvante pour Gabe et qu'il en était resté marqué, mais à présent elle se demandait si leur mariage avait été fondé sur le modèle que décrivait le contrat. Gabe s'était-il fait prendre à son propre jeu ? Les gens normaux ne se donnaient pas autant de mal pour régler et contrôler leurs relations.

Cette réflexion l'amena à se poser la question des autres femmes que Gabe avait connues depuis. Elle n'avait jamais rencontré aucune d'elles mais avait entendu Jace et Ash en mentionner quelques-unes. Pour qu'il ait un contrat tout prêt sous la main, ça ne devait pas être la première fois. Il devait en sortir une copie à chaque nouvelle conquête.

Cette idée lui laissa un goût amer dans la bouche. Elle ne s'attendait pas à jouir d'un statut privilégié par rapport à toutes celles qui l'avaient précédée, mais, tout de même, elle aurait bien aimé avoir l'impression d'être un peu spéciale – un peu originale. Pas balancée dans le même panier que toutes les femmes avec lesquelles Gabe avait couché.

Cela dit, elle appréciait la franchise dont il avait fait preuve. Au moins, il ne lui avait pas raconté de salades, et elle savait exactement à quoi s'en tenir. Il voulait qu'elle se lance dans cette aventure les yeux grands ouverts, et en cela c'était réussi : après avoir lu ces quelques pages, elle avait bien peur qu'ils ne restent perpétuellement écarquillés.

Elle consulta sa montre. Il était temps qu'elle se remette en route si elle voulait arriver avec un peu d'avance.

Elle replia le contrat et le rangea dans son sac avant de se diriger vers *La Pâtisserie*.

Tout en marchant, elle sortit son téléphone et, sans surprise, trouva cinq ou six messages de Caroline, qui voulait savoir comment s'était passée son entrevue avec Gabe et qui la menaçait de mort si elle ne crachait pas le morceau très vite.

Mia ne voyait pas bien comment répondre à sa meilleure amie. Lui envoyer un texto disant : « Gabe veut faire de moi sa chose » ne lui paraissait pas très indiqué, même si cela ferait sans doute son petit effet.

Et si Jace l'apprenait ? Oh, la galère…

Mia se mordit la lèvre. Son frère allait poser un vrai problème. Il allait carrément devenir fou s'il apprenait ce qui se tramait. Gabe avait sûrement anticipé la chose, non ?

Il était absolument hors de question qu'elle parle de cette histoire à Jace. C'était un coup à les brouiller à tout jamais et à mettre en péril leur entreprise. Sans compter qu'il ne comprendrait sûrement pas quelle mouche avait piqué sa petite sœur, ce qui risquait de les éloigner, eux aussi.

Elle comprit soudain qu'elle envisageait sérieusement de signer, puisqu'elle était en train d'évaluer les obstacles potentiels. Avait-elle perdu la tête ?

Elle aurait dû s'empresser de fuir cette situation impossible, pourtant…

Elle arriva à *La Pâtisserie* dix minutes avant son service. La cloche de la porte tinta derrière elle, familière et rassurante, et Mia salua d'un sourire Greg et Louisa, ses employeurs.

— Bonjour, Mia ! lança Louisa, postée derrière le comptoir.

Avec un petit signe de la main, la jeune femme passa à l'arrière pour enfiler son tablier et son béret. Elle avait toujours un peu honte de porter une tenue pareille, mais Greg et Louisa insistaient pour que tous les employés en aient une.

Lorsqu'elle ressortit, Louisa l'appela près d'elle.

— Je tiens la caisse, aujourd'hui. Greg va être bien occupé en cuisine, on a une grosse commande pour ce soir. Ça ne t'ennuie pas de servir les clients du salon de thé ?

— Non, pas du tout, répondit Mia.

L'endroit était juste assez grand pour contenir cinq tables. C'était avant tout une boulangerie-pâtisserie qui, outre les délicieuses créations de Greg, proposait thé et café à emporter. Mais certains de leurs habitués aimaient bien se poser tranquillement le temps d'un petit break. Il y avait également quatre tables sur le trottoir, mais ceux qui voulaient s'y asseoir devaient venir commander au comptoir, donc Mia n'avait pas à s'en préoccuper.

— Tu as mangé ? demanda Louisa.

Mia sourit. Louisa avait toujours peur qu'elle ne s'alimente pas correctement ou qu'elle saute des repas. Elle passait son temps à essayer de l'engraisser.

— J'ai pris un bon petit déjeuner. J'emporterai un petit quelque chose après mon service.

— D'accord. Tu n'auras qu'à goûter le nouveau sandwich de Greg. Il compte le proposer à quelques habitués, histoire de le tester avant de l'ajouter au menu.

Mia acquiesça, puis se dirigea vers une des tables, où un couple venait de s'installer.

Pendant l'heure qui suivit, elle fut trop occupée par les clients venus déjeuner pour vraiment penser à Gabe.

Pourtant, il semblait monopoliser son cerveau : elle s'embrouilla à deux reprises dans ses commandes, chose qui ne lui arrivait jamais d'habitude.

Louisa le remarqua et lui jeta quelques coups d'œil inquiets, mais Mia se concentra sur sa tâche, ne voulant pas causer de souci à la vieille dame – ou lui laisser le temps de lui demander ce qui n'allait pas.

À 14 heures, le flot continu du déjeuner se tarit, et la boutique se vida peu à peu. Mia allait s'accorder une pause et un café bien mérités lorsque Gabe entra.

Elle trébucha et faillit s'étaler par terre, mais il la rattrapa aussitôt. Même après qu'elle eut retrouvé l'équilibre, il garda les deux mains posées fermement sur ses bras. Les joues en feu, elle s'assura que personne n'avait été témoin de sa maladresse.

— Ça va ? demanda Gabe doucement.

— Oui, dit-elle au prix d'un gros effort. Qu'est-ce que tu fais ici ?

— Je suis venu te voir, répondit-il avec un petit sourire en coin, les paupières mi-closes. Quelle autre raison pourrait bien m'amener ici ?

— Je ne sais pas : le café ? Il est super bon.

Sans lui lâcher le bras, il se dirigea vers la table la plus reculée.

— Gabe, j'ai du travail, protesta-t-elle.

— Tu n'as qu'à prendre ma commande, rétorqua-t-il en s'asseyant.

— Comme si c'était ton genre de venir déjeuner ici ! s'esclaffa-t-elle, exaspérée.

— Tu me traites de snob, là ? s'enquit-il en haussant un sourcil.

— Non, j'énonce un fait établi, c'est tout.

Gabe saisit un menu et s'y plongea un instant avant de relever les yeux vers elle.

— Un café et un croissant, s'il vous plaît, mademoiselle.

Mia s'éloigna en secouant la tête. Heureusement, Louisa était en cuisine et ne l'avait pas vue se ridiculiser devant Gabe. Elle n'avait aucune envie de devoir lui expliquer qui il était.

Elle dut attendre que ses mains arrêtent de trembler pour préparer la commande de Gabe. Puis elle emporta la tasse et l'assiette contenant le croissant, et les déposa devant lui. D'un geste vif, il lui saisit le poignet avant qu'elle ait pu faire demi-tour.

— Assieds-toi une minute, Mia. Il n'y a que moi dans la boutique.

— Je ne peux pas m'asseoir comme ça, Gabe. Je travaille là, je te signale.

— Quoi ? Tu n'as pas le droit de souffler cinq minutes de temps en temps ?

Elle n'allait certainement pas lui avouer qu'elle était justement sur le point de faire une pause quand il était entré. Le connaissant, il était bien capable d'avoir attendu que le salon de thé se vide pour la coincer à un moment où elle serait seule.

Elle poussa un soupir résigné et s'assit avant de le fusiller du regard.

— Qu'est-ce que tu fais ici, Gabe ? Tu m'as dit que j'avais jusqu'à lundi pour me décider.

— Je suis venu évaluer la concurrence, déclara-t-il avant de promener un regard presque insolent autour de lui. C'est vraiment ce que tu veux, Mia ? C'est ici que tu as envie de passer tes journées ?

Elle jeta un coup d'œil nerveux par-dessus son épaule pour s'assurer que Greg et Louisa étaient toujours en cuisine. Puis elle reporta son attention sur Gabe, les genoux tremblants sous la table.

— Il est très complet, ce… ce contrat, souffla-t-elle en baissant les yeux, mal à l'aise. Ça demande pas mal de réflexion.

Quand elle se risqua à relever la tête, elle surprit sur le visage de Gabe une expression de satisfaction absolue.

— Ce qui veut dire que tu l'as déjà lu.

— Je l'ai feuilleté en vitesse, mentit-elle en affectant un ton blasé, comme si elle recevait quotidiennement des offres de ce genre. Je m'y plongerai plus en détail ce soir.

— Très bien. Je veux que tu sois sûre de ton choix.

Il tendit le bras et lui caressa le poignet du bout des doigts. Ce simple contact, pourtant si léger, suffit à lui donner le frisson.

— Démissionne, Mia, chuchota-t-il tout bas. Cet endroit ne te correspond pas, et tu le sais très bien. Je peux t'offrir des perspectives bien plus alléchantes.

— Alléchantes pour toi ou pour moi ? rétorqua-t-elle en relevant le menton.

Cette repartie le fit sourire, et Mia crut qu'elle allait fondre.

— On y trouvera notre intérêt, l'un et l'autre.

— Je ne peux pas laisser Greg et Louisa en plan. Ce ne serait pas correct de ma part.

— Pas de problème. Je peux leur trouver un intérimaire le temps qu'ils recrutent quelqu'un. Il y a plein de gens qui cherchent du travail, Mia. Si les Miller n'ont jamais cherché à te remplacer, c'est parce qu'ils n'ont pas envie que tu partes. Tant que tu restes, ils sont contents de te garder.

Après une seconde d'hésitation, Mia se passa une main dans les cheveux et soupira :

— Je vais y réfléchir.

De nouveau, Gabe lui décocha un sourire chaleureux qui illumina son regard. Avant qu'elle ait pu réagir, il se pencha par-dessus la table et, lui relevant le menton d'un doigt, l'embrassa avec fougue. Mia n'eut même pas la force de résister. Elle s'abandonna à ce baiser, s'avançant à la rencontre de ses lèvres brûlantes.

Il fit jouer sa langue contre la sienne, puis lui lécha doucement la lèvre inférieure avant de la mordiller.

— Réfléchis bien, Mia, murmura-t-il. J'attends ta décision.

Puis il se releva et sortit de la pâtisserie pour rejoindre sa voiture, garée juste devant.

Mia se mit debout à son tour et le suivit du regard aussi longtemps qu'elle le put. Elle porta une main à ses lèvres, gonflées de désir après ce bref baiser. Elle sentait encore le parfum de Gabe, la chaleur de ses doigts sur sa peau.

Il fallut l'arrivée d'un client et le tintement de la cloche pour la tirer de sa rêverie. Louisa sortit de la cuisine et s'occupa du nouveau venu tandis que Mia débarrassait la table de Gabe. Il avait bu une gorgée de café, mais le croissant était intact.

Il était presque temps pour elle de partir. Elle ne travaillait que quelques heures par jour, en général autour du déjeuner et, parfois, les matinées du week-end si les Miller avaient beaucoup de commandes.

Elle alla ranger son tablier et son béret d'un pas lent, l'esprit en ébullition. Greg apportait la dernière touche à un gâteau, et Louisa s'empressa de revenir l'aider. Debout dans l'encadrement de la porte, Mia les observa un moment en silence. Puis Greg remarqua sa présence.

— Tout va bien, Mia ?

Elle prit une profonde inspiration avant de se lancer.

— J'ai quelque chose à vous annoncer.

Chapitre 5

— Sérieux ?! Tu as carrément démissionné ? demanda Caroline.

Mia acquiesça avant de reporter son attention sur l'eau qui frémissait dans la casserole. Elle y ajouta du sel, puis les spaghettis.

— Dis-m'en plus ! Qu'est-ce qui t'a décidée ? Je commençais à croire que tu envisageais une carrière de chef pâtissier, tu sais.

— Arrête, on croirait entendre Gabe, marmonna Mia.

— C'est à cause de lui, c'est ça ? reprit Caroline en plissant les yeux. Allez, copine, crache le morceau ! Tu ne m'as toujours pas raconté votre rendez-vous de ce matin. Je vais devenir dingue, moi !

Mia hésita un instant, puis pinça fermement les lèvres. Elle ne pouvait pas parler du contrat à Caroline, ce qui l'empêchait d'évoquer sa rencontre avec Gabe, purement et simplement. Si elle choisissait de jouer le jeu – et elle l'envisageait sérieusement –, ce serait dans la plus stricte intimité. Elle ne voulait pas que les détails de sa relation avec Gabe se sachent, même s'il s'agissait là de sa meilleure amie.

Il fallait pourtant bien qu'elle lui dise quelque chose…

— Il m'a proposé de travailler pour lui, avoua-t-elle.

— Quoi ? fit Caroline, les yeux écarquillés. Attends, là. Il t'a embrassée puis t'a menacée de te croquer toute crue sur la terrasse de son hôtel, tout ça parce qu'il veut que tu bosses avec lui ?

Mia se rendait bien compte que cette explication ne tenait pas la route, mais elle ne pouvait se résoudre à parler du contrat.

— Je ne sais pas ce que ça implique exactement, mais il veut que je sois son assistante personnelle, pour l'instant. Il pense que je perds mon temps à *La Pâtisserie*.

Caroline servit deux verres de vin et en fit glisser un en direction de Mia, qui remuait la sauce des pâtes.

— Il n'a pas tort, tu sais, lança-t-elle. Tu n'as pas étudié la littérature pendant toutes ces années pour servir du café et des croissants. Cela dit, « assistante personnelle »..., ça me donne l'impression qu'il s'intéresse surtout à ta personne, si tu vois ce que je veux dire.

Mia se garda bien de relever cette pique.

— J'imagine que, si tu as démissionné, c'est pour accepter son offre, non ? insista Caroline.

— Je ne suis pas encore sûre à cent pour cent, soupira Mia. J'ai jusqu'à lundi pour lui donner ma réponse.

— Si tu veux mon avis, le choix est simple, commenta Caroline. Il est riche, il est beau comme un dieu et il a envie de toi. Que demander de plus ?

— Tu es incorrigible ! s'écria Mia. L'argent ne fait pas tout, tu sais.

— Facile à dire quand ton grand frère a un portefeuille bien dodu et te paie tout ce que tu veux.

Mia ne pouvait nier que la fortune de Jace égalait celle de Gabe ni qu'il veillait à son confort. C'était lui qui avait acheté cet appartement pour elle, et ça le faisait enrager qu'elle se rende à pied au travail la plupart du temps. Elle aurait très bien pu se passer de partager les lieux, mais Caroline cherchait à se loger quand Mia avait emménagé là, et elle appréciait la compagnie de sa meilleure amie. Pourtant, elle essayait de ne pas trop compter sur Jace. Elle ne menait pas un train de vie extravagant, au contraire. Elle avait appris à se contenter de ses maigres revenus.

— Je crois surtout que je suis curieuse, finit-elle par admettre. Gabe me fascine depuis que je suis ado. J'ai toujours eu un petit faible pour lui.

— La curiosité est une excellente raison de sortir avec un mec. Comment veux-tu savoir si vous êtes compatibles à moins de faire le grand saut ?

« Faire le grand saut » : l'expression lui parut étonnamment appropriée. Sauf que, dans son cas, il s'agissait carrément de se jeter du haut d'une falaise. Mia eut l'envie soudaine de ressortir le contrat pour le consulter une fois de plus, mais elle ne pouvait se le permettre devant Caroline. Elle allait devoir patienter.

Elle enroula un spaghetti autour de sa fourchette et en mordit l'extrémité pour tester la cuisson.

— C'est prêt ! Tu sors les assiettes pendant que j'égoutte ?

— Ça marche. Je vais même nous resservir du vin, tiens. Ça sent bon ! J'aimerais tellement cuisiner aussi bien que toi. Rien de tel pour se mettre un mec dans la poche.

Mia éclata de rire.

— Comme si tu avais besoin d'aide en la matière, Caro !

Mia n'exagérait pas ; son amie était tout simplement superbe. Un peu plus grande qu'elle, elle était dotée d'une silhouette gracieuse et toute en courbes qui attirait les hommes comme des mouches. Elle avait les cheveux d'un châtain profond qui se teintait d'éclats auburn à la lumière du soleil, et des yeux noisette perpétuellement rieurs. Outre sa beauté, sa personnalité chaleureuse en faisait quelqu'un de tout simplement adorable.

— Ouais, le problème, c'est de trouver le bon, soupira-t-elle.

Aussitôt, Mia se mordit la lèvre, regrettant sa remarque. Caroline n'avait pas besoin d'aide quand il s'agissait d'attirer les hommes, mais le dernier en date s'était révélé peu recommandable.

Histoire de se faire pardonner son faux pas, Mia leva son verre et sourit.

— Tu as raison, buvons à ces sages paroles !

Le téléphone de Gabe sonna, mais il continua de taper le mémorandum sur lequel il travaillait. Il était trop tard pour qu'on l'appelle au bureau, de toute façon. Il n'avait pas à répondre.

Pourtant, après un bref silence, ce fut son portable qui se mit à vibrer. Gabe consulta le numéro affiché et hésita avant de décrocher avec un soupir. Il redoutait déjà cette conversation, pourtant il ne put se résoudre à faire la sourde oreille.

— Allô ?

— Ah, Gabe ! J'ai essayé ton bureau ; tu travailles tellement tard, ces derniers temps. Quand est-ce que tu vas prendre des vacances, hein ?

Il devait bien admettre que l'idée était séduisante – surtout s'il emmenait Mia avec lui. Quelques jours tous les deux, le temps de l'initier tranquillement à ses jeux... Hum, il fallait vraiment qu'il y réfléchisse.

— Bonsoir, maman. Comment ça va ?

Il aurait dû se méfier de cette question-piège. Contrairement au reste de la population, sa mère répondait sincèrement au lieu de se contenter d'un « bien » poli qui arrangeait tout le monde.

— Tu ne croiras jamais ce qu'il a fait ! lança-t-elle. Il prend un malin plaisir à se ridiculiser – et moi avec !

Gabe soupira. Son père avait quitté sa mère alors qu'ils approchaient de leurs quarante ans de mariage et, après lui avoir fait envoyer les papiers pour le divorce, avait commencé à enchaîner les conquêtes – une succession rapide de modèles toujours plus jeunes. Évidemment, la mère de Gabe ne le vivait pas bien du tout, et, malheureusement pour lui, il faisait office de confident.

Il avait beau aimer son père, ce dernier s'était vraiment comporté comme un salaud. Gabe ne comprenait pas qu'on puisse passer tant d'années avec quelqu'un pour se réveiller un beau jour et mettre les voiles, juste comme ça.

Lui-même doutait qu'il serait allé jusqu'à demander le divorce à Lisa. Et puis c'était elle qui avait pris la décision de partir. Il avait sans doute eu tort de s'enferrer dans une relation où ne subsistait plus ni amour ni même une réelle affection, mais il avait préféré épargner à son épouse l'humiliation et la douleur d'une séparation. Lisa, en revanche, n'avait eu aucun scrupule. Il ne lui en voulait pas d'avoir divorcé. Avec le recul, il se disait qu'il aurait dû agir avant que la situation s'envenime à ce point. Il n'avait pas su voir la détresse de Lisa et le regrettait, mais il ne pourrait jamais lui pardonner la manière dont elle s'y était prise.

— C'est une honte ! poursuivit sa mère. Est-ce que tu as vu la une des journaux, ce matin ? Il avait une femme à chaque bras, carrément ! Qu'est-ce qu'il peut bien faire de deux femmes à la fois ?

Voilà une question à laquelle Gabe n'allait certainement pas répondre. Il frémit d'horreur rien que d'imaginer son père en train de... Non, impossible.

— Maman, arrête de lire les tabloïds, dit-il d'une voix calme. Tu sais très bien que ça ne sert qu'à te faire du mal.

— Je suis sûre qu'il le fait exprès, pour me punir !

— Pourquoi est-ce qu'il voudrait te punir ? Tu ne lui as rien fait, que je sache.

— Il veut me prouver que, pendant que je me morfonds toute seule dans ma grande maison vide, il s'éclate comme un petit fou. Il veut me faire comprendre qu'il a bel et bien tourné la page, et qu'il n'y a plus de place pour moi dans son cœur.

— Je suis vraiment désolé, maman, murmura Gabe. Je sais que ça fait mal, crois-moi. Et si tu sortais de chez toi, justement ? Tu as plein d'amis, tu t'occupes de toutes ces organisations caritatives, tu es encore jeune et splendide. Je connais plus d'un homme qui serait heureux d'attirer ton attention.

— Non, je ne suis pas prête, rétorqua-t-elle un peu sèchement. Et puis, si peu de temps après le divorce, je trouverais ça irrespectueux. Ce n'est pas parce que ton père se comporte comme un Casanova à la manque que je dois m'abaisser à son niveau.

— Tu te préoccupes trop de ce que pensent les autres. Fais ce qui te plaît, enfin ! lança-t-il, un peu impatient.

Il y eut un long silence au bout du fil, puis il entendit sa mère soupirer. Il avait mal au cœur de la voir souffrir comme ça. Il essayait de ne pas se mêler de cette histoire, mais cela devenait de plus en plus difficile. Sa mère l'appelait un jour sur deux pour se plaindre des dernières frasques de son père, tandis que celui-ci s'évertuait à lui présenter chacune de ses conquêtes – et Gabe n'avait encore jamais vu la même femme deux fois de suite. Son père tentait sans doute de sauver leur complicité par cette manœuvre maladroite, sans se rendre compte qu'il ne faisait que l'abîmer davantage. Tout ce qu'il voulait, en fait, c'était que Gabe lui pardonne et accepte ses choix. Gabe n'avait aucun mal à pardonner son père – après tout, il avait le droit de changer de vie si cela le rendait heureux –, mais il se sentait incapable d'accepter qu'une autre femme tienne le rôle qui avait été celui de sa mère jusque-là.

— Excuse-moi, Gabe, reprit sa mère dans un murmure. J'imagine que tu dois détester ces coups de fils où je passe mon temps à râler contre ton père. Je ne devrais pas, d'ailleurs : c'est ton père, et ce qu'il a fait ne change rien à ça. Il t'aime, tu sais.

— Ne t'inquiète pas, maman. Et si on dînait ensemble, ce week-end ? proposa-t-il pour lui changer les idées. Je pourrais t'emmener au *Tribeca Grill*, qu'est-ce que tu en penses ?

— Mais tu dois être très occupé, objecta-t-elle.

— Je trouverai toujours du temps pour toi, maman, tu le sais très bien. Alors, ça te dirait ?

— Oui, avec plaisir, ça fait longtemps que je n'ai pas mis le nez dehors, répondit-elle avec un sourire dans la voix.

— Super. Je viendrai te chercher, d'accord ?

— Oh, ne t'embête pas ! Je peux quand même venir jusqu'à Manhattan.

— Mais non, ça me fait plaisir. On aura plus de temps pour discuter, et je demanderai à mon chauffeur de te raccompagner après dîner.

— Bon, d'accord ! s'exclama-t-elle, toute joyeuse.

Cela faisait longtemps que Gabe n'avait pas entendu un tel enthousiasme dans la voix de sa mère, et il se félicita d'avoir réussi à la sortir de sa coquille, même pour une soirée. Il fallait qu'elle réapprenne à affronter le monde pour se rendre compte que la Terre n'avait pas arrêté de tourner quand son mariage avait échoué. Gabe l'avait laissée tranquille le temps qu'elle fasse son deuil, mais le moment était venu pour elle d'arrêter de se cacher dans la grande maison du comté de Westchester, désertée par son père. Il pourrait d'ailleurs essayer de la convaincre de vendre la propriété et de revenir à Manhattan. Elle avait besoin de laisser derrière elle les douloureux souvenirs contenus entre ces murs et de prendre un nouveau départ.

Gabe s'y connaissait, en matière de nouveaux départs. Après son divorce, il avait traversé une période où il n'aspirait qu'à rester tout seul dans son coin. Il comprenait donc parfaitement sa mère, mais il savait aussi que plus tôt elle reprendrait une activité normale, plus tôt elle se sortirait de cette mauvaise passe.

— Je t'aime, fils, conclut-elle, la voix tremblante d'émotion.

— Moi aussi, je t'aime, maman. À samedi, d'accord ?

Il raccrocha puis contempla un instant le cadre posé à un coin de son bureau. C'était une photo de ses parents le jour de leur trente-neuvième anniversaire de mariage. Ils semblaient rayonnants, mais c'était un mensonge. Deux semaines plus tard, à peine, son père avait quitté sa mère pour se jeter dans les bras d'une autre.

Gabe secoua la tête en silence. Il en était venu à croire qu'aucun mariage n'était à l'abri d'un divorce. L'idée de se simplifier la vie en cas de rupture avait décidément du bon, ainsi que celle de se protéger d'un gros coup de massue dans le portefeuille. Un divorce coûtait à tous les coups encore plus cher qu'un mariage.

Gabe était plus que jamais satisfait de la manière dont il gérait ses relations depuis qu'il avait appris cette dure leçon. Plus de risques financiers ou émotionnels. Plus de blessures à l'ego. Plus de trahison possible.

Il baissa les yeux vers son téléphone et parcourut le menu pour revoir la photo qu'il avait prise de Mia quelques semaines auparavant. Elle ne l'avait même pas vu, et il ne s'était pas manifesté.

Il marchait sur Madison Avenue lorsqu'elle était sortie d'un magasin, quelques pas devant lui, et il avait reçu un coup au cœur en la voyant là, debout au bord du trottoir, les cheveux dans le vent et la main levée pour héler un taxi.

Il s'était trouvé paralysé par la force de son désir. À cet instant plus que jamais, il avait compris qu'il lui fallait absolument goûter ce fruit défendu. Mia représentait quelque chose de tout simplement irrésistible à ses yeux. Sa fascination pour la jeune femme avait viré à l'obsession pour qu'il en soit réduit à la prendre en photo à son insu juste pour pouvoir la regarder à loisir.

Elle était si jeune, si pleine de vie, si incroyablement belle. Et ce sourire ! Il suffisait à lui seul à illuminer le monde autour d'elle. Gabe ne comprenait pas que l'on puisse regarder ailleurs quand Mia était là.

Captivante..., elle était tout simplement captivante.

Il n'aurait pas su définir ce qui la rendait si spéciale à ses yeux. Peut-être était-ce le côté interdit de son désir. Mia était la petite sœur de son meilleur ami et elle avait quatorze ans de moins que lui. Il aurait mieux fait de l'oublier.

Pourtant, il s'y refusait.

Il voulait Mia et il ferait tout ce qui était en son pouvoir pour la posséder.

Chapitre 6

Lundi matin, bureaux de HCM.

Debout face à Gabe, Mia le dévisageait.

Il n'était donc pas aussi sûr d'elle qu'il aurait bien voulu le faire croire. Elle distinguait encore une lueur de soulagement dans ses beaux yeux bleu sombre.

Elle ouvrit la bouche pour lui rappeler qu'elle ne lui avait pas encore fait part de sa décision, puis renonça à cette cruelle taquinerie. Il semblait terriblement tendu, et elle ne tenait vraiment pas à commencer leur relation en le mettant en rogne.

— Je suis là, souffla-t-elle d'une voix douce.

Il lui prit la main et l'entraîna vers le coin salon aménagé à l'autre bout de son bureau.

— Est-ce que tu veux boire quelque chose ?

— Non merci. Je suis trop crispée pour avaler quoi que ce soit, avoua-t-elle en secouant la tête.

Il lui fit signe de s'installer dans le canapé en cuir, puis s'assit à côté d'elle et lui reprit les deux mains, qu'il posa sur ses genoux.

— Je ne veux pas que tu sois crispée ou que tu aies peur de moi, Mia. Ce n'est vraiment pas mon intention. Si je t'ai donné une esquisse aussi précise de ce que j'attends, c'est justement pour éviter toute crainte ou confusion. Tout ce que je souhaitais, c'était que tu saches exactement dans quoi tu t'engageais. Je ne cherchais surtout pas à t'intimider.

Mia le regarda droit dans les yeux, bien décidée à se montrer directe et assurée.

— Je te fais confiance, Gabe. Je t'ai toujours fait confiance..., et c'est pour ça que j'accepte ta proposition.

Une lueur sauvage passa dans les prunelles de Gabe. Mia ressentit alors une impression de grande vulnérabilité, mais cette sensation s'accompagna d'un délicieux frisson d'anticipation.

— Mais j'ai quelques conditions, moi aussi, risqua-t-elle d'une petite voix.

Gabe haussa un sourcil avec un demi-sourire amusé.

— Vraiment ?

Mia comprit que, si elle ne faisait pas preuve de fermeté en cet instant, elle perdrait à tout jamais la face dans leur relation. Elle s'apprêtait certes à lui céder le contrôle de son corps, mais elle refusait de se transformer en niaise apathique qui préférait faire le gros dos plutôt que dire le fond de sa pensée.

— Oui. Il y a une clause qui... qui me dérange.

— Laquelle ?

Mia tenta de maîtriser le feu qui lui montait aux joues, mais le simple fait de le dire la mettait mal à l'aise.

— Celle qui concerne la pilule et les préservatifs.

— Tu ne peux pas prendre la pilule ? demanda Gabe en fronçant les sourcils. Ce n'est pas un problème, tu sais. Je ne te forcerai jamais à faire quelque chose qui pourrait nuire à ta santé. Je n'aime pas porter de préservatifs, mais je le ferai si c'est le seul moyen de te protéger.

Mia secoua la tête.

— Laisse-moi finir. Il y a une phrase qui dit que les préservatifs ne seront utilisés que par… un tiers. Je ne suis pas sûre de comprendre ce que ça veut dire. Si c'est ce que je crois, alors je voudrais me réserver le droit de refuser. Être offerte en cadeau à quelqu'un d'autre, ça me fait flipper. Enfin, ça me fait un peu peur, corrigea-t-elle.

L'expression de Gabe s'adoucit, et il lui caressa lentement la joue.

— Mia, écoute-moi. Ce contrat donne l'impression que je m'arroge tous les droits et tous les pouvoirs, mais ce n'est vrai que dans une certaine mesure. Je peux t'assurer que je ne ferai jamais rien qui te mette réellement mal à l'aise. Je considère qu'il est de mon devoir de veiller au moindre de tes besoins et de tes désirs. Je ne vaudrais pas grand-chose si je n'étais même pas capable de prendre soin de la femme qui s'est confiée à moi. En fait, c'est toi qui détiens le pouvoir ultime – c'est toi qui contrôles mes actions. Le plus important à mes yeux, c'est de te faire plaisir, de te satisfaire…, de te combler. Je veux que tu te sentes chérie et choyée, pour que tu n'aies qu'une envie : passer tout ton temps avec moi.

Mia déglutit, ravalant difficilement un énorme soupir de soulagement.

— Y avait-il autre chose qui t'inquiétait ?

Elle acquiesça, et il laissa retomber la main qu'il avait posée sur sa joue.

— Dis-moi tout.

— Il n'y a pas de *safeword*, lança-t-elle. Je ne connais pas grand-chose à ce genre de… de relation, mais je sais qu'en général les partenaires prévoient un mot de secours. Pourtant il n'en est pas fait mention dans ton contrat.

— Je me demande ce que tu t'imagines…, souffla-t-il.

— Euh… j'ai bien lu les termes « bondage » et « SM », non ? Ça veut dire que tu comptes jouer avec la douleur, je me trompe ?

— Non, tu as raison, mais je n'ai pas parlé de *safeword* parce que, pour moi, il suffit que tu dises « non ».

Mia fronça les sourcils.

— Pourtant, le contrat précise bien que je perds la faculté de te refuser quoi que ce soit à partir du moment où je signe.

— Je ne suis pas un monstre, enfin ; je ne vais pas abuser de ta confiance, soupira-t-il. J'admets ne pas avoir d'affection particulière pour le mot « non », mais j'espère justement que tu ne ressentiras pas souvent le besoin de l'utiliser. Je préférerais que tu limites ça aux occasions qui te feront réellement peur. Je ne veux pas que tu le sortes à tout bout de champ, juste parce qu'une idée te semble bizarre avant même que tu l'aies essayée. En revanche, si tu te retrouves dans une situation qui te déplaît profondément, tu dis « non » et on arrête tout. Je n'aime pas ce mot mais j'en tiendrai toujours compte. Quoi qu'il arrive. Tu as ma parole. On discutera de ce qui te met mal à l'aise et soit on trouvera un moyen d'apaiser tes craintes, soit on laissera entièrement tomber l'idée.

— Il s'agit juste de ne pas crier au loup, résuma Mia.

— Exactement.

Elle commençait à se détendre au fur et à mesure que ses inquiétudes s'évaporaient. Elle sentait même poindre une certaine excitation à présent qu'elle s'apprêtait à goûter ce qu'elle désirait plus que tout depuis son adolescence.

— Est-ce que tu avais d'autres objections ? reprit Gabe.

Elle acquiesça et inspira profondément. Il n'accepterait peut-être pas la condition suivante, mais elle y tenait trop pour se dégonfler.

— Il y a un paragraphe entier au sujet de ma fidélité, mais pas un mot au sujet de la tienne.

— Et c'est un point important pour toi, compléta-t-il avec une lueur d'amusement dans le regard.

— Un peu, oui ! lança-t-elle sur un ton plus véhément qu'elle ne l'aurait souhaité. Si ce contrat implique que je devienne ta chose, alors il a intérêt à préciser que tu m'appartiens, toi aussi !

Gabe partit d'un grand éclat de rire.

— D'accord. On peut ajouter une clause en ce sens, ça ne me pose pas de problème. C'est tout ?

Elle secoua lentement la tête.

— Une dernière chose, et pas des moindres. En fait, c'est carrément primordial.

Gabe se recula légèrement, l'air soucieux.

— J'ai comme l'impression que c'est une condition *sine qua non*.

— En effet.

— Si on s'engage là-dedans… il est hors de question que Jace soit au courant. Enfin, il ne doit pas connaître toute l'étendue de la vérité.

Puis, voyant le visage de Gabe s'assombrir, elle se hâta d'ajouter :

— Ne va surtout pas croire que j'ai honte de toi, ou un truc de ce genre. C'est juste que Jace ne comprendrait pas cette histoire de contrat. Je suis sûre que tu y as réfléchi, Gabe. Tu ne m'aurais pas fait ce genre d'offre sans anticiper ce que ça pourrait impliquer pour votre amitié et votre entreprise. Aux yeux de Jace, je reste une petite chose fragile qu'il faut protéger à tout prix. Je n'exagère pas : encore maintenant, il se renseigne sur tous les mecs avec qui je sors.

— J'espère bien ! gronda Gabe.

— Sérieusement, tu imagines sa réaction s'il avait vent du genre d'aventure que tu me proposes ?

— Jace n'a aucune raison d'apprendre le détail de notre relation, répondit Gabe d'une voix calme. Tout ce qu'il a besoin de savoir, c'est que tu travailles pour moi. Je sais faire preuve de discrétion, ne t'en fais pas. Je ne tiens pas à voir ma vie privée étalée dans les médias comme cela a été le cas au moment de mon divorce. Je me moque complètement que les gens spéculent sur mon compte, mais je refuse de leur fournir des preuves de mes actions.

— Même si les gens ne font que spéculer, Jace risque de mal le prendre, murmura Mia.

— Ne t'inquiète pas. Si nous faisons attention, la seule rumeur qui circulera à notre sujet sera que nous avons une liaison. Jace sait comment ça marche et, tant que nous ne lui donnons aucune raison d'avoir des soupçons, il mettra justement un point d'honneur à faire taire ces rumeurs.

— Je comprends. Mais ça risque de ne pas marcher si je dois passer tout mon temps avec toi. J'ai mon appartement, mes amis...

Mia laissa sa phrase en suspens. Elle était déjà sur la défensive alors qu'ils n'avaient même pas entamé cette liaison. Elle détestait ce mot, d'ailleurs, et en voulait un peu à Gabe de l'avoir employé. Cela donnait vraiment un côté sordide à la chose, comme s'il était marié et qu'elle n'était que sa maîtresse – une amante illicite, un secret honteux qu'il fallait cacher. L'idée lui vint alors que, d'une certaine manière, c'était lui qui constituait pour elle un vilain petit secret.

— À toi de choisir, Mia, dit-il d'une voix où pointait une certaine autorité. Je ne veux pas te forcer, mais, si tu acceptes les termes de ce contrat, tu t'engages à les respecter. On trouvera un moyen de surmonter les obstacles, ne t'en fais pas. Je ne te demande pas de renoncer à tes autres centres d'intérêt, j'exige juste que tu fasses passer mes intérêts à moi d'abord.

Non mais quelle arrogance ! Cela aurait dû la mettre en colère, mais, au contraire, elle en avait des papillons dans le ventre tellement elle trouvait ça sexy.

— Tu ne me demandes pas d'emménager avec toi ?

— Non, je comprends la nécessité de donner le change si nous ne voulons pas que Jace soupçonne quoi que ce soit. Cela dit, même si tu gardes ton appartement, tu passeras beaucoup de temps avec moi, dans le lieu de mon choix. Je suis sûr que Caroline ne verra pas d'inconvénient à te couvrir, si besoin.

— Comment est-ce que tu sais que ma coloc s'appelle Caroline ?

Gabe sourit, et une lueur prédatrice joua dans son regard.

— Il n'y a pas grand-chose que j'ignore à ton sujet, Mia.

Elle se mordit la joue, mortifiée. Elle n'aurait jamais imaginé que Gabe lui accordait tant d'attention. Certes, il lui faisait des cadeaux à Noël et à son anniversaire, et il avait assisté à ses remises de diplômes, mais elle ne se doutait absolument pas qu'il s'était renseigné sur les détails de sa vie privée. Jusque-là, elle croyait vraiment qu'il voyait en elle la petite sœur de son ami, mais rien de plus.

Elle commençait tout juste à comprendre qu'il s'intéressait à elle de bien plus près – et depuis bien plus longtemps – que ce qu'elle aurait osé imaginer. En revanche, elle ne savait pas trop si elle devait s'en inquiéter ou s'en réjouir.

— Alors ? reprit Gabe non sans une certaine impatience. Est-ce que j'ai répondu à toutes tes questions et apaisé tes craintes, ou bien as-tu d'autres requêtes ?

Il semblait tendu et extrêmement déterminé, comme s'il menait d'âpres négociations. De fait, malgré ce qu'il avait dit en lui remettant le contrat, il avait accepté d'en négocier les termes. Il avait fait des concessions, auxquelles Mia ne s'était pas vraiment attendue, et cela la rassurait grandement. La relation qui se profilait ne serait peut-être pas aussi déséquilibrée qu'elle avait pu le craindre.

Elle ne se faisait pas d'illusions : Gabe serait aux commandes et dirigerait les opérations d'une main de fer, mais elle ne serait pas totalement démunie non plus. Le simple fait d'avoir remporté cette petite victoire la conforta dans sa décision.

— Ma réponse est oui, annonça-t-elle d'une voix calme et posée.

Elle sortit de son sac le contrat, qu'elle avait déjà paraphé et signé, et le tendit à Gabe. Elle demeurait quand même vaguement gênée que sa vie sexuelle soit devenue un sujet de négociation.

— Je n'étais pas sûre de la marche à suivre quant aux changements à apporter – enfin, quant aux changements que je souhaitais apporter et à la question de Jace. Je me suis dit que le mieux serait de tout consigner par écrit, donc j'ai inséré les modifications dans la marge et j'y ai apposé mes initiales.

Après une seconde de surprise, Gabe partit d'un éclat de rire franc et grave qui la fit vibrer de plaisir.

— Tu aurais quitté ce bureau la tête haute, sans rien lâcher, si mes réponses ne t'avaient pas satisfaite ? s'enquit-il.

Mia releva le menton et soutint le regard de Gabe un instant avant de hocher la tête.

— Excellent, dit-il en prenant le contrat, un sourire aux lèvres. En affaires, le meilleur moyen de garder l'ascendant, c'est d'être prêt à dire non. Tu n'es pas la petite souris que Jace semble voir en toi. Je pense que tu feras une assistante admirable.

Il se leva puis lui tendit la main pour l'aider, et elle savoura l'instant où sa paume glissa contre celle, chaude et forte, de Gabe. Ce simple contact la fit frissonner d'anticipation, à présent que les termes de leur relation avaient changé. À partir de ce jour, plus aucun geste ne serait anodin entre eux, chacun prendrait une profondeur et une signification nouvelles. Elle, Mia Crestwell, appartenait désormais à Gabe Hamilton. Elle était sienne – elle était sa chose.

— Viens t'asseoir à mon bureau le temps que je paraphe tes modifications et que je signe l'ensemble. Je t'en enverrai une copie dès que mon avocat l'aura finalisé.

Elle fit une brève grimace, et Gabe s'arrêta. Il se contenta de hausser un sourcil en guise de question, et elle soupira avant de s'expliquer.

— C'est juste que… je ne sais pas comment décrire la situation. C'est sans doute idiot de ma part, mais je n'ai jamais entamé une relation sous la houlette d'un avocat. Ça me paraît tellement… froid.

Gabe lui effleura la joue d'un geste doux et rassurant.

— Je fais ça pour nous protéger, l'un comme l'autre, mais je suis en mesure de t'assurer une chose, c'est qu'il n'y aura jamais rien de froid dans notre relation. Tu peux me faire confiance là-dessus.

La chaleur de son regard et la sensualité de sa brève caresse semblaient appuyer ses paroles, de même que la promesse contenue dans sa voix. Mia le croyait sans mal : leur relation serait torride, brûlante, elle les enflammerait, les consumerait et ne laisserait pas la place à la moindre tiédeur.

Gabe se pencha sur son bureau, griffonna ses initiales au bas de chaque page et en face de chaque modification, puis apposa sa signature à côté de celle de Mia. Alors il repoussa le contrat et se retourna vers elle.

— D'accord, nous avons du pain sur la planche. Je vais te prendre rendez-vous chez mon médecin pour qu'il te fasse passer tous les tests nécessaires et te prescrive une méthode de contraception adaptée, si tu n'en as pas déjà une. Je te ferai parvenir une copie de ma dernière visite médicale et de mes examens sanguins. Mais, d'abord, tu vas aller voir mon directeur des ressources humaines pour qu'il te précise les termes de ton contrat d'embauche, dont ton salaire, évidemment.

— Euh… OK, fit-elle d'une petite voix, soudain dépassée par les événements.

Sa vie venait de prendre à toute vitesse un sacré virage, et elle n'était pas sûre d'être prête à suivre le rythme.

— Tout va bien se passer, Mia, la rassura Gabe d'une voix grave et douce. Fais-moi confiance, je vais prendre bien soin de toi.

La jeune femme se sentit aussitôt apaisée et euphorique à la fois. Elle avait l'impression de se trouver dans un grand huit, au moment où l'on arrive au sommet et que l'on s'apprête à dévaler la pente à toute vitesse, le vent dans les cheveux et le cœur en folie.

— Je te fais confiance, Gabe. Sinon, je ne serais pas ici.

Cela n'était peut-être pas entièrement vrai. Elle était arrivée avec la crainte persistante de ne pas être à la hauteur, mais Gabe avait dissipé ses doutes par la sincérité de ses paroles et l'intensité de son regard. Elle lui faisait bel et bien confiance, désormais. L'inverse aurait été complètement insensé, vu qu'elle venait de remettre le contrôle de sa vie entre les mains de cet homme.

Elle espérait juste qu'elle ne passerait pas le restant de ses jours à regretter cette décision.

Chapitre 7

Le reste de la journée s'écoula dans une sorte de brouillard. Mia passa une heure à remplir de la paperasse au service des ressources humaines. Elle écarquilla les yeux en apercevant le salaire que Gabe comptait lui verser. Elle s'attendait à ce qu'il la paie un strict minimum, puisque cet emploi constituait avant tout une couverture pour leur relation. À vrai dire, elle ne savait même pas s'il comptait vraiment lui confier du travail, mais il lui réservait peut-être des surprises.

Elle était au moins rassurée par le fait de ne pas dépendre uniquement de la générosité de Gabe – et de Jace – pour subvenir à ses besoins. Elle avait déjà prévu de mettre un maximum d'argent de côté pour anticiper le moment où Gabe se fatiguerait d'elle. Elle n'était pas rêveuse – ou stupide – au point de s'imaginer que leur histoire durerait éternellement.

Certes, elle ne connaissait pas le détail des relations passées de Gabe, mais elle avait entendu Jace et Ash en discuter, et, d'après ce qu'elle avait compris, Gabe ne restait jamais plus d'un an avec la même femme. Le plus souvent, six mois suffisaient à le lasser.

La seule chose qui lui procurait un plaisir sans mélange, c'était de se rendre compte qu'elle avait effectivement besoin d'un emploi plus stimulant que ce qu'elle faisait à *La Pâtisserie*. Gabe lui avait ouvert les yeux à ce sujet : elle était en train de dévaloriser son diplôme pour l'unique raison qu'elle était trop attachée à Greg et à Louisa pour démissionner. Peut-être aussi qu'une petite partie d'elle-même était terrifiée à l'idée de se mesurer au monde réel.

Au moins, travailler pour Gabe serait le tremplin idéal pour acquérir de l'expérience et, au passage, étoffer son CV. Cela lui faciliterait grandement les choses quand il lui faudrait retrouver un emploi après cet épisode…

Une fois de plus, elle se rappela que son histoire avec Gabe serait sans doute de courte durée. Elle avait besoin de se le répéter si elle voulait être en état d'accepter l'inévitable rupture lorsque celle-ci se produirait.

Gabe avait beau lui inspirer des rêveries d'une adolescente en chaleur, il était temps pour elle de se montrer digne de cette relation ô combien adulte.

Aussitôt qu'elle sortit du bureau des RH, une voiture avec chauffeur la conduisit jusqu'à une clinique assez proche, où elle reçut un accueil royal. Elle fut prise en charge immédiatement et n'eut même pas à remplir le moindre formulaire, ce qu'elle trouva presque suspect. Elle dut uriner dans un gobelet, subir une prise de sang et répondre à une longue série de questions, notamment concernant la méthode de contraception qu'elle souhaitait adopter.

Alors que la plupart de ses amies avaient choisi des moyens plus modernes que la pilule quotidienne, Mia y était restée fidèle. C'était peut-être contraignant, mais elle savait d'expérience que c'était aussi ce qui lui convenait le mieux.

Lorsque, enfin, elle sortit de chez le médecin, elle était épuisée tant physiquement que moralement. Gabe ne lui avait pas demandé de se présenter au bureau le lendemain, heureusement. Il lui avait dit de prendre un jour de repos, ce qu'elle avait trouvé bizarre sur le moment. Elle comprenait à présent qu'il avait anticipé à quel point cette journée serait éprouvante pour elle.

Cela lui laissait également un peu de temps pour s'habituer à sa nouvelle situation. C'est donc avec un soupir de soulagement qu'elle monta dans la voiture que Gabe lui avait assignée. Le chauffeur avait pour instruction de venir la chercher le surlendemain pour la conduire au bureau, mais il lui donna également sa carte en lui assurant qu'elle pouvait l'appeler à n'importe quel moment si elle avait besoin de se déplacer. C'étaient là les seules paroles qu'il lui avait adressées – sur un ton bourru.

Elle avait déjà l'impression que Gabe investissait sa vie et s'infiltrait dans la moindre petite brèche. Par ailleurs, il habitait ses pensées… et prendrait bientôt possession de son corps.

À cette idée, un léger frisson lui parcourut l'échine. Elle sortit de l'ascenseur et consulta sa montre tout en se dirigeant vers son appartement. Elle espérait que Caroline ne serait pas là, elle avait besoin d'un peu de solitude pour digérer les événements de cette journée – et mesurer les bouleversements qui l'attendaient encore.

Elle était morte de trouille – et folle d'excitation.

C'est donc avec un pincement au cœur qu'en ouvrant la porte elle découvrit sa colocataire en compagnie de trois de leurs amies communes, Chessy, Trish et Gina, confortablement installées dans le salon. À l'arrivée de Mia, elles se redressèrent et l'accueillirent par un concert de hourras et de sifflets.

Mia les dévisagea tour à tour, éberluée, et Caroline se leva pour la rejoindre.

— Je leur ai parlé de ton offre d'emploi hors du commun avec le sex symbol qu'est Gabe Hamilton, déclara-t-elle en lui passant un bras autour des épaules.

— Caro, tu exagères..., marmonna Mia entre ses dents.

Mais, aussitôt, elle fut assaillie et sentit fondre son agacement. Les filles la bombardèrent de questions, et elle ne demandait pas mieux que de leur répondre et de leur raconter en détail l'accord qu'elle venait de passer. Pourtant, elle refusa de prendre ce risque, même si c'étaient ses meilleures amies.

— Alors, raconte ! lança Chessy d'une voix traînante. Il est monté comme un étalon ou quoi ?

— Tu crois vraiment qu'il a dégainé son truc pendant mon entretien d'embauche ? rétorqua Mia, se prêtant au jeu.

Toutes partirent d'un grand éclat de rire suivi d'une série de blagues plus ou moins fines au sujet des attributs virils de Gabe.

— Je suis sûre qu'il sait s'en servir, lui, contrairement à mon ex..., supposa Trish, songeuse. Peut-être que Gabe pourrait lui filer un ou deux tuyaux.

— On n'en sait rien ! s'esclaffa Gina. Si ça se trouve, Gabe est nul au pieu – ou gay. Les beaux mecs sont toujours inaccessibles, c'est bien connu. Cela dit, si on me demandait de le convertir, je ne ménagerais pas mes efforts.

— Croyez-moi, il n'est pas gay, marmonna Mia.

— Ah oui ? Et comment tu le sais ? s'enquit Chessy en haussant un sourcil.

— C'est le meilleur ami de Jace, répondit Mia, exaspérée. Je le connais depuis que je suis gamine. Il a été marié et a enchaîné les conquêtes depuis son divorce.

— Ça, c'est peut-être parce qu'il n'a pas encore rencontré l'homme de sa vie, insista Gina, taquine.

— En tout cas, moi, s'il me demandait d'être la femme de sa vie, je ne dirais pas non, lança Trish. Même s'il s'agissait juste d'être son assistante, d'ailleurs. Sérieusement, Mia, tu as vraiment du bol !

— En ce qui me concerne, c'est plutôt avec Jace que j'aimerais faire des heures sup, si vous voyez ce que je veux dire, intervint Chessy.

Mia se boucha les oreilles avec un grognement.

— Pitié, tais-toi ! Je ne veux surtout pas t'imaginer en train de faire des trucs avec mon frère, c'est dégoûtant ! Beurk !

— Vous savez quoi ? On devrait sortir fêter ça, suggéra Caroline.

Mia lui jeta un regard étonné, et les autres filles se tournèrent vers elle, curieuses de savoir ce qu'elle allait proposer.

— Si Mia commence à travailler à plein-temps, ce soir est notre dernière chance de l'emmener en boîte en pleine semaine, poursuivit Caroline. Je connais le videur du *Vibe*, et il m'a promis de me faire entrer à l'œil, moi et mes copines.

— Ça tombe mal, je commence tôt demain, commenta Trish avec une moue dépitée.

— Oh, allez ! l'encouragea Chessy. Tu serais capable de faire ton boulot dans ton sommeil s'il le fallait, et puis tu pourras te coucher tôt demain. Ça fait trop longtemps qu'on n'a pas passé une bonne soirée entre filles.

Trish hésita encore un instant avant de céder.

— Bon, d'accord, je viens.

— Mia ? demanda Caroline en se tournant vers son amie, aussitôt imitée par toutes les autres.

Ce dont la jeune femme avait réellement envie, c'était de rester tranquille dans son coin pour réfléchir à loisir aux événements de la journée. À Gabe. À tout. Mais elle adorait ses amies et savait bien qu'elle ne pourrait plus passer autant de temps avec elles une fois qu'elle serait avec Gabe. Du moins, tant qu'elle serait avec lui.

— OK, je suis partante, céda-t-elle en souriant. Il faut que je me change, en revanche. Je suis déguisée en secrétaire, ça ne va pas du tout.

— Excellent. C'est parti ! s'écria Chessy.

— Attendez, les filles, intervint Trish. Moi non plus, je ne suis pas habillée pour sortir. Il faut que je repasse chez moi.

— Moi aussi, renchérit Gina.

— OK, alors voici ce que je vous propose, lança Caroline en levant les mains. On se prépare en vitesse et on se donne rendez-vous devant le club dans une heure et demie. Ça vous va ?

En guise de réponse, les filles se précipitèrent vers la porte et disparurent pour mettre leur plan à exécution.

Mia commença à se diriger vers sa chambre, mais Caroline la rattrapa.

— Ça va, Mia ? Je te trouve bien silencieuse. Tu as l'air toute bizarre…

— Non, ça va, je t'assure, dit-elle avec un sourire. Je suis un peu fatiguée, c'est tout. Ç'a été une drôle de journée.

— Tu préfères passer une soirée tranquille ici ? Je peux rappeler les filles pour annuler, tu sais.

— Non ! s'écria Mia. Tu as raison : je n'aurai peut-être plus trop l'occasion de sortir en semaine, au moins le temps que je trouve mon rythme avec Gabe. Je ne sais pas du tout quel genre d'horaires il compte m'imposer, mais j'imagine que je vais devoir me caler sur les siens.

Mia reprit la direction de sa chambre, mais, une fois de plus, Caroline la rappela.

— Tu es sûre que c'est vraiment ce que tu veux ? Travailler pour Gabe, je veux dire ?

Mia croisa le regard de sa meilleure amie et sentit un peu de sa tension se dissiper.

— Oui, c'est vraiment ce que je veux.

Ou plutôt, ce qu'elle voulait vraiment, c'était Gabe. Travailler pour lui n'était qu'une façon de rendre cela possible. L'expérience professionnelle qu'elle pourrait glaner au passage ne serait qu'un bonus.

Tandis qu'elle finissait de se coiffer et de retoucher son maquillage, son téléphone sonna pour signaler un nouveau message. Elle le sortit de son sac, qu'elle avait posé sous le lavabo, et déchiffra un numéro qu'elle ne connaissait pas.

Prends la journée de demain pour te reposer, mais viens chez moi à 19 heures précises. Sois ponctuelle.

Gabe

Elle retint son souffle et relut le message, les mains tremblantes.

C'était donc bien réel.

Chapitre 8

Il était prévu que la voiture vienne chercher Mia à 18 h 30, et, soucieuse de respecter la consigne de Gabe, la jeune femme se prépara avec un peu d'avance. Tandis qu'elle attendait le chauffeur, elle réprima un bâillement. Les filles et elle avaient fait la fête toute la nuit, mais ce n'était pas une excuse puisqu'elle avait eu la journée entière pour se reposer et se remettre de sa gueule de bois. Le problème, c'est qu'elle n'avait pas réussi à dormir tant cette petite visite chez Gabe lui mettait les nerfs en pelote.

Cela devenait ridicule, d'ailleurs. Il fallait vraiment qu'elle trouve un moyen de se débarrasser de la fébrilité qui l'envahissait chaque fois qu'elle devait se trouver en présence de Gabe. Elle avait signé un contrat impliquant qu'ils allaient coucher ensemble, mais elle ne pouvait pas envisager de le croiser sans se mettre dans tous ses états. Pour elle qui aurait voulu jouer la sophistication, cela s'annonçait mal. On aurait plutôt dit une vierge effarouchée n'ayant jamais vu un homme nu de sa vie. Ce n'était pas si absurde, après tout : Mia était à peu près sûre de n'avoir jamais vu un homme tel que Gabe nu – certainement pas en personne.

Quand elle repensait à ses amants passés, elle ne pouvait que les qualifier de gamins, faute d'un terme plus adapté. La plupart avaient été aussi jeunes et inexpérimentés qu'elle.

Seule sa dernière aventure – elle aurait presque pu appeler ça un coup d'un soir, mais ils s'étaient vus plusieurs fois avant de passer la nuit ensemble – lui avait fait voir des étincelles, et Mia restait persuadée que c'était dû à l'âge – et à la pratique – de David, même si ce dernier ne l'avait pas impressionnée par sa personnalité.

Cette histoire l'avait convaincue que les meilleurs amants n'étaient pas les plus jeunes, au contraire, et l'avait donc confortée dans son obsession pour Gabe.

Mia savait déjà que celui-ci serait un amant hors du commun et que même David ferait pâle figure en comparaison.

Le chauffeur la déposa devant chez Gabe à 18 h 55 précisément. Il ne lui avait toujours pas adressé un mot et semblait se contenter d'arriver à l'heure prévue, de la conduire au lieu de rendez-vous et de refaire son apparition lorsqu'il était temps de la raccompagner. Mia trouvait cela presque inquiétant, à croire que ce type avait reçu l'ordre de ne jamais ouvrir la bouche en sa présence.

Il y avait carrément un agent de sécurité devant l'immeuble – l'une de ces résidences qui donnent l'impression de vivre dans un hôtel de grand luxe, sauf qu'on y occupe un appartement tout entier.

Mia montra une pièce d'identité au vigile, qui appela alors Gabe pour s'assurer qu'elle avait bien le droit de monter. Elle espérait ne pas devoir se plier à ce cirque chaque fois que Gabe lui demanderait de venir.

Un instant plus tard, le gardien l'accompagna jusqu'à l'ascenseur, où il inséra la carte magnétique donnant accès à l'étage de Gabe – le dernier, évidemment – avant de se retirer avec une brève révérence.

Lorsque les portes se rouvrirent, cinquante étages plus haut, Mia aperçut Gabe, qui se tenait dans le vestibule de son appartement. Il la couva d'un regard intense tandis qu'elle sortait de l'ascenseur. Celui-ci se referma derrière elle, les laissant enfin seuls.

La jeune femme se délecta du spectacle que lui offrait Gabe. Elle l'avait rarement vu en jean, et celui qu'il portait ce jour-là lui allait comme un gant. Il était tout usé, comme si Gabe le possédait depuis des années et l'aimait trop pour se résoudre à le jeter. Il portait également un tee-shirt des Yankees qui moulait son torse musclé et ses biceps puissants.

Il faisait du sport, c'était évident. Pour un homme qui passait autant de temps dans un bureau, c'était le seul moyen de garder une forme physique aussi impressionnante.

Soudain, Mia se sentit trop habillée face à lui. Elle avait opté pour une petite robe bleu marine qui lui arrivait aux genoux, assortie à des talons qui compensaient un peu la différence de taille entre Gabe et elle. Pourtant, elle se sentait minuscule à côté de lui.

Il semblait plus grand que nature et emplissait la pièce de sa présence dominatrice, même en jean et en tee-shirt. Mia eut l'impression d'être marquée au fer rouge par le regard qu'il maintenait braqué sur elle.

Il la détailla des pieds à la tête, et ce simple fait la réchauffa tout entière. Lorsque leurs yeux se croisèrent enfin, il sourit avec nonchalance et lui tendit la main.

Mia réduisit la distance qui les séparait et glissa sa paume dans celle de Gabe. Il referma les doigts sur les siens avant de l'attirer contre lui et de l'embrasser avec fougue. Il lui mordilla les lèvres juste assez fort pour qu'elles picotent délicieusement, puis la taquina du bout de la langue jusqu'à ce qu'elle ouvre la bouche. Au bout de quelques instants, il rompit leur baiser et souffla d'une voix rauque :

— J'espère que tu as faim, je nous ai prévu à dîner.

— Je suis affamée.

— À ce point ? Tu n'as pas assez mangé aujourd'hui ? demanda-t-il en fronçant les sourcils.

— Non, j'ai juste bu un verre de jus d'orange. Je n'avais pas vraiment d'appétit.

Elle se garda bien de préciser qu'elle avait la gueule de bois et que, jusque-là, la simple idée d'avaler quoi que ce soit lui donnait la nausée.

Gabe l'entraîna vers la table de la salle à manger, située près d'une baie vitrée qui offrait une vue magnifique sur Manhattan. Les immeubles alentour scintillaient doucement contre le ciel du crépuscule.

— Tu n'es plus intimidée, si ? demanda-t-il en la faisant asseoir.

Elle éclata de rire.

— Tu te rends bien compte que je suis en territoire inconnu, quand même ?

— Certes.

Alors, à sa grande surprise, il déposa un baiser dans ses cheveux avant de quitter la pièce. Il revint au bout de quelques minutes, une assiette dans chaque main. Lorsque Mia sentit le délicieux fumet d'un steak bien grillé, son estomac gronda bruyamment.

— Je ne veux plus que tu sautes des repas, Mia, reprit Gabe avec un regard sévère.

Elle acquiesça en silence et le suivit des yeux tandis qu'il retournait à la cuisine, d'où il rapporta une bouteille de vin. Il s'assit en face d'elle et leur servit un verre chacun.

— Je connais mal tes goûts, il faudra qu'on en discute pour que je sache ce que tu préfères manger, mais on a tout notre temps. En attendant, je me suis dit qu'une bonne pièce de bœuf te ferait sans doute plaisir.

— Tu as bien fait ! Un bon steak, ça guérit tous les maux.

— Je n'aurais pas dit mieux.

Mia attaqua son repas tout en observant Gabe du coin de l'œil. Un million de questions fusaient sous son crâne, mais elle ne voulait pas le harceler. Comme il l'avait dit lui-même, ils avaient largement le temps d'apprendre à se connaître. Certes, la plupart des couples prenaient cette peine avant de se lancer dans l'aspect sexuel de l'aventure, mais Gabe avait l'habitude de mener les choses à sa manière, et elle-même se fichait bien des conventions. Et puis ce n'était pas comme s'ils venaient de se rencontrer. Gabe faisait partie de sa vie depuis des années, après tout.

Un long silence s'installa entre eux. Mia sentait le regard de Gabe peser sur elle, et elle-même ne pouvait s'empêcher de l'épier. En cela, ils devaient ressembler à deux adversaires se jaugeant avant de livrer bataille, sauf que Gabe n'était clairement pas aussi mal à l'aise qu'elle. Au contraire, il semblait parfaitement confiant, tel un prédateur sûr de capturer sa proie.

Soudain, Mia se sentit des papillons dans le ventre…, puis son excitation se propagea plus bas, si bien qu'elle dut croiser les jambes.

— Tu n'as pas terminé ton steak, fit remarquer Gabe.

Mia baissa les yeux vers son assiette et se rendit compte qu'elle s'était immobilisée, la fourchette en l'air. Elle reposa ses couverts et riva son regard sur celui de Gabe.

— Cette situation est très inconfortable, Gabe. Tout est nouveau pour moi, et je ne sais pas du tout comment me comporter. J'ignore ce que je suis censée faire ou dire, ou même si je dois parler ou me taire ! Tu es là, à me dévisager comme si j'étais le dessert de ce repas, mais, si ça se trouve, tu m'as juste fait venir ici pour un dîner amical, histoire de rompre la glace. Je n'ai pas la moindre idée de ce qui se passe vraiment ; il va falloir m'aider un peu.

Gabe lui décocha un demi-sourire nonchalant, l'air amusé.

— Mia, ma chérie, tu as tout compris : tu es effectivement le dessert.

Elle sentit son souffle se bloquer face à ce regard affamé.

— Mange, ordonna-t-il d'une voix douce mais sans appel. Je ne vais pas te sauter dessus à table, ne t'en fais pas. L'anticipation rend la récompense d'autant plus délectable.

Mia reprit donc ses couverts et découpa une nouvelle bouchée, qu'elle avala sans vraiment en sentir le goût. Elle s'appliqua à finir son assiette, mais un drôle de frisson courait sur sa peau. De toute évidence, Gabe n'avait pas l'intention d'y aller progressivement. Ce n'était pas son style. Quand il voulait quelque chose, il fonçait avec une détermination inflexible, et c'était ce trait de caractère qui lui avait valu un tel succès dans les affaires. À présent, c'était elle, Mia, qu'il voulait.

Elle but une gorgée de vin pour se donner une contenance. Elle hésitait entre faire traîner ce dîner pour gagner un peu de temps, ou se dépêcher de finir son assiette afin qu'ils puissent passer au… dessert.

Gabe avait déjà terminé, lui. Adossé à sa chaise, son verre de vin à la main, il observait Mia, attentif mais parfaitement calme et détendu. Du moins le croyait-elle, jusqu'à ce qu'elle croise son regard. Elle y discerna alors un tourbillon d'émotions brûlantes et impatientes.

Il restait encore un petit morceau de viande dans son assiette, mais elle capitula et reposa ses couverts avant de se reculer sur sa chaise. Elle ne dit rien, mais une question s'éleva entre eux, presque tangible : « Et maintenant ? » Gabe la dévisagea un instant puis, d'une voix nonchalante, ordonna :

— Va te mettre debout au milieu du salon, Mia.

Elle prit une profonde inspiration avant de se lever, avec toute la grâce dont elle était capable. Elle tenait à se montrer sereine, sûre d'elle. Après tout, cet homme la désirait, elle, entre toutes les femmes. Il était temps pour elle de se comporter comme si sa présence en ces lieux était parfaitement justifiée.

Elle s'avança donc sur le parquet massif, ses talons résonnant discrètement dans le silence ambiant. Arrivée au milieu de la pièce, elle se retourna vers Gabe, qui s'approchait du fauteuil disposé en coin par rapport au canapé.

Il s'installa et croisa les jambes, une cheville posée sur le genou opposé, comme pour lui prouver à quel point il était détendu. Mia aurait aimé l'être autant que lui. Elle avait l'impression d'être l'objet d'une vente aux enchères tant il l'examinait avec intensité.

— Déshabille-toi, commanda-t-il d'une voix caressante.

Les yeux écarquillés, elle sonda son regard, surprise par cet ordre.

— Mia ? insista-t-il en haussant un sourcil.

Se décidant à obéir, elle commença à retirer un de ses escarpins, mais Gabe l'arrêta d'un geste.

— Non, garde les chaussures. Juste les chaussures.

Elle leva donc les mains vers le col de sa robe et défit lentement les trois boutons qui la fermaient. Puis elle découvrit ses épaules une à une avant de laisser glisser la robe à ses pieds.

Elle ne portait plus que ses sous-vêtements, et, à ce spectacle, Gabe serra les mâchoires en une expression de faim presque animale. Mia ne put réprimer un violent frisson. Ses tétons se durcirent contre le tissu soyeux de son soutien-gorge. Cet homme allait la rendre folle avant même de l'avoir touchée. Son regard suffisait à l'embraser tout entière.

— Je commence par quoi ? Le haut ou le bas ? demanda-t-elle d'une voix suave.

— Ma chère Mia, vous êtes une vraie coquine, la taquina-t-il avec un demi-sourire. Le bas d'abord.

Elle passa donc les pouces dans la fine bordure de dentelle de sa culotte et la fit glisser tout doucement jusqu'à ce qu'elle tombe au sol. Son instinct avait beau lui dicter de se couvrir le sexe d'une main pour garder un semblant de pudeur, elle se força à n'en rien faire. Elle sortit un pied puis, de l'autre, écarta le petit morceau de tissu avec la pointe de sa chaussure.

Alors elle rassembla ses cheveux et les ramena sur son épaule pour pouvoir dégrafer son soutien-gorge. Aussitôt, la bande de tissu retomba de part et d'autre, révélant les côtés de ses seins.

— Ramène tes cheveux en arrière, murmura Gabe.

D'une main, elle maintint les bonnets en place tandis que, de l'autre, elle rejetait ses cheveux dans son dos. Puis elle fit glisser les bretelles de son soutien-gorge et l'écarta doucement de ses seins avant de le laisser tomber à terre, où il rejoignit le reste de sa tenue.

— Magnifique, souffla Gabe.

Vulnérable, Mia attendit qu'il lui dise quoi faire ensuite, mais, de toute évidence, il n'était pas pressé. C'était la première fois qu'il la voyait nue, et il semblait bien décidé à en profiter aussi longtemps qu'il le voudrait.

Presque malgré elle, la jeune femme remonta un bras le long de son ventre, vers sa poitrine.

— Non, ne te cache pas, murmura Gabe. Viens là, Mia.

Elle fit un pas tremblant vers lui, puis un deuxième, jusqu'à se trouver à quelques centimètres de lui à peine.

Alors il décroisa les jambes. Mia discernait clairement la bosse qui déformait son jean.

Il lui tendit la main, et elle s'avança entre ses cuisses. Puis, comprenant ce qu'il voulait, elle s'installa sur lui, les genoux logés entre son torse et les bras du fauteuil, et les talons sous les fesses. Le souffle court, les muscles tendus, elle attendit la suite.

Gabe lui saisit la nuque et l'attira à lui dans un baiser sauvage, presque violent. Lui aussi était hors d'haleine et il passa les doigts dans ses cheveux avant de refermer le poing et d'assurer une prise encore plus impérieuse sur elle.

Puis, brusquement, il rompit leur baiser et l'écarta de lui, la tenant toujours par les cheveux. Il respirait par saccades qui soulevaient son torse à un rythme effréné. Ses yeux brillaient d'un désir brutal, brûlant, qui fit frissonner Mia.

— Je ne sais pas si tu te rends compte à quel point j'ai envie de toi, murmura-t-il.

— Moi aussi, j'ai envie de toi, souffla-t-elle.

— Et tu vas m'avoir, Mia. Tu vas m'avoir.

Cette promesse lui fit l'effet d'un voile de soie chaude sur sa peau : à la fois douce et délicieusement indécente.

Gabe relâcha sa prise sur ses cheveux et passa ses paumes ouvertes sur le ventre de Mia, les faisant remonter en direction de ses seins, qu'il saisit à pleines mains. Puis il approcha son visage et happa un de ses tétons entre ses lèvres.

Mia ne put retenir un soupir tremblant et s'appuya aux bras du fauteuil, rejetant la tête en arrière tandis que Gabe taquinait du bout de la langue la pointe tendue de son sein.

Puis il commença à alterner, suçant et mordillant ses deux tétons tour à tour jusqu'à ce qu'ils soient aussi durs que de la pierre.

Alors il laissa retomber une main et, du bout des doigts, lui caressa les côtes, le ventre, l'intérieur de la cuisse... Avec une infinie délicatesse, il écarta les quelques boucles de son intimité, puis passa l'index entre ses lèvres. Mia frissonna violemment lorsqu'il lui effleura le clitoris.

Il commença une petite danse infernale, faisant jouer ses doigts à l'entrée de son sexe tout en décrivant, avec son pouce, des cercles délicats autour du point le plus sensible.

— Gabe..., murmura-t-elle dans un gémissement.

Elle baissa la tête afin de pouvoir l'observer, les paupières mi-closes. La vue de ses lèvres refermées autour de son téton était incroyablement érotique et fouetta ses sens déjà en émoi.

Elle poussa un nouveau gémissement lorsqu'il introduisit un doigt en elle tout en accentuant la pression de son pouce. Tendue comme un arc, incapable de rester immobile, elle ondulait des hanches et se cambrait au rythme de ses caresses.

— Jouis, Mia. Je veux te sentir jouir dans ma main.

Puis, reprenant son téton entre ses lèvres, il avança son doigt encore plus profondément et atteignit son point G, sans cesser de stimuler son clitoris. Mia ferma les yeux et cria son nom en sentant monter la première vague de l'orgasme, qui déferla avec une exquise violence.

— Oui, Mia, c'est ça. Dis mon nom quand tu jouis. Encore !

— Gabe, murmura-t-elle.

Au lieu de ralentir ses caresses, il les fit plus pressantes, et Mia se débattit contre sa main, secouée de spasmes toujours plus puissants. Puis elle se laissa retomber contre lui et lui agrippa les épaules tandis qu'elle tentait de reprendre son souffle.

Avec douceur, Gabe retira sa main et passa les bras autour de Mia pour l'attirer contre la chaleur de son corps. Elle appuya le front sur son épaule et ferma les yeux, anéantie par la violence de son plaisir.

Gabe lui caressait le dos en de longs gestes doux et apaisants. Puis il remonta une main dans ses cheveux et tira délicatement, jusqu'à ce qu'elle relève la tête et croise son regard.

— Accroche-toi, dit-il.

À peine avait-elle noué les bras autour de son cou qu'il se pencha en avant et se leva tout en la portant.

— Passe les jambes autour de ma taille.

Il la souleva un peu plus haut et glissa un bras sous ses fesses pour la soutenir tandis qu'elle croisait les chevilles dans son dos. Puis, comme si elle ne pesait rien, il l'emmena dans sa chambre.

Il s'inclina près du lit et y déposa la jeune femme avant de se redresser aussitôt pour retirer son tee-shirt, non sans une certaine fébrilité. Mia l'observait, hébétée de plaisir, vibrant encore de la puissance de son orgasme. Pourtant, elle en voulait davantage – elle le voulait, lui.

Elle releva la tête pour le voir déboutonner son jean, puis le faire glisser sur ses hanches, entraînant son boxer dans le même mouvement vif. Il était d'une beauté à couper le souffle, debout devant elle, le sexe tendu, le regard brûlant. Son corps tout entier semblait vibrer du désir de la posséder. Elle aurait pu passer des heures ainsi, à l'admirer dans toute sa splendeur dominatrice. Elle vit ses muscles jouer sous sa peau lorsqu'il se pencha vers elle pour lui saisir les chevilles. D'un geste rude, il l'attira vers le bord du lit et s'avança entre ses jambes.

— Je ne vais pas pouvoir y aller en douceur, Mia, gronda-t-il d'une voix fébrile. J'ai trop envie d'être enfin en toi. J'ai besoin de te prendre là, tout de suite.

— Je ne demande pas mieux, souffla-t-elle en soutenant son regard d'un bleu profond.

Il passa les mains sous ses genoux pour l'amener tout contre lui, et elle sentit l'extrémité de son sexe appuyer contre ses lèvres encore gonflées de plaisir. Gabe ne marqua qu'une brève pause avant de la pénétrer avec force.

Mia poussa un cri qui fit écho à celui de Gabe. Le simple fait de le recevoir faillit la faire jouir de nouveau. Elle n'en revenait pas d'être aussi excitée juste après un orgasme.

La sensation de Gabe si profondément logé en elle était merveilleuse. Elle se sentait parfaitement comblée. À vrai dire, elle était si serrée autour de lui qu'elle se demandait comment il avait pu la pénétrer ainsi, d'un seul coup de reins. Ou comment il allait pouvoir remuer en elle, d'ailleurs.

Il lui avait agrippé les hanches à pleines mains, mais il relâcha un peu son étreinte, comme s'il venait de se rappeler qu'il devait la traiter avec douceur. Il lui caressa le ventre, la taille puis les seins, qu'il étreignit doucement, en taquinant les pointes.

— Je t'ai fait mal ? demanda-t-il d'une voix rauque.

Alors même qu'il tremblait d'impatience, il s'inquiétait sincèrement de son confort. À cet instant, Mia sut que, si jamais elle voulait qu'il arrête, il s'exécuterait, même enivré de désir comme il l'était.

Elle adorait sentir cette ivresse, cette folie dont elle, Mia, était l'objet.

— Non, pas du tout, répondit-elle en secouant la tête. Ne t'arrête pas, s'il te plaît.

Elle entendit la note de supplication dans sa voix, mais elle n'y pouvait rien. Elle mourrait s'il décidait de tout arrêter.

Elle posa les mains sur les siennes, toujours refermées sur ses seins, puis les fit remonter le long de ses bras forts, se délectant de sa puissance. Elle aurait pu passer des heures à le caresser ainsi, mais il lui attrapa les poignets et, d'un geste brusque, lui ramena les bras au-dessus de la tête. Elle écarquilla les yeux face à l'expression presque féroce qui passa sur son visage tandis qu'il émettait un grondement sourd et guttural.

Puis elle se détendit, et il se pencha sur elle pour placer ses paumes contre les siennes et l'immobiliser complètement.

Elle se trouvait totalement incapable de résister, et cette révélation fit naître au creux de son ventre une vague d'excitation qui se répandit dans ses veines, comme une drogue. Elle était ivre de Gabe, du pouvoir et de la domination qu'il exerçait sur elle.

Elle avait tellement attendu cela : que Gabe s'immisce entre ses jambes et jusqu'au plus profond d'elle-même. Qu'il la maîtrise totalement. À bout de souffle, étourdie de joie, elle frissonnait d'anticipation.

Alors Gabe se retira avant de redonner un violent coup de boutoir qui la secoua tout entière.

Il lui lança un regard incandescent et, d'une voix rauque incroyablement excitante, il murmura :

— Oh, il n'est pas question que j'arrête. Pas quand j'ai attendu si longtemps pour te posséder enfin.

« J'ai attendu si longtemps pour te posséder enfin. » Ces quelques mots faillirent la faire jouir sur-le-champ. L'idée que cet homme si beau, si brillant, si impressionnant, ait pu passer des années à fantasmer à son sujet lui paraissait complètement dingue. Elle n'aurait jamais osé imaginer qu'il puisse nourrir une obsession pareille à la sienne pendant tout ce temps.

Aussitôt, elle se sentit un peu présomptueuse. Il ne s'agissait peut-être pas d'une véritable obsession dans le cas de Gabe. Elle n'avait pas la moindre idée de ce qu'étaient réellement ses sentiments pour elle. Sa seule certitude, c'est qu'elle avait longtemps fantasmé sur le fait de se retrouver précisément là où elle était en cet instant. Immobilisée par le corps puissant de Gabe allongé sur le sien, plongé en elle jusqu'à la garde.

Elle n'aurait pas été jusqu'à dire qu'il était doté d'un sexe démesuré, mais il dépassait de loin tous ses amants passés – autant en taille qu'en maîtrise de la chose.

Il lui lâcha les mains. Alors qu'elle esquissait un mouvement pour le caresser, il lui lança un regard intraitable et les plaqua contre le matelas avant de se redresser de nouveau. L'ordre était clair sans qu'il ait besoin de parler, et elle obéit, gardant les mains au-dessus de la tête et les yeux rivés sur les siens, impatiente de découvrir ce qu'il allait lui faire ensuite.

Il se pencha pour lui attraper les jambes et les nouer autour de sa taille, puis lui intima – par ce même regard vaguement menaçant mais ô combien sexy – de ne pas les déplacer. Alors il passa les mains sous ses fesses et, l'agrippant avec force, il commença à donner de puissants coups de reins, à un rythme rapide et régulier qui fit résonner des ondes de plaisir dans tout son corps.

Instinctivement, elle eut envie de tendre les bras vers lui – elle avait besoin d'un point d'ancrage au milieu de cette tempête de sensations exquises –, mais il la dissuada d'un sévère coup d'œil. Elle laissa donc retomber ses mains.

— La prochaine fois, je t'attache, gronda-t-il en serrant les dents. Ne me cherche pas, Mia. C'est moi qui décide, compris ? Si je te dis de ne pas bouger les mains, tu ne les bouges pas. Est-ce que c'est clair ?

— Oui, répondit-elle dans un souffle.

Elle était déjà tendue comme un arc, à deux doigts de l'orgasme, et l'expression brutalement sensuelle sur le visage de Gabe l'affola encore plus. Elle lisait sur ses traits la promesse de tout ce qu'il lui ferait subir – de tout ce qu'il lui ferait faire... Elle brûlait littéralement d'impatience de découvrir tout cela !

Gabe reprit ses coups de boutoir avec une force qui la secoua tout entière. Elle baissa les paupières et crispa les mâchoires pour retenir le cri de jouissance qu'elle sentait monter.

— Tes yeux ! ordonna Gabe. Ne me quitte pas des yeux, Mia. Jamais. Interdiction de jouir les yeux fermés. Je veux voir le reflet de tout ce que tu ressens quand je suis en toi. Je te défends de m'exclure de ton plaisir.

Aussitôt, elle obéit et rencontra le regard de Gabe, rivé sur elle.

Il se retira presque entièrement avant de revenir à la charge avec une vigueur redoublée, les mains crispées sur ses fesses. Il risquait de lui laisser ses empreintes sur la peau tellement il la tenait fort, l'attirant contre lui pour aller toujours plus profond. Elle n'allait pas tarder à exploser, à ce rythme. C'était trop bon, trop merveilleux…, trop tout !

— Dis mon nom, Mia. Dis-moi à qui tu appartiens.

— À toi, Gabe, souffla-t-elle, hors d'haleine. Je suis à toi, rien qu'à toi.

Un éclat de satisfaction passa dans son regard et sur son visage tendu à l'extrême.

— C'est bien, ma belle. C'est ça. Tu es à moi.

Il glissa une main entre eux deux et trouva son clitoris, qu'il caressa sans jamais cesser ses va-et-vient.

— Jouis, Mia, ordonna-t-il. Vas-y, lâche-toi ! Je veux te sentir jouir tout autour de moi. Tu es si douce, si soyeuse, si merveilleusement étroite. C'est trop bon.

À ces mots elle ne put retenir un cri aigu, secouée par un orgasme encore plus dévastateur que le premier. Gabe était tout au fond d'elle, si profondément ancré qu'elle ne sentait plus rien d'autre que son membre tendu qui épousait si parfaitement les contours de son propre sexe.

Il accéléra encore la cadence, le visage crispé, et elle cambra le dos pour venir à sa rencontre et prolonger ce plaisir étourdissant.

— Mon nom, Mia, gronda-t-il. Dis mon nom quand tu jouis.

— Gabe ! hurla-t-elle.

Un éclat triomphal traversa ses yeux tandis qu'elle se débattait sous lui, toujours parcourue par les vagues de cet orgasme plus intense que tout ce qu'elle avait connu auparavant.

Puis elle se détendit et retomba sur le matelas, épuisée, comblée. Gabe ralentit la cadence, comme s'il voulait savourer chaque instant. Il ferma les yeux et alterna de profonds coups de reins avec des mouvements plus subtils. Puis, serrant les lèvres, il reprit de la vitesse et de l'amplitude.

Soudain, il se raidit, et elle vit ses muscles se contracter à l'extrême. Il remonta les mains jusqu'à celles de Mia, au-dessus de sa tête, et pressa ses paumes contre les siennes, s'allongeant presque sur elle.

— Tu es à moi, Mia, gronda-t-il. À moi !

Elle le sentit jouir à son tour et jaillir en de longues et puissantes secousses tout au fond d'elle. Ils étaient tous les deux moites de sueur et du fruit de leur excitation, et chacun des mouvements de Gabe s'accompagnait d'un petit bruit de succion.

Puis il donna un dernier coup de reins et resta aussi profond qu'il put, avant de venir s'allonger complètement sur elle. Son torse s'élevait et s'abaissait au rythme de son souffle haletant, qui lui chatouillait le cou. Son sexe, encore dur, continuait de lui procurer des sensations délicieuses.

— J'ai le droit de te toucher ? demanda-t-elle dans un murmure.

Elle en avait tellement envie – tellement besoin – qu'elle avait peur de ne plus pouvoir se contenir, même si Gabe le lui interdisait.

Heureusement, il ne dit rien mais lui libéra les mains, ce qu'elle interpréta comme une autorisation.

D'un geste hésitant, elle lui caressa les épaules, puis gagna de l'assurance en constatant qu'il ne protestait pas. Alors elle s'enhardit à explorer son corps, encore étourdie par l'extase de leur union. Elle fit courir ses doigts dans son dos, aussi bas qu'elle put, puis remonta lentement sur les côtés, reproduisant les caresses que Gabe lui avait offertes.

Il poussa un petit grognement satisfait qui fit vibrer Mia et lui arracha un dernier spasme. En réaction, Gabe grogna de plus belle et lui déposa un baiser dans le cou, juste sous l'oreille.

— Tu es belle, et tu es à moi, murmura-t-il.

Un frisson de plaisir la parcourut quand elle entendit Gabe la complimenter et, surtout, la déclarer sienne. Tant que durerait leur arrangement, elle serait bel et bien à lui. Elle lui appartiendrait, comme peu de femmes appartiennent à leur homme.

Elle sentait partout sur son corps la marque de Gabe – la preuve qu'il la possédait. Elle n'avait ni la force ni l'envie de faire le moindre geste, aussi resta-t-elle immobile, heureuse de sentir le poids de Gabe sur le sien et son sexe encore tendu en elle.

Chapitre 9

Allongé à côté de Mia, Gabe l'écoutait respirer doucement. Elle était chaude et douce contre son corps, et il fut saisi d'un sentiment étrange…, une sorte de béatitude. Son bras commençait à s'engourdir sous la tête de la jeune femme, mais Gabe ne l'aurait dérangée pour rien au monde. Il aimait trop l'avoir ainsi lovée contre lui.

Il n'était pourtant pas du genre câlin. Depuis la fin de son mariage, il n'avait plus jamais consacré de temps aux petits gestes tendres et intimes qui accompagnent le sexe. Il lui était bien arrivé de laisser quelques femmes passer la nuit chez lui, mais il demeurait toujours une séparation bien nette, comme un mur invisible entre ses invitées et lui.

Mia ne lui avait pas vraiment laissé le choix, cela dit. À peine s'était-il retiré et les avait-il essuyés l'un et l'autre qu'elle s'était blottie contre lui avant de s'endormir. Il n'avait même pas cherché à l'en empêcher.

Au lieu de ça, il l'écoutait respirer et repensait à l'intensité de cette première rencontre, l'estomac noué par la culpabilité.

Il lui avait promis d'être patient et de faire preuve de douceur lors de son initiation physique. Il aurait dû y aller plus lentement au lieu de la prendre ainsi comme une bête furieuse. Il aurait dû se contrôler mieux que ça.

Mais s'il devait être honnête, au moment où Mia avait posé le pied dans son appartement, Gabe avait ressenti le besoin impérieux de la posséder. Il ne lui avait pas fait l'amour avec tendresse – non, il l'avait baisée brutalement, avec une frénésie qu'il ne s'expliquait pas.

Il la contempla un instant : les yeux fermés, les cheveux en bataille, les seins pressés contre son torse… Il avait cru qu'en satisfaisant son appétit charnel pour cette fille il retrouverait un semblant de contrôle sur cette espèce d'obsession et serait capable de la traiter avec le même détachement que ses autres conquêtes. Pourtant, cette première expérience n'avait fait qu'aiguiser sa faim pour la jeune femme. Son désir, loin de diminuer après ces premiers assauts, en était ressorti plus vif, plus impérieux. À tel point qu'il avait déjà envie de la prendre de nouveau.

Envolées, ses belles promesses de l'initier avec patience. Il voulait l'attacher et la baiser jusqu'à ce qu'ils tombent de fatigue l'un et l'autre. Il voulait lui faire un million de choses, mais rien de lent ou de doux. Il n'aspirait qu'à soulager la fièvre qui le rongeait, mais elle n'avait rien de doux, elle non plus. Il voulait se perdre en Mia et prendre possession d'elle jusqu'à ce qu'elle n'ait plus le moindre doute quant à l'identité de son maître.

À cet instant, elle remua avec un murmure inintelligible et remonta la main sur le torse de Gabe. Presque malgré lui, il lui caressa le bras, incapable de résister à l'envie de la toucher. Il vit ses paupières papillonner quelques secondes avant qu'elle se réveille et lève vers lui des yeux tout embrumés.

— J'ai dormi longtemps ?

— Non, une heure, à peine.

Aussitôt elle se redressa, l'air mal à l'aise.

— Oh, je suis désolée. Je n'en avais pas l'intention. Je ferais mieux d'y aller.

Avec un grondement sourd, il l'attira contre lui et caressa ses courbes, de ses hanches à ses seins. Comme s'il allait la laisser partir ! Elle ne semblait pas encore avoir bien compris ce que signifiait le fait d'être devenue sa chose. Il était hors de question qu'elle s'enfuie en douce à peine son orgasme calmé.

— Appelle ta colocataire et demande-lui de te préparer un sac avec quelques affaires pour la nuit. Mon chauffeur passera le prendre dans une heure. On n'aura qu'à arriver au bureau ensemble demain matin.

— Tu n'as pas peur que ça paraisse louche ? demanda-t-elle, visiblement inquiète.

— Mais non, répondit-il en fronçant les sourcils. Ça donnera l'impression que nous nous sommes retrouvés pour un petit déjeuner, histoire de discuter de tes nouvelles fonctions. Rien de plus banal.

Mia acquiesça en silence.

— Tu as un téléphone à côté du lit, là. Appelle Caroline.

Il relâcha son étreinte pour qu'elle puisse se retourner et saisir le téléphone. Il en profita pour admirer son dos nu et ses fesses rebondies. Quelle merveille !

S'arrachant à ce spectacle, il se pencha pour attraper son portable et, tandis que Mia expliquait la situation à Caroline, il appela son chauffeur pour lui donner ses consignes.

Quand il se retourna vers Mia, elle était assise sur le lit et semblait toujours aussi déboussolée.

Il mourait d'envie de l'attirer sous lui et de la prendre avec force. Heureusement, les draps formaient des plis autour de sa taille et dissimulaient sa formidable érection. Mia ne tarderait pas à la découvrir, évidemment, mais il n'avait pas envie de presser les choses. Il ne comprenait même pas d'où lui venait cette réserve alors que, plus que tout, il mourait d'envie d'écarter ses cuisses fuselées et de se glisser entre elles.

Avec ses autres conquêtes, il aurait soit donné libre cours à son désir, soit suggéré qu'ils dorment avant de se détourner pour se soustraire à la moindre marque d'intimité. Mais, avec Mia, il se découvrait des pulsions nouvelles, qu'il ne s'expliquait pas. D'ailleurs, il ne souhaitait pas vraiment se pencher sur la question ; il n'était pas certain d'apprécier ce qu'il risquait d'apprendre.

— Viens là, dit-il en lui ouvrant les bras pour qu'elle puisse reprendre la position qu'elle avait adoptée si naturellement après l'amour.

Mia se lova contre lui, la tête sur son épaule, puis remonta les draps sous son menton.

Après quelques minutes de silence, elle releva les yeux vers lui.

— Tu ne vas pas exiger que je t'appelle « maître », ou des trucs du genre ?

Haussant un sourcil, il croisa son regard et y vit une étincelle espiègle. Il secoua la tête, amusé, et dut se retenir de rire.

— Non. Ce serait un peu ridicule, tu ne trouves pas ? Ce genre de stéréotypes ne m'intéresse pas vraiment. Ce ne sont que des apparences, après tout.

— Donc, pas de « oui, monsieur » ou de « non, monsieur » ?

Pris dans l'ambiance espiègle de cette conversation, il lui administra une légère claque sur les fesses. Il se sentait bien avec elle et se rendit compte qu'il appréciait grandement ce moment de… d'intimité ? Il rejeta cette notion. Il aurait déjà dû être entre ses cuisses, pourtant il se contentait de savourer l'instant : Mia, dans son lit, qui lui souriait d'un air gentiment aguicheur. Si jamais il la voyait, un jour, faire ce petit numéro de charme à un autre, il risquait de perdre les pédales.

— Petite effrontée, va ! Et non, je ne tiens pas à ce que tu m'appelles « monsieur ». J'aurais l'impression d'être ton père. Déjà que notre différence d'âge me met légèrement mal à l'aise… je ne tiens pas à en rajouter.

Mia se redressa sur un coude pour le regarder en face, et ses cheveux tombèrent en cascades sur le torse de Gabe. Quelle vision magnifique, avec ces mèches folles et soyeuses qui le caressaient ainsi ! Aussitôt, il oublia le côté badin de leur conversation et fut saisi du désir d'attraper Mia pour lui faire subir encore quatre heures de délices au moins.

— Mon âge te dérange tant que ça ? s'enquit-elle. Et, si c'est le cas, est-ce que tu es sûr de vouloir… ça ? Enfin… nous ?

Avec un profond soupir, Gabe se résigna à contrôler ses instincts encore quelques minutes. Son érection lui faisait presque mal, mais Mia semblait d'humeur bavarde. Il pouvait bien faire un effort.

— Ça m'a beaucoup dérangé par le passé, mais plus autant maintenant. On a quand même quatorze ans d'écart, ce qui n'est pas négligeable. On n'en est pas du tout au même point dans nos vies respectives.

Mia ne dit rien mais fronça les sourcils.

— À quoi tu penses ? demanda-t-il.

Elle inspira profondément avant de se lancer.

— L'autre jour, tu m'as laissé entendre que tu me désirais depuis longtemps… Depuis combien de temps, exactement ?

Il s'agissait de trouver les mots justes, et Gabe réfléchit en silence. Le tour que prenait cette conversation le mettait mal à l'aise, mais il ne pouvait s'en prendre qu'à lui-même. Il avait poussé Mia à lui révéler ce qui lui trottait dans la tête, il se devait donc de lui répondre.

— Je crois que ça date de ton retour d'Europe, après ton année sabbatique. Je ne t'avais pas beaucoup vue, jusque-là. À peine quelques jours, quand tu venais passer des vacances avec Jace. Mais c'est vraiment à ta remise des diplômes que mon regard a changé. À mes yeux, tu as cessé d'être la petite sœur de Jace pour devenir une femme à part entière. Une femme magnifique, que j'ai tout de suite désirée. Ça m'a pris complètement par surprise.

— Et qu'est-ce qui t'a décidé à agir, après tout ce temps ? l'interrogea-t-elle dans un murmure.

Lui-même ne connaissait pas la réponse à cette question. Il avait ressenti un déclic en la voyant dans la rue, le jour où il avait pris cette fameuse photo. Tout le désir qu'il avait contenu jusque-là lui était revenu en pleine face avec la force d'un coup de poing. Il avait compris qu'il n'arriverait pas à se défaire de cette obsession qui le rongeait. D'ailleurs, même après avoir enfin possédé Mia, son obsession perdurait. Pire, elle se faisait plus intense que jamais.

— L'heure était venue, expliqua-t-il, simplement. Et toi, Mia ? Quand as-tu compris que tu me désirais ?

Elle détourna le regard, et ses joues prirent une délicieuse teinte rose.

— Je fantasme sur toi depuis que je suis ado, mais tu m'as toujours semblé hors d'atteinte, avoua-t-elle sur un ton qui fit frissonner Gabe.

Ému, il entrevit le désastre qui attendait Mia si elle n'apprenait pas à dissocier ses émotions de leur relation charnelle. C'était peut-être l'autre raison qui l'avait empêché d'agir pendant si longtemps, en plus de leur différence d'âge : Mia était une très jeune femme, elle ne bénéficiait pas de la même expérience que ses conquêtes passées.

— Je te préviens, Mia ; il ne faut pas que tu tombes amoureuse de moi. Ne te méprends pas sur cette histoire. Je ne voudrais surtout pas te blesser.

Elle plissa les yeux d'un air méprisant et s'écarta de lui. Aussitôt, il regretta cette distance entre eux ; il voulait Mia tout près, tout contre sa peau, pour qu'il puisse sentir sa chaleur et sa douceur.

Il se redressa, lui passa un bras autour des épaules et l'attira brutalement contre son torse. Visiblement, ce geste lui déplut, mais tant pis. Si elle avait quelque chose à lui dire, elle le ferait ainsi, nichée contre son cœur.

Elle serra les lèvres en une adorable grimace, mais Gabe se garda bien de faire la moindre remarque à ce sujet. Cela ne ferait que la fâcher davantage. Il eut pourtant du mal à s'empêcher de sourire et dut la regarder droit dans les yeux pour garder son sérieux.

— Je te trouve bien présomptueux, Gabe. Franchement, tu n'avais pas besoin de jouer au salaud arrogant, tu sais. La nature de notre arrangement est on ne peut plus claire, depuis le départ, et je ne suis pas complètement stupide. Qu'est-ce que tu t'imagines ? Que toutes les femmes que tu croises tombent follement amoureuses au point de ne plus pouvoir se passer de toi ?

Il ne put retenir son sourire plus longtemps, ce qui ne manqua pas d'agacer Mia. On aurait dit un chaton énervé qui découvrait tout juste ses minuscules griffes. Gabe se sentit aussitôt soulagé. Certes, il avait bien pris soin de spécifier les termes de leur arrangement, mais, malgré tout, l'idée de briser le cœur de Mia lui faisait horreur. En outre, son amitié avec Jace ne s'en remettrait jamais. Et puis il n'avait tout simplement pas envie de la faire souffrir. Elle méritait mieux que ses autres passades anonymes.

— Message reçu, dit-il. Je te promets de ne plus jamais aborder la question.

Avec un nouveau regard furibond, elle posa les mains à plat sur son torse pour s'écarter de lui. Pas question qu'il la laisse faire ! Il la ramena contre lui avec force, si bien que leurs bouches se trouvèrent toutes proches.

Il l'embrassa et poussa un grognement en constatant qu'elle restait de marbre. Il passa une main entre eux, le long de son ventre, et glissa les doigts entre les replis soyeux de son sexe gonflé. Elle ne put retenir un hoquet de surprise, et il en profita pour lui mordiller légèrement la lèvre inférieure.

— J'aime mieux ça, souffla-t-il avant de l'étourdir d'un fougueux baiser.

— Ton chauffeur ne risque pas d'arriver ? demanda-t-elle, hors d'haleine.

— On a le temps.

Il saisit ses hanches et l'installa à califourchon sur lui. Puis il rejeta les draps d'un geste vif, en proie à un désir impérieux. Douloureux.

— Pose les mains sur mes épaules et soulève le bassin, ordonna-t-il.

Lorsque Mia s'exécuta, il saisit son érection d'une main et, de l'autre, guida la jeune femme de façon à loger la tête de son sexe entre ses lèvres.

— Chevauche-moi, Mia, gronda-t-il.

Elle semblait hésiter, aussi la prit-il par la taille avant de cambrer le dos pour venir à sa rencontre. Une fois qu'il fut en elle, il la maintint contre lui et lui imprima un mouvement régulier, le temps qu'elle trouve son rythme. Quant à lui, il savait déjà qu'il ne tiendrait pas très longtemps. Il n'en pouvait plus d'attendre, et il semblait incapable de se contrôler quand il était avec Mia.

— Voilà, ma belle, c'est ça.

Voyant qu'elle gagnait en assurance, il relâcha un peu sa prise. Elle était tellement douce ! Ses parois soyeuses et brûlantes agrippaient son sexe, si bien qu'il était tout près de jouir, alors qu'elle-même en était encore loin.

Comme si elle avait lu dans ses pensées, Mia se pencha sur lui et, pour la première fois, prit l'initiative de l'embrasser. Et quel baiser ! Il s'abandonna à la douceur de sa langue et de ses lèvres. Oh oui, elle était sienne, cela ne faisait aucun doute. Et il ne comptait pas la laisser filer avant de s'être délecté d'elle jusqu'à plus soif.

— Ne m'attends pas, murmura-t-elle.

Alors il lui prit le visage à deux mains et l'embrassa avec une fougue redoublée. Il commença à donner des coups de reins pour accompagner et amplifier les mouvements de la jeune femme. Puis il lui saisit les hanches avec force pour l'attirer encore plus près. Elle porterait les marques de son désir rageur le lendemain, mais cette idée ne fit que lui fouetter le sang davantage, jusqu'à ce qu'il ait la sensation d'un brasier infernal le consumant de l'intérieur.

L'orgasme qui le secoua le surprit par son intensité presque douloureuse, et il faillit laisser échapper un cri de satisfaction – un rugissement de victoire. Il avait enfin conquis sa proie et la tenait entre ses bras, à califourchon sur son sexe encore dur et tendu. Elle lui appartenait. Il avait assez attendu, assez rêvé d'elle en silence. Il l'avait capturée et la tenait à sa merci. Il pouvait faire d'elle ce qu'il désirait, à présent.

Des images démentes s'invitèrent sous son crâne : Mia ligotée tandis qu'il la prenait par-derrière ou jouissait dans sa bouche, la consumant jusqu'à ce qu'elle ne soit plus capable de formuler la moindre pensée, à part celle proclamant qu'elle était sienne.

Il l'attira tout contre son torse, et ses cheveux lui tombèrent sur le visage. Il respirait tellement fort qu'elle se soulevait en rythme. Il lui caressa les reins puis lui attrapa les fesses et arqua le dos pour rester profondément ancré en elle et garder cette connexion entre eux.

Il était sans défense face à la force de son désir. Il n'avait jamais rien éprouvé de comparable et, à vrai dire, il n'était pas sûr d'aimer cela. C'était une sensation déroutante, qui le faisait douter de lui-même et de ses choix.

Il n'avait guère d'illusions sur son propre compte : un monstre d'égoïsme, voilà ce qu'il était. Pourtant, Mia lui donnait envie de devenir quelqu'un de meilleur. Il ne voulait plus jouer le rôle de la brute épaisse qui prend son plaisir sans jamais rien donner en retour. Il voulait la traiter avec douceur, s'assurer de sa jouissance avant tout. Il n'était même pas sûr de savoir comment s'y prendre, mais il comptait bien essayer.

Si elle ne s'enfuyait pas en courant… Cela ne serait guère étonnant : il l'avait possédée comme une bête sauvage, à deux reprises, sans le moindre égard pour elle. D'ailleurs, la seconde fois, elle n'avait même pas atteint l'orgasme.

Il ferma les yeux et tenta de rassembler ses esprits tandis que Mia pesait sur lui, douce et féminine.

Puis il finit par la faire rouler sur le dos et par se retirer de la chaleur de son corps. Il déposa un baiser sur son front et, incapable de trouver les mots, se leva en silence.

Mia le suivit du regard, contemplant sa nudité, mais il ne sut déchiffrer ce qu'il lut dans ses yeux. Elle ne semblait pas porter de jugement, et se contentait de l'observer, pensive. Il en eut la chair de poule.

Il se détourna et, tout en rassemblant ses vêtements, lança :

— Reste là. Je t'apporterai tes affaires dès que le chauffeur arrivera.

— OK, acquiesça-t-elle dans un souffle.

Il enfila son pantalon, conscient du curieux spectacle qu'il devait offrir. Il était bien loin du personnage distant et intouchable qu'il endossait en public, et il ne voulait pas qu'on le voie aussi vulnérable. Surtout pas Mia.

Chapitre 10

Mia s'était endormie, soûle de plaisir et bercée par une douce chaleur, et ses rêves étaient parcourus d'images vivaces de Gabe. Soudain, elle se réveilla en sursaut lorsque Gabe – le vrai, en chair et en os – tira les couvertures qu'elle avait ramenées sous son menton.

Il avait ce regard implacable et perçant qui lui nouait l'estomac, et aussitôt elle serra les cuisses pour endiguer une puissante vague de désir.

— À genoux.

Oh! Le ton sur lequel il énonça cet ordre la fit frémir tout entière.

Elle n'était pas sûre de ce qu'il voulait réellement, en revanche. Devait-elle se tenir droite, ou souhaitait-il la voir à quatre pattes ? Si tel était le cas… Elle frissonna en imaginant tout ce que cette solution pouvait impliquer.

Puis, voyant qu'il plissait les paupières d'un air impatient, elle s'empressa de rouler sur le ventre. Mais, avant qu'elle ait eu le temps de se redresser, il lui posa une main ferme au milieu du dos.

— Attends. Ce sera plus facile si je fais ça maintenant.

Si tu fais quoi maintenant?

Le cœur battant à tout rompre contre le matelas, elle crispa les paupières. Après tout, puisqu'il ne lui avait pas demandé de le regarder, elle avait sans doute le droit de fermer les yeux.

Avec des gestes doux, il lui saisit un poignet, puis l'autre, et lui ramena les mains dans le bas du dos. Soudain elle comprit ce qu'il faisait et ouvrit de grands yeux. Il était en train d'enrouler une longueur de corde autour de ses poignets !

Oh non ! Oh non ! Oh non ! Les clauses du contrat qui parlaient de bondage n'étaient donc pas une plaisanterie !

Ce ne fut que lorsque Gabe lui déposa un léger baiser sur le lobe de l'oreille qu'elle se rendit compte de la tension qui parcourait ses muscles.

— Du calme, Mia. Je ne vais pas te faire de mal. Tu le sais.

Rassurée par cette promesse, elle se sentit fondre. Elle était à la fois excitée et anxieuse – mais surtout excitée. Elle avait tous les sens en alerte, les tétons durcis contre la fraîcheur du drap.

Alors Gabe l'attrapa par les hanches et la souleva de sorte qu'elle se retrouve à genoux, la joue pressée contre le matelas, les mains liées dans le dos et les fesses en l'air.

Gabe en caressa un instant les rondeurs avant de passer un doigt entre elles et de s'arrêter brièvement à l'entrée de son anus.

— Je suis impatient de déflorer ton petit cul, Mia, souffla-t-il d'une voix rauque. Tu n'es pas encore prête à m'accueillir, mais bientôt je pourrai te pénétrer par là, et j'en savourerai chaque seconde.

La jeune femme frissonna violemment, gagnée par la chair de poule.

— Mais pour l'instant je vais me contenter de te baiser en regardant ton petit trou bien serré et en imaginant que c'est là que je me plonge.

Submergée par une vague de désir fiévreux, Mia se mordit la lèvre, impatiente de le sentir contre elle – en elle.

Puis le lit s'enfonça légèrement lorsque Gabe se positionna derrière elle. Il lui caressa le dos et les épaules, puis redescendit vers ses poignets et massa un instant ses doigts crispés avant de tirer sur la corde, comme pour éprouver la solidité du nœud.

Mia était à bout de souffle, assaillie par un bouquet de sensations qu'elle ne cherchait même pas à s'expliquer. Terriblement consciente de sa vulnérabilité, elle savait néanmoins qu'elle ne risquait rien. Gabe ne lui ferait jamais de mal. Il ne la forcerait pas à franchir ses limites.

Une main solidement arrimée à ses poignets, il glissa l'autre entre ses jambes et la pressa contre son sexe. Puis il s'écarta le temps de loger son gland entre ses lèvres humides.

— Tu es tellement belle, gronda-t-il en avançant à peine. J'adore te voir comme ça, à genoux sur mon lit, les mains liées dans le dos, de sorte que tu n'as pas d'autre choix que de prendre ce que je te donne.

Mia avait envie de hurler de frustration. Elle était tendue comme un arc, prête à exploser, pourtant Gabe restait immobile. Elle essaya de reculer contre lui pour le forcer à entrer enfin, mais il lui administra aussitôt une claque retentissante.

Choquée, elle en resta bouche bée, mais il partit d'un petit éclat de rire. Il osait rire !

— Quelle impatience ! lança-t-il d'une voix amusée. Tu oublies facilement, on dirait. Je t'ai pourtant répété que c'est moi qui dirige les opérations. J'ai autant envie de te prendre que tu veux me sentir en toi, mais j'apprécie cet instant d'anticipation, à te voir là, attachée, dans mon lit… Une fois que je serai en toi, je ne tiendrai pas très longtemps, alors j'en profite autant que je peux.

Elle ferma les yeux en gémissant.

Avec un nouveau petit rire, il avança un peu, lui écartant les lèvres. Elle soupira et se tendit en anticipation de ce qui allait suivre. Elle était parcourue de frissons incontrôlables, et son sexe se contractait autour de celui de Gabe, comme pour l'attirer. Elle avait tellement envie qu'il la pénètre enfin – tellement envie de lui !

— Tu veux me sentir tout au fond de toi, Mia ? demanda-t-il d'une voix sourde et caressante.

— Oh oui, répondit-elle dans un murmure.

— Je ne t'entends pas.

— Oui !

— Demande-le-moi gentiment, reprit-il d'une voix douce. Dis-moi ce que tu veux, ma chérie.

— Je te veux, toi. S'il te plaît, Gabe.

— Tu me veux moi, ou tu veux ma queue ?

— Les deux !

— Bonne réponse, murmura-t-il avant de se pencher pour lui déposer un baiser dans le dos.

Puis il resserra sa prise sur les poignets de la jeune femme et la pénétra d'un violent coup de reins. Elle sursauta et ouvrit de grands yeux, bouche bée, comme si un cri muet venait de lui échapper.

— Excellente réponse, ajouta Gabe, tout près de son oreille.

Il la couvrait de son corps, prenant appui sur ses mains liées. Mia se cambra pour venir à sa rencontre, incapable de se retenir.

Elle n'aurait jamais cru possible d'avoir autant d'orgasmes en si peu de temps. Cela lui paraissait complètement démesuré et dépassait de très loin les rêves les plus fous qu'elle aurait pu se permettre au sujet de Gabe. Elle en était toute retournée.

Gabe se retira lentement, jusqu'à ce que seul son gland demeure entre ses lèvres.

— Oh, Gabe, viens, s'il te plaît ! gémit-elle d'une voix enrouée.

Elle le suppliait littéralement, mais tant pis. Tant pis si elle enfreignait les règles et encourait une réprimande. À vrai dire, elle se prenait même à espérer que Gabe lui administre une nouvelle fessée, car, au point où elle en était, la moindre secousse ne manquerait pas de la faire décoller.

— Chut ! Doucement, ma belle, chuchota-t-il. Je vais m'occuper de toi, ma chérie, fais-moi confiance.

— Oh, je te fais confiance, Gabe, souffla-t-elle.

Au même moment, elle tourna la tête et aperçut un éclat de satisfaction presque sauvage passer dans ses yeux. Ces quelques mots semblaient avoir un effet hallucinant sur lui.

Il lui attrapa les poignets à deux mains et, s'en servant comme d'un point d'appui, il commença à donner de profonds coups de reins.

Mia tremblait sous la puissance de ses assauts. Elle avait les jambes en coton à force de se tenir ainsi à genoux sur le matelas, et ses muscles se contractaient, annonçant un orgasme dévastateur.

Elle percevait des gémissements étouffés et se rendit compte qu'ils émanaient d'elle. Irrépressibles, ils semblaient venus du plus profond de son être, d'une partie d'elle jusqu'alors secrète.

Alors Gabe tendit une main vers ses cheveux et joua avec quelques mèches, doucement d'abord, avant de refermer les doigts avec force. Il tira un peu, puis relâcha sa prise pour recommencer le même manège plus près de son crâne.

Il crispa le poing et la força à tourner la tête de façon qu'elle puisse le voir.

— Tes yeux, Mia, commanda-t-il d'une voix rude.

Elle obéit aussitôt et l'aperçut du coin de l'œil. L'expression de son visage lui coupa le souffle.

Ses traits étaient figés en un masque presque sauvage, et une vive lueur éclairait son regard. Chaque fois qu'il se retirait, Mia avait la tête entraînée en arrière, mais ce n'était pas douloureux.

Ou alors elle était tellement soûle de plaisir que la douleur s'y mêlait et s'y perdait. Elle adorait sa façon de lui tirer les cheveux afin de lire l'extase dans ses yeux.

Elle tourna donc la tête de son mieux et se concentra sur la beauté virile de son visage, empreint d'une satisfaction poignante. D'une immense extase – qu'elle lui offrait, elle.

Leurs regards se croisèrent longuement, et Mia perçut une lueur qui l'émut profondément, comme si elle avait atteint son âme. Elle comprit qu'elle était parfaitement à sa place en cet instant. Là, dans le lit de Gabe Hamilton. À ses ordres et à sa merci. C'était tout ce qu'elle avait toujours désiré.

Et c'était sa réalité.

— Tu en es où ? demanda Gabe d'une voix tendue.

Puis, devinant la question dans les yeux de Mia, il ajouta, sur un ton plus doux :

— Est-ce que tu penses jouir bientôt, ma belle ?

— Oh oui, j'y suis presque, répondit-elle dans un souffle.

— Alors vas-y. Jouis pour moi, ma beauté. Je veux voir le plaisir dans tes yeux. J'adore comme ils s'embrument. Ils sont tellement expressifs, une fenêtre sur ton âme… Et je suis le seul homme qui puisse les contempler alors que tu es aux prises avec un orgasme, compris ?

Mia acquiesça, la gorge trop nouée pour parler.

— Dis-le, reprit-il dans un murmure. Dis-moi que ces yeux n'appartiennent qu'à moi.

— Ils sont à toi, Gabe. Rien qu'à toi.

Il desserra le poing et laissa doucement filer ses mèches de cheveux. Puis il lui caressa le dos d'une main chaude et apaisante, avant de passer le bras autour de sa taille et de glisser les doigts entre ses cuisses.

Elle ne put retenir un cri lorsqu'il effleura son clitoris et qu'un courant électrique parcourut tout son corps.

— C'est ça, ma puce, laisse-toi faire. Abandonne-toi. Donne-moi tout ce que tu as, Mia. Tout ça m'appartient, et je le veux, maintenant.

Alors il reprit ses coups de reins avec une vigueur redoublée, sans cesser de l'exciter d'une main.

— Oh, mon Dieu ! s'écria-t-elle. Oh, Gabe !

— C'est bien, ma belle, tu apprends vite. Mon nom sur tes lèvres et tes yeux dans les miens quand tu jouis.

Pourtant, elle faillit le perdre de vue, littéralement éblouie par la force de son orgasme. Elle cria son nom à plusieurs reprises, d'une voix qu'elle ne reconnut pas. Forte, rauque, elle semblait implorer Gabe de lui en donner toujours plus – de lui donner ce dont elle avait tant besoin : lui.

Et c'est ce qu'il fit.

Elle sentit sa semence jaillir en elle avec force et, trop épuisée pour garder les yeux rivés sur lui, elle reposa la joue contre le matelas. Ses yeux se fermèrent presque malgré elle, et elle se demanda si elle n'avait pas perdu conscience. Elle avait l'impression de flotter dans un ailleurs étrange, comme si elle était sous l'emprise d'une puissante drogue mais dans le plus bel endroit au monde.

Elle planait complètement, euphorique et comblée.

Heureuse.

Elle ne reçut nulle réprimande pour avoir osé fermer les yeux, juste de légers baisers le long de l'échine et jusqu'à son oreille. Elle perçut le souffle de murmures dont elle ne comprit pas le sens. Puis Gabe se retira, et, aussitôt, elle protesta de se trouver ainsi arrachée à son délicieux cocon et livrée à elle-même.

— Chut… Du calme, ma chérie, il faut que je te détache et que je m'occupe de toi.

Elle eut à peine la force de répondre par un grognement inarticulé. Ces quelques mots l'enchantèrent. S'il voulait s'occuper d'elle, elle n'avait pas d'objection.

Un instant plus tard, il lui libéra les mains et les massa l'une après l'autre, puis les reposa doucement le long de son corps. Alors il la tourna vers lui et l'attira dans ses bras.

Il recula et reposa les pieds par terre, puis la souleva. Lovée contre lui, elle passa les bras autour de son cou et le serra comme si elle ne voulait plus jamais le lâcher.

Elle se sentait si vulnérable, si… offerte. Ce qui venait de se passer entre eux l'avait profondément ébranlée. En arrivant chez Gabe, elle se doutait que la soirée se terminerait au lit, mais elle n'aurait jamais pu s'attendre à un cataclysme pareil. C'était plus que du sexe, c'était un brasier explosif qui les avait consumés.

Mia avait déjà connu des expériences satisfaisantes, mais jamais pareille apothéose.

Gabe la porta jusque dans la salle de bains et alluma la douche. Puis, une fois que le jet fut bien chaud, il entra dans la cabine et, sans lâcher Mia, la reposa sur ses pieds.

Une fois assuré qu'elle avait retrouvé son équilibre, il s'écarta le temps d'attraper du savon, qu'il fit mousser entre ses mains. Alors il entreprit de laver et de caresser la moindre parcelle de sa peau.

Le temps qu'il finisse, elle tenait à peine sur ses jambes, et faillit basculer lorsqu'il sortit de la douche. Aussitôt il la rattrapa en proférant un juron étouffé. Il la reprit dans ses bras et l'assit à côté du lavabo avant de sortir une serviette propre de l'étagère toute proche.

Il l'entoura dans le tissu moelleux, et, avec un soupir, elle reposa le front contre son torse humide.

— Ça va, le rassura-t-elle. Je suis bien, là ; prends le temps de te sécher.

En relevant la tête, elle remarqua son petit sourire en coin et la lueur d'amusement qui éclairait son regard. Sans la quitter des yeux, il tendit la main vers les serviettes et se frictionna en vitesse.

Mia ne put s'empêcher de l'admirer. Il était tout simplement splendide. Et quelles fesses ! Jusque-là, elle n'y avait pas fait particulièrement attention, trop occupée par l'avant de son anatomie…, car cet homme avait un sexe magnifique.

Mia s'étonnait d'appliquer cet adjectif à cette partie de l'anatomie masculine. D'ordinaire ce n'était pas un organe particulièrement gracieux, au contraire. Pourtant, celui de Gabe était parfaitement harmonieux, et elle se surprit à rêver de le prendre dans sa bouche, de le goûter et d'amener Gabe à des sommets d'extase.

— À quoi tu penses, coquine ? demanda-t-il dans un murmure.

Elle cilla et s'aperçut qu'il se tenait tout près. Debout entre ses jambes, il la toisait d'un air curieux, inquisiteur. Aussitôt, elle eut le feu aux joues et se maudit pour ce réflexe stupide. Elle venait de passer des heures à prendre un plaisir éhonté dans les bras de cet homme. Alors pourquoi le simple fait qu'il l'ait surprise en train de fantasmer sur son sexe suffisait-il à la faire rougir ?

Décidément, son cas semblait désespéré.

— Je suis vraiment obligée de répondre ? fit-elle d'une petite voix.

— Oh oui, ma belle, rétorqua-t-il en haussant un sourcil amusé. Surtout si cela te gêne au point de te donner cette jolie teinte rose.

Avec un soupir, elle fit mine de se cogner le front contre son torse.

— Je te matais, tu es content ?

Gabe la prit par les épaules et l'écarta afin de pouvoir la regarder.

— Quoi, c'est tout ? Et ça suffit à te faire rougir ?

La jeune femme hésita un instant avant de se lancer.

— OK. J'adore ton sexe ; il est magnifique. C'est ça que je regardais.

Gabe retint un éclat de rire. Enfin, presque. Un son étranglé lui échappa, et Mia poussa un grognement de honte.

Pourtant, avant de complètement perdre courage, elle poursuivit :

— Je m'imaginais en train de…

Elle s'interrompit, les joues plus brûlantes que jamais.

Gabe s'avança un peu plus entre ses jambes, la forçant à écarter les cuisses. Il lui souleva doucement le menton et riva sur elle son regard perçant.

— Tu t'imaginais en train de quoi ?

— En train de te sucer, répondit-elle dans un souffle. J'ai envie de te goûter, de te faire connaître un plaisir comparable à celui que tu m'as offert.

Aussitôt, elle sentit Gabe se raidir et vit une flamme ardente s'allumer dans ses yeux.

— Tu en auras l'occasion, ma belle. Ça, je te le garantis.

Son imagination en surchauffe lui suggéra des scènes incroyablement vivaces, où elle se voyait refermer les lèvres autour du membre dressé de Gabe et en lécher l'impressionnante longueur.

Il interrompit sa rêverie d'un léger baiser.

— Il est temps d'aller dormir, murmura-t-il. Je ne pensais pas… Je n'avais pas l'intention de t'emmener aussi loin dès ce soir. Tu vas être fatiguée, demain, au bureau, conclut-il sur un ton presque contrit.

Il lui caressa le menton puis, du dos de la main, suivit la courbe de sa joue avant de l'embrasser de nouveau. Tous ces gestes étaient empreints d'une délicatesse qui contrastait vivement avec la fureur animale dont il avait fait preuve un peu plus tôt.

— Viens, ma belle, reprit-il dans un souffle. Je vais te mettre au lit, histoire que tu puisses profiter de quelques heures de sommeil.

Chapitre 11

Lorsque Mia ouvrit les yeux, ce fut pour apercevoir Gabe, penché sur elle, une main sur son épaule.

— Il va falloir se lever, ma belle.

Elle se frotta les yeux pour dissiper les dernières brumes du sommeil.

— Il est quelle heure ?

— Six heures. Va te doucher et te préparer, on s'arrêtera pour prendre le petit déjeuner sur le chemin.

Mia remarqua alors que Gabe était déjà prêt à partir. Il s'était levé sans qu'elle s'en rende compte. Elle inspira longuement l'odeur de son savon, mêlée aux senteurs épicées de son parfum. Il portait un pantalon et une chemise avec une cravate, mais cette dernière n'était pas serrée, et le bouton du col restait encore défait.

Il avait l'air… intouchable. Calme et détaché, il offrait un contraste saisissant avec l'homme qui l'avait fait jouir à plusieurs reprises la veille au soir.

Chassant ces images, Mia se redressa et passa les jambes hors du lit.

— Je me dépêche.

— Non, prends ton temps. Il n'y a rien qui presse, ce matin. J'ai une réunion à 10 heures, mais, avant ça, je suis libre.

Elle se leva et se rendit à la salle de bains, où elle examina son reflet dans le miroir. Elle avait les traits un peu tirés par la fatigue, mais rien n'indiquait ce que Gabe et elle avaient fait ensemble. Elle aurait pourtant cru que n'importe qui pourrait déceler sur son visage le souvenir de leurs étreintes.

Elle mit la douche en marche et, pendant que l'eau chauffait, s'assit sur le couvercle des toilettes. Elle avait besoin d'un petit moment pour réfléchir. Elle se rendit compte qu'elle avait des courbatures. Pas étonnant, après la nuit torride qu'ils avaient passée. Aucune de ses expériences passées n'avait comporté une telle intensité – et aucune ne lui avait procuré plusieurs orgasmes à la suite.

Gabe l'avait prise quatre fois et, à la fin, il s'était excusé, confus, comme si cela le peinait de lui infliger pareil marathon. Elle avait lu de sincères regrets dans son regard lorsqu'il lui avait expliqué qu'il aurait voulu faire preuve de patience et de douceur mais qu'il n'arrivait pas à raisonner son désir, trop violent.

Aurait-elle dû s'en formaliser ?

Cela ne lui déplaisait pas du tout qu'un homme soit fou d'elle au point d'en perdre toute retenue. Et puis Gabe ne lui avait fait aucun mal. Certes, elle était fourbue et portait sur sa peau les marques de ses mains et de sa bouche, mais elle avait adoré chaque instant, même lorsque l'ivresse du plaisir l'avait emmenée aux frontières de l'inconscience.

Enfin, se rappelant que Gabe était déjà fin prêt, elle entra dans la douche et se savonna en vitesse. Ce n'est qu'en ressortant, enroulée dans une serviette et une autre autour de la tête, qu'elle se rendit compte qu'elle n'avait pris aucun vêtement avec elle. Elle ne savait même pas ce que Gabe avait fait du sac qu'on lui avait apporté la veille.

Lorsqu'elle ouvrit la porte et passa la tête par l'entrebâillement, elle aperçut Gabe sur le lit, assis à côté de la tenue que Caroline avait prévue pour elle. La voyant approcher, il attrapa sa culotte et la fit se balancer au bout de son doigt.

— Tu n'auras pas besoin de ça.

Muette, elle écarquilla les yeux.

— Pas de culotte au bureau, ce ne serait qu'un obstacle inutile, ajouta-t-il, les yeux brillants.

Elle avisa la jupe posée sur le lit avant de reporter son regard sur Gabe.

— Je ne peux pas porter une jupe sans rien dessous !

— Tu fais ce que je te dis, Mia. C'est inscrit dans le contrat, lui rappela-t-il d'une voix sévère.

— Mais… et si quelqu'un s'en rend compte ?

Gabe éclata de rire.

— Personne ne se rendra compte de rien, à moins que tu ne le veuilles. Moi, en revanche, je veux savoir que tu es fesses nues là-dessous. Et puis ça facilite grandement les choses s'il me vient l'envie de te prendre à l'improviste.

Elle déglutit péniblement. Elle se doutait bien que son emploi n'était qu'une façade, un moyen pour Gabe de l'avoir toujours à sa disposition. Ce qu'elle n'avait pas prévu, c'est qu'il voudrait s'adonner à ces petits jeux dans son bureau. À l'idée que quelqu'un puisse les surprendre en pleine action, elle avait envie d'aller se cacher sous le lit.

— Évidemment, il s'agit d'une règle générale qui vaut pour tous les jours. Si jamais je me rends compte que tu portes une culotte en ma présence, je me ferai un plaisir de te l'enlever et de laisser l'empreinte de ma main sur ton joli petit cul.

Un picotement lui parcourut l'échine, et elle dévisagea Gabe en silence, choquée de constater que la perspective d'une fessée l'excitait. *Non mais qu'est-ce qui me prend?*

Gabe lui tendit sa jupe, son soutien-gorge et son haut.

— Ne traîne pas trop, on part dans une demi-heure.

Toujours un peu sonnée, Mia prit ses vêtements et retourna dans la salle de bains, l'esprit encombré d'images de Gabe la prenant sauvagement sur leur lieu de travail, de sa main s'abattant sur ses fesses. Elle était profondément troublée de ne pas se sentir aussi horrifiée qu'elle aurait dû. Certes, elle ne souhaitait pas qu'un imprévu survienne alors que Gabe viendrait de l'allonger sur son bureau, mais la simple idée que cela puisse arriver l'excitait follement.

Elle était en train de perdre les pédales...

Elle s'habilla en vitesse, et crut mourir de gêne en sentant le tissu de la jupe sur sa peau nue. C'était vraiment une impression étrange. Même un string offrait un minimum de protection.

Elle se sécha les cheveux et les brossa puis, constatant qu'elle ne pourrait rien en faire de bien, les noua en un rapide chignon avant de se maquiller, insistant sur les cernes qui témoignaient de sa nuit mouvementée.

Elle ne remporterait pas de concours de beauté ce jour-là, mais, au moins, elle était présentable.

Enfin, elle se brossa les dents et souligna ses lèvres d'une touche de gloss, puis quitta la salle de bains et récupéra ses chaussures. Elle se dépêcha de rassembler ses affaires dans son sac et de rejoindre Gabe.

Elle le trouva dans la cuisine, un verre de jus d'orange à la main. La voyant arriver, il le vida d'un trait et le posa dans l'évier.

— On y va ?

— Oui, répondit-elle après une profonde inspiration.

Il lui fit signe de passer devant et lui prit son sac des mains.

— Il vaut mieux laisser ça ici. Pour le coup, si on l'emportait au bureau, ça paraîtrait suspect. Je demanderai à mon chauffeur de le déposer chez toi ce soir, d'accord ?

Elle acquiesça et se dirigea vers l'ascenseur.

Une fois à l'intérieur, ils n'échangèrent pas un mot, mais Mia sentait le regard de Gabe peser sur elle, intime, insistant. Elle garda les yeux rivés au sol, incapable de l'affronter. Elle ne comprenait pas d'où lui venait cette gêne subite après la nuit qu'ils venaient de passer, mais il lui aurait semblé incongru d'échanger des banalités. Aussi préféra-t-elle se taire tandis qu'ils rejoignaient la voiture.

— On va s'arrêter à *Rosario's* pour le petit déjeuner, annonça-t-il, faisant référence à un café situé à deux rues de HCM. De là, on ira au bureau à pied.

Mia se rendit compte qu'elle était affamée. La journée ne faisait que commencer, pourtant elle se sentait déjà lasse. Si Gabe lui imposait ce rythme d'enfer chaque nuit, elle allait finir par ressembler à un zombie.

À sa grande surprise, il lui prit la main et entremêla ses doigts aux siens d'un geste affectueux, comme s'il avait lu dans ses pensées et tenait à la rassurer.

Attendrie par cette attention, elle lui sourit, et il l'imita aussitôt.

— Ah, j'aime mieux ça ! Tu avais la mine bien sombre. Je ne voudrais pas que tes nouveaux collègues croient que tu prends tes fonctions à contrecœur.

Elle rit doucement et se détendit un peu. Tout allait bien se passer. Après tout, elle était travailleuse et avait l'esprit vif, malgré sa fâcheuse tendance à perdre ses moyens en présence de Gabe. Ce job constituait un défi qu'elle se sentait prête à relever. Elle n'était pas naïve au point de croire que Gabe l'avait embauchée pour ses compétences professionnelles, mais cela ne l'empêcherait pas de prouver sa valeur autrement que par son physique.

À 8 h 30, après un copieux petit déjeuner, ils entrèrent enfin dans les locaux de HCM. Ce n'est qu'en sortant de l'ascenseur et en approchant de l'accueil que Mia fut rattrapée par son angoisse.

— Bonjour, Eleanor, lança Gabe d'une voix courtoise et posée. J'ai une réunion à 10 heures, mais, avant ça, je vais mettre Mia au courant de ce qui l'attend. Veillez à ce qu'on ne soit pas dérangés. Pendant mon rendez-vous, je veux que vous l'emmeniez visiter les lieux et faire la connaissance du reste de l'équipe.

— Oui, monsieur, répondit Eleanor.

Cela rappela à Mia leur conversation au sujet des termes « monsieur » et « maître », et elle dut réprimer un éclat de rire. Gabe lui lança un regard sévère avant de l'entraîner en direction de son bureau.

En entrant, elle fut surprise de constater que l'espace avait été réaménagé pour permettre l'installation d'un second poste de travail. Deux éléments de la bibliothèque avaient carrément disparu.

— Tu vas t'installer là, annonça Gabe. Je ne voyais pas l'intérêt de te mettre dans une pièce séparée, expliqua-t-il avant d'adopter une voix suave. Après tout, le but de l'opération, c'est que je t'aie toujours sous la main.

Mia frissonna à cette promesse sensuelle. Comment voulait-il qu'elle travaille efficacement alors qu'il n'était qu'à quelques mètres et risquait de lui sauter dessus à tout moment ?

Mais, aussitôt, Gabe reprit une attitude toute professionnelle et, se dirigeant vers son bureau, il en sortit un gros classeur, qu'il lui tendit.

— Tiens. Tu trouveras là-dedans un dossier concernant chacun de nos associés, investisseurs et autres collaborateurs. Je veux que tu mémorises leurs profils : leurs goûts, leurs dégoûts, les noms de leurs partenaires et de leurs enfants, leurs passe-temps et leurs petites habitudes… C'est très important d'avoir ces connaissances à l'esprit quand on croise ces gens, que ce soit en réunion ou lors d'une réception. J'attendrai de toi que tu te montres chaleureuse et attentionnée à leur égard, que tu fasses preuve d'un intérêt sincère pour leur personne, tu comprends ? Dans le monde des affaires, il est primordial de rassembler un maximum de données. On ne sait jamais ce qui peut servir. Ton rôle sera de m'aider à charmer ces individus. Nous avons besoin de leur aval et de leur argent. Nous n'avons donc pas droit à l'erreur.

Mia écarquilla les yeux en prenant l'épais classeur. La somme d'informations contenue là-dedans devait être colossale, et la jeune femme dut réprimer une légère panique. Elle saurait se montrer à la hauteur, elle n'en doutait pas. Pas une seconde.

— Je te laisse à ta lecture, il faut que je consulte mes mails et mes messages avant la réunion. Une fois que j'aurai fini, on pourra discuter de tes autres attributions.

Mia acquiesça et se dirigea vers son bureau pour y déposer le classeur. Puis elle s'installa dans son luxueux fauteuil en cuir et s'attela à la tâche.

Chapitre 12

— Mia ?

La jeune femme leva les yeux de la pile de documents qu'elle était en train de lire et vit Eleanor, debout sur le seuil du bureau.

— Si vous êtes prête, je peux vous emmener faire le tour des locaux et vous présenter à l'ensemble du personnel.

Mia repoussa son fauteuil et se massa doucement la nuque. La somme d'informations dont elle venait de prendre connaissance lui donnait le vertige, mais elle adressa un sourire aimable à Eleanor.

Cette dernière faisait partie de l'équipe de HCM depuis les débuts de l'entreprise et s'était toujours montrée d'une grande gentillesse envers la jeune sœur de Jace. Mia ne venait pas souvent dans les bureaux, mais les deux femmes avaient eu maintes occasions de discuter au téléphone, soit quand Mia appelait Jace, soit quand ce dernier demandait à la réceptionniste de lui faire parvenir un message. En général, c'était pour l'avertir qu'il serait en retard à l'un de leurs rendez-vous.

En arrivant, Mia avait sondé le regard d'Eleanor pour voir si cette dernière trouvait cela curieux qu'elle vienne travailler pour Gabe et non pour Jace, mais Eleanor n'avait pas montré la moindre surprise. Peut-être maîtrisait-elle l'art de dissimuler ses pensées. En tout cas, Mia était sûre d'une chose : ce ne serait pas le cas du reste de l'équipe.

En entendant son patronyme, chacun devinerait qui elle était. Voilà qui promettait quelques minutes de léger inconfort.

Mia se leva de son fauteuil et replaça les documents dans le classeur. Puis, d'un geste gêné, elle lissa sa jupe en espérant, une fois de plus, que personne ne remarque son absence de culotte. Enfin elle fit le tour de son bureau et suivit Eleanor.

— Je vais d'abord vous montrer l'autre couloir, celui où sont situés les bureaux particuliers, puis je vous ferai visiter l'open space.

Mia acquiesça et emboîta le pas à Eleanor, qui traversa la réception pour gagner le couloir opposé. Arrivée devant la première porte, qui était ouverte, elle passa la tête dans l'encadrement et lança :

— John ? Je voudrais vous présenter quelqu'un.

L'intéressé leva les yeux au moment où Eleanor et Mia entraient. Il était plus âgé que Mia mais plus jeune que Gabe, et portait des lunettes ainsi qu'un polo sur un pantalon en toile, comme Mia put le remarquer lorsqu'il se leva. Visiblement, Gabe n'exigeait pas que son équipe respecte le même code vestimentaire que lui.

— Voici Mia Crestwell, la nouvelle assistante de M. Hamilton, annonça Eleanor.

John haussa brièvement les sourcils mais ne fit pas de commentaire.

— Mia, je vous présente John Morgan, notre directeur marketing.

— Ravi de vous rencontrer, Mia, déclara celui-ci en lui tendant la main. Je suis sûr que vous allez vous plaire, ici.

M. Hamilton est quelqu'un de formidable, c'est super de travailler pour lui.

— Enchantée, répliqua Mia en souriant.

— Nous aurons sans doute l'occasion de collaborer étroitement, puisque vous êtes l'assistante personnelle de M. Hamilton.

Ne sachant pas quoi ajouter, Mia acquiesça en silence, sans se départir de son sourire. Elle allait devoir travailler son aptitude au bavardage mondain.

Comme si elle avait senti son léger malaise, Eleanor battit en retraite.

— Bien, nous allons vous laisser travailler, John. Je suis sûre que vous avez beaucoup à faire, et je dois montrer le reste des bureaux à Mia.

— Très bien, conclut John. Bienvenue dans l'équipe, Mia.

La jeune femme le remercia avant de suivre Eleanor dans le couloir. Elle fit la connaissance de cinq autres cadres de la société. Le directeur financier semblait stressé et irritable, et ne cacha pas son agacement d'être ainsi interrompu. Eleanor ne s'attarda pas plus que nécessaire.

Mia rencontra ensuite les deux vice-présidentes, deux femmes. La première semblait avoir la trentaine, et était dotée d'un sourire chaleureux et d'un regard brillant d'intelligence, tandis que la seconde, plus proche des quarante ans, était une bavarde patentée. Il fallut plusieurs tentatives à Eleanor avant de réussir à extraire Mia de son bureau et à l'entraîner vers l'open space.

Une myriade d'employés y étaient installés, et Mia renonça à mémoriser leurs noms. Plusieurs levèrent sur elle des yeux curieux lorsque Eleanor la présenta comme la nouvelle assistante de Gabe. Elle ne pouvait pas vraiment leur en vouloir, puisque Gabe n'avait pas eu de secrétaire particulière depuis des années. Ensuite, aussitôt qu'Eleanor prononçait son nom, tous reconnaissaient en elle la jeune sœur de Jace, et elle voyait presque les rouages se mettre en route dans leur tête.

Aucun doute là-dessus : elle allait figurer en bonne position parmi les potins du jour.

À la fin des présentations, Eleanor lui montra l'aire de détente, composée d'une cuisine entièrement équipée et d'un petit salon où se trouvaient divers en-cas et plats préparés, une sélection de boissons fraîches et une fontaine à eau.

Une fois arrivée au milieu de la pièce, Eleanor fit un tour sur elle-même en ouvrant les bras.

— Et voilà ! Ah, j'oubliais : vous trouverez les toilettes des dames entre l'open space et le coin détente.

— Merci, Eleanor, dit Mia avec un grand sourire. C'était très aimable à vous de prendre le temps de me faire visiter. J'apprécie beaucoup.

— Mais je vous en prie. Si vous avez besoin de quoi que ce soit, n'hésitez pas à me solliciter. Je vais retourner à l'accueil pour que Charlotte puisse reprendre son poste.

Mia sortit du salon à sa suite. Cependant, au lieu de regagner le bureau de Gabe, elle s'arrêta aux toilettes. Elle ressentait encore le contrecoup de la nuit passée et éprouvait le besoin de se rafraîchir un peu. Elle avait sans doute la tête de quelqu'un qui se traîne une méchante gueule de bois.

Elle choisit la dernière cabine, mais à peine avait-elle refermé la porte derrière elle qu'elle entendit plusieurs personnes entrer en même temps. Pas de chance : elle qui détestait faire pipi quand il y avait du monde autour…

Les nouvelles venues ne semblaient pas être là pour ça, en revanche. Mia entendit un robinet couler et profita de cette diversion. Alors qu'elle s'apprêtait à ressortir, quelqu'un posa une question qui la coupa dans son élan.

— Qu'est-ce que vous pensez de la nouvelle assistante de Gabe ? demanda une des femmes sur un ton amusé et vaguement incrédule.

Mia retint un grognement dégoûté. Les ragots n'avaient même pas mis une heure à la rattraper. Cela ne l'étonnait guère, mais elle aurait préféré ne pas les entendre en personne.

— C'est la petite sœur de Jace, non ? ajouta une autre voix.

— Oui. Au moins, on sait comment elle a fait pour décrocher ce boulot.

— La pauvre… Si ça se trouve, elle n'a aucune idée de ce qui l'attend.

— Oh, je ne suis pas sûre qu'elle soit à plaindre. Personnellement ça ne me déplairait pas, rétorqua la première à avoir parlé. Sérieusement : ce type est riche comme Crésus, beau comme un dieu et, d'après ce que j'ai entendu, c'est une vraie bête de sexe. D'ailleurs, le côté bestial ne serait pas que métaphorique. Il paraît qu'il fait signer un accord formel à toutes les femmes avec qui il couche avant de les toucher. Vous le saviez, ça ?

— Je me demande bien ce que peut contenir le contrat de travail de la nouvelle ! renchérit la deuxième.

Mia entendit au moins trois éclats de rire différents en réaction à cette saillie. *Génial…* Ces filles s'étaient réunies aux toilettes dans le seul but d'échanger leurs potins, et elle se retrouvait coincée là. Sans un bruit, elle abaissa le couvercle du siège et se rassit avant de relever les pieds afin que personne ne remarque sa présence.

— En ce qui me concerne, je préférerais nettement un petit match à deux contre un avec Jace et Ash, annonça une troisième voix. Vous vous imaginez au lit avec non pas un milliardaire, mais deux ?

Mia réprima un frisson d'horreur. Elle n'avait vraiment pas envie d'entendre ce genre de remarque à propos de son frère.

— D'ailleurs, c'est quoi, leur délire, à ces deux-là ? demanda la première. Ils ne se font que des plans à trois, on dirait. Vous ne trouvez pas ça bizarre, vous ? S'ils m'invitaient à jouer avec eux, je ne dirais pas non, hein, mais quand même...

— Peut-être qu'ils sont bi.

Mia en resta bouche bée. *Oh putain !* Elle n'était pas du genre à croire tout ce que l'on racontait, mais la rumeur semblait prêter à Jace et à Ash des préférences au moins aussi sulfureuses que celles de Gabe.

Elle n'avait vraiment pas envie d'envisager son propre frère dans ce genre de situation...

— Je vous parie que Gabe se tape la sœur de Jace. Dix contre un ! Vous imaginez le scandale si Jace l'apprenait ? Il est hyperprotecteur avec elle.

Mia soupira. Cela aurait été trop beau de pouvoir venir travailler ici sans déclencher de telles spéculations.

— Peut-être qu'il est déjà au courant mais que ça ne le dérange pas ? suggéra une nouvelle voix. Après tout, c'est une grande fille.

— Oui, enfin, elle est quand même vachement plus jeune que Gabe. Et puis je doute que Jace trouve cette histoire de contrat de très bon goût si ça concerne sa propre sœur.

— Peut-être que ça lui plaît, à elle, ce genre de délire.

— Euh, les filles ? intervint une petite voix timide. Cette histoire de contrat justement… j'ai la preuve que ce n'est pas des blagues. Un soir où je travaillais tard, je suis allée jeter un coup d'œil dans le bureau de Gabe. Avec toutes ces rumeurs, j'étais curieuse, vous comprenez. Bref, j'ai trouvé un modèle du contrat en question ; il ne restait plus qu'à ajouter le nom de la personne concernée. C'est édifiant, comme lecture. En gros, quand une femme accepte de coucher avec lui, elle s'engage à lui céder le contrôle de sa vie pendant la durée de leur aventure.

En silence, Mia se frappa la tête contre les genoux.

— Non ! Tu déconnes, là ?

— Tu es folle, ou quoi ? Tu te rends compte que, s'il t'avait chopée en train de fouiller dans ses tiroirs, il t'aurait virée sur-le-champ ? Pire, il t'aurait peut-être même poursuivie en justice !

— Mais d'ailleurs comment tu as fait pour t'introduire dans son bureau ? Il le ferme toujours à clé en partant.

— Ben… j'ai crocheté la serrure, admit la petite voix timide. Je suis assez douée pour ça.

— Toi, tu aimes vivre dangereusement ! lança la première. Si tu veux mon avis, tu ferais mieux de t'abstenir de jouer à ce petit jeu.

— Merde ! Il est déjà tard… Gabe veut ce rapport à 14 heures et il n'est pas aussi compréhensif qu'Ash. J'aimerais bien qu'ils se dépêchent de revenir, Jace et lui. Ils sont quand même plus faciles à vivre que l'autre.

Mia entendit ses nouvelles collègues s'essuyer les mains sur des serviettes en papier puis se presser vers la sortie. Enfin, la porte se referma, et elle poussa un long soupir de soulagement.

Elle se leva de son siège, ajusta sa jupe et, après s'être assurée qu'il ne restait vraiment personne, se dirigea vers le lavabo pour se rafraîchir en vitesse. Avant de regagner le couloir, elle jeta un coup d'œil et, ne voyant personne alentour, se dépêcha d'aller retrouver la sécurité du bureau de Gabe.

C'est fou, les informations qu'on peut glaner sur son lieu de travail...

Gabe serait furieux s'il apprenait que quelqu'un était entré par effraction pour parcourir ses documents. Mia ne comptait évidemment pas le lui révéler – elle ne connaissait même pas l'identité de la coupable. Même si elle avait retenu les noms de toutes les employées, elle aurait été bien incapable de reconnaître leur voix.

Elle fut soulagée de constater que Gabe n'était pas encore revenu de sa réunion et s'installa dans son confortable fauteuil. Elle rouvrit le gros classeur et s'efforça de se concentrer.

Soudain, son téléphone sonna, et elle sursauta avant de décrocher, hésitante.

— Mia Crestwell, annonça-t-elle.

Il lui aurait semblé peu professionnel de répondre par un simple « bonjour », et elle ne tenait pas à passer pour une gourde dès son premier jour.

La voix chaude et sensuelle de Gabe résonna à son oreille.

— Mia, j'ai été retardé. J'aurais aimé que nous déjeunions ensemble, mais, malheureusement, ça ne va pas être possible. J'ai demandé à Eleanor de te commander quelque chose.

— Oh. D'accord, merci, murmura-t-elle.

— Est-ce qu'elle t'a fait visiter les bureaux ?

— Oui, ça y est.

— Bon. Tout s'est bien passé ? Ils t'ont accueillie poliment ?

— Oh oui ! Bien sûr ! Tout le monde s'est montré très gentil. Je suis revenue dans ton bureau – ce dont tu te doutes puisque je te parle. Bref, je continue à mémoriser les dossiers que tu m'as confiés ce matin.

— Bien. N'oublie pas de manger, surtout, commanda-t-il sur un ton sans appel. On se voit cet après-midi.

Puis il raccrocha avant qu'elle ait pu lui dire au revoir. Avec un pincement au cœur, elle l'imita et se remit au travail.

Une demi-heure plus tard, Eleanor passa la tête dans l'entrebâillement de la porte, et Mia lui fit signe d'entrer. La réceptionniste s'approcha et déposa un sac en papier sur son bureau.

— M. Hamilton m'a dit que vous aimiez la cuisine thaï, et il se trouve qu'il y a un très bon petit restaurant pas loin d'ici. Je vous ai pris le plat du jour, mais, à l'avenir, si vous me donnez une liste de vos préférences, je ferai en sorte de toujours trouver quelque chose qui soit à votre goût.

— C'est parfait, Eleanor, merci beaucoup. Vous n'étiez pas obligée, vous savez.

— M. Hamilton m'a expressément demandé de vous commander à déjeuner et de m'assurer que vous mangiez. Oh, et je ne sais pas s'il vous l'a dit, mais le placard du bas de la bibliothèque dissimule en fait un petit frigo plein de boissons fraîches. N'hésitez pas à vous servir.

— Merci, Eleanor. C'est très gentil à vous de m'accueillir ainsi.

Sur un hochement de tête poli, la réceptionniste quitta la pièce.

Ce n'était pas exactement le mode de fonctionnement auquel Mia se serait attendue. Elle était l'assistante du patron, certes, mais cela n'impliquait pas forcément que les autres employés lui doivent des égards particuliers. En tout cas, elle espérait qu'il n'avait pas donné ce genre de consigne au reste de l'équipe. C'était le meilleur moyen de convaincre tout le monde qu'ils couchaient ensemble, et que Mia n'était que le jouet sexuel de Gabe.

Certes, cela constituait la première de ses fonctions, mais quand même...

Quelle horreur ! Cela donnait l'impression qu'elle se prostituait. Après tout, peut-être était-ce le cas ? Elle avait signé un contrat de travail qui impliquait des rapports sexuels, ce qui était une façon de définir la prostitution...

Sa seule consolation résidait dans le fait qu'il ne la payait pas pour ça.

À peine eut-elle formulé cette pensée qu'elle grogna de dégoût. Quelle idiote ! Il la payait, et grassement ! Pour un emploi de façade qui se résumait, pour l'instant, à ingurgiter des tonnes de détails concernant des personnages importants. Elle faisait bel et bien partie de ses employés et, même s'il n'y avait pas écrit « fonction : sex-toy » sur sa fiche de paie, ni Gabe ni elle n'était dupe. Elle s'était soumise à lui et acceptait son argent en échange.

Elle se cogna doucement le front contre le bureau en poussant un soupir. Elle ne se considérait pas comme quelqu'un de particulièrement docile. Certes, elle savait obéir quand la situation l'exigeait, mais ce n'était pas un de ses traits de caractère dominants. Elle n'avait pas besoin de remettre à un autre le contrôle de sa vie pour être heureuse.

C'était juste... une forme de perversité somme toute inoffensive. Elle n'aurait pas cru ça d'elle-même. D'ailleurs, elle ne savait toujours pas très bien quoi penser du bondage et des autres fantaisies mentionnées dans le contrat.

Pourtant, elle avait signé. Avec enthousiasme, même. Ce qui voulait dire qu'elle allait bien finir par se faire une opinion sur la question.

Chapitre 13

Mia était plongée dans son travail lorsque la porte s'ouvrit sur le maître des lieux. Elle le regarda approcher, fascinée. Leurs yeux se croisèrent, et elle vit sur le visage de Gabe une lueur flatteuse qui lui fit tourner la tête. Aussitôt, la tension monta d'un cran dans le vaste bureau, au point d'en devenir presque palpable.

Étourdie par le désir brûlant que Gabe ne cherchait même pas à dissimuler, la jeune femme se sentit fondre. Depuis qu'ils s'étaient avoué leur attirance mutuelle, celle-ci faisait vraiment des étincelles.

— Viens là.

Sans même réfléchir, elle obéit à cet ordre impérieux. Lorsqu'elle arriva à sa hauteur, au milieu de la pièce, il l'attira à lui d'un geste brusque.

Le baiser qu'il lui offrit alors était passionné, brûlant, comme s'il n'avait pensé à rien d'autre pendant son absence. Elle était peut-être naïve de croire ça, pourtant la façon dont il prenait possession de sa bouche semblait confirmer cette impression. Elle savoura la douce chaleur de sa langue, et tant pis si son gloss débordait de ses lèvres. Au contraire, l'idée qu'il en reste un peu sur celles de Gabe attisa le désir qu'il avait allumé en elle.

De même qu'elle portait les marques de son étreinte, il garderait une trace de leur baiser, ne serait-ce que pour un instant. Elle laisserait sur lui son empreinte – son sceau. Tant que durerait leur aventure, il lui appartiendrait autant qu'elle était sienne.

Soudain, elle capta les effluves d'un parfum inconnu sur sa veste et fut saisie d'un élan de jalousie complètement déraisonnable.

Cette réaction aussi possessive qu'involontaire la surprit elle-même. Cela ne lui ressemblait pas du tout. Pourtant, l'idée qu'une autre femme ait pu s'approcher de Gabe lui donnait envie de sortir les griffes et de montrer les crocs. Il aurait fallu qu'il porte un avertissement invisible : « Pas touche. »

La prenant par la main, Gabe l'entraîna derrière son bureau, et elle le suivit, tous les sens en alerte.

Il s'installa dans son fauteuil, qu'il écarta un peu, et lança :

— Retire ta jupe.

Mia jeta un rapide coup d'œil en direction de la porte.

— J'ai fermé à clé, Mia, la rassura-t-il sur un ton impatient. Maintenant, ôte-moi cette jupe.

Réprimant son hésitation, elle fit glisser le vêtement à ses pieds, se dévoilant au regard avide de Gabe.

Contrairement à ce qu'elle aurait cru, il ne lui demanda pas de retirer son haut et son soutien-gorge mais l'attira entre ses jambes. Puis il la prit solidement par la taille et la hissa sur son bureau, lui arrachant un cri de surprise.

Une fois qu'il l'eut installée confortablement, il avança son fauteuil.

— Je t'ai négligée, hier soir, annonça-t-il sur un ton rude.

Abasourdie, Mia lui lança un regard interrogateur, et il s'expliqua.

— D'habitude, je ne me montre pas aussi égoïste, au lit. Ma seule excuse, c'est que tu me rends fou, Mia. J'avais trop besoin de te posséder.

Elle eut l'impression que cet aveu lui coûtait, mais il semblait parfaitement sincère.

— Pose les mains derrière toi et détends-toi pendant que je savoure mon dessert, ajouta-t-il d'une voix plus douce.

Elle dut retenir un petit cri, mais s'exécuta. D'un geste plein de tendresse, il lui écarta les cuisses, dévoilant son sexe à ses regards – à ses caresses.

Il passa d'abord un doigt entre ses lèvres, puis les ouvrit délicatement. Lorsque, enfin, il baissa la tête, Mia se tendit, folle d'anticipation.

Le premier contact lui fit l'effet d'une décharge électrique, et elle sursauta si fort qu'elle faillit glisser du bureau.

Avec une grande douceur, Gabe fit jouer sa langue sur son clitoris avant de décrire de petits cercles tout autour puis de l'aspirer dans sa bouche. Mia sentit son désir s'enflammer et courir dans ses veines, la réchauffant tout entière. Chacune de ses caresses la faisait planer un peu plus haut et l'emmenait au bord de l'extase, toujours plus près, si bien qu'elle haletait littéralement.

Alors il changea de tactique et descendit peu à peu vers l'entrée de son sexe en de longs mouvements. Plaçant ses lèvres contre les siennes, il fit jouer sa langue un instant avant d'entamer d'irrésistibles va-et-vient.

Le plaisir incroyable qu'il lui procurait ainsi confinait à la douleur, et elle se tendait un peu plus à chaque caresse, dangereusement proche de l'orgasme. Pourtant, Gabe ne semblait pas pressé de la délivrer de cette exquise torture. Au contraire, il comprenait parfaitement les réactions de son corps et prenait un malin plaisir, chaque fois qu'il la sentait sur le point de s'abandonner, à ralentir le rythme et à la calmer par de subtils baisers.

Mia n'avait jamais connu personne qui maîtrise à ce point l'art de la chose. Gabe avait beau se qualifier d'égoïste exigeant, il était aussi très doué pour donner du plaisir. Il savait ce qu'il faisait, et la jeune femme se sentait sur le point de défaillir.

— S'il te plaît, Gabe, murmura-t-elle. Je n'en peux plus.

Il rit doucement à ces mots, et elle en perçut l'écho contre son clitoris. Cette infime secousse faillit lui faire perdre la tête. Puis il déposa un baiser sur ce point si sensible avant d'introduire un doigt en elle.

— Pas encore, Mia. Quelle impatience ! C'est moi qui décide quand tu as le droit de jouir.

La suave autorité de sa voix la fit frissonner tout entière.

— J'adore le goût de ta chatte, ajouta-t-il dans un grondement sourd. Je pourrais passer l'après-midi à te lécher.

Mia se dit que, s'il jouait à ça, elle mourrait avant la fin de la journée. Déjà qu'elle était obligée de serrer les lèvres pour se retenir de l'implorer… Gabe leva les yeux vers elle et comprit.

— Supplie-moi, Mia, dit-il sans cesser de faire jouer son doigt en elle. Si tu me le demandes gentiment, je t'autoriserai à jouir.

— Oh, je t'en supplie, Gabe. Fais-moi jouir !

— Tu appartiens à qui ?

— À toi, Gabe ! Tu me possèdes, je suis à toi.

— Et, si j'ai envie de te baiser après ça, c'est mon droit, n'est-ce pas ?

— Oh oui ! Fais ce que tu veux mais fais-moi jouir, Gabe !

De nouveau il rit avant d'introduire deux doigts en elle et de taquiner son clitoris avec une ferveur redoublée. Son orgasme explosa avec une violence digne d'un tremblement de terre. Bouleversée, désorientée, elle s'allongea sur le dos. Aussitôt Gabe se pencha sur elle, une expression sauvage et séductrice sur le visage.

Il défit son pantalon et, empoignant son sexe dressé, la pénétra d'un formidable coup de reins avant même que ses spasmes aient fini de la secouer. Il passa les mains sous ses cuisses et l'attira brutalement contre lui. Il semblait atteindre le plus profond de son être, encore plus que la veille, comme si le corps de la jeune femme s'était adapté à lui pendant la nuit au point de pouvoir désormais l'accueillir tout entier.

— Tes yeux, Mia.

Elle croisa son regard et ne le quitta plus.

Il n'était plus question de lenteur ou de douceur ; il la baisa encore plus furieusement que la veille, la soulevant presque du bureau à chaque coup de boutoir, faisant claquer son bassin contre ses fesses à un rythme effréné. Puis, brusquement, il se retira et reprit son érection en main.

Se penchant un peu plus sur Mia, il arrosa son sexe de sa semence. Il avait les yeux fermés, et son visage était crispé par une jouissance qui semblait faire écho à celle de la jeune femme. On aurait presque cru qu'il souffrait le martyre, mais, lorsqu'il rouvrit les yeux, elle y vit une chaude lueur de satisfaction.

À cela s'ajoutait une étincelle féroce qui la fit frissonner de nouveau.

Elle sentait la tiédeur de son sperme sur ses lèvres encore gonflées de plaisir. Avec un soupir, Gabe se recula lentement et rajusta son pantalon, avant de passer les mains à l'intérieur de ses cuisses puis sur ses hanches. Il couvait d'un regard triomphant la preuve de sa possession.

— J'adore te voir comme ça, allongée sur mon bureau, la peau luisante de mon sperme... J'aurais envie de te garder comme ça tout l'après-midi, pour pouvoir t'admirer à loisir.

Sur ces mots, il s'éloigna, et Mia se demanda s'il comptait mettre ce plan à exécution. Allait-elle devoir rester là, offerte, le sexe encore couvert de sa semence ? Mais Gabe revint muni d'une serviette humide et tiède, qu'il utilisa pour la nettoyer soigneusement. Une fois qu'il eut fini, il l'aida à se redresser et à se remettre sur ses pieds.

Ne sachant pas si elle devait se rhabiller ou demeurer à demi nue, elle resta immobile, jusqu'à ce que Gabe réponde à sa question muette en ramassant sa jupe. Il l'ouvrit devant elle, l'invitant à l'enfiler, puis la fit remonter le long de ses jambes et lissa son petit haut, un rien chiffonné.

— J'ai une salle de bains privée, juste là. Tu peux y aller, personne ne viendra te déranger. Prends le temps de te rafraîchir avant de te remettre au travail.

Me voilà congédiée, pensa-t-elle.

Les jambes encore tremblantes, elle se dirigea vers la porte qu'il avait désignée, toute proche de son bureau. La salle de bains en question était une petite pièce assez sommaire, clairement masculine, mais au moins pourrait-elle y faire un brin de toilette, histoire d'éviter que le monde entier ne devine ce qui venait de se passer.

Elle fit couler de l'eau fraîche et s'en aspergea le visage. Elle pourrait retoucher son maquillage à son bureau.

Quand elle ressortit, Gabe était au téléphone. Elle se faufila discrètement jusqu'à son fauteuil, ouvrit son sac et se repoudra légèrement avant de remettre une touche de gloss. Puis elle s'efforça de se concentrer sur son travail, mais elle demeurait terriblement excitée, même après l'orgasme dévastateur que Gabe lui avait offert.

En la prenant furieusement comme il l'avait fait ensuite, il avait rallumé son désir, à tel point qu'elle ne tenait pas en place. Elle ne cessait de s'agiter sur son siège, ce qui n'arrangeait pas la situation car chaque mouvement envoyait une onde de plaisir dans tout son corps.

C'était un véritable enfer de se trouver aussi proche de Gabe mais d'être obligée de taire sa terrible envie de lui.

Pour se changer les idées, elle prêta l'oreille à sa conversation. Il parlait d'une soirée, apparemment le jour même. Il assurait à son interlocuteur qu'il se ferait un plaisir d'honorer son invitation. Mia savait qu'il y avait une part de mensonge là-dedans : Gabe détestait les mondanités, même s'il maîtrisait parfaitement l'exercice.

Il était trop impatient, trop direct, et il lui coûtait de devoir jouer la cordialité et l'insouciance. Pourtant, il n'avait pas son égal lorsqu'il s'agissait de flatter les investisseurs afin de les alléger de quelques centaines de milliers de dollars.

Ash était le charmeur invétéré de l'équipe, et il n'avait même pas besoin de faire le moindre effort. Mia s'était souvent demandé pourquoi, des deux meilleurs amis de son frère, c'était Gabe qui l'avait toujours captivée. Ash était magnifique, une véritable œuvre d'art, doté par ailleurs d'un sourire enchanteur qui faisait des ravages parmi la gent féminine.

Pourtant, ce n'était pas lui qui l'attirait. Elle le mettait sur un pied d'égalité avec Jace et le considérait comme un grand frère. Gabe, en revanche, ne lui avait jamais rien inspiré de fraternel. Le contenu des fantasmes qu'elle avait nourris à son égard était sans doute illégal dans certains États. Cela venait peut-être du fait que Gabe lui paraissait mystérieux, hors d'atteinte…, comme un défi à relever.

Elle n'était pas stupide au point de croire à ses chances de dompter ce fauve-là. Gabe était Gabe, ni plus ni moins : il ne faisait pas de compromis et ne semblait pas prêt à vouloir changer d'attitude. Dommage pour elle : cela voulait dire qu'elle allait devoir passer un certain temps à lui chercher un remplaçant digne de soutenir la comparaison.

En effet, elle savait déjà que, à l'avenir, elle comparerait chaque homme à Gabe – et que ce ne serait absolument pas juste envers le nouveau venu. Sans compter que cela constituerait une perte de temps. Gabe était un spécimen unique. Il ne lui restait plus qu'à profiter de lui tant qu'elle le pouvait, puis à l'oublier une fois leur aventure terminée.

Elle soupira à cette idée. Plus facile à dire qu'à faire. Elle était déjà à moitié folle de cet homme avant de coucher avec lui. Il arrivait parfois qu'un béguin d'adolescente, au lieu de se dissiper avec l'âge, mûrisse en quelque chose de profond, d'obsessionnel.

Elle avait beau se rappeler à l'ordre, elle était incapable d'endiguer le flot d'émotions qu'il éveillait en elle. Était-ce de l'amour ? Elle n'en était pas sûre. Pourtant, les mots ne lui manquaient pas pour décrire sa fascination envers Gabe. Aucune de ses relations passées ne lui avait paru durable, et l'amour n'était jamais entré dans l'équation. Au mieux, elle nourrissait une chaleureuse affection pour ses anciens amants, mais elle n'avait jamais rien éprouvé de semblable à ce que lui inspirait Gabe. En revanche, elle aurait été bien incapable de dire s'il s'agissait d'amour ou d'une obsession pure et simple.

Cette distinction importait peu puisque, de toute façon, il fallait à tout prix qu'elle se garde de tomber amoureuse de Gabe. Le sentiment ne serait jamais réciproque… Pourvu que son cœur ne la trahisse pas !

Si Caroline avait été là, elle lui aurait dit d'arrêter de se prendre la tête et d'en profiter à fond sans se soucier de l'avenir. Sage conseil, qu'elle ferait bien de mettre en pratique. Mais, se connaissant, elle savait déjà qu'elle ne pourrait s'empêcher d'analyser les moindres paroles, les moindres gestes de Gabe, jusqu'à prêter à cette relation des dimensions qu'elle n'avait pas.

Voyant les mots se brouiller sur la page qu'elle s'efforçait d'étudier, elle poussa un soupir. Elle ne risquait pas de remporter la palme du premier jour de travail le plus efficace du monde – sauf si satisfaire les appétits charnels du patron sur son propre bureau entrait en ligne de compte.

— J'espère que tu commences à être au point sur ces dossiers, lança Gabe, la tirant de sa rêverie.

En levant les yeux vers lui, elle constata qu'il avait raccroché et qu'il la couvait du regard.

— Nous sommes invités à une soirée, tout à l'heure. Un cocktail organisé par un homme susceptible d'investir une jolie somme dans notre projet californien. Il s'appelle Mitch Johnson, et tu trouveras tout ce que tu as besoin de savoir sur sa femme, ses trois enfants et leurs divers centres d'intérêt. Je veux que tu retiennes tout ça dans les moindres détails d'ici à ce soir. Évidemment, d'autres de nos collaborateurs seront présents, donc il s'agit de mémoriser un maximum d'informations, mais concentre-toi sur Mitch.

Elle dut rassembler toute sa volonté pour ne pas trahir sa panique. Voilà qui s'appelait plonger directement dans le grand bain !

— C'est à quelle heure ? Et comment je dois m'habiller ?

— Qu'est-ce que tu as dans ta garde-robe ? Et je ne veux pas entendre parler de la robe minimaliste que tu portais à la soirée d'inauguration, ajouta-t-il en fronçant les sourcils. Je préférerais te voir un peu plus couverte. Pour ma part, je serai en costume.

Mia fit mentalement le tour de ses placards, mais l'inventaire était plutôt modeste. Jace n'aurait sans doute pas rechigné à lui payer des tenues extravagantes si elle le lui avait demandé, mais elle mettait un point d'honneur à ne pas dépendre de lui, surtout pour des frivolités pareilles. La robe qu'elle avait portée au gala était la seule qui soit à peu près digne d'un cocktail mondain.

Voyant son hésitation, Gabe jeta un coup d'œil à sa montre avant d'annoncer :

— Si on part maintenant, on devrait avoir le temps de te trouver quelque chose de convenable.

— Non, ce n'est pas la peine, Gabe. Je dois bien avoir quelque chose qui fera l'affaire.

Il se leva en balayant son objection d'un geste.

— Ça fait partie du contrat, Mia. Tu m'appartiens, et je prends toujours un soin particulier de mes possessions. D'ailleurs, il te faudra plus qu'une simple robe, mais on verra ça un autre jour. Cela dit, peut-être que la vendeuse saura évaluer tes goûts et ton style, auquel cas on pourra lui faire confiance pour sélectionner d'autres tenues qu'ils nous livreront ensuite.

Mia le dévisagea, bouche bée.

Puis, voyant qu'il s'impatientait, elle attrapa son sac, lissa sa jupe et le rejoignit. Elle avait encore les jambes en coton après leur explosive séance sur le bureau de Gabe. Cela faisait beaucoup pour une première journée. Si c'était cela qu'il appelait y aller en douceur pour commencer, elle se demandait bien ce que l'avenir lui réservait.

Chapitre 14

Mia observa les interactions de Gabe et de la vendeuse dans un silence éberlué. Au premier coup d'œil, et avec une précision remarquable, il choisissait les tenues qui lui plaisaient et renvoyait les autres.

La jeune femme n'avait jamais vécu pareille expérience, où quelqu'un d'autre décidait à sa place de ce qu'elle allait essayer. Elle trouvait cela aussi bizarre que fascinant.

Très vite, elle comprit que Gabe avait un goût très sûr – et qu'il ne souhaitait pas la voir porter quoi que ce soit de trop osé. Sexy, oui, mais pas plus. Les robes qu'il avait sélectionnées étaient toutes magnifiques, mais dans un style bien différent de celle qu'il avait trouvé si indécente le soir de l'inauguration.

Au moment d'enfiler la robe qu'il estimait convenir pour le soir même, elle aperçut l'étiquette et faillit s'évanouir devant le prix. Elle s'efforça de ne pas y penser et de se concentrer sur la vision que lui renvoyait le miroir, mais la somme indécente s'imposait à son esprit.

Elle devait pourtant admettre que la robe flattait autant sa silhouette que son teint. Il s'agissait d'un fourreau rouge vif, sans manches, qui épousait étroitement ses courbes mais qui s'arrêtait juste au-dessus du genou et dévoilait à peine ses clavicules.

D'ordinaire, elle ne portait jamais de rouge. Sans doute trouvait-elle cette couleur trop… audacieuse. Effrontée. Pourtant, cela lui allait à ravir. Elle avait l'impression de s'être soudain changée en une sirène voluptueuse sans même avoir besoin de montrer son décolleté. Le tissu révélait joliment ses rondeurs, en toute innocence ou presque.

Ainsi vêtue, elle se trouvait… sophistiquée. Cela lui plaisait, car elle avait enfin l'impression d'appartenir au même monde que Gabe.

— Mia, j'aimerais voir ce que ça donne !

Il s'était montré tellement impatient qu'elle n'aurait guère été surprise s'il l'avait déshabillée entre deux portants pour gagner du temps. La vendeuse avait fermé plus tôt que prévu pour leur offrir un peu de tranquillité ; ils étaient donc seuls dans la boutique. Étant donné la facture que Gabe s'apprêtait à payer, Mia ne s'étonnait pas que tout le monde soit aux petits soins pour eux.

Elle passa la tête par la porte de sa cabine et, après une seconde d'hésitation, sortit lentement. Gabe était installé dans l'un des fauteuils disposés dans le salon d'essayage. Dès qu'il l'aperçut, ses yeux brillèrent d'un éclat flatteur.

— C'est parfait. Tu vas la porter ce soir.

Puis il fit signe à la vendeuse, qui s'approcha à la hâte.

— Veuillez nous apporter des chaussures qui aillent avec cette robe, s'il vous plaît. Par ailleurs, si vous pensez à d'autres tenues qui pourraient convenir, n'hésitez pas à les ajouter à ce que j'ai déjà sélectionné. Vous ferez livrer le tout à mon adresse.

— Oui, monsieur, répondit-elle avec un sourire rayonnant. Quelle est votre pointure, mademoiselle Crestwell ?

— Je chausse du 39.

— J'ai justement une ravissante paire d'escarpins. Je vais vous les chercher.

Un instant plus tard, elle revint avec de magnifiques talons aiguilles argentés de plus de dix centimètres de hauteur. Mia n'eut même pas le temps de dire qu'elle se sentait incapable de marcher avec de telles chaussures. Gabe fronça les sourcils et annonça :

— Elle va se tuer, avec ça. Trouvez quelque chose de plus raisonnable.

Sans se départir de son sourire, la vendeuse retourna en réserve et en rapporta une paire d'escarpins noirs tout simples mais très sexy, et qui ne semblaient pas montés sur des cure-dents.

— C'est parfait, trancha Gabe.

Puis il jeta un rapide coup d'œil à sa montre, et Mia comprit qu'il était temps d'y aller. Sans un mot, elle retourna dans sa cabine et ôta la robe en faisant bien attention de ne pas la froisser. Une fois rhabillée, elle rendit tous les articles à la vendeuse pour qu'elle les emballe.

Gabe l'attendait devant le salon d'essayage et, dès qu'elle sortit, il posa une main dans son dos. Ce simple geste lui fit l'effet d'une vive brûlure. Viendrait-il un jour où elle ne réagirait plus aussi violemment au contact de Gabe ? Où il pourrait la toucher sans la faire frissonner jusqu'au plus profond de son être ? Elle l'imaginait mal, étant donné l'attirance magnétique qu'ils exerçaient l'un sur l'autre.

Gabe régla leurs achats, puis entraîna Mia jusqu'à la voiture, qui les attendait devant la boutique. Sur le chemin, elle envoya un texto à Caroline pour que cette dernière ne s'inquiète pas.

Je suis avec Gabe. Cocktail ce soir, pas sûre de rentrer à la maison. On sort d'une séance shopping de folie. Je te raconterai.

Gabe lui jeta un coup d'œil curieux mais ne fit pas de commentaire. Alors qu'elle venait de ranger son téléphone dans son sac, il sonna, et elle reconnut la chanson qu'elle avait attribuée à Jace.

Elle articula le nom de son frère, et Gabe acquiesça.

— Salut, Jace, dit-elle en décrochant.

— Salut, Mia ! Comment ça va ?

— Super, et toi ? Quand est-ce que vous revenez, Ash et toi ?

Elle redoutait sa réponse, car, une fois que son frère serait de retour, elle ne pourrait plus lui cacher qu'elle travaillait pour Gabe. N'ayant aucun moyen de savoir s'il allait soupçonner quelque chose, elle ne se sentait pas prête à affronter sa réaction. Elle ne le serait peut-être jamais.

— On rentre après-demain. Tout se passe bien, ici. J'appelais juste pour prendre de tes nouvelles.

Derrière lui, Mia entendit la voix d'Ash, suivie d'un petit rire féminin. La conversation qu'elle avait surprise aux toilettes lui revint en mémoire, et elle écarquilla les yeux.

— Vous êtes où, là ? demanda-t-elle.

— Dans notre suite, à l'hôtel. On a encore une réunion demain matin, puis une soirée avec des investisseurs potentiels. On a prévu de décoller tôt, après-demain, donc on devrait arriver à New York en début d'après-midi.

Ainsi son frère se trouvait dans une suite d'hôtel en compagnie d'Ash et d'une femme. Clairement, il y avait encore beaucoup de choses qu'elle ignorait à son sujet. Elle trouvait cela bizarre – et vaguement écœurant – d'apprendre soudain des détails croustillants sur lui. À vrai dire, elle se serait bien passée de l'imaginer en plein ménage à trois avec son meilleur ami.

— OK, on se rappelle à ton retour, alors.

— Oui, on ira dîner ensemble. Je m'en veux de t'avoir manquée au gala d'inauguration. On ne se voit pas assez, ces derniers temps.

— Oui, ça me ferait plaisir.

— Super. Je t'appelle en arrivant, conclut-il.

— Je t'embrasse, Jace.

Elle ressentit soudain un grand élan d'affection envers son frère aîné. Il occupait une place tellement importante dans sa vie. Il aurait été exagéré de dire qu'il avait endossé le rôle de père pour elle, mais il lui avait toujours offert une présence rassurante et encourageante. Pourtant, il était lui-même très jeune lorsque leurs parents étaient morts, et elle restait persuadée que peu d'hommes auraient su se consacrer ainsi à l'éducation de leur petite sœur.

— Moi aussi, je t'embrasse, chipie. À bientôt.

Mia raccrocha et contempla son téléphone, non sans une pointe de culpabilité. Certes, elle pourrait se défendre en lui rappelant qu'elle était assez grande pour faire ses propres choix, mais ce n'était pas le cœur du problème. Gabe et lui étaient amis et associés, l'idée de causer une brouille entre eux lui répugnait. Cependant, Gabe l'attirait comme un puissant aimant, et elle se sentait bien incapable de se détourner de lui.

— Qu'est-ce qui ne va pas, Mia ?

La jeune femme leva les yeux vers lui avec un sourire forcé.

— Rien, tout va bien. Jace veut qu'on dîne ensemble à son retour, expliqua-t-elle avant de s'interrompre, gênée à l'idée d'avoir commis une faute.

Après tout, Gabe avait la mainmise sur son emploi du temps.

— Je me suis dit que ça ne poserait pas de problème, ajouta-t-elle d'une petite voix.

Gabe poussa un soupir.

— Écoute, Mia, je ne suis pas un de ces salauds qui chercheraient à t'isoler de ta famille et de tes amis. Je sais à quel point vous êtes proches, Jace et toi, et je ne veux surtout pas que ça change. Tu es libre de dîner avec lui, évidemment. En revanche, après, tu viendras me retrouver.

Elle hocha la tête, soulagée qu'il prenne la chose aussi bien. Elle avait toujours su que Gabe était extrêmement possessif, même avant cette histoire de contrat. Du coup, elle ignorait jusqu'à quel point il comptait la contrôler.

— J'ai une question à te poser, Gabe.

Il lui lança un regard interrogateur.

— Mon poste chez HCM, est-ce que c'est juste une façade ? Je veux dire, Eleanor m'a présentée à tout le monde comme ta nouvelle assistante, mais ensuite elle m'a commandé à déjeuner et elle semble être aux petits soins pour moi. Ça pourrait vite devenir gênant, tu comprends ? Déjà que la rumeur court…

— Quelle rumeur ? l'interrompit-il, un éclat de colère dans les yeux.

— Attends, j'y viens, répliqua-t-elle, impatiente. Ce que je veux savoir, c'est si tu comptes vraiment me confier du travail. Tu me verses un généreux salaire, et ça m'embêterait de ne le gagner qu'en écartant les jambes.

Gabe haussa les sourcils à ces mots un peu crus.

— Tu n'es pas ma pute, Mia ! Je vais finir par te donner une bonne fessée si tu oses répéter une chose pareille.

La jeune femme éprouva un immense soulagement, même si elle n'avait jamais vraiment cru qu'il la considérait ainsi. C'était surtout elle qui avait l'impression de se prostituer, et cette idée lui déplaisait.

— Et puis pour répondre à ta question : ce n'est pas parce que je ne t'ai pas submergée de travail dès le premier jour que tu vas te tourner les pouces. Je compte prendre le temps de te familiariser avec mes petites habitudes, afin que tu comprennes en quoi j'ai besoin de ton assistance. N'oublie pas que, pour moi aussi, c'est tout nouveau. Je n'ai pas l'habitude d'avoir quelqu'un sous mes ordres ; il va falloir que je m'y fasse.

— D'accord. Tout ce que je veux, c'est mériter ma paie, tu sais. C'est important pour moi. C'est toi qui me disais que je gâchais mon potentiel et mon diplôme en travaillant à la pâtisserie. Eh bien, je ne veux pas non plus devoir mon salaire uniquement aux faveurs que je t'accorde.

— Évidemment. Maintenant, parle-moi de ces rumeurs, là. Est-ce que quelqu'un t'a fait des remarques ? Je ne vais pas laisser passer ça !

— Non, pas du tout. En fait, c'est moi qui ai surpris une conversation. Elles seraient sans doute mortes de honte si elles avaient su que j'étais là. Je ne sais même pas qui a dit quoi, en fait. Je n'ai pas encore eu le temps de retenir les noms de tout le monde, sans compter que je ne les voyais pas puisque j'étais cachée dans les toilettes.

— Tu étais cachée dans les toilettes ? répéta Gabe, incrédule.

— Elles sont entrées pendant que j'y étais, expliqua-t-elle avec un soupir d'exaspération. Quand j'ai entendu ce qu'elles racontaient, j'ai préféré ne pas me montrer. J'étais super à l'aise, comme tu t'en doutes.

— Et alors ? Qu'est-ce qu'elles racontaient ?

— Oh, rien de bien étonnant.

— Mia, dis-moi ce qu'elles racontaient, gronda-t-il.

— Elles se demandaient si on couchait ensemble, tout simplement. Elles ont aussi pas mal parlé de Jace et d'Ash, et, après son coup de fil, je commence à croire qu'elles n'ont pas tort.

— C'est vrai qu'on couche ensemble, commenta-t-il sur un ton détaché, et ça n'est pas près de changer, mais elles n'ont aucune preuve. On en a déjà discuté : il est impossible d'empêcher les gens de spéculer, et je ne compte pas me fatiguer à essayer. Je me moque bien de ce qu'ils pensent tous, mais je refuse que quiconque te manque de respect. Si jamais j'apprends qu'on t'a fait une remarque déplacée, je vire le ou la responsable, compris ?

Elle hocha la tête, mal à l'aise.

Elle hésitait à mentionner qu'une des filles était entrée par effraction dans son bureau. N'avait-il pas le droit de savoir que quelqu'un avait pris des libertés avec sa vie privée ? Plus important : n'avait-il pas le droit de savoir que l'existence du fameux contrat était connue et avérée, au moins au sein de l'entreprise ?

Elle se trouvait dans une situation franchement inconfortable, mais, après tout, elle ne connaissait pas ces filles et ne leur devait rien. En revanche, si Gabe apprenait un jour qu'elle était au courant mais ne l'avait pas averti, il serait furieux. Et puis elle détestait l'idée de lui mentir.

Elle poussa un profond soupir, et, en l'entendant, Gabe fronça les sourcils.

— Tu as autre chose à me dire ?

— Oui, admit-elle.

— Vas-y, je t'écoute.

— Ce n'est pas tout ce que j'ai entendu aux toilettes, ce matin.

Il lui lança un regard interrogateur.

— Il y avait au moins trois personnes, poursuivit-elle. Franchement, je n'ai aucune idée de qui c'était, mais elles parlaient de... du contrat. Elles se demandaient si c'était vrai, et l'une d'entre elles a fini par annoncer qu'elle l'avait vu de ses propres yeux.

— Comment est-ce qu'elle aurait pu voir ça ? s'enquit Gabe sur un ton désinvolte.

Clairement, il ne croyait pas un mot de ce qu'elle avançait, et elle allait devoir lui révéler comment la fille en question avait mis la main sur le document. Elle appréhendait sa réaction – elle ne tenait pas particulièrement à passer la soirée en compagnie d'un Gabe enragé.

— Eh bien..., elle a dit qu'elle s'était introduite dans ton bureau un soir en crochetant la serrure et qu'elle avait fouillé dans tes tiroirs, par curiosité.

— Quoi ?! tonna Gabe, faisant sursauter Mia. Attends, là, est-ce que j'ai bien compris ? Cette fille est entrée par effraction dans mon bureau pour chercher des preuves de ce que racontent les rumeurs à mon sujet ?

Sa voix – son corps tout entier – vibrait d'une colère à peine contenue, et Mia se recroquevilla sur son siège.

— C'est ce qu'elle prétend, oui, affirma-t-elle d'une petite voix.

— Demain, je tire cette affaire au clair, et tant pis si je dois licencier l'intégralité de la boîte. Je refuse d'avoir sous mes ordres des personnes indignes de confiance.

Mia ferma les yeux, dépitée. C'était précisément ce qu'elle aurait voulu éviter. Elle avait juste voulu prévenir Gabe afin qu'il se montre plus prudent à l'avenir et décide de garder chez lui les documents concernant sa sulfureuse vie privée.

— Ne t'inquiète pas, Mia, ajouta-t-il en lui prenant la main d'un geste rassurant. Tu m'as bien dit qu'elles ignoraient tout de ta présence dans les toilettes, elles ne sauront donc pas que c'est toi qui m'as mis au courant. La fautive croira sans doute que c'est une de ses collègues qui l'a balancée.

— Ça ne me console pas vraiment, tu sais. À cause de moi, quelqu'un va perdre son emploi, murmura-t-elle.

— Tu es trop gentille, Mia. Une personne capable de me jouer ce genre de tour ne mérite pas de travailler pour moi. S'il y a bien une chose que je ne supporte pas, c'est la trahison, sous toutes ses formes.

Il avait sans doute raison, néanmoins Mia aurait préféré qu'il apprenne la nouvelle par quelqu'un d'autre.

Le chauffeur se gara devant chez Gabe, et, une fois qu'il eut récupéré les paquets dans le coffre, ils entrèrent dans l'immeuble.

À peine avait-il refermé la porte de son appartement derrière eux qu'il laissa tomber les sacs du magasin et entraîna Mia dans le salon, jusqu'à l'épais tapis en peau de mouton.

— À genoux, ordonna-t-il d'une voix brusque.

La jeune femme obéit sans un mot.

Aussitôt, Gabe défit son pantalon et sortit son sexe à demi érigé. Il commença à se caresser, sans quitter des yeux la bouche de Mia.

Fascinée, elle observait son membre magnifique se tendre de plus en plus. Ses gestes lui paraissaient terriblement sensuels, et un frisson d'anticipation lui parcourut l'échine. Elle sentait le désir de Gabe monter en puissance et s'emparer de tout son corps.

Il ralentit ses mouvements et referma un instant la main sur son gland avant de la faire descendre jusqu'à la base, soulignant la taille impressionnante de son sexe. Il n'avait pas besoin de dire à Mia ce qu'il voulait : elle l'avait deviné. Elle dut se retenir de serrer les cuisses pour endiguer la montée de son propre désir. Elle salivait à l'idée de le goûter enfin.

Il lui avait promis qu'elle y aurait droit, et l'heure était venue.

— Tout à l'heure, au bureau, je t'ai donné du plaisir. À ton tour, maintenant. Ouvre la bouche.

Elle eut à peine le temps de comprendre ses paroles ; il se glissa entre ses lèvres d'un long et profond mouvement. Le contraste entre la douceur de sa peau et la dureté de son érection l'excita encore plus, et elle se délecta de son odeur, de sa saveur. Elle tremblait tant elle avait envie de lui – de cette possession si intime.

Il referma les poings dans ses cheveux pour lui maintenir la tête tandis qu'il entamait un lent va-et-vient.

— Oh, Mia, j'adore ta bouche. Ça fait tellement longtemps que je rêve de ça…, de te baiser comme ça et de jouir dans ta gorge.

Elle ferma les yeux, secouée par la force de ses coups de reins. Sans en être à sa première fois, elle n'avait pas une grande maîtrise de cet exercice. Pourtant, elle était déterminée à lui faire oublier toutes les autres qui, avant elle, avaient refermé les lèvres autour de son sexe.

Elle accompagna ses mouvements en faisant jouer sa langue le long de son membre. Il poussa un gémissement sourd, qui faillit la rendre folle de plaisir et qui l'encouragea à poursuivre ses caresses.

— Oh oui, gronda-t-il. C'est ça, ma belle. Prends-moi jusqu'au fond, vas-y ! J'adore sentir ta gorge se resserrer autour de mon gland quand tu avales ta salive. Continue comme ça !

À ces mots, il raffermit sa prise dans ses cheveux, l'immobilisant complètement. Comprenant qu'il voulait avoir le contrôle, elle se détendit et rejeta la tête en arrière afin de le laisser entrer encore plus loin.

Elle était prête à tout encaisser pour lui procurer un plaisir inégalé – inoubliable.

Il accentua encore ses mouvements puis s'arrêta au plus profond, lui maintenant le nez tout contre son ventre. Alors qu'elle commençait à manquer d'air, il se recula et lui laissa le temps de respirer.

Puis il s'avança juste assez pour faire jouer son gland sur ses lèvres avant de la pénétrer avec force.

— Tu te rends compte de ce que tu me fais ? demanda-t-il d'une voix rauque. Reste là, ne bouge pas, Mia. Je vais jouir dans ta bouche et je veux que tu avales jusqu'à la dernière goutte.

Elle percevait déjà une saveur salée, signe qu'il était proche de l'orgasme. Il était tendu comme un arc, et rien n'aurait pu freiner sa course vers un plaisir fulgurant.

Au contraire, il accéléra encore, chacun de ses coups de reins s'accompagnant d'un bruit de succion qui résonnait aux oreilles de Mia. Elle avait beau s'y attendre, elle fut surprise de goûter sur sa langue le premier jet de semence chaude.

Gabe ne ralentit pas, et chaque coup de reins s'accompagnait d'une nouvelle secousse. Mia avala à plusieurs reprises, mais il continuait à jouir, les mains crispées dans ses cheveux au point de lui faire mal. Refusant de céder à la douleur, elle ne protesta même pas lorsqu'il se dressa sur la pointe des pieds, s'avançant plus loin que jamais, presque trop loin. Il se tint ainsi un long moment, jusqu'à ce que ses spasmes se calment. Alors il lui lâcha les cheveux et se retira de sa bouche.

Mia avala, toussa, puis avala de nouveau. Elle avait les larmes aux yeux mais se força à regarder le visage de Gabe. Elle tenait tant à y voir la preuve de son extase.

Pourtant, c'est avec une expression de regret qu'il lui tendit la main pour l'aider à se relever. Puis, d'un geste très doux, il lui caressa les bras.

— Je cours à ma perte, avec toi, Mia. Je te fais des promesses que je n'arrive pas à tenir. Je ne me reconnais pas, quand je suis près de toi. Je ne suis pas sûr d'aimer celui que je deviens, mais je suis incapable de m'arrêter. Peut-être que tu me détestes pour ce que je t'ai fait, mais tant pis. Je ne peux pas – ne veux pas – m'arrêter. J'ai trop besoin de toi ; ça me consume complètement, et je doute que ça me passe un jour.

Rendue muette par la franchise de cet aveu, Mia le contempla en silence, bouleversée et terriblement émue par ce qu'il impliquait. Les yeux toujours voilés par une étrange tristesse, il lui effleura la joue.

— Va te préparer pour le cocktail. On va y faire une rapide apparition, puis je t'emmène dîner quelque part.

CHAPITRE 15

Gabe ne prononça pas un mot de tout le trajet qui les mena au club de jazz de Greenwich Village, où se déroulait le cocktail. Mia ne cessait de lui jeter des regards en coin, et il devinait qu'elle avait mille questions en tête. Pourtant, il ne se sentait pas en mesure de la rassurer. Comment aurait-il pu le faire ?

Il devenait fou en sa présence, et cela le gênait terriblement de perdre ainsi tout contrôle sur ses propres gestes. Aucune femme ne l'avait jamais mis dans cet état-là. D'habitude, il gardait la tête froide. Même dans le feu de l'action, il restait calme et mesuré, et ce depuis son adolescence. Avec Mia, en revanche, c'était une tout autre histoire.

Merde ! Il s'était jeté sur elle comme une bête sauvage, avec une brutalité qui s'apparentait presque à du viol. Il avait à peine attendu d'être rentré chez lui pour lui ordonner de se mettre à genoux, avant de s'introduire dans sa bouche en lui tenant les cheveux pour la maintenir à sa merci. Ce souvenir lui inspirait un profond dégoût de lui-même, pourtant il ne regrettait rien. Pire : il savait qu'il recommencerait bientôt, et pas qu'une fois. Il brûlait déjà d'impatience et aurait voulu que la soirée soit terminée pour qu'ils rentrent chez lui.

Il avait éprouvé une furie sans bornes en apprenant qu'on avait manqué de respect à Mia au bureau, mais, à la réflexion, cela faisait de lui un bel hypocrite. En la malmenant ainsi, il l'avait traitée comme la prostituée qu'elle craignait d'être devenue. Il n'avait jamais – jamais ! – envisagé leur relation en ces termes, mais ses actions ne reflétaient absolument pas ses réflexions, ces derniers temps. C'était son sexe qui lui dictait sa conduite, sans se préoccuper de son intention d'y aller doucement avec Mia pour ne pas l'effrayer. Son corps semblait doté d'une volonté propre – ainsi que d'un désir insatiable pour la jeune femme. Loin de diminuer, celui-ci ne faisait que croître chaque fois qu'il lui faisait l'amour.

Qu'il lui faisait l'amour. Cette expression était si éloignée de ce qu'il avait fait subir à Mia qu'il dut retenir un rire amer. Il avait beau tenter de calmer sa conscience par ces mots, il n'ignorait pas qu'il l'avait prise avec une violence impardonnable. Néanmoins, ses remords ne faisaient pas le poids face à son désir, et il savait déjà que la prochaine fois ne serait guère différente. Il pouvait toujours afficher de nobles intentions, celles-ci ne demeureraient que des mensonges.

— On est arrivés, Gabe, souffla Mia en lui touchant doucement le bras.

Tiré de ses sombres pensées, il se rendit compte qu'ils étaient garés juste devant le club. Il fut prompt à retrouver ses esprits et à descendre avant d'aller ouvrir la portière pour que Mia sorte à son tour.

Elle était tout simplement splendide, et il comprit que, malgré ses efforts pour lui choisir une robe qui couvrait ses formes, elle risquait d'attirer autant de regards que le soir du gala d'inauguration.

Mia était plus que belle ; elle avait un je-ne-sais-quoi qui la distinguait et donnait envie de s'approcher de sa lumière. Même vêtue d'un sac à patates, elle serait sortie du lot.

D'un geste détaché, il lui posa une main sous le coude et la guida vers l'entrée du club. Il mourait d'envie de la serrer contre lui, et de montrer ainsi au monde qu'elle lui appartenait, mais il ne voulait surtout pas la gêner, ou risquer d'ébruiter le secret de leur relation. Pour l'instant, il lui suffisait de savoir qu'elle était sienne une fois les portes closes, mais il ne comptait pas laisser d'autres hommes venir lui tourner autour.

Sur le seuil de la pièce réservée au cocktail, Gabe mit encore un peu de distance entre eux, même si son instinct lui criait de la garder toute proche pour mieux signaler aux autres mâles qu'elle était déjà prise. Il parvint néanmoins à rester maître de lui-même. Mia l'accompagnait en sa qualité d'assistante, rien de plus. Personne, à part eux deux, ne devait savoir qu'elle était avec lui – son amante, sa femme.

Ils entrèrent, et, aussitôt, Mitch Johnson les aperçut. Il les salua d'un geste et entreprit de traverser la foule pour venir les rejoindre.

— Que le spectacle commence, murmura Gabe.

Mia parcourut l'assistance du regard, puis reporta son attention sur Mitch. Elle afficha un sourire chaleureux et, imitant Gabe, attendit que Mitch arrive à leur hauteur.

— Gabe ! Je suis ravi que vous ayez pu vous libérer, lança le nouveau venu en serrant la main de Gabe.

— Je n'aurais manqué ça pour rien au monde, répliqua celui-ci avant de se tourner vers Mia. Mitch, je vous présente mon assistante, Mia Crestwell. Mia, voici Mitch Johnson.

— Enchantée de faire votre connaissance, monsieur Johnson, dit Mia avec un sourire lumineux. Merci de nous avoir invités.

Mitch couvait Mia d'un regard flatteur. Gabe eut envie de montrer les dents mais se força à rester aimable. Mitch était marié, et il ne lui serait jamais venu à l'idée de tromper sa femme, mais il admirait ouvertement Mia. Cela suffisait à faire enrager Gabe.

— Tout le plaisir est pour moi, Mia. Je vous en prie, appelez-moi Mitch. Gabe, il y a ici plusieurs personnes qui devraient vous intéresser, mais, d'abord, est-ce que je peux vous offrir un verre ?

— Rien pour moi, merci, répondit Mia.

— Plus tard, peut-être, ajouta Gabe en secouant la tête.

— Alors, si vous voulez bien me suivre, je vais faire les présentations, reprit Mitch en désignant la foule. J'ai croisé plusieurs de mes collègues, et tous sont très enthousiastes au sujet de votre projet californien.

— Magnifique, lança Gabe d'un air satisfait.

Ils emboîtèrent donc le pas à Mitch, qui leur fit rencontrer divers petits groupes. La conversation était strictement professionnelle, et Mia se tenait au côté de Gabe, silencieuse, une expression sincèrement captivée sur le visage. Il en fut impressionné. Même si elle s'ennuyait à mourir, elle n'en laissait rien paraître.

À son plus grand étonnement, alors que les hommes ne semblaient plus avoir grand-chose à dire, elle prit la parole. Se tournant vers Trenton Harcourt, elle demanda :

— Est-ce que votre fille se plaît à Harvard ? Ses études se passent bien ?

Après une seconde de surprise, Trenton lui adressa un sourire ravi.

— Tout se passe très bien, je vous remercie. Ma femme et moi sommes très fiers d'elle.

— Elle n'a pas choisi le cursus le plus facile en s'inscrivant en droit des affaires, mais, une fois son diplôme en poche, elle pourra s'associer à vos projets. C'est toujours un bonus d'avoir des connaissances aussi proches que compétentes, conclut Mia avec un sourire malicieux.

Tous partirent d'un même éclat de rire, et Gabe s'enorgueillit. Sa nouvelle recrue avait vraiment étudié ses dossiers.

Petit à petit, la jeune femme prit l'ascendant sur leur petit groupe. Elle trouvait toujours quelque chose de personnel à dire à chacun et ne laissait jamais retomber la conversation. Les hommes ne la quittaient plus des yeux, sans que Gabe décèle la moindre trace de concupiscence. Tous restaient parfaitement courtois, visiblement sous le charme de Mia.

Soudain, Mitch profita d'un silence pour demander :

— Est-ce que vous avez un lien de parenté avec Jace Crestwell ?

Mia s'immobilisa, sans toutefois se départir de son sourire.

— Oui, c'est mon frère.

Gabe perçut une note défensive dans sa voix mais douta que quiconque d'autre que lui ne l'ait remarquée.

— Mais c'est moi qui l'ai embauchée en premier, lança-t-il sur un ton nonchalant. Elle est intelligente et parfaite pour ce poste. Tant pis si Jace comptait la recruter lui-même.

Cette repartie lui valut un éclat de rire général.

— En affaires comme à la guerre, pas vrai, Gabe ? commenta Trenton. Vous avez eu du flair, en tout cas.

— En effet, renchérit Gabe. Mia est un véritable atout au sein de mon équipe, et je n'ai pas l'intention de la laisser filer de sitôt.

La jeune femme rougit à ces mots, mais il comprit que c'était dû au plaisir d'entendre vanter ses qualités professionnelles. Il ne regretta donc pas d'avoir clairement énoncé la situation à tout le groupe, au mépris de son instinct possessif.

— Maintenant, si vous voulez bien nous excuser, j'aperçois quelques personnes que je souhaiterais saluer, annonça-t-il d'une voix suave.

Il prit le bras de Mia pour l'entraîner en direction du bar, mais, à mi-chemin, il s'immobilisa, les yeux rivés sur l'entrée de la pièce. L'entendant jurer à mi-voix, Mia suivit son regard et ne put réprimer une grimace.

Le père de Gabe venait d'entrer avec, à son bras, une blonde du style plante décorative, et bien plus jeune que lui. *Misère!* Que faisait-il là ? Pourquoi n'avait-il pas prévenu Gabe qu'il serait présent ? Cela lui aurait permis de se préparer au choc. Après un week-end passé en compagnie de sa mère, à tenter par tous les moyens de lui remonter le moral, il éprouva une froide colère en voyant son père se pavaner ainsi avec sa dernière conquête.

Mia lui toucha doucement le bras, à l'écoute. Il n'était plus question de s'esquiver, son père les avait aperçus et se frayait un chemin dans leur direction.

— Gabe ! lança-t-il, les yeux brillants, en rejoignant son fils. Je suis bien content de te croiser ici ce soir. Ça faisait longtemps qu'on ne s'était pas vus – trop longtemps.

— Bonsoir, papa, rétorqua Gabe sèchement.

— Stella, j'ai le plaisir de te présenter mon fils, Gabe. Gabe, voici Stella.

Gabe salua la jeune femme d'un bref signe de tête. Il n'avait qu'une envie : fuir cette situation qui lui mettait les nerfs à vif. Il revoyait nettement le visage de sa mère et la tristesse de son regard. Il se rappelait son incompréhension et sa douleur de se sentir trahie par cet homme qui avait été son mari durant trente-neuf ans.

— C'est un plaisir de vous rencontrer, susurra Stella en détaillant Gabe de la tête aux pieds.

— Comment ça va, mon garçon ? demanda son père.

Il ne semblait pas avoir remarqué la gêne de son fils. Peut-être ne se rendait-il pas compte des profondes blessures qu'il avait infligées à sa famille.

— Beaucoup de travail, répondit Gabe, laconique.

— Ça ne m'étonne pas ! s'exclama son père avec un grand geste. Tu devrais prendre des vacances, tu sais. Te reposer un peu. Tu pourrais venir passer quelques jours à la maison. Ça me ferait plaisir. J'aimerais bien savoir un peu ce que tu deviens.

— Quelle maison ? s'enquit Gabe d'une voix glaciale.

— Oh, j'ai acheté une maison dans le Connecticut, annonça son père sur un ton détaché. Il faudrait que tu viennes la voir. Tiens : est-ce que tu es libre, un des soirs de la semaine ? Tu pourrais venir dîner.

Gabe crispa les mâchoires au point d'en avoir mal. C'est alors que Mia intervint. Elle se racla discrètement la gorge et s'avança d'un pas, souriante.

— Est-ce que vous voulez boire quelque chose, monsieur Hamilton ? Je vais aller me repoudrer le nez, mais, en revenant, je peux faire un détour par le bar et vous rapporter un verre.

M. Hamilton la dévisagea un instant avec des yeux ronds avant de la reconnaître.

— Mia ? Mia Crestwell ? C'est bien toi ?

Gabe fut étonné que son père se souvienne d'elle. Il ne l'avait vue qu'à deux reprises, alors qu'elle était encore adolescente.

— Oui, monsieur, confirma-t-elle. Je travaille pour Gabe. Je suis son assistante.

— Ça alors, je n'en reviens pas ! s'écria-t-il avant de l'embrasser sur les deux joues. La dernière fois que je t'ai vue, c'était il y a des années. Tu es devenue une belle jeune femme, dis-moi !

— Merci, souffla-t-elle. Alors, ce verre ?

— Un whisky, s'il te plaît. Avec des glaçons.

— Gabe ?

— Rien, merci.

Elle lui lança un coup d'œil compatissant avant de se diriger vers les toilettes. Il ne lui en voulait pas de s'échapper ainsi. La tension était palpable, et elle n'y pouvait rien, la pauvre.

Il la suivit du regard. Lui aussi aurait aimé s'enfuir loin de tout ça. Il aurait voulu se réfugier chez lui, dans sa chambre, dans son lit, et dans les bras de Mia.

— Bon, quand est-ce que tu viens dîner ? insista son père.

Une fois en sécurité, Mia laissa échapper un soupir de soulagement. Puis elle s'approcha du miroir pour retoucher son rouge à lèvres.

À sa grande surprise, la porte des toilettes s'ouvrit sur Stella, qui vint se placer juste à côté d'elle. Après un regard appuyé à Mia, elle sortit un tube de son sac et l'imita.

— Alors, c'est vrai, ce qu'on raconte au sujet de Gabe Hamilton et des femmes ? Qu'il a des exigences un peu particulières ? lança-t-elle tout en se remaquillant.

Déroutée, Mia faillit en laisser tomber son rouge à lèvres et dut s'y reprendre à deux fois pour le ranger dans sa pochette. Puis elle se tourna vers Stella, estomaquée par le sans-gêne de cette femme.

— Même si je savais des choses sur la vie privée de M. Hamilton, je ne trahirais jamais sa confiance.

— Oh, allez ! s'écria Stella en levant les yeux au ciel. Vous pouvez bien me donner un tuyau, non ? Je ne demande pas mieux que de me réveiller à côté de ce mec, surtout s'il est aussi doué au pieu qu'on le dit !

— Euh, je vous rappelle que vous êtes arrivée au bras de son père.

— Oh, lui, c'est pour le fric, expliqua Stella en balayant cette objection d'un geste. Gabe est encore plus riche et puis il est plus beau, et plus viril. Pourquoi se contenter du vieux si on peut avoir le jeune, pas vrai ? Bref, si vous avez des infos, je suis preneuse. Vous travaillez pour lui, donc vous avez déjà dû avoir affaire à ses copines, non ?

Mia n'aurait pas dû s'étonner de cette cupidité brute et affichée, pourtant cela la choquait profondément. Ne sachant quoi répondre, elle tourna les talons et sortit, puis se dirigea vers le bar en secouant la tête, incrédule. Cette fille était vraiment gonflée !

Elle commanda le whisky pour M. Hamilton et, une fois servie, se tourna pour chercher les deux hommes du regard. Ils se tenaient là où elle les avait laissés, et Gabe semblait d'une humeur de dogue.

Il avait les traits tirés et le regard froid, comme s'il se trouvait face à un adversaire qu'il s'apprêtait à démolir.

Elle soupira. Cela devait être horrible de voir ses parents divorcer après tant d'années. Gabe avait grandi au sein d'une famille saine et stable, alors que Jace et elle avaient dû batailler pour retrouver un semblant de normalité après la mort de leurs parents. D'une certaine façon, Gabe avait perdu les siens, avec ce divorce. Même s'ils étaient toujours en vie, il ne pourrait plus jamais les considérer comme une entité rassurante.

Elle ne put réprimer une grimace en voyant Stella les rejoindre. Sans la moindre hésitation, la jeune femme se greffa au bras de Gabe et lui décocha un sourire éclatant en battant des paupières.

En s'approchant, Mia perçut son petit rire cristallin et, à sa grande surprise, vit Gabe sourire à son tour. C'était un de ces sourires charmeurs qui indiquaient sans équivoque que Gabe venait de trouver une proie à son goût.

Il joue à quoi, là ?

Mia s'approcha des deux hommes, qui ne remarquèrent même pas sa présence. Elle s'efforça de contenir la jalousie viscérale – et la colère – qui fusait dans ses veines. Elle tenta de se raisonner : ce n'était pourtant pas dans sa nature.

Ou peut-être que si. Elle était folle de rage et n'avait qu'une envie : sauter sur cette blondasse et lui arracher les cheveux par poignées. Gabe avait-il perdu la tête ? Était-il vraiment attiré par ce genre de femmes aussi superficielles que vénales ?

Certes, il préférait des relations dénuées de complications émotionnelles. C'était même ce qu'il exigeait par son contrat, mais justement : il était hors de question qu'il drague une arriviste pareille devant Mia alors qu'ils avaient signé un accord.

Elle avança d'un pas et tendit le verre au père de Gabe.

— Merci, Mia, dit-il avec un chaleureux sourire.

Alors, Stella leva les yeux vers Gabe avec une petite moue boudeuse.

— Vous voulez bien danser avec moi, Gabe ? La musique est là pour ça, et j'ai besoin de me dépenser…

Gabe rit à ces mots, ce qui irrita profondément Mia.

— Tu nous excuses, papa ? lança-t-il à son père.

Puis, sans un regard à Mia, il entraîna Stella vers la piste.

Là, il attira la blonde entre ses bras – bien trop près pour une danse anodine – et lui sourit de nouveau. Mia n'en revenait pas. Gabe ne souriait quasiment jamais !

En plus, il venait de la planter avec son père, à qui il avait plus ou moins piqué sa cavalière. Charmante attention… Mia ne pouvait même pas prétexter un passage aux toilettes puisqu'elle en revenait tout juste.

Elle remarqua que M. Hamilton regardait Gabe et Stella danser, les sourcils froncés, et elle-même n'arrivait pas à se détourner de ce triste spectacle. Sa colère s'enflamma de plus belle lorsqu'elle vit Gabe passer une main langoureuse le long du corps de la jeune femme.

Oh, et puis merde ! Elle refusait de rester là, bien sagement, pendant que Gabe en pelotait une autre – la copine de son père, en plus ! Elle avait rempli sa mission : elle s'était montrée aimable avec ses investisseurs et leur avait resservi toutes les infos débiles qu'elle avait passé la journée à mémoriser.

À présent, elle avait mieux à faire – rentrer chez elle, retrouver Caroline et laisser libre cours à sa colère.

Chapitre 16

— Quel connard ! s'exclama Caroline. Je n'arrive pas à croire qu'il ait laissé cette dinde lui mettre le grappin dessus alors qu'il t'a, toi !

Affalée dans le canapé à côté de sa meilleure amie, Mia sourit face à cet élan de loyauté. Elle s'était changée, sa belle robe rouge étant devenue une sorte d'emblème moqueur de cette soirée ratée. C'était bien la peine que Gabe l'habille comme une grande dame sophistiquée pour ensuite se consacrer à une autre.

Personne n'était au courant de leur relation, son humiliation était donc passée inaperçue, mais cela ne changeait rien à ce qu'elle ressentait.

— Je ne sais vraiment pas ce qu'il a dans le crâne, dit-elle dans un soupir. En tout cas, je n'allais pas rester plantée là pendant qu'ils se lançaient des regards énamourés. C'était à vomir.

— Tu as eu raison ! s'écria Caroline.

Puis ses yeux brillèrent d'une lueur coquine, et Mia se prit à craindre le pire.

— Bon, et sinon, est-ce que c'est vraiment un dieu du sexe ?

— Pitié, Caro ! souffla Mia, exaspérée.

— Quoi ? Je vis seule avec mes fantasmes, tu peux bien me donner quelques détails croustillants, non ?

— Bon, OK, c'est un dieu. Tu es contente ? Franchement, je n'avais jamais rien connu de comparable, et pourtant j'ai eu des expériences satisfaisantes. Là, c'était carrément ébouriffant.

— Eh ben…, marmonna Caroline d'une voix traînante. Je me suis doutée que ça faisait des étincelles quand tu m'as appelée pour que je te prépare un sac. Il ne lui a même pas fallu un jour pour t'inviter à passer la nuit. On peut dire qu'il ne traîne pas.

— Oui, ça, on peut le dire…, confirma Mia avec une grimace.

— Bon, qu'est-ce qu'on fait ? Il y a de la glace dans le congélateur : on se commande un truc et on se goinfre, ou tu as déjà mangé ?

— On était censés aller dîner après le cocktail, mais c'était avant que Barbie débarque.

— Une petite pizza, ça te branche ? demanda Caroline en attrapant son téléphone.

— Oh oui, une pizza ! soupira Mia.

Tandis que Caroline faisait dérouler ses contacts, l'interphone sonna.

— Je vais répondre, choisis ce que tu veux, dit Mia en se levant pour aller décrocher. Allô ?

— Descends tout de suite, putain !

La voix de Gabe résonna si fort que Caroline en lâcha son téléphone.

— Et pourquoi, Gabe ? rétorqua Mia, sans cacher son irritation.

— Sérieusement, je te préviens, si tu ne descends pas immédiatement, c'est moi qui monte te chercher. Et je ne veux même pas savoir si tu es habillée ou pas. Tu as exactement trois minutes.

Mia raccrocha, tremblante de colère, et retourna s'asseoir à côté de Caroline.

— Bon, fit cette dernière. Au moins, s'il est là, c'est qu'il n'est plus avec Barbie.

— Quoi, tu voudrais que j'obéisse aux ordres de ce connard arrogant ? demanda Mia, incrédule.

— Pas tout à fait, mais je ne tiens pas à ce qu'il débarque pour te traîner par les cheveux. Si tu veux mon avis, tu ferais peut-être mieux d'aller le rejoindre et de tirer cette histoire au clair. Après tout, il est venu te chercher, et Barbie n'est plus dans les parages, répéta Caroline avant de consulter sa montre. D'ailleurs, il ne te reste plus que deux minutes avant qu'il déboule comme une furie.

Mia poussa un soupir, puis se précipita dans sa chambre sans bien savoir pourquoi elle se donnait tant de mal pour Gabe après la scène du club. Elle avait mal au ventre rien que d'y repenser. Pourtant, elle enfila un jean et un tee-shirt à la hâte puis, au cas où, prit une tenue pour le lendemain.

Après avoir récupéré quelques affaires dans la salle de bains, elle fila en saluant Caroline au passage.

— Envoie-moi un texto pour me dire que tu es toujours en vie ! cria cette dernière. Sinon, je vais croire qu'il t'a tuée et partir à la recherche de ton cadavre.

Mia lui envoya un baiser avant de sortir. Un instant plus tard, lorsque les portes de l'ascenseur s'ouvrirent au rez-de-chaussée, elle aperçut Gabe qui la toisait, les mâchoires crispées.

Sans lui laisser le temps d'avancer, il fonça droit sur elle, comme un bolide furieux, ivre de colère et de testostérone.

Dès qu'elle eut posé un pied sur le carrelage de l'entrée, il la prit par la main et l'entraîna à sa suite. Mia adressa un sourire rassurant au portier, qui semblait prêt à appeler la police, avant de reporter son attention sur Gabe. Sa rage lui parvenait en ondes brûlantes.

De quel droit s'énervait-il ainsi ? Elle n'avait pas été draguer un autre homme lors d'un cocktail où ils étaient arrivés ensemble, après tout.

Il la fit monter dans la voiture, qui démarra aussitôt qu'il fut installé à son tour.

— Gabe…

— Tais-toi ! aboya-t-il en lui jetant un regard excédé. Ne me parle pas, Mia. Il faut que je me calme.

Elle haussa les épaules d'un geste nonchalant et se tourna vers la vitre. Elle l'entendit pousser un grondement d'impatience, mais refusa de croiser son regard et se concentra sur les lumières de la ville au dehors.

Elle aurait sans doute mieux fait de rester chez elle, mais elle voulait cette confrontation. Elle avait passé la soirée à ruminer sa rage, alors, puisque Gabe mettait le sujet sur le tapis, elle n'allait pas se priver de lui donner sa vision des choses.

Le trajet se passa en silence, même si la colère de Gabe était fort éloquente. Mia ne lui accorda pas un coup d'œil, ce qui aurait constitué un aveu de faiblesse. Par ailleurs, elle savait que cela ne ferait qu'aiguiser son courroux.

Lorsqu'ils arrivèrent devant chez lui, il la fit sortir sans ménagement et lui prit le bras dans une poigne de fer pour l'entraîner à l'intérieur.

Une fois que la porte de son appartement se fut refermée derrière eux, il la dévisagea, les yeux plissés et la mâchoire crispée, comme s'il luttait pour se contenir.

— Va dans le salon, il faut qu'on parle, lança-t-il.

— Si tu le dis, marmonna-t-elle.

Elle se libéra de son étreinte et alla s'asseoir dans le canapé, puis leva vers lui un visage innocent.

Pendant quelques instants, il se contenta de faire les cent pas devant elle, s'arrêtant parfois pour lui jeter un regard mauvais. Enfin, il inspira profondément et secoua la tête.

— Je ne sais pas quoi te dire tellement je suis hors de moi.

Mia lui lança un coup d'œil dégoûté. Elle seule, dans cette pièce, avait le droit d'être en colère.

— Toi, tu es hors de toi ? demanda-t-elle d'un ton incrédule. Et pourquoi ? Parce que ta pouffe t'a laissé tomber, au final ? J'ai du mal à le croire ; elle avait pourtant l'air prête à te croquer tout cru.

— Mais de quoi tu parles ? rétorqua-t-il en fronçant les sourcils.

Elle s'apprêtait à lui exposer son point de vue en termes choisis, mais il l'interrompit d'un geste.

— Non. D'abord, tu vas m'écouter. Puis, une fois que je t'aurai expliqué ce qui me rend aussi fou de rage et que je me serai un peu calmé, je vais t'administrer la correction du siècle.

— C'est ça, oui.

— Tu as disparu, putain ! cria-t-il. Je ne savais pas où tu étais passée, ni ce qui t'était arrivé. Tu aurais pu te faire embarquer par un type louche, tu aurais pu être malade ou blessée… Est-ce que tu as réfléchi une seconde avant de te barrer sans rien dire ? Il ne t'est pas venu à l'idée que la moindre des choses aurait été de me prévenir ? Si tu m'avais dit que tu voulais rentrer chez toi, je t'aurais raccompagnée !

Elle se leva brusquement, exaspérée. Soit il était vraiment stupide, soit il le faisait exprès.

— Tu aurais peut-être remarqué que je partais si tu n'avais pas été collé à la copine de ton père ! hurla-t-elle.

Alors, seulement, il comprit.

— Quoi ? Tout ça, c'est à cause de Stella ? demanda-t-il en secouant la tête.

— Oui, c'est à cause de Stella. Cette chère Stella.

— Tu me fais une crise de jalousie ?

— Moi ? Une crise de jalousie ? Non mais tu te rends compte de ta propre arrogance, Gabe ? Ça n'a rien à voir avec de la jalousie. Il s'agit tout bêtement d'une question de respect ! On s'est engagés l'un envers l'autre, je te rappelle. Certes, ce n'est pas une relation classique, mais on a signé un contrat. Tu m'appartiens, Gabe, et il est hors de question que je te partage avec une poupée Barbie.

La véhémence de ses paroles sembla le prendre au dépourvu, puis il rejeta la tête en arrière et partit d'un grand éclat de rire qui la mit hors d'elle.

— Bien joué, ma belle ! lança-t-il entre deux gloussements. Tu viens de faire retomber ma colère, juste assez pour qu'on passe directement à la fessée que je t'ai promise. Va dans la chambre et déshabille-toi.

— Tu te fous de ma gueule ?

— Et surveille ton langage. Jace te forcerait à te laver la bouche au savon s'il t'entendait parler comme ça.

— Quel hypocrite ! Jace et toi ne vous privez pas, que je sache !

— Mia…, dans la chambre, maintenant. Pour chaque minute que tu me fais perdre, tu gagnes cinq fessées supplémentaires. Je ne plaisante pas : tu en as déjà mérité vingt.

Elle le dévisagea un instant, bouche bée. Puis, le voyant consulter sa montre, elle fonça en direction de la chambre. Elle avait perdu la tête ; ça ne faisait plus aucun doute. Alors qu'elle aurait dû déguerpir, voilà qu'elle se précipitait pour offrir sa peau en pâture aux fantasmes de Gabe.

Un frisson d'anticipation lui parcourut l'échine, la prenant par surprise. L'idée de se faire fesser n'aurait pas dû l'exciter. C'était révoltant…, et, en même temps, elle trouvait cela terriblement érotique. La main de Gabe sur son cul, laissant sur sa peau la marque tangible de sa domination.

Oui, elle était folle à lier, mais ce n'était pas nouveau. Elle avait abdiqué sa santé mentale quand elle avait accepté de signer ce contrat.

Lorsque Gabe la rejoignit dans la chambre, elle était assise au bord du lit, nue, vaguement inquiète. Elle n'était pas sûre d'apprécier ce qui allait suivre. En fait, elle était presque sûre de ne pas aimer du tout, mais elle ne pouvait nier cette part de curiosité et d'excitation.

Sa gorge se serra quand il s'arrêta devant elle et qu'elle perçut la puissance qui émanait de lui.

— Lève-toi, ordonna-t-il d'une voix calme où ne persistait plus la moindre colère.

Elle obéit, les jambes tremblantes, et il s'installa sur le lit, adossé aux oreillers. Puis il lui tendit la main, et elle la saisit, un peu hésitante. Il l'attira vers lui et l'allongea sur ses genoux, à plat ventre, de sorte que ses fesses se trouvent à sa portée.

— Vingt coups, Mia, dit-il en caressant ses douces rondeurs. Je veux que tu les comptes. Tu verras ; à la fin, tu me remercieras. Ensuite, je te baiserai comme jamais.

Plusieurs pensées s'entrechoquèrent dans sa tête à ces mots. *Oh oui ! Vas-y !* Elle avait définitivement perdu l'esprit.

La première fessée tomba sans qu'elle s'y attende, et elle laissa échapper un petit cri, sans bien savoir s'il était dû à la douleur ou à la surprise.

— Je t'ai dit de les compter, Mia, gronda Gabe. Maintenant, je vais devoir t'en donner une de plus.

Oh merde !

Il lui caressa la fesse un instant avant de lui assener le coup suivant.

— Un ! s'écria-t-elle d'une voix étranglée.

— Très bien, susurra Gabe.

Il passa la paume sur l'endroit qu'il venait de frapper avant de la faire claquer ailleurs. Absorbée par ses sensations, Mia faillit oublier d'annoncer ce deuxième coup.

— Deux ! lança-t-elle juste avant que Gabe allonge encore l'addition.

Sa peau, éveillée par la brûlure initiale, la picotait délicieusement, et elle sentait l'excitation monter au creux de son ventre. Son sexe se contractait malgré elle, et elle ne cessait de s'agiter sur les genoux de Gabe.

Trois. Quatre. Cinq. Lorsqu'ils atteignirent la dizaine, elle était à bout de souffle, en proie à un désir indécent. Les caresses de Gabe étaient une douce torture, qui contrastait merveilleusement avec ses vives claques. Il mettait juste assez de mordant dans ses coups pour que, après le quinzième, elle en réclame plus…

Plus fort.

Le feu qui courait sous sa peau lui procurait un plaisir ineffable. Elle n'avait jamais rien connu de pareil. Elle n'aurait jamais cru se délecter autant d'une vulgaire fessée – et n'aurait certainement pas cru pouvoir atteindre l'orgasme ainsi. Pourtant, elle en était toute proche.

— Tiens-toi tranquille, Mia, l'avertit Gabe. Je t'interdis de jouir. Il te reste encore deux coups. Je te préviens, si tu oses prendre ton pied sans mon autorisation, la prochaine fessée ne sera pas aussi agréable. Loin de là.

La jeune femme inspira profondément et ferma les yeux, intimant à son corps l'ordre de tenir bon face à l'extase qui menaçait de la submerger.

— Dix-neuf, compta-t-elle dans un souffle presque inaudible.

— Plus fort ! tonna Gabe, sans ralentir.

— Vingt !

Soulagée que cette épreuve soit terminée, Mia se détendit. Elle avait fourni un tel effort pour ne pas jouir qu'elle haletait littéralement. Elle avait le sexe en feu, comme si chaque coup avait résonné le long de ses nerfs et jusqu'à son clitoris. Celui-ci était agité de petits soubresauts, et elle savait que Gabe n'aurait qu'à souffler dessus pour lui faire perdre la tête.

Elle était furieuse, d'ailleurs, d'exercer aussi peu de contrôle sur son propre corps. Elle en voulait à Gabe de lui avoir fait aimer quelque chose qu'elle aurait dû trouver odieux.

Il lui laissa un moment pour recouvrer son souffle, puis il la souleva doucement pour l'allonger sur le dos. Dans le même mouvement, il s'avança au-dessus d'elle et défit son pantalon.

Tout en se déshabillant, il se pencha sur elle et referma les lèvres sur ses seins, aspirant ses tétons tour à tour. Elle s'attendait à ce que, une fois nu, il lui écarte les cuisses pour la prendre brutalement. Au lieu de ça, il s'éloigna et se leva, puis l'attira au bord du lit.

Debout entre ses jambes, il plaça son érection à l'entrée de son sexe et la couva d'un regard intense.

—Alors, Mia, tu as aimé ta première fessée ?

—Va te faire foutre ! répondit-elle, toujours vexée d'être aussi excitée.

Gabe la déroutait complètement. Il la forçait à remettre en question tout ce qu'elle croyait savoir sur elle-même, et cela ne lui plaisait pas du tout.

Il crispa les mâchoires en l'entendant parler ainsi.

—Oh non, Mia. C'est toi qui vas te faire foutre.

Là-dessus, il la pénétra d'un puissant coup de reins. Elle se cambra avec un cri et referma les poings sur les draps.

—Remercie-moi de t'avoir fessée.

—Va mourir !

Il se retira brusquement, de sorte que seul son gland demeurait logé tout contre elle.

—Mauvaise réponse. Dis « merci », et poliment.

—Allez, vas-y, qu'on en finisse, lança-t-elle, exaspérée.

Elle n'aimait pas du tout devenir cette faible femme qui implorait qu'on la baise, pourtant elle était sur le point de perdre toute dignité face à lui.

Alors il l'embrassa, brutalement, pour lui rappeler que lui seul était maître des opérations, et ce baiser rageur ne fit qu'attiser sa faim. Elle ne contrôlait plus rien ; son désir pour lui la consumait tout entière.

— Tu as l'air d'oublier qui commande, ma chère Mia, murmura-t-il contre sa peau. Tu es à moi, je te tiens. La seule chose qui compte, c'est ce que je veux, moi. Tu n'as pas ton mot à dire.

— Oh, arrête tes conneries, rétorqua-t-elle en plissant les yeux.

— Ah, mais j'ai un contrat qui le prouve, susurra-t-il tout en faisant glisser son gland entre ses lèvres avant de la prendre avec une force redoublée, lui arrachant un cri.

— Je le déchire quand je veux, ton fichu contrat, dit-elle dans un râle.

Elle était réellement tentée de le faire, juste pour le pousser à une colère équivalente à la sienne. Mais ce n'était pas ce qu'elle désirait vraiment, et il le savait aussi bien qu'elle.

Il s'immobilisa soudain, laissant en suspens la ligne de baisers qu'il traçait le long de son cou et en direction de ses seins. Elle sentit ses tétons se durcir par anticipation et cambra le dos à sa rencontre. Elle voulait ses lèvres sur sa peau. Elle était prête à exploser – de plaisir autant que de rage.

— Tu pourrais, en effet, rétorqua Gabe, nonchalant. Est-ce ce que tu souhaites, Mia ? Tu veux déchirer le contrat et me quitter à jamais ? Ou tu veux que je te baise ?

Il allait la rendre dingue, le mufle. Il savait exactement ce qu'elle préférait, mais il allait lui faire payer son insolence. Il allait l'obliger à le supplier.

Sans jamais la quitter de son regard perçant, il donna un nouveau coup de reins et resta profondément logé en elle. Elle sentait tous ses muscles convulser autour de son membre en une prière silencieuse, mais il demeura immobile.

— Dis-le, Mia.

Elle était si près de jouir que des larmes de frustration lui piquaient les paupières. Elle ne pouvait s'empêcher d'onduler des hanches contre lui.

— Merci, dit-elle dans un souffle.

— C'est bien, mais pourquoi tu me remercies ?

— Merci de m'avoir fessée !

— Ah, voilà ! lança-t-il avec un petit rire. Maintenant, dis-moi ce que tu veux.

— Je veux que tu me baises enfin !

— Tu as oublié de dire « s'il te plaît », gronda-t-il avec un sourire en coin.

— S'il te plaît, Gabe, baise-moi ! cria-t-elle, dégoûtée d'en être réduite à le prier ainsi. Arrête de me torturer et baise-moi !

— Si tu veux que je te fasse plaisir, il faut m'obéir, Mia. J'espère que tu as retenu la leçon, et que tu t'en souviendras la prochaine fois qu'il te viendra l'idée de t'enfuir sans me prévenir.

Se penchant sur elle, il enfouit les doigts dans ses cheveux et referma les poings dessus, avant de la prendre par les épaules pour mieux l'attirer contre lui. Alors il se mit à donner de furieux coups de boutoir, à une cadence telle qu'elle en oublia tout le reste.

Elle s'entendait crier mais ignorait si elle l'implorait d'arrêter ou de continuer. Elle était enrouée à force de le supplier, et des larmes d'extase roulaient sur ses joues malgré elle.

Soudain, Gabe se pencha sur elle et la tint serrée contre lui, lui murmurant des mots doux et lui caressant les cheveux tandis que sa semence se répandait en elle.

— Chut, ma belle. Tout va bien. Tout va bien, je suis là. Je vais m'occuper de toi.

Complètement déboussolée, elle n'avait pas la moindre idée de ce qui venait de se passer. Cela ne lui ressemblait pas, pourtant. Elle n'était pas du genre à prendre son pied en se faisant frapper ou prendre de force. Elle aimait faire l'amour lentement, tendrement. Avec Gabe, elle avait l'impression de traverser un brasier. Elle n'avait encore jamais rencontré une puissance pareille – et savait qu'elle ne retrouverait pas son égale.

Petit à petit, il la révélait à elle-même, mettant à nu des aspects de sa personnalité dont elle ignorait tout. Cela la rendait terriblement vulnérable. Qu'était-elle censée faire de cette nouvelle Mia ?

Gabe se retira doucement et l'installa plus confortablement sur le lit. Puis il s'allongea tout près d'elle, la couvrant de son corps tout en lui caressant les cheveux. Elle se lova contre lui, recherchant sa chaleur et sa force. Étrangement, alors qu'il était à l'origine du désordre un peu fou qui régnait dans son cœur et dans son esprit, elle trouvait en lui un refuge, un havre de paix.

Lorsqu'il l'embrassa, cette fois ce fut avec une exquise tendresse, comme s'ils étaient deux amants qui revenaient doucement à eux après avoir fait l'amour pendant des heures. Sauf qu'elle s'était fait violemment fesser puis brutalement baiser. Cela ne s'appelait pas « faire l'amour ».

Ce n'était qu'une histoire de sexe ; incroyable, explosive, mais… juste une histoire de sexe. Il aurait été très dangereux de s'imaginer autre chose.

Chapitre 17

Allongé dans le noir, Gabe fixait le plafond sans le voir, Mia lovée au creux de son bras. Elle n'avait pas encore adopté le souffle lent et la détente absolue du sommeil, mais elle ne disait rien, elle non plus. Il était prêt à parier qu'elle s'efforçait d'analyser les événements de la soirée.

Il s'était comporté en véritable salaud. Il le savait et le regrettait, mais ne voyait pas d'issue à son obsession. Jusqu'à présent, il n'avait su tenir aucune des promesses qu'il avait faites à Mia. Il ne lui avait témoigné ni patience ni douceur. Elle le rendait fou, le faisait littéralement sortir de ses gonds.

Il ouvrit la bouche, puis la referma en silence. Il devait des explications à Mia, mais son orgueil le lui interdisait. Il était furieux qu'elle soit partie comme ça, et, en même temps, cela l'amusait qu'elle ait osé lui tourner le dos avec un tel aplomb. À vrai dire, il éprouvait une certaine fierté.

Si Mia avait assisté à ce cocktail en compagnie d'un autre homme et que ce dernier avait eu le malheur de se comporter comme Gabe l'avait fait, il aurait été le premier à applaudir la réaction de la jeune femme. Pire, il lui aurait conseillé de ne surtout pas donner de seconde chance à un mufle pareil, puis il aurait ourdi des plans visant à botter le train de l'insolent qui l'avait ainsi humiliée.

En revanche, si elle tentait une nouvelle fois de lui fausser compagnie à lui, Gabe, il ne la laisserait pas faire. Il était prêt à employer les grands moyens pour la garder, quitte à l'attacher à son lit s'il le fallait. Bon, il n'irait peut-être pas jusque-là, mais il n'était clairement pas prêt à se séparer d'elle. Pas encore.

— Ce qui s'est passé ce soir…, ce n'est pas ce que tu crois…, commença-t-il, se surprenant lui-même.

Il n'avait pas la moindre envie d'entamer ce genre de discussion avec elle – jamais. Elle s'était montrée trop capricieuse pour attendre la suite des événements, alors pourquoi se sentait-il obligé de lui raconter ce qui s'était réellement passé ?

Parce que ce n'est pas une fille comme les autres. Tu as joué au con, maintenant tu lui dois des explications.

Mia remua doucement, puis se redressa sur un coude. Il sentit ses cheveux tomber en cascades sur son épaule et tendit la main vers la lampe de chevet. Il avait besoin de la regarder. Aussitôt, la lumière tamisée éclaira ses traits fins et souligna l'éclat de sa peau mate.

Qu'elle était belle ! Il n'y avait pas d'autre mot. Gabe percevait chez elle une étrange douceur qui lui étreignait le cœur. Certes, quand elle était en colère, c'était une autre histoire. Pourtant, il devait bien admettre que cela l'avait terriblement excité de la voir s'énerver et de l'entendre cracher des insultes, comme un chaton enragé. Il avait eu envie de la prendre sur-le-champ et de la sentir planter ses petites griffes acérées dans son dos.

— Au contraire, Gabe, je crois que j'ai très bien compris ce qui s'est passé ce soir, rétorqua-t-elle. Barbie m'a suivie jusqu'aux toilettes pour me réclamer des tuyaux sur la meilleure façon de t'attirer dans ses filets. Elle n'a pas caché son ambition de lâcher le père pour le fils, surtout sachant que celui-ci est encore plus friqué. Deux minutes plus tard, elle est collée à toi sur la piste de danse, et tu lui mets la main au cul – entre autres.

Mia s'interrompit le temps d'une profonde inspiration. Gabe devina que cette tirade avait réveillé sa colère, et cela ne lui déplaisait pas. Il admirait le fait qu'elle n'ait pas peur de lui. Il aimait qu'on lui obéisse, pas qu'on tremble devant lui. Il ne fallait pas confondre volonté de se soumettre et manque de courage.

Il voulait une femme forte, capable aussi bien de penser par elle-même que d'accepter sa domination. Mia était peut-être la compagne idéale, ce qui le laissait profondément perplexe.

— Je n'ai pas oublié que notre relation demeurait un secret et que je t'accompagnais dans un but uniquement professionnel, reprit-elle. Je suis également bien consciente que, puisque personne n'est au courant, tu ne m'as pas publiquement humiliée. Pourtant, je me suis sentie trahie, et je n'y pouvais rien. J'avais envie de me rouler en boule dans un coin parce que je n'arrêtais pas de repenser à ce fichu contrat. Je me disais que, si je t'appartiens, alors tu m'appartiens aussi. Mais toi, tu étais là, avec elle. Tu n'arrêtais pas de lui sourire, Gabe ! Toi qui ne souris jamais ! À personne !

Le cœur de Gabe se serra lorsqu'il perçut dans sa voix une pointe de douleur et de reproche.

— Ça m'a énervée et humiliée parce que ça m'a donné l'impression que je ne te suffisais pas. On commence à peine à faire connaissance, mais toi, tu pars déjà en chasse de ton prochain contrat !

— Arrête, intervint-il, contrarié de l'avoir blessée. Ne raconte pas n'importe quoi, tu sais que ce n'est pas vrai. J'ai dansé avec elle et je l'ai laissée me sortir le grand jeu, c'est vrai, mais c'était uniquement pour que mon père voie à qui il avait affaire. Cette fille est tout sauf subtile, et je tenais à ce qu'il se rende compte de son petit manège. J'étais déjà d'une sale humeur en les voyant débarquer tous les deux, et ça m'a mis hors de moi qu'elle ose me draguer aussi ouvertement en présence de mon père. Je ne me suis pas encore remis du divorce de mes parents, et ça me fait mal de voir mon père changer de petite amie toutes les semaines. Ma mère reste cloîtrée chez elle à pleurer l'échec de son mariage, mais il a l'air de s'en moquer. Alors, oui, effectivement, j'ai joué le jeu de Stella pour qu'il voie un peu par quel genre de pouffe il a remplacé ma mère.

Le regard de Mia s'adoucit, et elle lui toucha doucement le bras, toute colère oubliée.

— Ça te blesse qu'il s'affiche ainsi…

— Un peu, oui ! lança-t-il avec colère. Mes parents ont toujours été un modèle, pour moi. J'avais honte quand Lisa a demandé le divorce…, honte d'avoir échoué en moins de trois ans alors qu'ils avaient réussi à surmonter tous les obstacles pendant presque quarante ans. Tu te rends compte ? Leur couple était un exemple, pour moi ! La preuve que l'amour peut durer et qu'avec un peu d'efforts il est possible de rester ensemble jusqu'au bout. Et puis, du jour au lendemain, mon père s'est barré et, quelques mois plus tard, le divorce était prononcé. Je ne comprends toujours pas ce qui s'est passé. Ça n'a pas de sens, et ça me fait mal au cœur de voir ma mère dans cet état. J'aime toujours mon père, mais je suis en colère contre lui. Il m'a laissé tomber. Pire : il a brisé notre famille. C'est quelque chose que je ne pourrai jamais lui pardonner.

— Je comprends ce que tu ressens, intervint Mia d'une voix douce. Quand mes parents sont morts, j'étais folle de rage contre eux. C'est idiot, hein ? Ils n'y pouvaient rien, les pauvres. Ils n'avaient certainement pas l'intention de se faire tuer par un chauffard ivre. Pourtant, je leur en voulais terriblement de m'avoir abandonnée. Franchement, je ne sais pas ce que j'aurais fait sans Jace. C'est grâce à lui que je n'ai pas perdu la tête. Je lui en serai éternellement reconnaissante.

Gabe la serra contre lui. Il n'ignorait rien des années difficiles qu'elle avait traversées après la mort de ses parents. Jace s'arrachait les cheveux. Mia était alors un concentré de rage et de douleur ; il semblait presque impossible de l'atteindre. Jace avait tout essayé pour rétablir le contact avec elle, pour lui apporter son soutien et son amour.

Il l'avait élevée presque comme un père, sauf qu'il était tout à la fois : père, mère, frère…, sans compter qu'il représentait sa seule famille, son unique protecteur. Peu d'hommes auraient su faire preuve d'une telle abnégation. Jace avait mis de côté la possibilité de fonder son propre foyer afin de se consacrer à sa jeune sœur, et Gabe admirait son courage.

Soudain, Mia s'écarta légèrement de Gabe, ce qui le froissa un peu. Son premier réflexe fut de la ramener contre lui, mais il résista. Cela aurait été un aveu de faiblesse. Il ne voulait pas montrer qu'il avait besoin d'elle. Il ne voulait avoir besoin de personne.

— Gabe…, commença-t-elle avant de s'interrompre, hésitant à poser la question qui lui brûlait les lèvres.

Il attendit, ne sachant pas lui-même s'il avait envie qu'elle se lance ou qu'elle se taise.

— Qu'est-ce qui s'est passé entre toi et Lisa ? Je sais seulement que c'est elle qui est partie et que ça t'a fait beaucoup de mal – en plus de te causer du tort.

Gabe garda le silence un long moment. Il n'avait vraiment aucune envie de parler de Lisa ou de la façon dont elle l'avait trahi après leur rupture. Se sentait-il tenu de raconter cette histoire à Mia ? Non. Il ne devait rien à personne. Pourtant, il éprouvait le besoin de lui expliquer son passé afin qu'elle comprenne pourquoi il avait recours à ce fameux contrat. Il n'avait jamais pris la peine de se justifier auprès des nombreuses femmes qu'il avait fréquentées depuis son divorce, et il ne voulait pas que ce besoin devienne une habitude. Mais Mia n'était pas comme toutes les autres, justement. Alors Gabe se rendit compte que cette réflexion était en train de devenir comme un refrain dans sa tête – et que cela risquait de l'entraîner sur une pente savonneuse.

— J'imagine que ce contrat représente quelque chose d'un peu… extrême à tes yeux, commença-t-il, une mesure digne d'un type sans cœur, froid et dominateur. Ce qui fait sans doute de moi le type en question.

Mia ne dit rien, mais il vit une lueur sagace dans son regard. Elle ne chercha pas à le contredire pour le rassurer sur son propre caractère, et il apprécia son honnêteté. Elle n'exprima pas non plus le moindre jugement. Elle se contentait d'afficher une sincère curiosité.

— J'étais le maître absolu, dans ma relation avec Lisa. Je n'ai pas envie de t'exposer le pourquoi du comment. Disons juste que c'était – que c'est – un besoin, chez moi. C'est comme ça, je n'y peux rien. J'ai eu une enfance heureuse, donc il ne s'agit pas des séquelles d'un traumatisme ou d'une quelconque instabilité émotionnelle. Cela fait partie de mes goûts et de ma personnalité. Je ne compte pas changer qui je suis pour plaire à quelqu'un d'autre. Je suis bien dans ma peau et j'apprécie la vie que je mène.

— Je comprends, affirma Mia.

— Bref, je ne sais pas pourquoi Lisa est partie. Peut-être qu'elle n'était plus satisfaite, que notre relation ne lui convenait plus. Si ça se trouve, elle n'avait accepté ce mode de fonctionnement que pour me faire plaisir. Si ça se trouve, elle n'a jamais été heureuse avec moi. Je n'en sais rien et, franchement, à l'heure qu'il est, je m'en fiche. Mais, quand elle m'a quitté, elle m'a accusé de plein de choses ignobles et complètement fausses. Elle m'a cloué au pilori, aussi bien devant les juges que dans les médias. Elle a crié sur tous les toits que j'exerçais sur elle une forme de pression violente et abusive. Elle a laissé entendre que je lui avais imposé ma domination contre son gré, ce qui était un mensonge éhonté. Depuis le début, je lui avais exposé mes goûts et mes attentes, de façon qu'elle sache dans quoi elle s'engageait en acceptant de me fréquenter, puis de m'épouser.

Il vit le regard de Mia se troubler, puis décela dans ses yeux une pointe de compassion qui l'agaça. Il détestait que l'on s'apitoie sur son sort. Ce n'était pas la raison qui l'avait poussé à déballer ses malheurs dans un moment de faiblesse postcoïtale. Il voulait simplement que Mia le comprenne.

— Si, effectivement, elle s'est lassée de notre relation, pourquoi ne me l'a-t-elle pas dit ? poursuivit-il. Je ne lui en aurais pas tenu rigueur, tu sais. Elle n'avait qu'à m'en parler, en toute franchise. J'aurais respecté sa décision et me serais assuré qu'elle ne manque de rien, malgré tout. Mais, au lieu de ça, elle est partie en guerre et m'a dépeint comme une sorte de monstre violent. C'est quelque chose que je ne lui pardonnerai jamais. Enfin, au moins, j'ai retenu une sévère leçon grâce à elle. Depuis, je ne suis plus jamais sorti avec une femme sans d'abord me protéger contre ce genre d'accusations. Cela peut te paraître exagéré, mais je refuse d'entamer une relation sans un contrat bien détaillé qui protège les deux parties. Les coups d'un soir, ce n'est pas mon truc. Si une femme veut partager mon lit, c'est en connaissance de cause.

— Peut-être que Lisa avait besoin de se convaincre que tu étais effectivement un monstre pour réussir à te quitter, intervint Mia d'une voix douce. Ça ne doit pas être facile de mettre fin à un mariage…

— Demande à mon père ! s'esclaffa Gabe. Tu es bien naïve, Mia, même si ta droiture te fait honneur. Tous les jours, il y a des mariages qui volent en éclats. Je me suis souvent demandé ce qui pouvait pousser quelqu'un à se réveiller un beau matin en se disant : « Allez, aujourd'hui, je largue mon conjoint ! » Ça me choque que tant de gens oublient le concept de loyauté et refusent de faire des efforts pour que leur couple perdure. C'est devenu trop facile : un bon avocat, et hop, au suivant !

Mia posa une main sur son torse avec une grande douceur. Il adorait les caresses de la jeune femme sur sa peau, au point qu'il se demandait s'il serait rassasié un jour. Il avait peur de prendre tout ce qu'elle avait à offrir – d'exiger plus que ce qu'elle pouvait lui donner, jusqu'à l'épuisement. Alors, écœurée, elle ferait comme Lisa et s'enfuirait loin de lui. Il ne voulait plus jamais rendre une femme aussi malheureuse que Lisa avait dû l'être. Il valait mieux qu'il continue à prendre un plaisir détaché avec des compagnes temporaires. C'était précisément ce qu'il reprochait à son père et à Lisa, mais peut-être ne valait-il pas mieux qu'eux.

— Il ne faut pas que tu voies des traîtres partout, Gabe. Tu es entouré de gens qui te sont foncièrement loyaux, mais tu ne peux pas tout contrôler non plus. Tu ne peux pas dicter aux autres ce qu'ils pensent de toi, ce qui leur plaît ou leur déplaît. La seule personne sur qui tu as une maîtrise absolue, c'est toi : tes actions, tes réactions, tes idées et tes émotions…

— Je suis impressionné par tant de sagesse de la part d'une petite jeune comme toi ! railla-t-il gentiment. J'ai l'impression de m'être fait rappeler à l'ordre par une demoiselle qui a quatorze ans de moins que moi.

Mia se pencha sur lui pour un baiser qui le surprit. Il sentit ses lèvres s'attarder contre les siennes, ses seins effleurer son torse… Aussitôt, son sexe se durcit.

— Tu accordes trop d'importance à cette différence d'âge, murmura Mia. Je suis jeune mais j'ai le droit d'être futée, non ?

Il rit doucement et l'embrassa à son tour, tout le corps en éveil à son contact. Soudain, elle s'écarta de nouveau, le visage fermé. Il aurait voulu l'attirer tout contre lui, mais, clairement, elle n'avait pas fini de vider son sac.

— Il y a un truc sur lequel je voudrais qu'on se mette d'accord, annonça-t-elle. Tout à l'heure, au cocktail, tu voulais prouver quelque chose à ton père, et je le comprends sans problème. Cela dit, tu aurais pu me prévenir avant d'aller te coller à Barbie. Ça m'a mise en rogne, alors je te préviens : si tu me refais le coup, je n'hésiterai pas à te planter comme je l'ai fait ce soir. Et là, tu pourras toujours courir pour essayer de me récupérer. C'est peut-être toi qui commandes, dans cette relation, mais ça ne te donne pas le droit d'en peloter une autre sous mon nez.

Sa tirade terminée, elle lui jeta un coup d'œil méfiant, comme si elle craignait qu'il ne se fâche, mais il partit d'un grand éclat de rire. Lorsqu'il reprit ses esprits, il vit qu'elle le considérait d'un air surpris et vaguement boudeur.

— Tu es mignonne quand tu t'énerves, dit-il avec un sourire. Tu n'es peut-être pas aussi futée que tu voudrais bien le croire, puisque tu t'es laissé entraîner dans cette histoire.

— Qui sait ? C'est peut-être la décision la plus judicieuse que j'aie jamais prise, rétorqua-t-elle avec un regard lourd de sens.

— Ça se discute, mais je préfère profiter de ma chance sans la remettre en question.

L'attirant dans ses bras, il la fit rouler sous lui, et son érection vint se loger entre les jambes de la jeune femme. Il espérait qu'elle était prête à le recevoir, car il brûlait de retrouver la chaleur de son corps.

Pourtant, la teneur de leur conversation, ajoutée au regard que Mia venait de lui lancer, ralentit son approche. Pour une fois, il allait faire preuve de patience et de douceur, lui donner ce qu'elle désirait plutôt que la prendre comme une bête sauvage.

Plus rien ne l'obligeait à se comporter en égoïste méfiant. Pour une fois, il pouvait bien se consacrer au plaisir de quelqu'un d'autre – au plaisir de Mia. Elle méritait bien cela, et il avait envie de lui offrir ce qu'elle méritait.

Alors, au lieu de la pénétrer sans attendre, il l'embrassa lentement, langoureusement. Il lui mordilla délicatement les lèvres pour l'encourager à ouvrir la bouche, avant de taquiner sa langue par des caresses furtives, joueuses.

Puis il dirigea ses baisers vers le lobe de son oreille et en lécha le pourtour avant d'aspirer doucement la peau tendre de son cou, juste en dessous. Il la sentit frissonner sous ses lèvres et retira une immense satisfaction du plaisir qu'il lui procurait.

Il vit la chair de poule la gagner peu à peu, et ses tétons se durcirent au point de lui chatouiller le torse.

Incapable de résister à une tentation pareille, il descendit doucement vers sa poitrine et lécha ses seins avant d'approcher sa bouche de leur sommet érigé.

— Gabe…, murmura-t-elle dans un soupir qui lui fouetta le sang.

Son sexe s'était tout naturellement logé entre les lèvres de Mia, mais il voulait prendre son temps avant de la pénétrer. Il désirait la mener à un état d'excitation comparable à celui dans lequel il se trouvait, rien de moins.

S'appuyant sur un coude, il prit son érection en main et la fit glisser lentement jusqu'à son clitoris avant de la replacer à l'entrée de son sexe. Du bout de la langue, il s'amusait à taquiner l'un de ses tétons, décrivait de petits cercles autour puis passait sur la pointe tendue.

— Tu aimes ça ? murmura-t-il.

— Oh oui ! J'adore sentir ta bouche sur mes seins.

Il tremblait littéralement de désir contenu. Il avait besoin d'elle – besoin de la posséder. Il mourait d'envie de la pénétrer profondément pour lui rappeler à qui elle appartenait. C'était une véritable torture que de museler ses instincts de la sorte, mais il tint bon.

Il lui mordilla délicatement un téton puis, après un petit coup de langue, l'attira entre ses lèvres et le suça avec ardeur, se délectant de goûter la douceur de sa peau. Il ne connaissait rien de plus exquis que de la tenir ainsi entre ses bras, entre ses lèvres, explorant son corps jusqu'à plus soif. Elle était sienne, et il pouvait jouir d'elle aussi souvent qu'il le voulait. Il avait l'impression d'être un affamé devant un somptueux banquet : il avait envie de tout à la fois. Il ne demandait qu'à se perdre en elle et à oublier le reste.

Soudain, Mia passa une main dans ses cheveux et enfonça légèrement ses ongles entre ses mèches pour l'attirer plus près. C'était la première fois qu'elle montrait la moindre agressivité au lit, et il en fut enchanté. Cela prouvait qu'elle partageait pleinement son obsession délirante. Il n'était pas seul aux prises avec cette folie.

Elle se cambra brusquement pour essayer d'introduire son membre en elle, et il sentit une vague de chaleur inonder son gland. Elle aussi brûlait d'excitation, mais il se retint de lui donner satisfaction. Il tenait vraiment à lui faire perdre la tête, à la conduire à des sommets d'extase.

Il se redressa et déposa une série de baisers le long de son ventre. Elle eut un sursaut accompagné d'un gémissement lorsqu'il fit jouer sa langue au creux de son nombril. Il s'attarda un instant à la taquiner ainsi. Il adorait la sentir tressaillir de façon incontrôlée sous l'emprise de son désir.

Puis il descendit encore plus bas et embrassa la peau satinée de sa hanche avant de lécher lentement l'intérieur de sa cuisse, s'approchant dangereusement près de son sexe. Pourtant, il s'arrêta avant et ne put s'empêcher de sourire lorsqu'elle poussa un soupir de frustration.

Il mordit doucement la chair tendre de sa cuisse, puis l'apaisa d'un long coup de langue avant de poursuivre son chemin vers son genou, puis sa cheville.

Elle avait appliqué sur ses orteils un vernis à ongles rose pâle qui s'accordait joliment avec sa peau mate. Ils lui parurent merveilleusement délicats, et il prit le plus gros dans sa bouche pour le sucer et le titiller, avant de faire subir le même traitement à tous les autres.

— C'est fou, les gestes les plus simples deviennent complètement affolants, avec toi, lança-t-elle d'une voix étranglée. On ne m'avait encore jamais fait ça, tu sais. Si on me l'avait proposé, j'aurais sans doute trouvé ça dégoûtant, mais tu rends ça tellement érotique !

— « Dégoûtant » ? répéta-t-il, interloqué.

— Oublie ce que j'ai dit, continue !

Avec un petit rire, il reposa son pied sur le matelas et entreprit de caresser, d'embrasser, de mordiller et de lécher l'autre jambe, depuis la hanche jusqu'à ses fins orteils qu'il suça avec délices.

Il adorait la douce féminité de son corps, surtout combinée à sa forte personnalité. Mia n'était pas du genre à se laisser aplatir, ce qui constituait un défi pour lui. Un défi bienvenu qui le changerait de ses précédentes conquêtes et parviendrait peut-être à captiver son intérêt pendant plus de quelques semaines.

Il avait envie de gâter Mia, de la choyer. Il voulait lui offrir tous les menus plaisirs qu'elle pourrait réclamer. Il voulait la faire sourire, voir son visage s'illuminer grâce à lui. Il voulait être le seul responsable de l'éclat de joie dans ses yeux, et tant pis si cela faisait de lui une espèce d'égocentrique insensé.

Lui prenant un pied dans chaque main, il lui fit plier les jambes avant de les écarter et de s'avancer entre ses cuisses. À la lumière tamisée de la lampe, il aperçut la chair satinée de son sexe engorgé, prêt à le recevoir.

Puis il posa un de ses pieds sur son épaule et passa l'index entre ses lèvres gonflées avant de l'introduire doucement. Il sentit la sueur perler sur son front lorsqu'elle contracta ses muscles autour de son doigt. Il était sur le point de jouir tant il avait envie d'elle.

Mais il recula et s'inclina pour donner un lent coup de langue le long de sa vulve, jusqu'à son clitoris. Elle se cambra violemment avec un cri – son nom, comme une prière l'appelant à la satisfaire enfin. Elle était sur le point de perdre patience, et heureusement, car il n'en pouvait plus d'attendre.

Prenant son érection en main, il l'approcha du sexe de Mia et la pénétra très légèrement avant de reculer aussitôt. Il continua ce petit jeu jusqu'à ce qu'elle pousse un grondement agacé.

Avec un demi-sourire, il entra lentement, se délectant de sentir ses tissus l'agripper au passage.

— Arrête de me torturer comme ça, Gabe ! gémit-elle. Baise-moi, putain !

Il lui lâcha les jambes et se pencha sur elle pour trouver le meilleur angle possible, puis l'embrassa.

— Qu'est-ce que tu es exigeante ! commenta-t-il sans cesser de sourire.

Comme pour confirmer ses dires, elle lui prit la tête à deux mains et l'attira dans un baiser presque rageur.

Alors, d'un puissant coup de reins il la pénétra entièrement.

— Oh, tu te rends compte de ce que tu me fais ? murmura-t-il d'une voix tourmentée.

Pour toute réponse, elle croisa les chevilles dans son dos et se cambra pour venir à sa rencontre. Lui-même en voulait plus, toujours plus.

Alors il posa une main de chaque côté de sa tête pour mettre toute sa force dans ses mouvements. Il ondulait des hanches, alternant des moments de pause, où il restait profondément ancré en elle, avec de lents va-et-vient dont il savourait chaque seconde.

— Dis-moi de quoi tu as besoin pour jouir, Mia, fit-il sans desserrer les mâchoires. Dis-moi ce qu'il te faut.

— Toi, souffla-t-elle, lui déchirant le cœur par ce simple mot. Rien que toi.

Il n'eut pas besoin de réclamer qu'elle le regarde. Elle avait rivé sur lui ses yeux si doux, si tendres, seulement troublés par la chaleur de son désir.

Il accéléra la cadence et redoubla de vigueur, si bien qu'il ne lui fallut pas longtemps pour sentir l'orgasme de Mia, dont les violents spasmes suffirent à déclencher le sien.

Il jouit avec une puissance qu'il n'avait jamais connue, électrique et presque douloureuse. Il se perdit avec délices dans cette explosion de sensations incroyables. Épuisée, complètement détendue, Mia le couvait du regard. Même lorsque ses derniers soubresauts se furent calmés, il continua de se mouvoir contre elle pour prolonger l'instant.

Elle passa les bras autour de lui et lui caressa le dos, laissant parfois ses ongles l'érafler doucement. Un brusque frisson le traversa de la tête aux pieds, et il poussa un gémissement. Sans se retirer, il s'allongea sur elle et lui prit les fesses à deux mains pour la garder tout contre lui. Il aurait voulu rester comme ça éternellement, ne plus jamais bouger.

— Mmmh, c'était délicieusement pervers, murmura Mia d'une voix ensommeillée.

Il n'ajouta rien à cela car il ne trouvait pas les mots pour décrire ce qu'il ressentait à cet instant précis. Il ne voulait pas qu'elle soupçonne son immense vulnérabilité.

Il déposa un baiser sur sa tempe, en remuant le moins possible. C'était peut-être tordu de sa part, mais il ne comptait pas quitter la chaleur de son corps avant d'y être obligé. Et puis il adorait le fait qu'elle semble au moins aussi possessive que lui.

Lovée contre lui, elle semblait s'être endormie lorsque, soudain, elle murmura son nom.

Il se redressa juste assez pour pouvoir la regarder, et repoussa une mèche de cheveux tombée sur son front.

— À quoi tu penses ? demanda-t-il.

Ils avaient déjà trop parlé à son goût, pourtant l'expression de Mia semblait promettre une question cruciale à ses yeux.

— Au contrat.

Il s'écarta un peu plus et haussa les sourcils, interrogateur, sans pour autant se retirer. Quitte à discuter de ce fichu contrat, il préférait qu'ils continuent à ne faire qu'un.

— Pourquoi donc ?

— Oh, je me demandais..., commença-t-elle avec un soupir. Tu sais, cette clause à propos des autres hommes. Est-ce qu'elle est pertinente à tous les coups ou est-ce que ce n'est qu'une précaution parmi d'autres ?

S'il y avait bien un sujet qu'il n'avait pas envie d'aborder alors qu'ils venaient de faire l'amour, c'était celui-là. Le simple fait d'imaginer qu'un autre homme puisse la toucher lui retournait l'estomac.

Pourtant, ce n'était pas de la crainte qu'il devinait dans son regard – plutôt de la curiosité.

— Qu'est-ce que tu en penses, toi ? demanda-t-il, sans détour. Est-ce que ça t'excite, l'idée qu'un autre homme te caresse pendant que je vous regarde ?

Elle fit mine de se détourner, mais il la rappela à l'ordre.

— Regarde-moi, Mia. Si tu veux qu'on parle de ça, regarde-moi dans les yeux.

Elle obéit, rougissante, puis se passa nerveusement la langue sur les lèvres avant de répondre, d'une voix hésitante.

— Eh bien…, je t'avoue que je me suis posé la question, oui. Enfin… je ne sais pas si ça me plairait ou non, mais je ne peux pas m'empêcher d'y penser, surtout depuis que j'ai appris que Jace et Ash…

— Houla ! l'interrompit Gabe avec une grimace. Je n'ai vraiment pas envie de parler de ces deux-là dans ce contexte, et encore moins de les imaginer à poil.

Mia éclata de rire, un peu de sa tension envolée.

— Mais non ! Je voulais juste dire que j'ai appris qu'ils passaient souvent la nuit avec la même femme et que ça m'a interpellée. Le concept du ménage à trois, tu comprends ? C'est vrai que la première fois que j'ai lu cette mention dans le contrat, ça m'a choquée, mais depuis… Disons que ça a éveillé ma curiosité.

Elle se tut un instant, puis leva vers lui un regard craintif.

— Tu es fâché ?

— Mais non, soupira-t-il. Je ne vais pas me mettre en colère parce qu'une possibilité que j'ai moi-même évoquée a éveillé ta curiosité. En soi, c'est une réaction saine, et je suis content que ça ne te fasse pas peur, mais tu n'as pas répondu à ma question. Est-ce que ça te plairait que quelqu'un d'autre te touche en ma présence, pendant que je dirige la scène ?

Elle acquiesça, mais surtout il sentit ses tétons se durcir et ses muscles se contracter autour de son membre. Clairement, cette idée l'excitait. En revanche, il n'était pas sûr de pouvoir relever le défi – de supporter qu'un autre homme mette les mains sur elle. Elle n'appartenait qu'à lui.

Ne sachant pas quoi ajouter, il l'embrassa tendrement.

Il commençait vraiment à détester ce foutu contrat.

Chapitre 18

Le téléphone de Gabe sonna, lui arrachant une grimace courroucée. Il avait pourtant précisé à Eleanor de ne le déranger sous aucun prétexte. Il devait établir une estimation des coûts pour leur projet dans les Caraïbes et avait déjà bien du mal à se concentrer avec Mia dans la pièce.

— Quoi ? fit-il d'une voix rude en activant le haut-parleur.

La voix d'Eleanor résonna dans le bureau, légèrement fébrile.

— Monsieur Hamilton, je sais que vous ne souhaitiez pas être interrompu, mais votre père est là et demande à vous voir. Il dit que c'est important. Je n'ai pas osé le renvoyer.

Gabe fronça les sourcils, perplexe, et vit que Mia le regardait d'un air inquiet.

— J'arrive, annonça-t-il après une brève hésitation.

Il ignorait ce que son père lui voulait mais ne tenait pas à ce que Mia assiste à la scène.

— Je peux vous laisser le bureau, si tu veux, proposa cette dernière en le voyant se lever.

Il refusa d'un geste. Il préférait la savoir à l'abri du genre de commérages qu'elle avait surpris la veille. Il ne lui avait pas fallu longtemps pour découvrir l'identité de la fouineuse qui avait osé crocheter sa serrure – les collègues de cette dernière, choquées par son geste, avaient eu le bon sens de sauver leur peau. Il l'avait renvoyée sur-le-champ, sans lettre de recommandation. Il ne voulait pas que Mia évolue dans ce genre d'environnement.

Il gagna donc la réception, où son père se tenait à quelques pas du bureau d'Eleanor. Il semblait soucieux, mal à l'aise. Gabe ne l'avait jamais vu comme ça.

— Bonjour, papa. En quoi puis-je t'être utile ?

M. Hamilton accusa le coup, et l'ombre d'un regret passa dans son regard.

— Fut un temps où, quand je venais te rendre visite, tu m'accueillais en termes moins solennels. Tu avais l'air content de me voir.

La culpabilité de Gabe prit l'ascendant sur sa colère.

— D'habitude, tu appelles avant de passer. Comme tu as débarqué sans prévenir, j'ai cru qu'il était arrivé quelque chose de grave, expliqua-t-il.

— Eh bien… en fait… c'est un peu le cas, balbutia son père en voûtant les épaules. Tu as déjà déjeuné ? J'espérais qu'on pourrait discuter… Enfin, si tu as un moment à me consacrer, évidemment.

— Bien sûr. Tu sais très bien que je trouve toujours un moment pour toi, papa.

Aussitôt, il se rendit compte qu'il avait dit presque la même chose à sa mère quelques jours auparavant. Il regrettait l'époque où ils pouvaient voir ses deux parents en même temps.

Son père eut l'air quelque peu soulagé.

— Donne-moi juste une minute, dit Gabe avant de se tourner vers Eleanor. Pouvez-vous appeler mon chauffeur et lui dire de m'attendre en bas, s'il vous plaît ? Ah, et n'oubliez pas de commander à déjeuner pour Mia. Expliquez-lui que je ne sais pas quand je rentrerai et que, si je ne suis pas revenu à 16 heures, elle est libre de partir.

— Oui, monsieur.

— On y va, papa ? reprit-il en se retournant. Le temps qu'on descende, la voiture devrait être avancée.

Ils n'échangèrent pas un mot dans l'ascenseur, et Gabe ne fit rien pour détendre l'atmosphère. Il ne savait pas comment s'y prendre pour arranger les choses. Son comportement lors du cocktail lui faisait honte. Son père était sans doute blessé par la rapidité avec laquelle sa nouvelle copine lui avait faussé compagnie. Cela n'était évidemment pas le but de la manœuvre. Gabe avait beau en vouloir à son père, il l'aimait trop pour lui jouer un tour pareil. Il avait juste tenté de lui montrer à quel genre de femme il avait affaire.

Ils eurent à peine besoin d'attendre la voiture et, dès qu'ils furent installés, Gabe ordonna au chauffeur de les conduire au *Bernardin*, un des restaurants préférés de son père.

Ce n'est qu'après avoir passé commande que M. Hamilton prit la parole.

— J'ai commis une erreur monumentale, lança-t-il soudain, comme s'il ne pouvait plus contenir ses regrets et sa tristesse.

— Je t'écoute, articula Gabe lentement en dépliant sa serviette pour se donner une contenance.

M. Hamilton se passa une main sur le visage d'un geste las, et Gabe se rendit compte alors qu'il semblait épuisé, marqué, comme s'il avait pris dix ans en une nuit. Puis, avec horreur, il aperçut des larmes dans les yeux de son père, qui poussa un gros soupir avant de poursuivre.

— J'ai été stupide de quitter ta mère. C'était la pire bêtise de toute ma vie. Je ne sais pas ce qui m'a pris. Je me sentais piégé, déprimé, et je me suis dit que j'avais besoin de changement – que, si j'entamais une nouvelle vie, tout irait mieux. Que je serais heureux de nouveau.

— Qu'est-ce que c'est que cette histoire ? souffla Gabe, complètement pris au dépourvu par ces révélations.

— Ce n'était pas la faute de ta mère, au contraire. Elle mériterait une médaille pour m'avoir supporté pendant toutes ces années. Non, je crois simplement que, un beau matin, je me suis rendu compte que j'étais devenu vieux. Je n'ai plus très longtemps devant moi, et cette idée m'a complètement paniqué. Le pire, c'est que j'en ai voulu à ta mère, cette femme merveilleuse qui est restée à mes côtés pendant presque quarante ans et qui m'a donné un fils fantastique ! J'ai vu le visage d'un vieillard dans le miroir et je lui en ai voulu à elle. Quel imbécile ! J'ai réussi à me convaincre qu'il fallait remonter le temps pour effacer toutes ces années et me sentir jeune de nouveau. Mais, au lieu de ça, je suis devenu un de ces salauds qui abandonnent leur famille sans remords. Ce que je vous ai fait, à ta mère et à toi, est impardonnable. Tu n'imagines même pas à quel point je le regrette.

Gabe contemplait son père en silence, bouche bée. Tout ça pour une banale crise de la soixantaine ? Parce qu'il s'était rendu compte que tout le monde vieillit un jour ?

— Ça me désole de te déballer tous mes problèmes, mais je ne savais pas vers qui me tourner. Je doute que Patricia accepte de me parler après ce que je lui ai fait. Je sais que je l'ai blessée et je ne m'attends pas à ce qu'elle me pardonne un jour. Franchement, si je me trouvais à sa place, j'en serais totalement incapable.

— Sérieusement, papa, quand tu fais une connerie, tu n'y vas pas de main morte !

Son père accusa le coup et baissa les yeux, l'air abattu.

— J'aimerais pouvoir revenir en arrière et effacer tout ça. Ta mère est une femme formidable. Je l'aime, tu sais. Je n'ai jamais cessé de l'aimer.

— Ça ne t'a pas empêché de collectionner les conquêtes et de t'afficher partout, je te rappelle ! gronda Gabe. Maman a vu des photos de toi dans la presse, sans compter que tu m'as obligé à rencontrer une nouvelle minette chaque semaine ! Tu te rends compte du mal que tu lui as fait ?

— Je crois que j'en ai une vague idée, soupira M. Hamilton d'une voix lasse. Aucune de ces femmes ne comptait pour moi.

— Arrête ! lança Gabe en levant les mains pour le faire taire. Je t'en prie, papa, arrête de me balancer des clichés. Tu crois vraiment que ça intéresse maman de savoir que tu t'en moquais, de ces femmes ? Tu crois vraiment que ça va guérir ses insomnies de savoir que, même si tu étais occupé à te taper des minettes qui avaient la moitié de ton âge ou moins, en réalité tu pensais à elle et de savoir combien tu l'aimes ?

M. Hamilton jeta un regard gêné alentour en entendant Gabe hausser le ton.

— Je n'ai pas couché avec ces femmes, protesta-t-il à mi-voix. Je doute que Patricia le croie, mais je t'assure que je n'ai pas trahi mes vœux de mariage.

— Si, papa, rétorqua Gabe dans un sifflement de colère contenue. Même si tu n'as pas touché ces femmes, tu as trahi maman et les vœux que vous aviez échangés. C'est une forme d'adultère, que tu as commise – un adultère émotionnel. C'est encore pire.

— Tu penses que je n'ai aucune chance de la reconquérir, résuma son père en se passant une main sur le visage d'un air résigné.

— Ce n'est pas ce que j'ai dit, soupira Gabe, mais tu dois comprendre la portée de ton geste avant d'envisager de te faire pardonner. Elle a sa fierté, elle aussi, et tu l'as foulée aux pieds. Si tu veux vraiment te réconcilier avec elle, il va falloir te montrer patient. Elle ne va pas te tomber dans les bras en pleurant à la première tentative, tu sais. Si tu tiens vraiment à regagner son cœur, tu vas devoir insister. Tu vas devoir te battre.

— Je comprends, dit-il en hochant tristement la tête. Et oui : je tiens vraiment à la retrouver. Je n'ai jamais voulu la perdre, seulement j'ai fait n'importe quoi, comme un pauvre imbécile.

— Parle-lui, papa, reprit Gabe d'une voix plus douce. Dis-lui tout ce que tu viens de me raconter, et sois prêt à l'écouter quand elle va se mettre en colère. Parce que, je te préviens, elle va te traiter de tous les noms. C'est inévitable, et, franchement, tu l'as mérité. Tu vas devoir encaisser, tu lui dois bien ça.

— Tu as raison, merci. Je t'aime, tu sais. Je m'en veux terriblement de t'avoir fait souffrir, toi aussi. Je vous ai vraiment laissés tomber.

— Alors rachète-toi, conclut Gabe. Si tu arrives à redonner le sourire à maman, ça me suffit.

— Eh, Gabe, il faut que je te parle de…

Mia leva la tête et aperçut Jace, debout sur le seuil du bureau. Son cœur fit un bond, accompagné d'un pic d'adrénaline. Son frère n'était censé rentrer que le lendemain, et ce n'était pas ainsi qu'elle avait prévu de lui annoncer qu'elle travaillait pour Gabe.

Ash apparut soudain derrière lui et ouvrit des yeux ronds en voyant Mia.

La mine sombre, Jace regardait tour à tour le poste de Gabe et celui de sa sœur, comme s'il espérait trouver une réponse.

— Qu'est-ce que tu fabriques ici ? demanda-t-il enfin.

— Moi aussi, je suis contente de te voir, répliqua Mia sèchement.

— Hé, ne t'énerve pas, reprit-il en s'approchant d'elle. Je ne m'attendais pas à te trouver là, ça m'a surpris, c'est tout.

Il s'assit sur un coin du bureau et observa d'un œil vif les documents éparpillés de part et d'autre de l'ordinateur portable qu'elle utilisait.

Ash le suivit d'un pas nonchalant, un peu en retrait mais non moins curieux.

— Qu'est-ce que tu fais là ? Et où est Gabe ? demanda-t-il d'un ton sincèrement surpris.

Mia prit une profonde inspiration avant de se lancer. Elle n'avait pas le choix : plus elle tarderait à leur fournir des explications, plus ils risqueraient de trouver cela suspect. Elle ne savait pas mentir, ce qui lui avait valu pas mal d'ennuis durant les premières années de son adolescence. Elle croisa les doigts pour que Jace ne lui pose pas de questions trop précises. Sinon, elle était fichue.

— Je travaille pour lui, annonça-t-elle calmement.

Ash resta bouche bée une seconde avant de tourner les talons.

— Je vais attendre dehors, lança-t-il par-dessus son épaule en ressortant.

Le visage de Jace était un masque de surprise. Aussitôt qu'Ash eut refermé la porte derrière lui, il reporta son attention sur Mia, les mâchoires serrées.

— OK, explique-moi ce qui se passe, là. C'est quoi, ce délire ? Tu travailles pour Gabe ? Et tu fais quoi, exactement ? Et surtout : pourquoi est-ce que je ne l'apprends que maintenant ?

— Ce qui se passe, c'est que Gabe m'a proposé de devenir son assistante. Je ne t'en ai pas parlé avant parce que tu étais déjà parti quand il m'a fait cette offre, et que je n'allais quand même pas te l'apprendre au téléphone.

— Et pourquoi pas ?

— Parce que je savais que tu réagirais comme ça et que je n'avais pas envie que tu sautes dans le premier avion pour venir me demander des comptes, répondit-elle en levant les yeux au ciel.

— Mais ça date de quand ?

— Je te l'ai dit : de ton départ pour la Californie. J'ai croisé Gabe au gala d'inauguration ; il m'a demandé de passer le voir au bureau, et puis voilà. Maintenant, je travaille ici.

— Comme ça ? fit Jace, sceptique.

Il la couvait d'un regard terriblement perspicace, comme s'il cherchait à deviner ce qui se passait sous son crâne.

— Gabe avait raison, expliqua Mia. Je perdais mon temps à *La Pâtisserie*, sans compter que c'était du gâchis après toutes ces années d'études – et ce qu'elles t'ont coûté. Certes, c'était une petite routine confortable, et ça me rassurait parce que j'avais peur de plonger dans le grand bain, mais justement : Gabe m'a donné l'occasion de mettre un pied dans ce grand bain.

— Si tu voulais changer de boulot, pourquoi tu ne m'en as pas parlé ? reprit Jace sur un ton plus doux. Tu sais très bien que je t'aurais trouvé quelque chose.

Mia prit le temps de choisir ses mots pour ne pas lui sembler ingrate. Elle adorait son frère. Il avait fait énormément de sacrifices pour se consacrer à elle, et malgré tout il avait réussi à fonder une entreprise dynamique et lucrative.

— Je ne doute pas une seconde que tu m'aurais aidée, mais je voulais me débrouiller toute seule. Ça ne change peut-être rien que ce soit Gabe qui m'ait embauchée, cela dit. Je suis sûre que tout le monde considère que c'est un bel exemple de népotisme. Et puis tu nous imagines travailler ensemble, toi et moi ? fit-elle avec un sourire malicieux. Franchement, on s'étriperait au bout d'une journée, non ?

— Tu n'as pas tort, admit-il avec un petit rire. Mais ça, c'est uniquement parce que tu es une tête de mule.

— Pas du tout ! C'est juste que j'ai toujours raison.

— Au fait, ça me fait plaisir de te revoir, espèce de chipie. Tu m'as manqué quand j'étais en Californie.

— Et c'est la raison pour laquelle tu m'invites à dîner ce soir, ajouta-t-elle avec un clin d'œil.

— Euh… ça ne t'ennuie pas si on dit demain, plutôt ? demanda-t-il d'un air contrit. On a déjà un truc de prévu aujourd'hui, Ash et moi. C'est en partie pour ça qu'on est rentrés plus tôt : un dîner avec des investisseurs. Rien de bien passionnant, tu peux me croire. On va surtout lécher des bottes.

— OK, demain, mais n'envisage même pas de te défiler, lança-t-elle.

— Comme si c'était mon genre ! En tout cas, c'est noté. Je passerai te prendre chez toi, comme ça tu pourras te changer, si tu veux. D'ailleurs, ajouta-t-il en fronçant les sourcils, comment est-ce que tu fais le trajet jusqu'ici ?

Elle s'appliqua à prendre une voix détachée, comme si c'était la chose la plus naturelle du monde que Gabe mette un chauffeur à sa disposition.

— Gabe s'est arrangé pour qu'une voiture vienne me chercher le matin et me ramène le soir.

Elle se garda bien de préciser qu'ils avaient effectué la plupart de ces trajets ensemble – ou qu'elle venait de passer deux nuits de suite chez lui. À présent que Jace était de retour, ils allaient devoir redoubler de discrétion. Il serait vert de rage s'il apprenait à quoi Gabe et elle jouaient une fois les portes closes.

— Bon, c'est bien, dit-il. Je ne voudrais pas que tu te déplaces à pied ou en métro. Est-ce que tu sais à quelle heure Gabe est censé revenir ? ajouta-t-il en consultant sa montre. D'ailleurs, il est où ? Je croyais qu'il n'avait pas de réunion aujourd'hui.

— Oh, euh… il est parti déjeuner avec son père. Je ne sais pas très bien quand il va rentrer… s'il rentre.

— Je vois, fit Jace avec une grimace. Le pauvre, c'est vraiment moche, cette histoire.

Et encore, Jace n'avait pas assisté à la scène de la veille.

— Bon, allez, je te laisse travailler, conclut-il en lui ébouriffant les cheveux. Gabe n'est pas commode, comme patron. J'espère que tu sais dans quoi tu t'es fourrée. Peut-être qu'on aurait dû te mettre sous les ordres d'Ash, il a un gros faible pour toi.

Mia éclata de rire.

— Ne t'inquiète pas pour moi ! D'ailleurs, vous n'êtes pas censés aller embêter quelqu'un d'autre, Ash et toi ?

— Si, des investisseurs, confirma-t-il d'une voix morne. Prends soin de toi, chipie. Vivement demain, qu'on puisse discuter tranquillement. Ça fait longtemps qu'on n'a pas passé un moment ensemble.

Aussitôt qu'il fut parti, Mia poussa un soupir de soulagement. Elle avait le cœur qui battait la chamade, et se cacha un instant le visage dans les mains. Elle s'en était plutôt bien tirée, finalement.

Gabe descendit de voiture et eut à peine le temps de faire trois pas en direction du siège de HCM avant de voir Jace en sortir, l'air contrarié. Clairement, il avait guetté son arrivée. *Et merde !* Il n'était censé rentrer que le lendemain. Pourvu que Mia ait réussi à convaincre son frère que la situation était parfaitement normale. À voir la tête de Jace, Gabe en doutait.

— Il faut qu'on parle, lança Jace lorsqu'il arriva à sa hauteur.

— OK. Qu'est-ce qui se passe ? demanda-t-il en s'efforçant de paraître calme. Des problèmes en Californie ?

— Ne joue pas au con avec moi, ça ne fait qu'aggraver ton cas. Tu sais très bien à quoi je fais allusion.

— Ah, c'est à propos de Mia, dit Gabe dans un soupir.

— Un peu, oui ! C'est quoi, ces histoires, Gabe ? Pourquoi tu ne m'as pas dit que tu comptais embaucher ma sœur ?

— Je refuse de discuter de ça sur le trottoir, rétorqua-t-il.

— Montons dans mon bureau, alors.

Gabe acquiesça et suivit Jace jusque dans l'ascenseur, bondé. C'est donc en silence qu'ils gagnèrent le bureau de Jace.

Ce dernier ferma la porte derrière eux puis alla se poster près de la fenêtre avant de se retourner vers son associé.

— J'attends tes explications.

— Je ne comprends pas pourquoi tu t'énerves, répliqua Gabe d'une voix posée. Je t'ai dit que j'avais croisé Mia à l'inauguration et que, comme tu n'étais pas là, je lui avais tenu compagnie et l'avais fait danser avant de demander à mon chauffeur de la raccompagner chez elle. C'est là que je lui ai proposé de passer me voir ici, le lendemain matin.

— On s'est parlé ce jour-là, toi et moi. Tu aurais quand même pu me faire part de tes intentions.

— Certes, mais je ne pouvais pas savoir si elle allait accepter mon offre. Dans le doute, j'ai préféré attendre de connaître sa décision pour t'en parler. Et puis je n'ai pas besoin de ton autorisation pour embaucher une assistante.

— Non, mais il s'agit de Mia, là. Tu as besoin de mon autorisation en ce qui la concerne. C'est ma sœur, Gabe, la seule famille qui me reste. Je la protégerai jusqu'à mon dernier souffle, tu m'entends ?

— Mais enfin, Jace ! Je ne suis pas un monstre avec mes employés ! Je ne vais pas la manger toute crue ! Je l'ai vue grandir, moi aussi. Je n'ai nullement l'intention de lui en faire baver.

Dès qu'il eut prononcé ces mots, une vague de culpabilité lui noua l'estomac. Il était vraiment parti pour rôtir dans les flammes de l'enfer jusqu'à la fin des temps.

— Tu n'as pas intérêt à lui faire le moindre mal, je te préviens, insista Jace en s'efforçant de contrôler sa voix.

Et pas seulement en tant que patron, tu m'entends ? Je t'interdis de la toucher. Si jamais tu poses une main sur elle, tu auras affaire à moi.

Gabe ravala la brusque colère que provoqua cette menace. Il ne pouvait pas en vouloir à Jace de protéger Mia. Au contraire, il aurait fait la même chose à sa place. En revanche, cela le froissait que son ami lui fasse si peu confiance et le croie capable d'abuser de l'innocence de la jeune femme.

Pourtant, n'était-ce pas là précisément ce qu'il faisait ? Il prenait un plaisir infini à la posséder entièrement, sans se préoccuper du reste.

— Évidemment, répliqua-t-il sans desserrer les mâchoires. Maintenant, si tu veux bien, je vais retourner travailler.

— On dîne avec des investisseurs, Ash et moi, mais ça ne devrait pas se terminer trop tard. Est-ce que tu veux nous rejoindre après pour boire un verre ? s'enquit Jace sur un ton détaché.

Gabe comprit que son ami lui proposait d'enterrer la hache de guerre. À présent qu'il l'avait mis en garde, il tenait à lui montrer qu'ils n'étaient pas fâchés. *Et merde !* Gabe avait des projets pour la soirée : emmener Mia dans un bon restaurant, puis faire d'elle son dessert.

Tant pis, il ne tenait vraiment pas à se brouiller avec Jace et Ash. Il allait devoir faire preuve de finesse s'il voulait passer du temps avec Mia sans que ses amis se doutent de quelque chose ou remarquent qu'il se faisait plus distant.

— Si ce n'est pas avant 21 heures, ça me va, répondit-il, imaginant déjà comment il allait s'organiser vis-à-vis de Mia.

— C'est parfait, acquiesça Jace. Je préviendrai Ash.

Chapitre 19

Mia leva les yeux de son écran lorsque Gabe entra dans la pièce, puis sentit son cœur s'affoler en le voyant verrouiller la porte derrière lui. Elle n'ignorait pas ce que cela signifiait. Il s'approcha, une lueur de désir – de faim – dans le regard.

— Gabe…, commença-t-elle, un peu gênée. Jace est ici. Enfin, je veux dire, il est rentré plus tôt que prévu.

Gabe ne ralentit même pas. Il la prit par le bras et la força à se lever avant de l'entraîner vers son bureau.

— Ni Jace ni Ash n'oseront me déranger si ma porte est fermée. De toute façon, ils sont occupés à organiser leur dîner de ce soir, affirma-t-il d'une voix sèche, comme s'il lui répugnait de devoir justifier ses actes.

Il avait beau dire, Mia ne tenait vraiment pas à entendre Jace frapper à cette porte pendant que Gabe lui faisait des trucs illicites sur son bureau. Jace et Ash entraient et sortaient comme ils le voulaient, d'habitude. Mia se demanda même s'ils allaient pouvoir poursuivre leurs ébats avec son frère dans les parages.

Gabe passa une main sous sa jupe et s'immobilisa en rencontrant le tissu de sa culotte. *Misère !* Elle avait complètement oublié cet ordre-là. Enfiler des sous-vêtements était un geste si machinal qu'elle n'avait même pas pensé à omettre le bas. Elle était encore à moitié endormie quand elle s'était habillée, fatiguée par les assauts répétés de Gabe, et elle n'avait pas réfléchi.

— Enlève-moi ça, commanda-t-il. Ta jupe, aussi. Puis pose les mains à plat sur le bureau et penche-toi en avant. Je t'avais pourtant prévenue, Mia.

Oh, mon Dieu! Elle avait encore les fesses en feu après sa punition de la veille, mais il comptait visiblement recommencer.

La mort dans l'âme, elle retira sa culotte et la laissa tomber à ses pieds, puis fit de même avec sa jupe. Une fois à demi nue, elle se retourna et s'appuya au bois.

— Mieux que ça, ordonna Gabe. Pose la joue sur le bureau et tends ce joli petit cul vers moi.

Elle s'exécuta en fermant les yeux – et en se demandant, pour la centième fois, si elle n'avait pas perdu la tête.

Elle sursauta lorsque Gabe passa un doigt bien lubrifié entre ses fesses avant de lui titiller l'anus. Il se retira un instant, puis revint à la charge avec encore plus de lubrifiant et entreprit d'assouplir ses muscles contractés.

— Gabe! s'écria-t-elle dans un souffle.

— Chut, gronda-t-il. Pas un mot. J'ai là un plug anal que je vais introduire dans ton cul. Tu vas l'y garder bien sagement et, avant de partir, tu viendras me voir pour que je te l'enlève. Demain matin, la première chose que tu feras en arrivant, ce sera de me présenter tes fesses pour que je puisse t'en mettre un autre, que tu porteras également jusqu'au soir. Chaque jour, je passerai à la taille supérieure, jusqu'à ce que tu sois en mesure d'accueillir ma queue dans ton cul.

À ces mots, il plaça le bout du plug contre son anus.

— Respire à fond et détends-toi, Mia. Ce serait dommage de rendre cette épreuve plus pénible que nécessaire.

Facile à dire… Ce n'était pas lui qui se trouvait forcé de tendre son cul en offrande pour qu'on y plante un corps étranger.

Pourtant, elle prit une profonde inspiration avant d'expirer lentement. Aussitôt, Gabe introduisit le plug d'une seule poussée. Elle étouffa un cri, surprise par la soudaine brûlure, suivie d'une curieuse sensation de plénitude. Elle remua, mal à l'aise, mais récolta une vive fessée pour sa peine. Cette claque fit vibrer le plug et résonna dans tout son être.

Mia entendit Gabe s'éloigner, prendre quelque chose dans un placard puis revenir vers elle. Elle faillit s'étrangler lorsqu'il promena une longueur de cuir sur sa peau en une caresse sensuelle.

Soudain, une intense brûlure lui mordit la fesse, et elle se redressa avec un bref hurlement.

— Non, Mia ! tonna Gabe. Ne bouge pas. Si tu encaisses ta punition comme une grande fille, tu auras droit à une récompense.

Elle crispa les paupières et gémit doucement lorsque le coup suivant tomba. Au bruit, cela ressemblait à une ceinture, mais cela n'atteignait qu'une petite portion de chair chaque fois. Une cravache. Ce devait être une cravache.

Elle laissa échapper une plainte sourde tandis que Gabe distribuait de petites claques ici et là. Conjuguée au picotement de sa peau, la présence du sex-toy la rendait complètement dingue. Elle était folle d'excitation – et furieuse de l'être.

Gabe suspendit ses coups et tira doucement sur le plug avant de l'enfoncer de nouveau. Mia ne tenait plus en place ;

elle brûlait d'un désir dévorant que rien ne semblait pouvoir apaiser.

Elle se prépara à recevoir le baiser de la cravache, mais rien ne vint. Au lieu de ça, elle entendit le bruit d'une braguette qu'on ouvre, puis sentit des mains rudes lui agripper les hanches. Gabe la retourna et l'allongea sur le bureau avant de passer les bras sous ses genoux pour lui soulever les jambes.

Oh! Il s'apprêtait à la prendre alors qu'elle avait cet engin dans l'anus.

Ce serait comme de subir les assauts de deux hommes à la fois. Elle n'avait jamais osé imaginer ça, même dans ses rêves les plus fous.

Il positionna son gland à l'entrée de son sexe, entre ses lèvres resserrées par la présence du plug, et poussa doucement.

— Caresse-toi, Mia, dit-il d'une voix étranglée. Facilite-moi le passage. Je ne veux pas te faire mal, au contraire. Je veux que ce soit aussi bon pour toi que pour moi.

Obéissante, elle descendit la main le long de son ventre et commença à jouer avec son clitoris en étouffant un gémissement de plaisir.

— C'est ça, ma belle, continue. C'est bien.

Il avança avec lenteur pendant encore un instant puis, d'un puissant coup de reins, la pénétra profondément. Elle cambra violemment le dos en réprimant un cri, et retira ses doigts pour ne pas jouir trop vite. Elle voulait faire durer autant que possible cette expérience exquise.

Alors Gabe adopta une cadence sauvage, effrénée, comme une course à l'extase qui la laissa hors d'haleine.

— Dépêche-toi de jouir, Mia ; je ne vais pas pouvoir tenir très longtemps, dit-il dans un effort.

Aussitôt elle reprit ses caresses, décrivant de petits cercles autour de son clitoris.

— Oh oui ! Oh, c'est bon ! gémit-elle.

— C'est ça, ma belle, c'est bien. Je vais jouir tout au fond de toi, et ça va être magnifique. La seule chose qui puisse surpasser ça, ce sera le jour où je jouirai dans ton cul.

Ces paroles brutes, délicieusement vulgaires, la précipitèrent vers l'orgasme. Elle frappa le bureau du plat de la main et se souleva à sa rencontre, secouée de spasmes qui déclenchèrent ceux de Gabe. Pourtant, il continua d'aller et venir en elle jusqu'à ce que sa semence coule en direction du plug anal logé entre ses fesses. Des gouttes de sueur perlaient sur son front, et il semblait exténué, mais, lorsqu'il rouvrit les yeux, Mia y vit une lueur de satisfaction primale.

Il la regarda longuement, sans cesser ses mouvements. Quand enfin il se retira, elle se laissa retomber contre le bureau, épuisée mais comblée.

— C'est magnifique, dit-il d'une voix sourde. J'adore voir mon sperme dégouliner le long de ton cul jusque sur le carrelage… Mmmh, juste comme j'aime.

Ça la rendait folle quand il parlait aussi crûment ! Elle fut parcourue d'un frisson qui se traduisit par un dernier spasme, et la semence de Gabe coula de plus belle.

— Oh, Mia, tu es superbe comme ça. Si tu savais comme je suis impatient de faire la même chose dans ton cul !

Il s'approcha et l'aida à se redresser, puis à retrouver son équilibre. Dès qu'elle fut debout, elle sentit son sperme descendre en une ligne chaude le long de ses cuisses.

— Va te nettoyer, lui ordonna-t-il d'une voix rauque. Mais laisse le plug où il est. C'est moi qui l'enlèverai, ce soir.

Les jambes tremblantes, elle se dirigea vers les toilettes, et aussitôt la pression du sex-toy réveilla son désir. Chacun de ses pas lui infligeait une brûlure aussi délicieuse qu'insupportable.

Lorsqu'elle ressortit, Gabe l'attira contre lui pour un baiser brutal, punitif, qui lui coupa le souffle.

— Ne me désobéis plus jamais, la prévint-il.

— Je suis désolée, murmura-t-elle. J'avais oublié.

Il la couva d'un regard torride avant de rétorquer :

— Je te parie que, la prochaine fois, tu n'oublieras pas.

Chapitre 20

Mia n'ignorait pas que bouder était une activité puérile réservée aux sales gosses, pourtant elle ne pouvait s'en empêcher. Gabe savait exactement ce qu'il lui faisait subir, le salaud, et elle imaginait déjà toutes les façons dont elle pourrait lui rendre la monnaie de sa pièce.

Malgré l'orgasme éblouissant qu'il venait de lui donner, elle ne tenait pas en place, aux prises avec une excitation incontrôlable. Le plug la rendait folle, et Gabe le savait parfaitement.

Pourtant, il travaillait en affichant une sereine concentration, comme s'il avait déjà oublié qu'ils venaient de copuler comme des bêtes sur ce même bureau.

La sonnerie de l'interphone retentit, une fois de plus, et Mia s'efforça de reporter son attention sur l'écran de son ordinateur. Néanmoins, elle entendit ce qu'annonça Eleanor et ne put s'empêcher de tendre l'oreille, tout en feignant l'indifférence.

— Monsieur Hamilton…, Mme Hamilton désire vous voir.

Gabe se redressa aussitôt, l'air soucieux.

— Ma mère est ici ? Faites-la entrer, évidemment.

Il y eut une petite toux gênée, puis Eleanor reprit :

— Pardonnez-moi, monsieur, mais ce n'est pas votre mère. C'est une dame qui prétend être votre femme.

Mia eut toutes les peines du monde à ne pas écarquiller les yeux. Il fallait un sacré culot pour débarquer sur le lieu de travail de son ex-mari et se présenter sous son nom à lui.

— Je ne suis pas marié, rétorqua Gabe sur un ton glacial.

Il y eut un soupir au bout de la ligne. Pauvre Eleanor, elle devait se trouver dans une position fort inconfortable.

— Elle dit qu'elle ne partira pas tant que vous n'aurez pas accepté de la recevoir, monsieur.

Hum... Voilà qui ne promettait rien de bon.

Mia leva les yeux vers Gabe. Elle s'attendait à lire de la colère sur son visage, mais il semblait parfaitement calme et détaché, comme s'il n'y avait rien de plus banal qu'une petite visite de son ex-femme.

— Bon. Donnez-moi une minute puis faites-la entrer, commanda-t-il d'une voix neutre.

Puis il se tourna vers Mia.

— Tu veux bien m'excuser un moment ? Tu n'as qu'à prendre une pause.

Mia se leva aussitôt, trop contente de pouvoir s'échapper. La température ambiante venait de chuter d'au moins dix degrés. Elle se dirigea vers la porte, aussi vite que lui permettait ce satané plug anal. À peine avait-elle posé un pied dans le couloir qu'elle vit Lisa approcher.

Elle connaissait bien son visage pour l'avoir aperçu en photo. Grande, élégante, toujours tirée à quatre épingles, Lisa était une femme magnifique – la parfaite épouse pour un homme comme Gabe.

Mia devait bien admettre qu'ils formaient un couple splendide. Les cheveux blond platine de Lisa contrastaient joliment avec ceux de Gabe, presque noirs, et elle avait les yeux vert pâle alors qu'il les avait d'un bleu profond.

Mia s'écarta pour laisser entrer Lisa, qui la remercia avec un aimable sourire. Terriblement consciente du sex-toy que Gabe avait inséré dans son anus à peine une heure auparavant, la jeune femme avait le visage en feu.

Elle referma la porte sans un mot, puis hésita un instant à suivre son instinct.

Oh, et puis zut ! Qu'est-ce qui peut bien m'arriver ? Une autre fessée ?

Elle jeta un coup d'œil alentour pour s'assurer que personne ne la voyait, puis colla l'oreille au panneau de bois. Elle tremblait de curiosité – et de jalousie, aussi, il fallait bien l'admettre. Après tout, Lisa avait profité pendant plusieurs années de ce que Mia ne connaîtrait sans doute jamais : l'amour de Gabe.

Elle commença à distinguer leurs voix lorsque la conversation se fit plus animée.

— J'ai fait une erreur, Gabe, c'est humain ! Tu peux bien me pardonner, non ? Pourquoi tourner le dos à tout ce que nous avions ?

— Ne raconte pas n'importe quoi, riposta-t-il sur un ton qui donna la chair de poule à Mia. C'est toi qui m'as tourné le dos quand tu as décidé de me quitter et de raconter un tissu de mensonges au sujet de notre relation. C'est toi qui as détruit et piétiné tout ce que nous avions construit.

— Mais je t'aime, Gabe, insista Lisa d'une voix douce qui força Mia à tendre l'oreille. Tu me manques. Je voudrais que tu me donnes une seconde chance. Je sais que tu as toujours des sentiments pour moi, je le vois dans tes yeux. Je suis prête à te supplier à genoux, tu sais. Je ferai tout ce que tu veux pour te convaincre que je regrette mes erreurs.

Après cela, ils semblèrent s'éloigner de la porte ; Mia ne les entendait plus.

— Qu'est-ce que tu fabriques ?

Elle sursauta violemment et se redressa.

— Ash ! Ça va pas, non ? Tu m'as fait peur !

Ce dernier croisa les bras avec un sourire amusé.

— Je me demande ce qui a bien pu te pousser à coller l'oreille contre la porte de Gabe… Est-ce qu'il t'a enfermée dehors ? Tu as déjà réussi à provoquer la colère du patron ? Tu ferais mieux de venir travailler pour moi, tu sais. Je serais gentil avec toi, moi. Je te gâterais…

— Mais tu vas te taire, oui ? J'essaie d'espionner une conversation, je te signale !

— Sans blague ! lança Ash. Qui est avec Gabe ?

— C'est Lisa. Elle s'est pointée sans prévenir, souffla Mia. Baisse le ton si tu ne veux pas qu'ils nous entendent.

Le sourire d'Ash céda la place à une grimace soucieuse.

— Lisa ? Tu veux dire : son ex-femme ?

— Et oui. Tout ce que j'ai réussi à entendre, c'est qu'elle est désolée et voudrait qu'il lui donne une seconde chance.

— Plutôt mourir, grommela Ash. Pousse-toi un peu, s'il te plaît.

Mia recula pour lui faire de la place, et il s'approcha de la porte en se posant un doigt sur les lèvres – alors que cela faisait deux minutes qu'elle essayait de le faire taire !

— Oh merde, elle pleure, marmonna-t-il. Ça, ce n'est pas bon. Gabe ne supporte pas de voir une femme pleurer, et elle le sait. Elle compte là-dessus pour arriver à ses fins, cette saleté.

— Tu es un peu vache, non ?

— Non, Mia. Elle l'a bien en… entubé, tu sais. J'étais là, et Jace aussi. Si tu ne me crois pas, demande à Jace dans quel état ça a mis Gabe de la voir déballer ses mensonges dans les journaux. J'espère qu'il va la virer de son bureau. Sinon, c'est qu'il est vraiment irrécupérable.

— Justement…, si tu te taisais un peu, on arriverait peut-être à savoir ce qui se passe, répliqua Mia doucement.

— Oui, pardon, souffla Ash avant de se taire.

— Je n'abandonnerai pas, Gabe, disait Lisa. Je sais que toi aussi, tu m'aimes encore. J'ai blessé ton orgueil et j'en suis désolée, mais je patienterai jusqu'à ce que tu me reviennes.

— Je te le déconseille ; ce serait une perte de temps, rétorqua Gabe d'une voix glaciale.

— Oh merde, ils arrivent ! chuchota Ash avant d'entraîner Mia à sa suite et de la faire entrer dans son bureau. Assieds-toi et fais comme si on venait de passer un bon moment à papoter.

Puis il alla s'installer dans son fauteuil et prit une pause nonchalante. Trois secondes plus tard, Lisa passa devant la porte en mettant ses lunettes de soleil pour cacher ses yeux rougis.

— Attends un peu, ajouta Ash. Je ne voudrais pas te renvoyer dans l'antre du lion si peu de temps après la bataille.

Tous deux tournèrent la tête en entendant un bruit dans le couloir et virent passer Jace. Ce dernier s'arrêta net en apercevant Mia et entra d'un pas décidé, l'air contrarié. La jeune femme maudit en silence cette situation des plus absurdes : elle se retrouvait coincée dans le bureau d'Ash avec un Jace en colère et un plug dans l'anus tandis que, dans la pièce voisine, Gabe avait dû repousser les avances de son ex-femme.

— Qu'est-ce qui se passe ? Qu'est-ce que tu fais là, Mia ?

— Quoi ? fit Ash d'un ton taquin. Je n'ai pas le droit de passer un petit moment avec la fille de mes rêves ?

— Oh, arrête de faire l'andouille, Ash, grogna Jace. Ce n'est pas Lisa que j'ai vue passer près de la réception ?

— Si, confirma son associé. C'est la raison pour laquelle Mia est venue se réfugier chez moi. Je voulais lui épargner la colère de Gabe après cette petite visite impromptue.

— Qu'est-ce qu'elle est venue fabriquer ici, celle-là ? demanda Jace.

À les entendre, Mia devina que les deux amis ne portaient pas vraiment Lisa dans leur cœur. Ils s'étaient rangés aux côtés de Gabe avec une loyauté sans faille depuis son divorce.

— En fait, on a un peu écouté à la porte de Gabe, Ash et moi, avoua Mia.

— Tu es si pressée de te faire virer ? s'enquit Jace en haussant un sourcil. S'il apprenait ça, même moi je ne pourrais rien faire pour sauver ta peau.

— Oh, ça va, souffla-t-elle. Tu veux savoir ce qu'on a appris, oui ou non ?

Jace alla jeter un coup d'œil dans le couloir pour s'assurer que Gabe n'était pas dans les parages, puis referma la porte du bureau derrière lui.

— Vas-y, raconte.

— Lisa essaie de récupérer Gabe, expliqua Ash d'un air blasé. Elle lui a sorti le grand jeu.

— Oh non ! se lamenta Jace. J'espère qu'il l'a envoyée bouler.

— Je n'ai pas réussi à entendre sa réponse. Cette espèce de pipelette refusait de se taire, marmonna Mia en désignant Ash.

— Oh, je suis sûr qu'il a tenu bon, affirma ce dernier en s'adossant dans son fauteuil et en croisant les bras. C'est impossible qu'il tombe dans le panneau.

Mia en revanche n'en était pas certaine. Après tout, Gabe et Lisa avaient été mariés, et les conditions de leur rupture avaient déterminé la manière dont Gabe envisageait toutes ses relations depuis – y compris celle que Mia et lui venaient d'entamer. Cela montrait à quel point il avait été traumatisé. Mia ne doutait pas un instant qu'il soit en colère contre Lisa, mais cela ne signifiait pas qu'il ne l'aimait plus. Il serait peut-être prêt à faire des concessions si cela lui permettait de retrouver la femme de sa vie.

— En tout cas, s'il fait mine de céder, je lui botte le train, décréta Jace avant de se pencher vers Mia pour lui ébouriffer les cheveux. On dîne toujours ensemble, demain soir ? À quelle heure veux-tu que je passe te prendre ?

— Quoi ? Vous ne m'avez même pas invité ? s'écria Ash d'un air scandalisé.

— Tu n'as pas d'autres amis à aller embêter, pour changer ? contra Jace.

— Demain, c'est le jour de la grande réunion de famille des McIntyre, marmonna Ash, le visage soudain crispé.

Mia eut de la peine pour lui. Il s'était brouillé avec le reste de sa famille et n'assistait même plus à ce genre d'occasions. En général, il s'arrangeait pour être avec Jace et Gabe ces jours-là.

— Oh, allez, laisse-le venir, plaida-t-elle sur le ton de la plaisanterie afin que sa manœuvre passe inaperçue. Avec Ash à mes côtés pour prendre ma défense, tu n'oseras pas me faire la morale à propos de tout et de rien.

— Ah, tu vois ? C'est moi, son préféré ! s'exclama Ash avec un sourire faussement hautain.

Jace fit mine de se rendre.

— OK. À quelle heure veux-tu qu'on passe te prendre ?

— À 18 heures, si ça vous convient. Il ne me faut pas longtemps pour me préparer, sauf si vous m'emmenez dans un grand restaurant…

— En fait, je connais un pub très sympa dont la carte devrait te plaire. Comme ça, tu peux venir en jean si tu veux, chipie.

Clairement, Jace avait choisi cela uniquement pour lui faire plaisir, car il n'était pas du genre à dîner au pub, d'habitude.

— C'est parfait, acquiesça-t-elle avec un sourire.

Au même instant, la porte du bureau s'ouvrit sur Gabe, qui passa la tête à l'intérieur, l'air soucieux.

— Hé, vous n'auriez pas vu… ?

Il s'interrompit en apercevant Mia, puis couva ses deux amis d'un regard suspicieux.

— Je vous dérange ?

— Pas du tout, répondit Ash sur un ton nonchalant. On tenait compagnie à Mia pendant que tu te réconciliais avec ton ex.

Mia écarquilla les yeux face à tant d'audace. Ash allait leur attirer de gros ennuis, avec ses clowneries.

— Ta gueule ! gronda Gabe.

— Bien joué, Ash, intervint Jace. Toi qui voulais épargner à Mia la colère de son patron, c'est gagné.

Mia se leva, pressée d'échapper aux remarques d'Ash.

— Bon, je vous dis à demain, pour le dîner ? lança-t-elle en entraînant Gabe dans le couloir.

Puis elle referma la porte derrière eux et, sans un coup d'œil, retourna dans son bureau.

Elle sentait la présence de Gabe dans son dos, la chaleur intense qui émanait de lui et qui lui rappelait celle d'un fauve en furie. Ash n'avait sans doute pas tort en disant qu'elle retournait dans l'antre du lion.

— Tu dînes avec eux deux, finalement ?

Surprise par le ton de sa voix, elle lui fit face.

— Oui, Ash s'est plus ou moins invité. Jace passe me prendre chez moi à 18 heures, donc je rentrerai dès que j'aurai fini ma journée de travail.

Il s'approcha d'un air presque menaçant.

— Tu n'as pas intérêt à oublier à qui tu appartiens, Mia.

Elle ouvrit des yeux ronds, avant d'éclater de rire.

— Tu ne crois quand même pas qu'Ash… ?

Elle laissa sa phrase en suspens, incapable de formuler jusqu'au bout cette idée ridicule.

Gabe lui souleva le menton pour qu'elle croise son regard.

— Ce que je crois, c'est que tu as besoin d'une petite piqûre de rappel, murmura-t-il avec une puissance contenue qu'elle n'osa pas contredire. À genoux.

Elle obéit aussitôt, mais il lui fallut un instant pour trouver une posture confortable à cause du plug. Devant elle, Gabe défit son pantalon et en sortit son sexe déjà tendu.

— Suce-moi, ordonna-t-il. Fais-moi jouir, Mia. Je veux voir ta belle bouche se refermer autour de ma queue.

Il enfouit les mains dans ses cheveux et la força à renverser la tête en arrière avant de l'attirer tout près de son érection, qui grossissait à vue d'œil. Son gland buta contre les lèvres de la jeune femme, et il donna une brusque poussée pour qu'elle le laisse entrer.

Aussitôt, il s'enfonça profondément et fit passer son membre sur sa langue avec encore plus de vigueur que d'habitude. Mia se demanda à quel point la visite de Lisa l'avait affecté, et s'il essayait d'effacer par ces actes la présence de cette dernière dans son bureau.

Levant les yeux vers lui, elle lut de la colère dans son regard mais comprit qu'elle n'était pas dirigée contre elle. Au contraire, il avait besoin d'elle – un besoin éperdu. Il lâcha ses cheveux pour lui caresser la tête, puis le visage, comme pour s'excuser de la prendre avec une telle avidité.

D'une main, elle saisit la base de son sexe et le força à ralentir la cadence, le léchant en de longs mouvements.

Cette fois, elle n'allait pas le laisser courir à l'orgasme comme une bête déchaînée. Elle allait lui montrer son amour. Il n'en demandait pas tant – et refuserait sans doute de l'admettre –, pourtant il en avait besoin.

Elle le caressait avec vigueur, laissant parfois son gland passer entre ses lèvres avant de le reprendre entièrement.

— Oh, Mia ! Si tu savais ce que tu me fais ! gémit Gabe avec un violent coup de hanches.

Aussitôt, elle sentit la chaleur salée de sa semence dans sa bouche mais continua à le sucer, à le lécher. Elle voulait le goûter tout entier, jusqu'au bout. Elle lui consacra tout son amour, toute sa douceur, et s'appliqua à lui faire oublier la frénésie du début.

Lorsque, enfin, elle eut avalé sa semence jusqu'à la dernière goutte et soigneusement léché toute la longueur de son membre, elle le laissa glisser entre ses lèvres et se recula doucement.

Alors elle leva les yeux vers Gabe, consciente qu'elle incarnait ainsi l'essence même de la soumission, docile et prête à l'accepter. Dans le regard qu'elle lui adressa, elle lui montra qui elle était vraiment.

Parcouru d'un bref frisson, il s'agenouilla devant elle et l'attira dans ses bras, la serrant si fort qu'elle sentit son cœur battre après l'extase qu'elle venait de lui offrir.

— Je ne peux pas continuer sans toi, Mia, avoua-t-il dans un murmure. Il faut que tu restes.

Elle lui caressa doucement le dos puis la nuque, pressant sa joue contre la sienne.

— Je n'ai pas l'intention de m'en aller, Gabe.

Chapitre 21

La jupe relevée jusqu'à la taille, Mia posa les deux mains à plat sur le bureau de Gabe pour que ce dernier puisse retirer le plug. Elle ferma les yeux et poussa un profond soupir, soulagée de ne plus subir l'excitation que lui infligeait le sex-toy. Elle allait pouvoir souffler un peu.

Gabe la nettoya avec soin à l'aide d'un gant de toilette, puis lui caressa doucement les fesses avant de rabaisser sa jupe.

— Va prendre tes affaires, lança-t-il en lui donnant une petite tape. On va passer chez moi pour se changer avant d'aller dîner.

Mia aurait plutôt été tentée de s'allonger sur le bureau pendant un petit quart d'heure, histoire de recouvrer tout son calme. Lorsque Gabe se rapprocha, elle crut que c'était pour la punir de ne pas avoir déjà obéi à son ordre, mais il la prit par les épaules et l'aida à se redresser avant de l'attirer contre lui.

Elle se blottit dans ses bras et inspira avec bonheur son parfum chaud et épicé.

— Je sais que je teste tes limites, murmura-t-il en lui déposant un baiser sur le haut de la tête. Je n'y peux rien, je n'arrive pas à me contrôler.

Cachée contre son torse, elle sourit, puis l'étreignit de toutes ses forces. Ce geste parut le surprendre. Il s'immobilisa un instant, puis se détendit et enfouit le visage dans ses cheveux.

— Je ne veux surtout pas te changer, Mia, ajouta-t-il dans un souffle. Tu es parfaite comme tu es.

Pourtant, elle avait déjà changé à son contact. Elle ne serait plus jamais la même.

Gabe relâcha son étreinte et se détourna aussitôt, comme si un tel aveu lui avait coûté. Mia fit mine de ne pas le remarquer et rajusta ses vêtements avant d'aller chercher son sac. Lorsqu'elle fit face à Gabe, ce fut avec un grand sourire.

— On y va ?

Il lui tint la porte et la suivit dans le couloir, une main légèrement posée dans son dos. Ils saluèrent Eleanor, qui s'apprêtait à partir, puis tombèrent nez à nez avec Ash devant l'ascenseur.

Mia sentit son estomac se nouer. N'était-il pas censé dîner en compagnie de Jace ? Et s'il était revenu pour demander quelque chose à Gabe et avait essayé d'entrer dans son bureau ? Avait-il trouvé la porte fermée à clé ? Pire : avait-il entendu quelque chose ?

— Encore toi ? Je croyais que tu étais avec Jace, lança Gabe avec le plus grand naturel.

Ash leur décocha un sourire malicieux, et Mia s'étonna une fois de plus de la beauté de cet homme.

— On avait oublié un dossier important, donc je suis revenu le récupérer. Pendant ce temps, Jace s'efforce de faire patienter nos chers invités en leur expliquant que j'ai été retenu par un contretemps indépendant de ma volonté.

— Tu as laissé Jace faire les mondanités à ta place ? s'esclaffa Mia. C'est pourtant ton domaine, ça, non ? Je parie qu'il aurait donné un rein pour revenir chercher ce fameux dossier lui-même. Il doit être dans ses petits souliers, le pauvre !

Ash lui donna une pichenette sous le menton avant de l'attirer contre lui.

— Tu m'as manqué, gamine ! Et tu n'as pas tort : je me suis enfui avant que Jace ait eu le temps de dire « ouf ».

Mia sourit, réconfortée par ce câlin si naturellement affectueux. Cela faisait longtemps qu'elle ne les avait pas revus, Jace et lui, et elle était ravie de retrouver leur indéfectible soutien.

— Toi aussi, tu m'as manqué. Ça faisait longtemps ! Je commençais à croire que tu ne m'aimais plus.

— Quoi ?! se récria-t-il avec un regard faussement horrifié tandis qu'ils entraient dans l'ascenseur. Tu sais bien que j'irais chasser des dragons pour les déposer à tes pieds tellement je t'aime. Que dis-je ? Tellement je t'adore !

— N'en fais pas trop, non plus ! dit-elle en riant. Garde ton charme pour des filles que ça intéresse, ajouta-t-elle avec un clin d'œil.

— J'ai le droit de rêver, non ? rétorqua-t-il en passant un bras autour de ses épaules, sans se départir de son sourire. Un jour, tu seras mienne, Mia ! déclama-t-il dans un soupir théâtral.

— Bien sûr ! Juste après que Jace t'aura coupé les couilles, intervint Gabe sur un ton glacial.

Ash feignit une grimace de terreur qui ne fit qu'accentuer la beauté de ses traits. Mia regrettait presque de ne pas être attirée par lui ; ce type devait être un amant exceptionnel, libertin et sans complexes. Si les rumeurs disaient vrai, cependant, et qu'il avait tendance à partager ses conquêtes avec Jace…

Mia repoussa cette idée avec un frisson. Il y avait certaines choses qu'elle préférait ignorer. Imaginer son frère nu dans le même lit qu'Ash suffit à annuler le désir qu'elle aurait pu éprouver pour ce dernier. Dommage, il valait vraiment le coup d'œil.

— À tout à l'heure, Gabe ! lança-t-il en sortant de l'ascenseur. Je dois me dépêcher de rejoindre Jace, sinon il risque de faire fuir tous nos investisseurs !

Ils le saluèrent, puis Gabe fit monter Mia dans sa voiture avant de s'installer à côté d'elle.

— Tu vois Ash, ce soir ? demanda-t-elle une fois qu'ils eurent démarré. On ne dîne plus dehors, finalement ?

Gabe serra les lèvres avant de répondre.

— Tu dînes avec moi, comme prévu, puis je vais retrouver Jace et Ash à 21 heures pour boire un verre.

— Ah, fit Mia, un peu surprise d'apprendre cette nouvelle.

Pourtant, cela faisait partie des habitudes des trois amis. Quand ils n'étaient pas en vadrouille aux quatre coins du monde, ils passaient beaucoup de temps ensemble.

Si Gabe avait soudain cessé de voir Jace et Ash en dehors du bureau, justement au moment où Mia commençait à travailler pour lui, cela aurait semblé suspect.

— Comment je m'habille, ce soir ? s'enquit-elle pour changer de sujet.

Gabe la détailla de la tête aux pieds, si bien qu'elle se sentit mise à nu.

— Mets une de tes nouvelles robes. La noire fendue sur le côté.

— Oh ! Tu m'emmènes dans un endroit chic ? demanda-t-elle sur un ton badin qu'il ne releva pas.

— Je t'emmène dîner dans un endroit élégant où l'on pourra danser, répondit-il, imperturbable. De la bonne cuisine, de la bonne musique, une belle femme à mon bras…, que demander de plus ?

Mia rougit de plaisir à ces mots et vit Gabe esquisser un demi-sourire face à sa réaction. Puis, aussitôt, il redevint sérieux.

— Tu n'es pas qu'un beau visage, Mia. N'oublie jamais ça. Tu vaux bien mieux. Si je t'en demande trop, ne me laisse pas faire. Je ne voudrais pas puiser dans tes réserves jusqu'à ce qu'il ne reste plus rien.

Ces avertissements énigmatiques se faisaient de plus en plus fréquents, et Mia n'était pas sûre d'en comprendre la portée. Qui Gabe souhaitait-il mettre en garde, au juste ? Elle, ou lui-même ? À vrai dire, elle ne savait jamais vraiment ce qu'il pensait, sauf quand ils faisaient l'amour. Alors les choses devenaient merveilleusement simples.

Aussitôt qu'ils arrivèrent chez lui, Mia se rendit à la salle de bains pour se préparer. Si Gabe l'emmenait dans un endroit un peu huppé, elle tenait à l'impressionner. Elle voulait montrer au monde entier qu'elle était assez sophistiquée pour lui – qu'ils étaient parfaitement assortis.

Elle arrangea ses cheveux en un chignon joliment désordonné et fit boucler les quelques mèches folles qu'elle avait laissées échapper. Puis elle s'appliqua une touche de mascara et un gloss rose pâle qui rehaussait ses lèvres charnues tout en restant discret. Elle s'examina dans le miroir, satisfaite.

Elle aimait le naturel – un maquillage qui souligne ses traits sans se faire remarquer.

La robe qu'avait choisie Gabe était à couper le souffle, plus longue que ce que portait Mia d'habitude, avec une fente jusqu'à la cuisse. Heureusement, elle s'accompagnait d'une paire de talons qui allongeaient les jambes de Mia et soulignaient leur musculature.

Malgré les remarques sarcastiques de Gabe au sujet de la tenue qu'elle avait portée au gala de l'hôtel, il avait opté pour un modèle franchement osé, retenu seulement par deux fines bretelles entrecroisées entre ses omoplates. Son dos était entièrement dénudé, comme pour inviter la main d'un homme à se poser au creux de ses reins.

L'avant de la robe était conçu de façon qu'elle n'ait pas besoin de porter de soutien-gorge, et le décolleté dévoilait à peine le renflement de ses seins.

Gabe semblait d'une humeur étrange. Il lui avait clairement fait comprendre qu'il n'aimait guère qu'elle s'affiche dans des tenues trop révélatrices, surtout en présence d'autres hommes. Pourtant, il lui avait choisi cette robe, dans laquelle elle se sentait merveilleusement sexy. Elle adorait la confiance en elle que cela lui donnait.

Elle sortit de la salle de bains et trouva Gabe assis sur le lit, face à la porte. Une lueur flatteuse passa dans son regard lorsqu'il l'aperçut, et elle exécuta une pirouette en levant les bras au-dessus de la tête.

— Je te plais, comme ça ?

— Oh oui, gronda-t-il.

Il se leva, et ce fut au tour de Mia de le détailler d'un œil avide. Il avait revêtu un costume trois pièces qui, sur un autre, lui aurait paru convenu, sans intérêt. Sur Gabe, en revanche, l'effet était divin. Pantalon noir, veston assorti, chemise blanche dont le premier bouton était défait… L'ensemble respirait le luxe détendu, comme si Gabe se moquait complètement de ce que l'on pouvait bien penser de lui. Mia en eut l'eau à la bouche tant il était beau.

— Si j'ai bien compris, là où nous allons, la cravate est en option ? le taquina-t-elle.

— J'ai droit à un traitement de faveur, rétorqua-t-il avec un demi-sourire.

Quoi d'étonnant à cela ? Qui aurait pu dire non à Gabe Hamilton ? Outre sa fortune colossale, il possédait un charisme singulier qui opérait aussi bien sur les hommes que sur les femmes. Certains le craignaient, d'autres le détestaient, mais tous le respectaient.

— Tu veux boire quelque chose avant qu'on parte ? demanda Gabe.

Mia refusa d'un geste. Plus ils s'attardaient, plus ils couraient le risque de ne jamais ressortir, et elle aimait assez l'idée de ce dîner en tête à tête. Jusque-là, ils n'avaient fait qu'alterner sexe et travail.

Il lui tendit la main et, lorsqu'elle entremêla ses doigts aux siens, il l'entraîna vers l'ascenseur.

Une fois dans la voiture, elle se reprit à penser à Lisa, tiraillée entre une curiosité maladive et la crainte de s'aventurer en terrain miné.

Voyant qu'elle l'épiait du coin de l'œil, Gabe finit par se tourner vers elle.

— Qu'est-ce qu'il y a ?

Elle n'eut qu'une seconde d'hésitation. Il refuserait de lâcher prise tant qu'elle ne lui aurait pas révélé ce qui la tourmentait, de toute façon.

— Euh, Lisa…

Gabe l'interrompit aussitôt, le visage soudain glacial.

— Je refuse de gâcher une belle soirée en parlant de mon ex-femme.

D'accord. Le message était clair. À vrai dire, Mia non plus ne tenait pas à gâcher cette soirée, même si mille questions la taraudaient. Elle aurait aimé savoir ce que Gabe pensait de cette visite, et en même temps elle avait un peu peur de l'apprendre.

Lorsqu'ils arrivèrent au restaurant, un garçon les amena à une table située dans une alcôve à l'écart. La décoration était d'un goût exquis, avec un éclairage tamisé, complété par des chandelles disposées sur les tables. Des guirlandes lumineuses ornaient les petits buissons en pot, prêtant à l'ensemble une atmosphère festive qui annonçait Noël.

Mia adorait passer les fêtes à New York. Jace et elle ne manquaient jamais l'allumage du sapin au Rockefeller Center. Cela faisait partie des souvenirs qu'elle chérissait le plus.

— À quoi tu penses ?

Surprise, elle cilla et reporta son attention sur lui. Il la contemplait, l'air curieux.

— Tu semblais très heureuse. Je ne sais pas ce que tu avais en tête, mais ça devait être agréable.

— Oui, je pensais à Noël, répondit-elle avec un sourire.

— À Noël ? répéta-t-il, étonné.

— Depuis que je suis gamine, Jace m'emmène toujours voir l'allumage du sapin. J'en garde d'excellents souvenirs. J'adore l'atmosphère de New York à l'approche des fêtes. Les décorations, les vitrines, la joyeuse agitation… C'est la meilleure période de l'année !

Gabe réfléchit un instant puis déclara, avec un haussement d'épaules :

— Quand j'étais avec Lisa, on passait Noël dans les Hamptons. Depuis le divorce, je reste ici et je travaille.

— Tu travailles ? s'écria-t-elle, interloquée. Tu travailles à Noël ? Mais c'est horrible ! On dirait le Scrooge de Dickens !

— Bof, ça ne sert à rien, Noël.

Mia leva les yeux au ciel mais ne releva pas cette remarque blasée.

— Si seulement j'avais su, je t'aurais forcé à passer le réveillon avec Jace et moi. Personne ne devrait se retrouver seul à Noël. Je croyais tout naturellement que tu rentrais chez tes parents.

Aussitôt, elle s'interrompit et se mordit la lèvre.

— Désolée, reprit-elle d'une voix douce. J'aurais mieux fait de me taire.

— Ne t'inquiète pas, la rassura Gabe avec un petit sourire. Il semblerait que mon père ait compris son erreur et souhaite reconquérir le cœur de ma mère. Je n'ose même pas imaginer comment il compte s'y prendre.

— Tu es sérieux ? s'exclama-t-elle en ouvrant de grands yeux.

— Et oui, confirma Gabe avec un soupir. C'est pour me raconter ça qu'il est venu me voir au bureau ce midi. Le lendemain de la soirée où sa copine a essayé de me mettre le grappin dessus…

Il éclata de rire en voyant la grimace de Mia.

— Et ta mère, qu'est-ce qu'elle va faire ? demanda-t-elle.

— Alors là… Je n'en ai pas la moindre idée, mais je suppose qu'il n'a pas encore été se prosterner à ses pieds. Sinon, j'en aurais entendu parler.

— Je pense qu'à sa place je n'arriverais pas à lui pardonner d'avoir couché avec toutes ces femmes, commenta Mia d'une voix triste. Ça a dû lui faire tellement mal…

— Il m'a dit qu'il n'avait pas commis d'infidélité.

Mia lui lança un regard qui signifiait clairement qu'elle n'en croyait rien.

— Je ne sais pas ce qu'il entend exactement par « infidélité », reprit Gabe en ouvrant les mains. D'ailleurs, je ne suis pas sûr que ça change quoi que ce soit qu'il ait couché avec ces filles ou non. Le monde entier pense que c'est le cas, tout comme ma mère, et il lui faudra du temps pour se remettre d'une humiliation pareille.

— Ça ne doit pas être facile pour toi non plus, murmura Mia.

Quelle journée calamiteuse pour lui ! D'abord son père et ses remords, puis la visite de son ex-femme…

Visiblement mal à l'aise d'entendre de la compassion dans sa voix, il détourna le regard. Il se redressa, l'air visiblement soulagé, lorsqu'on leur apporta l'entrée – des gambas grillées pour elle et un mince filet de mahi-mahi pour lui.

Les deux plats sentaient divinement bon, et la jeune femme huma avec délices.

— Oh ! Ton poisson a l'air délicieux ! s'écria-t-elle.

Avec un sourire, Gabe en détacha un petit morceau avant de le lui tendre pour qu'elle goûte. Mia referma les lèvres sur la fourchette de Gabe et soutint son regard un instant avant de se reculer.

Émue par l'intimité de ce geste, elle remarqua que Gabe gardait les yeux rivés sur sa bouche tout en reposant ses couverts.

Alors elle découpa une de ses crevettes pour lui rendre la politesse. Après une hésitation, il accepta et mordit délicatement dans la chair blanche.

Déstabilisée par la vivacité de sa réaction à cet échange pourtant anodin, Mia baissa la tête et se concentra sur son assiette.

— C'est bon ? demanda Gabe après plusieurs minutes de silence.

— Délicieux ! répondit-elle en souriant. Je n'ai déjà presque plus faim.

Il s'essuya la bouche, reposa sa serviette sur la table, puis se leva et tendit la main à Mia, qui repoussa son assiette.

— Viens danser, murmura-t-il.

Aussi émoustillée qu'une adolescente à son premier bal, elle se laissa guider entre les tables.

Arrivé sur la piste, Gabe l'attira tout contre lui et posa une main chaude au bas de son dos, sur sa peau nue.

Elle laissa échapper un soupir de bonheur tandis que Gabe appuyait la joue contre sa tempe. Ils bougeaient à peine. Lovés l'un contre l'autre, ils se contentaient d'épouser le rythme de la musique. Mia aurait aimé que cet instant dure toujours et, avec lui, l'illusion que Gabe était sien, que leur relation ne reposait pas que sur le sexe.

Cela ne pouvait pas lui faire de mal de rêver un peu. Enfin, cela risquait peut-être de lui faire mal plus tard, mais elle avait envie de s'accorder ce moment.

Gabe ne cessait de lui caresser le dos en de lents mouvements entêtants, et elle tourna la tête vers lui pour respirer son parfum. Elle mourait d'envie de lui mordiller l'oreille, le cou… Elle adorait le goût de sa peau et n'avait pas encore eu l'occasion de s'en délecter souvent. Gabe ne lui laissait que très peu de marge de manœuvre dans l'intimité. Pourtant, que n'aurait-elle pas donné pour une nuit à explorer son grand corps à sa guise!

L'orchestre entama une nouvelle chanson, mais ils restèrent enlacés, incapables de rompre le charme et de faire éclater cette petite bulle d'intimité qui les contenait parfaitement.

Mia ferma les yeux, bercée par la musique et par les motifs hypnotiques que traçait Gabe dans son dos. Ils faisaient presque l'amour sur la piste de danse, même s'il ne s'agissait pas de sexe.

Cela n'avait rien à voir avec l'espèce d'obsession torride qui les consumait chaque fois qu'ils ôtaient leurs vêtements. Au contraire, cet instant était d'une profonde douceur, d'une grande intimité, et la jeune femme en adorait chaque seconde.

Elle aurait pu tomber amoureuse de ce Gabe-là. Si ce n'était pas déjà trop tard.

—Si tu savais à quel point j'ai envie de toi, là, maintenant, lui souffla-t-il à l'oreille.

Elle sourit avant de répondre:

—Je ne porte rien sous ma robe.

Il s'immobilisa aussitôt et la serra de plus belle, cessant de prétendre qu'il s'agissait d'une innocente danse.

—Mia! Ça ne va pas de me dire un truc pareil en plein milieu du restaurant?

Elle réprima un nouveau sourire et lui lança un regard ingénu.

—Je pensais que tu serais content de le savoir, c'est tout.

—On y va, gronda-t-il.

Avant qu'elle ait eu le temps de protester, il l'entraîna vers la sortie, tout en appelant son chauffeur pour lui demander de venir les chercher. Heureusement qu'elle n'avait pas pris de sac, ou celui-ci serait resté sur leur table.

Une fois dehors, il attira Mia contre lui, comme pour la protéger du flot de passants.

— Gabe ! L'addition ! s'écria-t-elle, mortifiée par cette fuite peu élégante.

— Ne t'en fais pas, la rassura-t-il. J'ai un compte chez eux, je suis un habitué. Ils savent même quel pourboire ajouter à ma facture.

La voiture s'arrêta devant eux, et Gabe lui ouvrit la portière. Sitôt qu'ils eurent démarré, il appuya sur un bouton pour qu'un écran vienne les isoler du chauffeur.

Un frisson d'anticipation courut dans les veines de Mia.

Gabe défit son pantalon à la hâte et, une seconde plus tard, en sortit son membre déjà dressé. Il se caressa pour faire encore grossir son érection, et Mia le regarda faire, fascinée par sa beauté toute masculine.

— Relève ta robe et viens t'installer sur moi, ordonna-t-il en lui prenant la main.

Pendant qu'elle s'exécutait, Gabe se déplaça vers le milieu de la banquette pour lui faire de la place.

Une fois qu'elle fut à califourchon sur lui, il fit remonter une main à l'intérieur de sa cuisse jusqu'à son sexe déjà excité.

— Quelle bonne surprise..., ronronna-t-il avec un sourire ravi. Mia, si tu savais ! Je rêve de te prendre avec cette robe et ces talons depuis que tu es sortie de ma salle de bains, tout à l'heure.

Il glissa un doigt en elle, profondément, puis le retira pour l'amener devant son visage. Lentement, il en lécha un côté, et Mia faillit jouir rien que de le voir faire. Cet homme était vraiment d'une sensualité redoutable !

— Suce, dit-il d'une voix rauque en approchant le doigt de ses lèvres. Goûte-toi.

Terriblement gênée mais encore plus curieuse, elle ouvrit la bouche et le laissa entrer. Elle fit jouer sa langue et vit ses pupilles se dilater. Au même moment, son membre tressaillit contre son sexe, impatient.

D'une main, il attrapa son érection et, de l'autre, il lui saisit la taille pour la guider vers lui. Il la pénétra entièrement, d'un lent mouvement fluide.

La jeune femme trouvait cela délicieusement dégradant de se faire prendre comme ça, à l'arrière de la voiture, tandis que les lumières et les bruits de Manhattan défilaient au dehors.

Alors il lui tint les hanches à deux mains et commença à donner de violents coups de reins, de plus en plus vite, de plus en plus profonds. C'était une course contre la montre dont le but était de les mener tous deux à l'extase avant d'arriver devant chez lui.

Mia fut la première à jouir, et des spasmes fulgurants la secouèrent avec la force d'une tornade. Elle s'efforça de reprendre son souffle, mais Gabe poursuivait ses assauts à une cadence effrénée, si bien qu'elle dut se tenir à ses épaules.

Au moment où la voiture commençait à ralentir, il atteignit l'orgasme à son tour et l'attira tout contre lui, afin de jaillir au plus profond. Lorsque le chauffeur s'arrêta, il appuya sur l'interphone.

— Accordez-nous une petite minute, Thomas, dit-il d'une voix calme.

Puis il se tut tandis qu'elle sentait en elle les derniers soubresauts de son membre encore tendu. Avec des gestes d'une infinie douceur, il lui prit le visage à deux mains et l'embrassa longuement, offrant une contradiction touchante avec la violence de ses assauts. On aurait dit qu'il exprimait par ces marques de tendresse ce qu'il n'oserait jamais lui avouer par les mots.

Il serra Mia contre lui et lui caressa les cheveux en silence pendant que son érection se calmait doucement.

Enfin, il la souleva et la déposa à côté de lui avant de tirer de sa poche un mouchoir, avec lequel il les essuya, Mia et lui. Puis il rajusta son pantalon tandis qu'elle rabaissait sa robe.

— Tu es prête ?

Elle acquiesça, trop secouée pour parler. Rien de ce qu'elle aurait pu dire n'aurait eu le moindre sens tant elle était bouleversée.

Gabe sortit et, un instant plus tard, vint lui ouvrir la portière.

— Tu dors ici, cette nuit, annonça-t-il en gagnant l'entrée de l'immeuble.

Ce n'était pas qu'une suggestion polie, pourtant la jeune femme ne décela dans sa voix aucune trace de son arrogance habituelle. Il se bornait à énoncer un fait, comme si c'était la seule solution envisageable, tout simplement. Pourtant, dans le bref regard qu'il lui lança alors, elle crut apercevoir une question, une incertitude si fugace qu'elle l'avait peut-être rêvée.

— Bien sûr que je dors ici, le rassura-t-elle dans un murmure.

Une fois qu'ils furent à son étage, il se plaça sur le seuil de l'ascenseur pour empêcher les portes de se refermer et attira Mia contre lui.

— Attends-moi au lit, je ne devrais pas rentrer tard, commanda-t-il d'une voix rauque.

— Promis, je t'attends, souffla-t-elle avant de se hisser sur la pointe des pieds pour un léger baiser.

Avec un demi-sourire satisfait, il la regarda s'éloigner et recula dans la cabine de l'ascenseur, laissant les portes se refermer.

Chapitre 22

Gabe, Jace et Ash avaient choisi de se retrouver au *Rick's Cabaret*, un club du centre de Manhattan qu'ils fréquentaient souvent. En entrant dans le carré V.I.P qui leur était réservé, Gabe ne fut guère surpris de trouver ses amis occupés à flirter avec deux serveuses. Ces dernières jetèrent un coup d'œil intéressé au nouveau venu, mais il passa commande sur un ton brusque avant de les congédier d'un geste.

— Sale journée ? s'enquit Ash tandis qu'il s'installait à côté d'eux.

Gabe faillit éclater de rire face à ce drôle d'euphémisme mais se confia sans hésiter. Ash et Jace étaient les seules personnes à qui il racontait tout – ou presque.

— Papa est passé au bureau ce midi, expliqua-t-il avec une grimace. Il voulait qu'on déjeune ensemble.

— Aïe, fit Jace. Ça n'a pas dû être super agréable. Comment va ta mère, d'ailleurs ?

— Je l'ai emmenée au restaurant ce week-end. Il a pratiquement fallu que je la traîne. Ça fait des mois qu'elle reste terrée dans cette immense baraque. Je pensais lui suggérer de la vendre pour s'acheter un appartement à Manhattan, mais c'était avant que j'apprenne les dernières nouvelles.

— Quelles dernières nouvelles ? demanda Ash.

— Papa s'est soudain rendu compte qu'il avait fait une grosse bêtise. Il voudrait que maman lui accorde une seconde chance. C'est pour ça qu'il est venu me voir.

— Oh putain ! commenta Ash.

— C'est quoi, ces histoires ? renchérit Jace. Il s'est tapé la moitié des croqueuses de diamants de New York ! Qu'est-ce qui lui prend, tout à coup ?

— Figure-toi qu'il m'a assuré qu'il n'avait pas touché ces femmes, qui ne représentaient rien pour lui.

— Genre ! s'esclaffa Ash. C'est la pire excuse de l'histoire des cocufiés.

— Tu m'étonnes.

— Bref, tu as vraiment eu une sale journée, marmonna Jace. Entre ton père et Lisa…

— Ouais… Ça fait des mois que ma mère me téléphone pour se lamenter chaque fois que mon père s'affiche avec une nouvelle greluche, et maintenant elle va m'appeler pour qu'on discute de son soudain repentir en long, en large et en travers.

— Tu veux qu'ils se remettent ensemble, toi ? demanda Ash.

— Je n'ai jamais voulu qu'ils se séparent, répondit Gabe d'une voix grave. Je ne sais pas ce qui lui a pris, à mon père. Il a essayé de m'expliquer, mais ce n'était pas vraiment convaincant. À mon avis, il ne sait pas très bien lui-même ce qui lui est passé par la tête. Bref, je voudrais bien qu'ils se remettent ensemble, mais pas à n'importe quel prix. Si c'est pour que mon père nous refasse ce genre de blague dans six mois, j'aimerais autant qu'ils coupent les ponts une bonne fois pour toutes. Je ne tiens pas à ce que ma mère subisse cet enfer une deuxième fois.

— Ça, je te comprends, commenta Jace.

— D'ailleurs, puisqu'on parle de réconciliation…, repartit Ash sur un ton détaché. Qu'est-ce qu'elle te voulait, Lisa ?

Gabe grinça des dents à ces mots. Il n'avait aucune envie de parler de son ex mais comprenait très bien la curiosité de ses amis. Ils l'avaient épaulé quand Lisa l'avait quitté puis calomnié dans la presse. Il était bien normal qu'ils s'inquiètent de la voir rôder dans les parages.

— Est-ce que tu l'as foutue à la porte à grands coups de pied au cul, au moins ? s'enquit Jace avec véhémence.

Gabe rit doucement. Il pouvait toujours compter sur ses amis pour dire les choses crûment – et lui remonter le moral par la même occasion.

— Disons que je lui ai bien fait comprendre que je n'avais nullement l'intention de refaire mes erreurs passées.

— Elle en a après ton fric, reprit Jace. J'ai passé quelques coups de fil : apparemment, elle a déjà dépensé l'essentiel de la somme que tu lui as versé au moment du divorce, et sa pension alimentaire lui suffit à peine à se maintenir la tête hors de l'eau.

— Tu veux dire que tu as mené ta petite enquête sur elle ? demanda Gabe en haussant les sourcils.

— Comme si j'allais me gêner ! rétorqua Jace. Il est hors de question que je la laisse te rouler comme la dernière fois. Elle a gardé le même train de vie que quand vous étiez mariés. Crois-moi, elle ne se refuse rien, cette chienne.

— Ne t'inquiète pas, dit Gabe en souriant. Je n'ai pas l'intention de retomber dans le piège.

— Bon ! Ça me rassure ! s'écria Ash avec un soulagement évident.

Gabe dévisagea ses amis, un peu étonné, puis comprit qu'ils s'étaient réellement fait du souci pour lui.

— J'ai retenu la leçon, vous savez, affirma-t-il. Lisa est une salope avide et manipulatrice. Je ne me ferai plus avoir.

Jace et Ash acquiescèrent en silence. Les deux serveuses revinrent avec leur commande et s'attardèrent le temps de bavarder un peu. Cependant, elles laissèrent Gabe tranquille, comme si elles avaient senti qu'il n'était pas intéressé – pas quand Mia l'attendait dans son lit.

Une fois que les jeunes femmes furent parties, Jace se tourna vers lui, son verre à la main.

— Alors, comment ça se passe, avec Mia ?

Aussitôt, Gabe fut sur ses gardes. Ils avaient déjà eu une discussion musclée à ce propos, et il ne voulait pas que cela devienne un sujet de discorde.

— Écoute, je suis désolé de t'avoir pris la tête avec ça, tout à l'heure, reprit Jace sans lui laisser le temps de répondre. J'ai été surpris, c'est tout. À moi non plus, ça ne me plaisait pas que Mia travaille dans cette pâtisserie, mais je me disais qu'elle avait besoin d'un peu de temps pour réfléchir. Elle s'est donnée à fond dans ses études, alors elle peut bien s'accorder un moment de répit. Tant que je suis là, elle n'a à s'inquiéter de rien, de toute façon. Je ne veux surtout pas lui mettre la pression.

Une vague de culpabilité saisit Gabe à la gorge. Il ne s'était pas privé de mettre la pression à Mia, lui, au contraire. Il ne le regrettait pas une seule seconde, évidemment, mais…

— Elle s'en sort impeccablement, Jace, annonça-t-il sur un ton détaché. Elle travaille dur et elle a la tête sur les épaules : elle commence déjà à trouver sa place. Je l'ai emmenée à un cocktail le premier jour, et elle a réussi à charmer les investisseurs. Tout le monde au bureau semble l'apprécier et, même si beaucoup se disent sans doute qu'elle a eu ce poste parce que c'est ta sœur, je suis sûr qu'ils vont vite comprendre qu'elle mérite amplement leur confiance.

— Comment ne pas aimer notre petite Mia ? renchérit Ash. Elle est adorable.

— Si jamais quelqu'un dit du mal d'elle, je veux être mis au courant, intervint Jace d'une voix ferme.

— Ne t'inquiète pas pour ça, le rassura Gabe. Et puis, si on réfléchit une minute, ça vaut certainement mieux qu'elle ne travaille pas directement pour toi. Elle aura plus facilement l'occasion de prouver qu'elle est tout à fait à sa place. Je ne vais pas lui mener la vie dure, bien sûr, mais je ne lui ferai pas de cadeau non plus. Toi, en revanche, tu la chouchouterais à mort.

— Ça, ce n'est pas faux ! lança Ash dans un grand éclat de rire. Tu lui ordonnerais de rentrer à la maison si elle avait le malheur de se casser un ongle.

— OK, je l'avoue, vous avez raison, convint Jace avec un sourire avant de retrouver son sérieux. Je veux simplement ce qu'il y a de mieux pour elle, c'est ma seule famille.

— Je comprends, dit Gabe en hochant la tête, aussitôt imité par Ash. J'aurais la même réaction, à ta place, mais détends-toi un peu. Laisse-la voler de ses propres ailes. À mon avis, tu seras surpris de voir de quoi elle est capable quand tu n'es pas là pour la couver.

Puis, décidant qu'il était temps de changer de sujet, il reprit avec un sourire narquois :

— Alors, et votre jolie brune ? C'est déjà fini ?

Ash poussa un grognement tandis que Jace se contentait d'une grimace.

— Houla ! À ce point ? demanda Gabe.

— Cette fille est complètement cinglée, expliqua Ash. On a été mal inspirés en l'invitant à se joindre à nous. Pourtant, elle savait bien que c'était temporaire.

Jace s'abstint d'ajouter le moindre commentaire, aussi Ash poursuivit-il.

— Disons qu'elle n'avait pas bien compris le message – ou qu'elle n'était pas d'accord. Elle nous a harcelés au téléphone pendant plusieurs jours.

— Quoi ? Vous lui avez donné votre numéro de portable ? Vous êtes fous ? s'écria Gabe, interloqué.

— Mais non ! rétorqua Jace, sortant enfin de son mutisme. Elle a appelé le bureau, cette folle. Il a fallu qu'on la menace de porter plainte pour qu'elle se calme.

Gabe éclata de rire.

— Décidément, vous savez les choisir !

— Ouais… folle à lier, marmonna Ash. Pourtant, on a été on ne peut plus clairs.

— Vous serez plus prudents la prochaine fois, conclut Gabe en haussant les épaules.

— Peut-être qu'on devrait leur faire signer un contrat, comme toi, dit Jace. Poser les limites avant de s'engager dans une histoire insensée.

Ash pouffa dans son verre, et Gabe leur lança à tous deux un regard mauvais.

Après un moment passé à échanger des plaisanteries – et à draguer les serveuses dans le cas d'Ash et de Jace –, Gabe consulta sa montre : 23 heures passées, déjà, alors qu'il avait promis à Mia de ne pas s'attarder. Il lui avait demandé de l'attendre, et voilà qu'il se retrouvait coincé avec Jace et Ash.

Il se donna encore un petit quart d'heure avant de leur fausser compagnie.

Il n'eut même pas besoin d'inventer une excuse. Une danseuse vint faire son numéro juste devant ses amis captivés. Gabe ne lui accorda qu'une attention distraite, incapable de s'enthousiasmer alors qu'une tendre beauté comme Mia se trouvait dans son lit.

Il tirait de cette certitude une satisfaction incroyable.

Elle était chez lui, sous sa couette, à attendre son retour.

N'y tenant plus, il se leva et prit congé de ses amis, qui lui lancèrent un rapide « À demain » avant de se retourner vers le spectacle.

Le club n'était pas très loin de chez lui, et, en entrant dans son immeuble, il courut presque jusqu'à l'ascenseur, les nerfs en émoi.

En arrivant à son étage, il constata que Mia avait laissé la lampe du vestibule allumée. Cette petite attention lui réchauffa le cœur, et il sourit. Il n'avait pourtant pas besoin de lumière artificielle quand Mia était là. Elle illuminait son monde, comme un petit soleil.

Il commença à se déshabiller en traversant son appartement et s'arrêta sur le seuil de sa chambre. Il sourit de plus belle en apercevant Mia, pelotonnée sur son oreiller à lui, la couette remontée jusque sous le menton, profondément endormie.

— Du calme, murmura-t-il doucement à l'intention de son membre déjà durci. Pas ce soir.

Il réprima le violent désir de réveiller Mia en se glissant entre ses cuisses et, après s'être déshabillé en silence, il la rejoignit sous la couette.

La jeune femme dut sentir sa présence car, sans ouvrir les yeux, elle se tourna vers lui et posa un bras sur son torse en un geste possessif.

Gabe sourit et l'attira solidement contre lui. Certes, il avait envie d'elle, mais cette nouvelle forme d'intimité ne lui déplaisait pas. Loin de là.

Chapitre 23

Le lendemain matin, Mia fut réveillée par un grand corps solide allongé sur elle, lui écartant les cuisses. Elle ouvrit les yeux et croisa le regard de Gabe au moment même où il la pénétrait d'un vigoureux coup de reins.

— Bonjour, dit-il avant de l'embrasser.

Elle ne chercha même pas à formuler une réponse cohérente, consumée par un désir brûlant que chacun des mouvements de Gabe attisait.

Il la tenait fermement par les hanches, l'empêchant de bouger.

Il adopta une cadence rapide, impatiente, tout en lui mordillant le lobe de l'oreille. Elle en eut la chair de poule et poussa un gémissement, déjà toute proche de l'orgasme.

— Regarde-moi, ma belle, et dépêche-toi de jouir.

Cet ordre, formulé d'une voix rauque, l'excita plus que tout. Elle riva ses yeux sur ceux de Gabe, les muscles tendus à l'extrême.

— Dis mon nom, lui murmura-t-il à l'oreille.

— Gabe ! s'écria-t-elle, secouée de spasmes.

Alors il enfouit le visage dans son cou et jouit à son tour.

Il resta longtemps ainsi, allongé sur elle, à la réchauffer de son corps. Puis, une fois qu'il eut repris son souffle, il se souleva sur les coudes et lui déposa un baiser sur le nez, le regard rieur.

— En voilà une façon agréable de commencer la journée, dit-il avant de se retirer. File sous la douche, ma belle, il est temps d'aller travailler.

Et bonjour à toi aussi.

Après la folie de la veille, Mia avait presque peur de découvrir ce que cette nouvelle journée allait leur réserver. Malgré leur réveil torride, Gabe sortit un plug de son tiroir à peine arrivé.

Elle se demandait en combien de tailles cela existait. Ce n'était que le deuxième, mais il lui paraissait déjà énorme. Elle avait l'impression de se dandiner comme une oie, et passa l'essentiel de son temps dans le bureau de Gabe pour éviter le regard des autres. Pourtant, rester assise dans son fauteuil constituait une véritable torture, et elle n'arrêtait pas de gigoter.

Gabe n'eut pas une minute à lui, entre trois vidéoconférences, deux réunions et une myriade d'appels en tout genre. Il était bien trop occupé pour jouer à des jeux illicites sur son bureau et apaiser un peu le désir qui la dévorait.

Elle en fut donc réduite à bouder comme une gamine, même si elle se rendait bien compte du ridicule de la chose.

C'est donc avec un immense soulagement qu'elle vit la fin de la journée approcher. Elle mourait d'envie d'être débarrassée de ce satané plug et de pouvoir sortir de ce bureau. Au moins avait-elle une agréable soirée avec Jace et Ash en perspective.

Gabe insista pour qu'ils partagent la même voiture et demanda à son chauffeur de déposer Mia chez elle avant de le raccompagner à son appartement. Ils n'échangèrent que quelques mots sur le trajet, mais Gabe lui prit la main et ne la lâcha plus, comme s'il avait besoin de ce contact. Ils n'avaient passé que très peu de temps ensemble, et cela s'était limité aux moments où Gabe avait inséré puis retiré le plug.

Il lui caressait la paume du pouce d'un geste presque mécanique, le regard rivé au-dehors, si bien que Mia se demanda s'il était conscient de sa présence. Pourtant, lorsqu'elle essaya de bouger la main, il referma les doigts sur les siens pour l'empêcher de s'éloigner.

Lui avait-elle manqué autant qu'il lui avait manqué, à elle ? Cette question – sans doute stupide – lui trottait dans la tête avec insistance.

En approchant de chez elle, Mia se rendit compte qu'ils n'avaient pas du tout parlé de la fin de cette soirée. Gabe allait-il lui demander de venir passer la nuit avec lui ? Ou devrait-elle rentrer chez elle et le retrouver au bureau le lendemain ?

Lorsque la voiture s'arrêta devant son immeuble, elle ouvrit la portière, mais Gabe la retint un instant.

— Passe une bonne soirée, Mia, dit-il d'une voix douce.

— Merci, répliqua-t-elle avec un sourire.

— On se voit au bureau demain matin. Ton chauffeur passera te chercher à 8 heures.

Voilà qui répondait à sa question : elle venait de se faire proprement congédier. Pourtant, en descendant, elle remarqua que Gabe n'avait pas l'air heureux qu'elle passe la nuit loin de lui.

— À demain, murmura-t-elle.

Elle referma la portière et regarda la voiture s'éloigner. Elle aurait donné cher pour savoir ce que pensait Gabe à cet instant. Avec un soupir, elle gagna son immeuble : elle disposait d'une heure seulement pour se changer avant l'arrivée de Jace.

Lorsqu'elle entra dans l'appartement et s'avança dans le salon, Caroline passa la tête par la porte de sa chambre en ouvrant de grands yeux.

— Ça alors ! Quelle surprise ! Je commençais à croire que tu avais officiellement emménagé chez Gabe !

— Salut, Caro. Moi aussi, ça me fait plaisir de te voir, rétorqua Mia en souriant.

— Tu m'as manqué, copine ! s'écria son amie en venant la serrer dans ses bras. Pas qu'à moi, d'ailleurs : les filles m'ont demandé de tes nouvelles. Ça te dit qu'on se fasse livrer un truc et qu'on se regarde un film ?

— Désolée, j'ai déjà prévu quelque chose pour ce soir, répondit Mia avec une grimace. Mon frère passe me chercher dans une heure. C'est pour ça que je ne suis pas chez Gabe : Jace et Ash m'emmènent dîner. Ça fait longtemps qu'on ne s'est pas vus, et je suis sûre qu'ils vont me poser des milliers de questions au sujet de mon travail pour Gabe.

— Pfff, fit Caroline avec une moue. C'est nul, de ne te croiser qu'en coup de vent, comme ça. Je m'inquiète, tu sais. J'ai peur que tu ne te sois laissé entraîner dans une histoire qui te dépasse. J'ai l'impression que Gabe t'oblige à lui consacrer tout ton temps.

Un curieux malaise s'empara de Mia à ces mots. En effet, elle n'avait pas vu Caroline ou les filles depuis le début de sa relation avec Gabe. Cela ne faisait que quelques jours, mais leur petite bande se retrouvait régulièrement, d'habitude.

— Tu sais quoi ? Demain, on sort en club, décréta Caroline sur un ton sans appel. Je préviens les autres ; on va bien s'amuser.

— Je ne sais pas…, commença Mia, hésitante.

Elle n'avait aucune idée des projets de Gabe pour le lendemain.

— Ah non ! s'écria Caroline en la couvant d'un œil perçant. Ne me dis pas que tu envisages de lui demander la permission de sortir avec tes copines ! Tu n'es pas sa chose, Mia !

La jeune femme réprima un frisson coupable. D'une certaine façon, elle était bel et bien la chose de Gabe, mais elle ne tenait pas à faire part de ce petit détail à Caroline ou aux autres. Elles ne comprendraient pas.

Par ailleurs, elle ne souhaitait pas se couper de ses amies. Elle les aimait trop, et aurait besoin de leur soutien et de leur réconfort lorsque Gabe se lasserait d'elle. Si elle leur tournait le dos, elle n'aurait plus personne sur qui compter quand elle se verrait remplacée par une autre.

Elle n'avait qu'à dire à Gabe qu'elle avait des projets pour la soirée de vendredi, en espérant qu'il se montrerait raisonnable.

— OK. C'est d'accord pour demain, annonça-t-elle.

— Génial ! lança Caroline en entamant une petite danse. On va s'éclater, Mia ! Sérieusement, tu nous as manqué, ma puce ! Ce n'est pas pareil, sans toi.

Un nouvel élan de culpabilité l'envahit. C'était elle qui avait proposé à Caro d'emménager là parce que, outre le fait que son amie cherchait justement un logement à l'époque, Mia appréciait d'avoir un peu de compagnie.

Et voilà qu'elle délaissait complètement son appartement et sa meilleure amie.

— Je vais appeler les filles pour leur dire de réserver leur soirée. Tu reviens ici, après dîner ?

— Oui, confirma Mia.

— Cool ! Tu sais quoi ? Ne prends pas de dessert. Je vais faire du fudge au chocolat et louer un film. On pourra glander sur le canapé quand tu rentreras.

— Parfait ! s'exclama Mia avec un grand sourire.

— Allez, va te préparer, lança Caroline en la chassant d'un geste.

Une fois dans sa chambre, Mia sortit son jean préféré : taille basse, avec des trous sur les cuisses et des sequins sur les poches arrière. Cela faisait trois ans qu'elle l'avait, et elle s'était donné beaucoup de mal pour qu'il continue à lui aller à la perfection. Elle ne connaissait pas de meilleure motivation pour garder la ligne que de pouvoir continuer à porter son vieux jean chéri.

Elle choisit un débardeur et un petit pull ample qui lui dénudait une épaule, puis se rendit dans la salle de bains pour se coiffer et retoucher son maquillage.

Elle était contente de passer un peu de temps avec Jace et Ash. Elle se sentait bien en leur compagnie. C'était un peu comme d'avoir deux grands frères au lieu d'un, même si Ash s'amusait à flirter avec elle. Elle savait bien que c'était uniquement par jeu ; il faisait pratiquement partie de la famille. Avec Gabe, en revanche, c'était une autre histoire…

Plus elle y réfléchissait, plus elle se réjouissait de sortir avec Caro et les filles le lendemain. Depuis presque une semaine, elle passait le plus clair de son temps avec Gabe. Cet homme représentait pour elle une véritable obsession, en plus d'avoir acquis la mainmise sur son corps et sur son emploi du temps grâce à ce fameux contrat.

Si les filles apprenaient ça un jour, elles la feraient enfermer.

Mia appliqua une nouvelle couche de mascara puis choisit un rouge à lèvres rose vif, assorti au vernis qu'elle portait aux orteils. Puis elle releva ses cheveux à la hâte et les retint à l'aide d'une grosse pince.

Lorsqu'elle revint dans le salon, il y flottait une délicieuse odeur de chocolat fondu.

— Oh, Caro, ça sent trop bon ! s'exclama-t-elle.

Caroline leva les yeux de sa casserole avec un sourire ravi.

— J'ai même prévu d'y ajouter des noix de pécan, rien que parce que c'est toi.

— Tu es la meilleure ! dit Mia en s'installant sur un tabouret face à son amie. Et sinon, comment ça va, toi ?

Caroline s'immobilisa un instant puis régla la température de la plaque avant de reposer sa cuillère en bois.

— Côté boulot, ce n'est pas la fête, admit-elle avec une grimace. Mon patron est toujours aussi pénible. Il passe plus de temps à me draguer qu'à travailler. Dès que j'ai assez d'argent de côté, je démissionne. (Elle marqua une pause.) Mais sinon, j'ai rencontré un mec…, ajouta-t-elle en croisant le regard de Mia.

— Oh ! Raconte ! s'écria celle-ci en s'accoudant au plan de travail. C'est juste comme ça, ou tu penses que ça pourrait devenir sérieux ?

— Franchement, je n'en ai aucune idée. Pour le moment, on discute, on échange des textos… J'ai l'impression d'être une ado débile, en plus d'être parano. Après Ted, tu comprends…

Mia poussa un soupir compatissant. La dernière relation de Caroline s'était soldée par un désastre. Elle était tombée folle amoureuse de Ted dès le premier regard ou presque. Ils avaient passé six mois à se voir à des horaires un peu étranges, jusqu'à ce que Caroline comprenne qu'il avait une femme et deux enfants. Cette découverte l'avait profondément choquée et ébranlée.

— Tu as peur qu'il ne soit marié ? demanda Mia.

— Je n'en sais rien, répondit Caroline avec une moue triste. J'ai l'impression qu'il y a quelque chose qui cloche, mais peut-être que je flippe pour rien. D'un côté, j'ai envie de fuir cette histoire avant qu'elle devienne trop sérieuse, mais, de l'autre, je me dis que ce serait une grosse bêtise de le laisser filer.

Mia se mordit la lèvre avant d'intervenir.

— Tu sais quoi ? Jace se renseigne toujours sur les types avec lesquels je sors. Si tu veux, je peux lui demander d'en apprendre un peu plus sur ton nouveau copain. Comme ça, tu ne risques pas d'avoir de mauvaises surprises.

— Tu es sérieuse, là ? demanda Caroline en ouvrant de grands yeux.

— Malheureusement, oui ! répondit Mia en riant. Il suffit qu'un type s'intéresse un peu à moi pour que Jace lance une enquête !

— Eh ben..., il ne rigole pas. Ça me met un peu mal à l'aise, quand même, marmonna Caroline d'un air indécis. Et, en même temps, si Brandon est marié ou qu'il a déjà quelqu'un, je ne veux surtout pas m'en mêler, tu comprends ?

— Dis-m'en un peu plus sur lui, et je vais en parler à Jace dès ce soir. Il s'agit juste de se renseigner un peu, pas d'aller fouiller dans sa vie privée – même si, à mon avis, mon frère en serait bien capable.

— Il s'appelle Brandon Sullivan et il est videur au *Vibe*. Tu sais, le club où je nous ai fait entrer gratuitement la dernière fois. Je pensais y retourner demain, justement.

— OK, c'est noté, acquiesça Mia avant de prendre la main de son amie d'un geste affectueux. Ne t'inquiète pas, ma puce ; ça va aller.

— J'espère, soupira Caroline. Je ne veux plus jamais me faire avoir. J'ai été trop conne, la dernière fois.

— Ne dis pas ça, Caro. Tu es tombée amoureuse, sans savoir à qui tu avais affaire. C'est lui, le salaud, dans l'histoire.

— Oui, mais je déteste savoir que j'ai été la maîtresse, avoua Caroline avec une grimace peinée.

L'épouse de Ted lui avait fait une scène juste devant leur immeuble. Caroline n'avait rien vu venir et avait dû encaisser à la fois cette terrible révélation et la fureur jalouse d'une femme trompée.

Le téléphone de Mia joua la chanson qu'elle avait réservée à Jace.

— Coucou ! dit-elle en décrochant.

— On est en bas de chez toi. Tu es prête ou tu veux qu'on monte ?

— Non, c'est bon, j'arrive.

— OK. À tout de suite.

Elle raccrocha et descendit de son tabouret.

— Je file, Caro. Passe une bonne soirée. Il me tarde de revenir goûter à ce fudge !

Caroline la salua d'un geste tandis qu'elle gagnait la porte.

Quelques minutes plus tard, elle sortit de l'immeuble et aperçut la voiture de Jace garée juste devant – une BMW noire qui semblait flambant neuve.

Ash descendit et lui ouvrit la portière avec un grand sourire.

— Salut, beauté ! lança-t-il en l'embrassant sur la joue.

— Salut, chipie, ajouta Jace lorsqu'elle fut installée à l'intérieur.

L'habitacle sentait bon le cuir et la virilité.

Ash retourna s'asseoir à l'avant, et Jace démarra.

— Alors, Gabe ne t'a pas fait trop de misères après la visite de Lisa ? s'enquit Ash. J'espère que je ne t'ai pas attiré d'ennuis, avec mes gros sabots.

La jeune femme s'efforça de cacher son trouble et de parler d'une voix posée.

— Non, ça va. Il n'a pas dit grand-chose, en fait.

— Pourvu qu'il ne la laisse pas revenir, intervint Jace en secouant la tête. Cette femme est un vrai poison. Je suis persuadé que, si elle se manifeste après tout ce temps, c'est uniquement parce qu'elle est fauchée.

— Ah bon ? fit Mia. Je croyais pourtant qu'elle avait empoché un joli magot après le divorce.

Elle n'avait pas une idée très précise du montant, mais, d'après les bribes de conversations qu'elle avait glanées ici et là, elle savait que Lisa avait récolté une coquette somme.

Pas de quoi mettre Gabe en difficulté, mais largement de quoi durer toute une vie – du moins, pour une personne normale.

— J'en suis quasiment sûr, reprit Jace. J'ai passé quelques coups de fil après sa petite visite-surprise.

Voilà qui était intéressant… Pourtant, Mia n'aurait pas dû s'étonner que son frère soit si prompt à réagir. Gabe, Ash et lui étaient réellement très proches et se soutenaient en cas de coup dur.

Jace et Ash s'étaient ralliés à la cause de Gabe pendant son divorce. L'idée que ce dernier puisse avoir besoin d'aide paraissait presque incongrue à Mia, mais elle savait qu'il existait un lien indéfectible entre les trois hommes. Il ne lui restait plus qu'à espérer que même la nouvelle de leur relation ne réussirait pas à le briser.

Soudain, elle repensa à Caroline.

— Tiens, d'ailleurs, commença-t-elle en s'accoudant aux deux sièges avant, est-ce que tu pourrais te renseigner au sujet d'un certain Brandon Sullivan ? Il est videur au *Vibe*. Il me faudrait juste des infos de base : est-ce qu'il est marié ou en couple, est-ce qu'il a un casier judiciaire, etc.

Jace s'arrêta à un feu rouge ; Ash et lui se retournèrent vers Mia dans un même mouvement, l'air soucieux.

— C'est ton nouveau copain ? s'enquit Jace.

— Un videur ? Tu peux viser un peu plus haut, ma puce, renchérit Ash.

— Non, ce n'est pas pour moi, c'est pour Caroline. Elle est parano depuis sa dernière histoire.

— Oui, je me rappelle, dit Jace en fronçant les sourcils. Elle sortait avec un homme marié, non ? Je crois que tu m'en avais parlé.

— Oui, c'est ça, confirma Mia. Elle n'aurait jamais fait un truc pareil en connaissance de cause, ce n'est pas son genre, mais ce type lui avait menti sur toute la ligne. Je ne veux pas que ça se reproduise. Elle en a trop bavé, la pauvre.

— Dis-lui de ne pas s'en faire, annonça Jace. Je m'en occupe dès demain matin.

— Merci, tu es génial !

Son frère lui adressa un grand sourire dans le rétroviseur.

— Tu me manques, chipie. On ne se voit pas assez, ces derniers temps.

— C'est vrai. Toi aussi, tu me manques.

Cela avait commencé avant son histoire avec Gabe. Jace était plus que jamais accaparé par son travail, et c'était d'ailleurs la raison pour laquelle Mia avait décidé de se rendre au gala d'inauguration. Si elle avait su que cette décision allait changer sa vie à ce point !

Ils se garèrent à deux rues du pub, et Ash ouvrit la portière de Mia avant de l'aider à sortir. Puis le trio emprunta le trottoir bondé, Mia entre les deux hommes, tandis que le crépuscule descendait sur la ville.

Il était encore un peu tôt pour dîner, et ils n'eurent aucun mal à trouver de la place dans le restaurant. Ash les entraîna vers une table située en coin, avec vue sur la rue. Aussitôt qu'ils furent installés, une serveuse s'approcha pour leur proposer la carte, tout en couvant Jace et Ash d'un regard gourmand, comme s'ils figuraient sur le menu.

Elle semblait plus jeune que Mia, sans doute une étudiante qui se faisait un peu d'argent de poche. Cela signifiait que sa différence d'âge avec Ash et Jace était encore plus grande que celle de Gabe avec Mia. Pas tellement plus, certes, mais cette dernière fut un peu gênée de voir une fille qui ressemblait à une adolescente draguer ouvertement son frère et son meilleur ami.

Une fois que la serveuse eut fini son numéro de charme, ils parvinrent à passer commande. Mia n'avait aucune envie de se priver. Après tout, puisqu'il y avait du fudge en dessert, autant se faire plaisir dès le début. Elle aurait peut-être choisi une salade en présence de Gabe, mais elle se trouvait avec Jace et Ash, et jeta donc son dévolu sur des nachos copieusement garnis – ce qui ne l'empêcha pas de piocher dans l'assiette des deux hommes.

Ils bavardèrent gaiement de tout et de rien, et, une fois rassasiée, Mia se pencha vers son frère pour lui faire un câlin.

— Merci ! C'était pile ce dont j'avais besoin. Je t'adore, tu sais.

Jace la serra contre lui et l'embrassa sur la tempe.

— Tout va bien, ma puce ?

— Oui, super bien ! répondit-elle en s'écartant pour lui sourire.

C'était la plus stricte vérité : cette soirée lui avait fait un bien fou. Sa relation avec Gabe l'accaparait complètement, et elle ne voulait pas courir le risque d'oublier sa famille, ses amis, Caro et les filles..., de s'oublier elle-même.

— Tu es sûre que ça va, Mia ? insista Ash en l'examinant d'un œil perspicace.

Elle lui jeta un regard interrogateur.

— Tu es contente de ton nouveau travail ? précisa-t-il.

Aussitôt, Jace fronça les sourcils.

— De quoi tu parles ? Est-ce qu'il y a quelque chose que je devrais savoir ?

— Mais non, Jace, tout va bien, répondit Mia.

Certes, elle ne savait pas exactement où cette histoire allait la mener, mais elle pouvait lui assurer sans mentir que tout allait pour le mieux. Même quand l'aventure toucherait à sa fin, elle ferait face. Elle en sortirait grandie, meilleure.

— Si tu avais un problème, tu m'en parlerais, pas vrai ? reprit Jace en sondant son regard.

Ce n'était pas tant une question qu'un état de fait, qu'il lui demandait de confirmer.

— Tu seras toujours mon grand frère, Jace. Ce qui veut dire que, malheureusement pour toi, tu seras toujours le premier vers qui je me tournerai dès que j'aurai le moindre souci, plaisanta-t-elle non sans un petit sourire nostalgique.

Elle n'avait pas oublié toutes les fois où, plus jeune, elle avait éprouvé la patience de Jace. Elle s'était toujours demandé si c'était à cause d'elle qu'il n'avait pas fondé de famille – parce qu'il avait déjà passé tellement de temps à l'élever, elle. Cette éventualité l'attristait, car elle savait qu'il ferait un père formidable. Pourtant, il n'avait jamais manifesté d'intérêt particulier pour une femme plutôt que pour une autre. Et puis son habitude de partager ses conquêtes avec Ash compliquait singulièrement les choses.

— « Malheureusement pour moi » ? Tu plaisantes, ou quoi ? Je ne changerais de rôle pour rien au monde !

— D'ailleurs, si Jace n'est pas dans les parages, la porte de mon bureau t'est toujours ouverte, lança Ash.

Mia comprit alors que leur inquiétude n'était pas feinte. Son trouble était-il si visible que cela ? Portait-elle sur son visage les marques de sa relation avec Gabe ? Elle ne se trouvait pas changée, pourtant tout le monde dans son entourage semblait avoir remarqué son émoi.

— Vous êtes adorables, les garçons, mais je vous assure que tout va bien. Gabe avait raison : je restais planquée à *La Pâtisserie* parce que j'avais besoin qu'on me secoue un peu. Je ne dis pas que j'envisage une carrière d'assistante de direction, mais Gabe m'a donné l'occasion de me faire une expérience professionnelle qui ne se borne pas à servir des croissants.

— Tant que tu es heureuse..., reprit Jace. C'est tout ce qui compte à mes yeux, tu sais.

— Oui, je sais, et je suis heureuse, lui assura-t-elle avec un sourire.

Ils passèrent encore quelques minutes à bavarder tranquillement, puis Jace demanda l'addition. Tandis qu'il sortait sa carte de crédit, une grande brune s'approcha de leur table.

Mia crut d'abord que celle-ci se dirigeait vers les toilettes, puis remarqua qu'elle s'avançait droit sur eux, l'air déterminé et les yeux rivés sur Jace et Ash.

— Oh merde, marmonna ce dernier.

Jace leva la tête vers la nouvelle venue, qui s'arrêta devant leur table avec un sourire aussi étincelant qu'hypocrite. Puis elle se tourna vers Mia, et son regard se durcit.

— Ash, Jace, les salua-t-elle sèchement. On tape dans le bas de gamme, ce soir ?

Mia écarquilla les yeux en encaissant cette insulte, avant d'examiner sa tenue. Elle n'avait quand même pas l'air si pouilleuse que ça !

Jace se figea, livide. C'était une expression qui faisait très peur à Mia quand elle était plus petite, car elle annonçait une colère froide et implacable.

— Mademoiselle Houston, voici ma sœur, Mia, annonça-t-il d'une voix sèche. Je pense qu'elle mérite des excuses pour avoir essuyé votre vulgarité crasse.

La grande brune rougit violemment, mortifiée, et Mia eut presque pitié d'elle. Presque.

Ash ne semblait pas moins furieux que Jace. Il fit signe à la serveuse sans même adresser un regard à l'intruse.

— Pardon, souffla cette dernière.

Mais ses excuses ne s'adressaient nullement à Mia ; elle ne cessait de dévisager les deux hommes tour à tour.

— Vous ne m'avez jamais rappelée, insista-t-elle.

Voilà qui ne promettait rien de bon. Mia réprima une grimace – et se retint de conseiller à la malheureuse de partir pendant qu'il lui restait un semblant de dignité.

— C'est parce que nous n'avons plus rien à vous dire, rétorqua Ash avant que Jace ait pu réagir. Nous avons été très clairs là-dessus la dernière fois que nous nous sommes vus. Maintenant, si vous voulez bien nous excuser, nous étions en train de passer une agréable soirée en compagnie de Mia et nous aimerions régler l'addition auprès de la serveuse à qui vous barrez la route.

Mia n'avait pas besoin qu'on lui fasse un dessin : cette femme faisait partie des conquêtes communes des deux amis. L'intimité de son regard en était un indice flagrant.

Jace se leva, la mine sévère.

— Faites preuve d'un peu d'élégance, Erica. Rentrez chez vous et épargnez-vous une humiliation publique. Vous le regretteriez demain matin.

Puis il prit Mia par la main et l'attira contre lui, loin de la dénommée Erica.

Cette dernière les toisa d'un air dur.

— La seule chose que je regrette, c'est d'avoir perdu mon temps avec vous deux, lança-t-elle avant de tourner les talons et de sortir du pub.

— Eh bien ! Cette folle vous suit partout, on dirait, fit remarquer Mia. Sinon, de tous les restaurants de Manhattan, comment aurait-elle pu débarquer précisément à l'endroit où on dînait ?

Ni Ash ni Jace ne semblaient disposés à lui répondre. Visiblement, ils préféraient considérer que l'incident était clos. Mia aurait sans doute trouvé cela drôle s'ils n'avaient pas été dans une telle colère.

Ils retournèrent jusqu'à la voiture, et, une fois qu'ils furent installés, Jace lui lança un regard dans le rétroviseur.

— Je suis vraiment désolé, Mia.

— Il ne faut pas, voyons, répliqua-t-elle avec un sourire. J'ai l'habitude de voir les femmes se jeter sur vous deux. Et puis, la prochaine fois qu'il vous prend l'envie de taper dans le bas de gamme, n'hésitez pas à m'appeler. Je me suis régalée ! D'ailleurs, j'ai dû prendre au moins deux kilos, auxquels vont s'ajouter les deux kilos du fudge de Caro.

— Quelle teigne, cette fille, grogna Ash. Je n'arrive pas à croire qu'elle ait osé dire ça. J'aimerais autant que tu n'en parles plus, si ça ne t'ennuie pas.

— Oh, ne vous en faites pas. Même si j'avais été en robe de soirée, elle aurait trouvé un moyen de me remettre à ma place. C'est vrai, après tout : je n'ai pas vraiment le profil des femmes avec qui vous sortez d'habitude, tous les deux.

Les deux amis échangèrent un regard gêné, et Mia faillit éclater de rire tellement c'était drôle de les voir s'inquiéter de ce qu'elle savait exactement sur eux.

Jace s'arrêta devant chez elle le temps qu'Ash et elle descendent de voiture, puis fit un petit tour du quartier pendant qu'Ash la raccompagnait à l'intérieur.

— Merci, Ash, j'ai passé une excellente soirée, dit-elle une fois dans le hall de son immeuble.

L'ascenseur arriva, et Ash l'embrassa rapidement sur la joue.

— À demain ! lança-t-il avec un petit geste.

Mia le salua à son tour avant que les portes se referment. Ce dîner s'était révélé riche en révélations.

Tandis qu'elle repensait à la scène du restaurant, son téléphone vibra, et elle le tira de son sac tout en sortant de l'ascenseur. Il s'agissait d'un message de Gabe.

J'espère que tu as passé une bonne soirée avec Ash et Jace. Envoie-moi un texto pour me dire que tu es bien rentrée.

Elle lut et relut ces quelques mots, le souffle court. La sollicitude de Gabe – à moins que ce ne fût une possessivité obsessive – lui réchauffait le cœur.

Un sourire aux lèvres, elle lui répondit avant de rentrer chez elle.

Je viens d'arriver chez moi. C'était super. À demain.

Chapitre 24

Le lendemain matin, le téléphone de Gabe sonna au moment où il passait le seuil de l'immeuble de HCM. Il était en avance. En quelques jours seulement, c'était déjà devenu une agréable routine d'arriver avec Mia à son bras. Il avait mal dormi, cette nuit-là, nerveux et agité à l'idée qu'elle se trouvait seule dans son lit – comme lui.

Il n'aimait pas se prendre la tête ainsi, n'aimait pas devoir sa tranquillité d'esprit à la présence de la jeune femme. Cela lui donnait l'impression d'être un pauvre type en manque d'affection, ce qui lui paraissait ridicule étant donné son âge et son expérience.

Il ne put réprimer une grimace en voyant que c'était sa mère qui cherchait à le joindre. Il laissa le répondeur se déclencher et monta dans l'ascenseur. Il la rappellerait une fois dans son bureau. Il s'attendait à une conversation méritant un cadre tranquille et privé.

Il traversa l'étage de HCM sans croiser personne. Mia n'arriverait qu'une heure et demie plus tard, pourtant il tremblait déjà d'excitation. Il s'assit dans son fauteuil, serrant et desserrant les poings pour se calmer. Il aurait dû passer la chercher ce matin. Ou, mieux, il aurait dû envoyer son chauffeur chez elle dès qu'elle était revenue de son dîner avec Jace et Ash. Sauf qu'il avait voulu se prouver qu'il n'avait pas besoin d'elle, qu'il arrivait à penser à autre chose quand elle était loin de lui. Cette distance lui était nécessaire, parce qu'il se sentait devenir accro et que cela l'effrayait.

Pire : ça le terrifiait complètement.

Il décrocha son téléphone et composa le numéro de sa mère.

— Salut, maman. Désolé pour tout à l'heure, j'étais en chemin pour le bureau, c'est pour ça que je n'ai pas répondu.

— Tu ne vas jamais me croire ! lança-t-elle sans perdre une seconde.

Gabe se cala dans son fauteuil en poussant un soupir. Il savait déjà ce qu'elle allait lui annoncer mais feignit l'ignorance.

— Qu'est-ce qui se passe, maman ?

— Ton père veut recoller les morceaux ! Tu te rends compte ? Il est carrément venu me voir, hier soir. Il s'est déplacé jusqu'ici !

— Et toi, maman, qu'est-ce que tu veux ? demanda-t-il d'une voix douce.

Sa mère balbutia quelques paroles incompréhensibles avant de se taire. Peut-être s'était-elle attendue à de la surprise ou à de la colère de sa part. Ou alors elle ne savait pas encore ce qu'elle voulait.

— Il m'a dit qu'il n'avait pas touché ces autres femmes, qu'il m'aimait et qu'il avait fait la plus grosse erreur de sa vie en me quittant. Mais il a acheté une maison, Gabe ! s'écria-t-elle soudain avec fureur. On n'achète pas une nouvelle maison si ce n'est pas pour refaire sa vie ailleurs !

— Est-ce que tu crois ce qu'il t'a dit, maman ?

Il y eut un long silence, puis Gabe entendit sa mère pousser un gros soupir et imagina son visage las et dépité.

— Je n'en sais rien, finit-elle par avouer sur un ton irrité. Tu as vu les photos, tout comme moi. Tout le monde croit qu'il a couché avec ces greluches, que ce soit le cas ou non. Et maintenant il vient se traîner à mes pieds en se lamentant parce qu'il a fait une bêtise ? Après l'humiliation qu'il m'a fait subir, il espère que je vais lui pardonner et faire comme s'il ne m'avait pas jetée comme une vieille chaussette au bout de trente-neuf ans de mariage ?

Gabe se garda bien de répondre. C'était une décision que sa mère devrait prendre seule. Par ailleurs, il se voyait mal lui conseiller de se montrer indulgente envers son père alors que lui-même n'envisageait même pas de pardonner à Lisa. Quelle ironie que cette dernière soit venue lui présenter des excuses au moment même où son père exprimait des remords. En tout cas, cela l'aidait à comprendre à quel point il aurait été hypocrite de plaider la cause de son père, même s'il ne demandait pas mieux que de voir ses parents – ce couple qu'il avait pris pour modèle sa vie durant – réunis. Sa famille.

— Je comprends ta colère, maman. Vraiment. Mais c'est à toi de déterminer ce que tu veux faire, ce qui te permettra d'être heureuse. Le reste, on s'en moque. L'avis des gens ne compte pas, ajouta-t-il avant de marquer une pause. Est-ce que tu aimes toujours papa ?

— Évidemment, répondit-elle, nerveuse. Ce n'est pas un sentiment qui s'efface comme ça. J'ai consacré trente-neuf ans de ma vie à cet homme. Je ne vais pas l'oublier du jour au lendemain juste parce qu'il a décidé qu'il ne voulait plus de moi.

— Rien ne t'oblige à prendre une décision tout de suite, tu sais, reprit Gabe. La balle est dans ton camp, maman. Il a beaucoup à se faire pardonner, et tu as tout à fait le droit de prendre ton temps pour réfléchir. Tu n'es pas tenue de le laisser revenir sur-le-champ.

—Non, et j'en serais incapable, de toute façon. La situation n'est pas si simple. J'aime toujours ton père, mais, en même temps, je le déteste pour ce qu'il m'a fait et pour le sans-gêne avec lequel il s'est comporté. Je ne pourrai jamais oublier toutes ces filles avec lesquelles il s'est affiché. Chaque fois que je le vois, je repense à ces photos.

—Écoute, maman, je veux que tu sois heureuse. Quelle que soit ta décision, tu sais que tu peux compter sur moi.

Il entendit un nouveau soupir, suivi d'un sanglot étouffé. Il serra les mâchoires et crispa les poings, tout en maudissant son père.

—Merci, Gabe, ça me touche beaucoup. Heureusement que tu es là, mon chéri. Je ne sais pas ce que j'aurais fait sans toi.

—Voyons, c'est normal. Tu sais que tu peux m'appeler quand tu veux. Je t'aime.

—Moi aussi, je t'aime, fils, dit-elle avec, cette fois, un sourire dans la voix. Bon, je vais te laisser travailler. Tu commences drôlement tôt, d'ailleurs. Il faudrait vraiment que tu t'accordes des vacances, tu sais. Je suis sûre que tu es surmené.

—Ne t'inquiète pas pour moi, maman. Prends soin de toi avant tout, d'accord ? Et n'hésite pas à me faire signe. Je trouverai toujours du temps à te consacrer.

Après avoir raccroché, Gabe secoua doucement la tête. Son père n'avait pas perdu une minute, ce qui signifiait sans doute que ses remords étaient sincères et profonds.

Gabe releva ses mails et rédigea des réponses tout en jetant de fréquents coups d'œil à l'horloge. Il anticipait l'arrivée de Mia avec une nervosité croissante. À deux reprises, il faillit lui envoyer un texto pour lui demander où elle était, mais, chaque fois, il reposa son téléphone, décidé à garder une certaine dignité.

Il avait dans son tiroir le dernier plug qu'il comptait utiliser pour lui rendre les choses plus faciles et plus agréables. Il imagina la jeune femme appuyée contre son bureau tandis qu'il lui écartait les fesses pour introduire le sex-toy, et, à cette perspective, son membre se durcit. Il mourait d'impatience de la pénétrer lui-même à cet endroit-là, d'accéder pleinement à son corps. Il lui avait déjà accordé largement assez de temps pour s'adapter à ses exigences. L'heure était venue pour lui de donner vie à tous les scénarios délicieusement pervers qu'il nourrissait pour eux deux.

Il pensait déjà au week-end qui les attendait. La semaine suivante, il avait prévu un voyage d'affaires pour lequel Mia l'accompagnerait. Avant cela, il voulait disposer de quelques jours seul avec elle pour finir de l'initier à son univers.

Un frisson d'anticipation remonta le long de sa colonne vertébrale, et une vague de désir lui fouetta le sang. Il imaginait Mia ligotée, offerte ; il se voyait jouir dans sa bouche jusqu'à ce que sa semence déborde entre ses lèvres, pénétrer doucement son petit cul bien serré, la prendre si profondément que leurs deux corps seraient comme joints.

Certes, il l'avait déjà faite sienne à plusieurs reprises – et avec vigueur –, mais il tenait à lui signifier sans le moindre doute qu'il la possédait entièrement. Il voulait qu'elle ne puisse plus le regarder sans se rappeler toutes les fois où il avait joui de sa douce soumission et l'avait marquée de son sceau.

Tant pis si cela faisait de lui une espèce de sauvage. C'était dans sa nature, et il ne résisterait pas à son désir impérieux de contrôler Mia.

À 8 h 30 précises, cette dernière fit son entrée.

Le corps de Gabe s'embrasa à sa vue, et il soupira de soulagement.

— Ferme la porte à clé, ordonna-t-il à voix basse.

Mia obéit puis se tourna vers lui avec un regard curieux. Elle était encore trop loin de lui. Il voulait la sentir toute proche, comme un tatouage sur sa peau.

— Approche.

Il l'avait quittée la veille en fin d'après-midi mais avait l'impression que cela faisait des siècles. Il éprouvait le besoin de réaffirmer son emprise sur elle.

Il sortit le plug du tiroir et alla s'asseoir sur le canapé en faisant signe à Mia de le rejoindre. Tandis qu'elle approchait, il tapota ses genoux, et elle comprit aussitôt. Elle vint s'allonger à plat ventre et reposa la joue sur le cuir moelleux du fauteuil de façon à pouvoir garder un œil sur Gabe. Quelques mèches de cheveux vinrent encadrer son visage, et Gabe devina à ses paupières lourdes qu'elle était, comme lui, en proie à une excitation puissante.

Il glissa la main sous sa jupe et la fit remonter, caressant la peau satinée de ses fesses avant d'attraper le flacon de lubrifiant.

Il en appliqua une généreuse dose et commença à lui titiller l'anus du bout des doigts. Elle se raidit, mais il lui caressa le dos de l'autre main.

— Détends-toi, Mia, murmura-t-il. Je ne vais pas te faire de mal. Au contraire, tu vas voir, ça va être délicieux.

La jeune femme poussa un soupir et se relâcha complètement. Gabe adorait la sentir si réceptive, si soumise.

Il inséra doucement le bout du plug et le fit pénétrer petit à petit, gagnant en profondeur à chaque poussée. Mia serra les poings et ferma les yeux tandis qu'un petit gémissement s'échappait de ses lèvres pulpeuses – des lèvres que Gabe avait bien l'intention de voir se refermer autour de son membre. À moins que... Le sexe de Mia serait merveilleusement étroit grâce à la présence du plug. Il en profiterait peut-être.

La jeune femme poussa un cri étouffé lorsqu'il logea le sex-toy entièrement, et, aussitôt, il lui caressa les fesses et le dos pour la calmer et la rassurer.

— Chut, ma belle. C'est fini, ça y est. Détends-toi. Ça va brûler pendant un petit moment, mais ça va passer. Respire à fond.

Il entendait le souffle précipité de la jeune femme et lui laissa un moment pour récupérer. Puis il l'aida à se relever et la positionna entre ses jambes, dos à lui.

Il défit son pantalon, en dégagea son membre puis se rapprocha du bord du canapé. Saisissant la taille de Mia à deux mains, il guida doucement la jeune femme vers son érection et la pénétra entièrement, si bien que ses fesses vinrent reposer contre son bassin.

Elle gémit doucement, et il sentit avec délices la chaleur brûlante de son sexe, dont les parois l'agrippaient fermement, comme pour l'attirer encore plus loin.

Il donna quelques coups de reins ainsi puis souleva Mia et se remit sur ses pieds. Il se tourna vers le canapé et l'y positionna à quatre pattes, les fesses tendues vers lui.

Il voyait ses lèvres offertes, rouges et soyeuses d'excitation, et il la reprit sans plus attendre. Il adorait cette position.

Attrapant fermement les hanches de Mia, il entama de puissants va-et-vient à une cadence effrénée, faisant claquer sa peau contre les fesses de la jeune femme.

Excité par ce bruit qui résonnait dans la pièce, il baissa les yeux pour voir son membre se perdre en elle puis ressortir, luisant.

— Caresse-toi, ma belle. Dépêche-toi de jouir, je ne vais pas tenir très longtemps, annonça-t-il en serrant les dents.

Il avait l'impression que c'était immanquablement le cas. Il était incapable de se maîtriser, avec elle. Il se laissait emporter, irrémédiablement.

Soudain, il sentit ses spasmes puissants, accompagnés d'une chaleur brûlante, liquide, qui faillit le rendre fou. Ses yeux se révulsèrent tandis que se préparait un orgasme éblouissant, qui jaillit en elle avec une violence inouïe.

Gabe n'avait jamais rien connu d'aussi bon. Personne ne lui avait jamais fait perdre la tête ainsi. Il n'aurait pas su expliquer pourquoi, mais Mia avait sur lui un effet absolument unique.

Cette fille était une drogue, et il aurait été bien incapable de se défaire de son emprise, même s'il l'avait voulu.

Il se pencha en avant et la serra contre lui un long moment avant de se retirer. Puis il l'aida à se redresser et l'envoya se rafraîchir dans la salle de bains pendant qu'il s'essuyait et se rajustait.

Il venait de connaître un des orgasmes les plus puissants de sa vie et pourtant, dès que Mia revint dans la pièce, il fut saisi par une nouvelle vague de désir. Il inspira profondément et retourna derrière son bureau, bien décidé à se comporter avec un peu plus de classe qu'un animal en rut.

En consultant son agenda, il se rappela qu'il n'avait toujours pas parlé à Mia de leur séjour à Paris. Il avait ménagé la surprise jusque-là, dans l'espoir de voir son regard s'illuminer de joie.

— Je vais à Paris, la semaine prochaine, annonça-t-il sur un ton détaché.

— Ah bon ? fit Mia en relevant la tête. Pour combien de temps ?

Il crut déceler de la déception dans sa voix, mais peut-être prenait-il seulement ses rêves pour la réalité.

— Tu m'accompagnes, ajouta-t-il avec un sourire.

— C'est vrai ? s'exclama-t-elle en écarquillant les yeux.

— Oui. Décollage lundi après-midi. Tu as un passeport valide, j'imagine.

— Bien sûr ! confirma-t-elle, rayonnante.

— D'ici là, on ne se quitte plus ! On va passer le week-end ensemble, comme ça je t'emmène faire un peu de shopping et t'acheter tout ce qu'il te faut pour le voyage, reprit-il.

Soudain, Mia se rembrunit et baissa les yeux. Gabe n'aurait su dire si c'était de la culpabilité qu'il avait vue dans son regard, aussi attendit-il qu'elle s'exprime.

— J'ai quelque chose de prévu ce soir, avoua-t-elle d'une voix enrouée. C'est vendredi, alors, les filles et moi, on a fait des projets. C'était avant… avant que toi et moi…

Elle laissa sa phrase en suspens, et Gabe faillit lui demander en quoi consistaient ces fameux projets. Il en avait le droit, après tout, mais Mia semblait mal à l'aise et il ne souhaitait pas la pousser dans ses retranchements. Si elle se braquait, elle risquait de lui mentir, et il voulait éviter cela à tout prix.

— C'est uniquement pour la soirée ? s'enquit-il.

Elle acquiesça.

— Bon. Passe chez moi dès demain matin. Tu resteras tout le week-end, et on partira lundi, comme prévu.

Visiblement soulagée, Mia retrouva instantanément le sourire.

— C'est génial ! Je n'arrive pas à croire qu'on va à Paris ! Tu crois qu'on aura le temps de visiter un peu ?

— Ça m'étonnerait, répondit-il, amusé par son enthousiasme, mais on verra comment on peut s'organiser.

À cet instant, une sonnerie retentit, lui rappelant qu'il était l'heure de sa conférence téléphonique. Il fit signe à Mia de se remettre au travail puis se cala dans son fauteuil avant de répondre.

Chapitre 25

— Tu remercieras Jace de ma part, d'accord ? dit Caroline, installée dans le taxi qui les emmenait au *Vibe*. C'était vraiment gentil à lui de se renseigner sur Brandon. Je suis désolée d'avoir accepté une chose pareille mais je n'y peux rien : depuis Ted, il suffit que je trouve un mec mignon pour commencer à flipper. Tu comprends ?

— Bien sûr, mais ne t'en fais pas, ma puce, ça va passer, répondit Mia en posant la main sur celle de son amie. D'ailleurs, d'après ce que Jace a appris au sujet de Brandon, c'est un type bien, qui gagne sa vie honnêtement et, surtout, qui est célibataire.

— Tu as raison, c'est déjà pas mal, convint Caroline avec un soulagement évident. On verra bien, pas vrai ?

Le taxi ralentit à l'approche du club, et Mia constata avec un sourire que Caroline se redressait sur son siège, les yeux brillants d'excitation. Il était 21 heures et, après une journée bien remplie au bureau, elle aurait largement préféré rester tranquillement chez Gabe, autour d'un bon dîner… suivi du dessert de son choix. Même si elle ne lui avait pas exactement menti, elle s'en voulait terriblement de ne pas lui avoir révélé ses plans. Elle s'était méfiée de la réaction qu'il aurait pu avoir en apprenant qu'elle comptait sortir en boîte. Et s'il lui avait interdit d'y aller ?

Elle serait sans doute passée outre leur contrat. Ce mot commençait d'ailleurs à lui donner des boutons. Pire, la simple idée de ce satané papier suffisait à l'écœurer. Elle ne regrettait rien mais détestait ce que ce document représentait – ou, plutôt, ce qu'il ne représentait pas.

Si elle avait passé ses projets sous silence, c'était uniquement pour éviter une confrontation inutile. Elle ne sortait pas pour draguer mais pour passer une bonne soirée avec ses copines. Elle n'avait pas eu une minute à elle depuis que Gabe avait pris les commandes de sa vie.

Avec le recul, elle comprenait pourquoi Caroline semblait s'inquiéter. Si l'une de ses amies avait commencé à sortir avec un homme qui la coupait de son entourage, elle aurait été la première à trouver cela un peu malsain.

Peut-être que sa relation avec Gabe était malsaine, précisément. Son obsession pour lui l'était, en tout cas, et l'atterrissage serait brutal – Mia ne se faisait aucune illusion à ce sujet.

Cependant, elle avait beau être lucide quant à sa situation – et à son probable dénouement –, elle avait désiré cette relation et l'appréciait trop pour s'en détourner. Elle comptait bien en savourer chaque précieuse seconde, jusqu'à ce que Gabe lui rende sa liberté.

Elle encaisserait le choc, à moins que ce ne soit à ce propos-là qu'elle se fasse des illusions. Elle n'était pas tout à fait sûre de survivre à une rupture avec Gabe.

—Allô, Mia? Ici, la Terre!

Tirée de ses pensées, elle se rendit compte que Caroline l'attendait déjà sur le trottoir. Elle paya le chauffeur et rejoignit son amie.

Chessy, Trish et Gina faisaient déjà la queue devant le club. En voyant Mia, elles lui sautèrent au cou en poussant des cris de joie. La jeune femme rit de leur enthousiasme et se détendit peu à peu. Elles allaient s'amuser, et cela ne lui ferait sans doute pas de mal de passer une petite soirée loin de Gabe. Elle aurait facilement pu rester coincée dans l'espèce de dimension parallèle qu'il avait ajoutée à son existence, mais ça, c'était la vraie vie. Au contact de ses amies, elle avait l'impression de reprendre pied dans la réalité.

Ces quelques heures en solo lui feraient le plus grand bien.

Caroline les entraîna vers l'entrée V.I.P, où Mia remarqua le fameux Brandon. C'était un grand chauve baraqué avec un petit bouc et un diamant à l'oreille. Aussitôt qu'il aperçut Caroline, il perdit son expression de videur pas commode, et son regard s'adoucit comme si l'on venait de lui mettre un chaton sous le nez.

Si Mia avait eu des doutes sur ses sentiments pour son amie, elle fut rassurée en le voyant fondre ainsi à son approche.

Il se plaça entre la file d'attente et la porte, et fit signe à Caroline d'avancer.

Mia et les autres lui emboîtèrent le pas, et Brandon sortit de sa poche cinq cartons d'invitation. Puis il se pencha pour murmurer quelque chose à l'oreille de Caroline, qui rougit de plaisir, les yeux brillants. Enfin, il les fit entrer avec un sourire engageant.

— Ouah ! Il est canon ! s'écria Chessy une fois qu'elles furent à l'intérieur.

Gina et Trish s'empressèrent d'approuver, tout en survolant la foule du regard. La musique faisait littéralement vibrer les murs, et l'immense piste de danse était déjà bondée. L'éclairage se résumait à des néons colorés fixés sous les tables et le long du bar, ce qui donnait à l'ensemble une atmosphère franchement électrique. Par ailleurs, des faisceaux parcouraient la piste et caressaient les corps mouvants et luisants de sueur.

— Bonne musique, cocktails à volonté, quelques beaux mecs à l'horizon… Je propose qu'on se mette la tête à l'envers, ce soir ! s'exclama Trish.

— Oui ! Je vote pour ! déclara Chessy.

— Moi aussi ! renchérit Gina.

Puis les filles se tournèrent vers Mia.

— Que la fête commence ! lança-t-elle.

Dans un concert de cris de joie, la petite bande se dirigea vers la table que Brandon leur avait réservée.

Caroline retint Mia par le bras le temps de lui souffler quelque chose à l'oreille.

— Je pense que je vais rentrer avec Brandon, après, si ça ne t'ennuie pas de retourner à l'appartement toute seule. Il t'appellera un taxi, évidemment.

— C'est vraiment ce que tu veux ? demanda Mia.

— Oui. Ça fait plusieurs semaines qu'on se parle régulièrement… Mais rien n'est fait encore, tu sais. Nos emplois du temps sont tellement décalés… On ne s'est même pas encore embrassés !

— Alors fonce, ma puce. Tout ce que je te demande, c'est de faire bien attention à toi, d'accord ?

Caroline acquiesça avec un large sourire.

Puis elles rejoignirent les autres et commandèrent des cocktails. Transportée par le rythme entêtant de la musique, Mia se mit à danser sur place, debout à côté de leur table haute. Chessy ne tarda pas à l'imiter, et, très vite, le petit espace qui leur était réservé devint une annexe de la piste.

Avant même que la serveuse revienne avec leur commande, deux hommes s'approchèrent, tout sourires, et s'adressèrent à Chessy et à Trish. Mia se plaça à l'autre bout de la table, près de la rambarde qui les séparait de la foule des danseurs. Elle ne voulait surtout pas donner l'impression qu'elle était disponible et avoir à repousser des indésirables. Elle se tourna donc vers la piste et se concentra sur la musique.

Quelques minutes plus tard, lorsque la serveuse leur apporta leurs cocktails, les deux inconnus avaient disparu. Les cinq amies levèrent leur verre.

— À une soirée de folie ! cria Caroline.

Elles trinquèrent.

Mia s'efforça de ne pas se laisser entraîner – ses amies avaient une impressionnante résistance à l'alcool, mais pas elle. Elles allaient et venaient entre la piste de danse et leur table, où les verres ne restaient jamais vides bien longtemps.

À minuit, Mia commença à alterner cocktails avec et sans alcool, mais les autres ne ralentirent pas le rythme. Chessy s'était trouvé un cavalier qui ne la quittait plus d'une semelle et s'assurait que les filles ne manquent jamais de rien.

Brandon profita de sa pause pour venir passer quelques minutes avec Caroline et, lorsqu'il repartit, cette dernière rayonnait. Mia était ravie de lire sur son visage l'excitation propre aux nouveaux départs et à tous les possibles. Après ses mésaventures avec Ted, Caroline avait bien mérité un peu de bonheur. Brandon serait peut-être le bon.

À 2 heures, Mia tombait de fatigue, et l'alcool n'aidait pas. Puisque Brandon avait proposé de raccompagner

Caroline, elle n'eut aucun scrupule à lui annoncer qu'elle rentrait. Chessy et les autres étaient en train de danser, chacune ayant trouvé un camarade de jeu pour le reste de la soirée. Elles n'en voudraient donc pas à Mia d'être partie sans dire au revoir.

— Pas de problème, cria Caroline pour se faire entendre par-dessus la musique. Brandon est tout près, on va t'accompagner dehors le temps de te trouver un taxi.

Mia acquiesça et attendit bien sagement que Caroline revienne avec Brandon. Une fois dehors, ce dernier héla un des taxis garés au coin de la rue, puis tint la portière ouverte le temps que Mia monte.

— Je t'appelle demain, lui souffla Caroline pendant qu'elle s'installait.

— Sois prudente et, surtout, amuse-toi bien, répliqua Mia avec un clin d'œil.

Caroline referma la portière, un grand sourire aux lèvres.

Après avoir donné son adresse au chauffeur, Mia se cala dans son siège. Elle avait arrêté de boire depuis presque une heure, pourtant elle avait toujours la tête qui tournait. Son téléphone vibra, et elle fronça les sourcils. Qui pouvait bien lui écrire à une heure pareille ?

Elle sortit l'appareil de son sac, où il avait passé toute la soirée, et se mordit la lèvre en constatant qu'elle avait plus d'une dizaine d'appels en absence – tous de la part de Gabe. Il y avait également une longue liste de textos, le dernier datant de quelques secondes à peine.

Tu es où ?

La brièveté du message ne lui permettait pas de deviner l'humeur de Gabe, mais Mia crut percevoir sa colère. Elle lut les autres, qui lui demandaient invariablement où elle était et quand elle comptait rentrer chez elle.

Et merde! Avait-elle intérêt à l'appeler ou à faire la sourde oreille? Il était très tard – ou très tôt –, mais Gabe n'était pas encore couché. Par ailleurs, il semblait furieux. Ou inquiet. Ou les deux.

Mia décida de lui envoyer un texto une fois arrivée chez elle. Comme ça, elle pourrait le rassurer sur le fait qu'elle était bien rentrée.

À cette heure matinale, il ne fallut pas longtemps au taxi pour la déposer devant son immeuble. Elle paya le chauffeur et descendit prudemment.

Tandis que la voiture redémarrait, elle se dirigea vers la porte d'un pas chancelant. C'est alors qu'elle le vit.

Son cœur s'emballa, et tout l'alcool qu'elle avait bu se rappela à son bon souvenir.

Posté à l'entrée de son immeuble, Gabe tremblait de colère. Il fonça vers elle, une lueur dangereuse dans le regard.

— Il était temps, putain! cracha-t-il. Tu étais passée où? Pourquoi tu n'as pas répondu à mes messages? J'étais mort d'inquiétude!

Mia trébucha, et il la rattrapa par le bras avec un juron étouffé.

— Tu es complètement soûle, ma parole! constata-t-il d'une voix dure.

La jeune femme secoua la tête en silence, puis articula:

— N… non.

— Oh si!

Il l'aida à avancer jusqu'à l'ascenseur, puis lui prit les clés qu'elle tenait serrées dans son poing.

— Tu vas réussir à marcher jusqu'à ton appartement ? s'enquit-il en appuyant sur le bouton de son étage, sans la quitter des yeux.

Elle hocha la tête, même si elle ne voyait pas très bien comment elle allait s'y prendre pour mettre un pied devant l'autre. Elle avait les genoux en coton, sans compter une sérieuse envie de vomir. Elle se sentit pâlir, et des gouttes de sueur perlèrent sur son front.

Les portes de l'ascenseur s'ouvrirent, et, avec un nouveau juron, Gabe soutint Mia jusque chez elle. Il ouvrit en vitesse et entraîna la jeune femme en direction de la salle de bains.

Pas trop tôt.

Elle tomba à genoux devant la cuvette des toilettes, et Gabe eut à peine le temps de lui tenir les cheveux.

Il ne prononça pas un mot et se contenta de lui caresser le dos, ce dont elle lui fut infiniment reconnaissante. Lorsque, enfin, elle eut rendu tout l'alcool qu'elle avait bu, Gabe s'éloigna un instant puis revint avec un gant de toilette humide.

— Qu'est-ce qui t'a pris ? demanda-t-il en lui essuyant le visage. Tu sais très bien que tu ne supportes pas bien l'alcool.

Mia ferma les yeux et appuya le front contre son torse, tout en essayant de retrouver son souffle. Tout ce qu'elle voulait, c'était se coucher. Même si elle se sentait soulagée, elle avait toujours la tête qui tournait. Elle n'avait pourtant pas bu tant que ça, si ?

Ses souvenirs de la soirée étaient déjà embrumés. Elle avait dansé, puis bu, puis dansé – à moins qu'elle n'ait surtout bu.

— Je veux me brosser les dents, marmonna-t-elle.

— Tu vas réussir à tenir debout ?

Elle acquiesça.

— Bon, je vais préparer ton lit.

Gabe sortit de la salle de bains, l'estomac encore noué de colère. De colère mais aussi – surtout – de peur. C'était une frayeur qui semblait ne pas vouloir le lâcher.

Si Mia n'avait pas été aussi soûle, il lui aurait infligé une fessée sans précédent. Quelle idée, d'aller boire à l'excès quand on ne tient pas l'alcool !

Il arrangea les oreillers et ouvrit la couette de façon à pouvoir y glisser Mia facilement. Si elle n'avait pas été aussi malade, il l'aurait emmenée chez lui et l'y aurait gardée jusqu'à leur départ pour Paris.

Il retourna dans la salle de bains, inquiet de ne rien entendre.

— Mia ? fit-il en entrant.

Il baissa les yeux et secoua la tête devant le spectacle qui s'offrait à lui. Assise par terre, un coude calé sur la cuvette des toilettes et la joue posée sur son bras, Mia dormait profondément.

Avec un soupir, Gabe la souleva et la porta jusque dans sa chambre, où il l'allongea sur le lit pour la déshabiller. Une fois qu'elle fut nue, il ôta ses propres vêtements, ne gardant que son boxer, puis il se coucha près d'elle, faisant en sorte de la caler confortablement contre lui.

Gueule de bois ou pas, ils allaient avoir une sérieuse conversation au réveil.

Chapitre 26

Lorsque Mia ouvrit les yeux, elle eut l'impression qu'on venait de lui enfoncer un pic à glace dans les pupilles. Avec un grognement, elle se détourna du rayon de lumière qui pénétrait dans sa chambre, et aperçut Gabe debout sur le seuil.

Vêtu d'un jean et d'un tee-shirt, il l'observait d'un air dur, les mains dans les poches. Un frisson la parcourut, mais elle ignorait si c'était parce qu'elle voyait rarement Gabe autrement qu'en costume ou, tout simplement, parce qu'il était si sexy en jean.

— C'est désagréable, hein ?

Mia ne fit même pas semblant de ne pas comprendre ce qu'il voulait dire. Elle se contenta d'acquiescer, mais ce mouvement suffit à lui vriller les tempes.

Gabe s'approcha du lit à pas lents et s'assit près d'elle.

— Mon chauffeur nous attend. Habille-toi.

— On va où ? demanda-t-elle d'une voix pâteuse.

Elle n'avait aucune envie de bouger. Tout ce qu'elle voulait, c'était dormir encore cinq ou six heures. Peut-être qu'alors, à son réveil, elle aurait un peu moins mal au crâne.

— On va chez moi. Tu as cinq minutes. Ne me fais pas attendre.

Mia esquissa une grimace en le regardant quitter la pièce. S'il ne lui accordait que cinq minutes, il ne fallait pas qu'il s'attende à des miracles. Elle aurait eu besoin d'une longue douche chaude pour retrouver une apparence à peu près humaine.

Elle ne savait même pas quelle mouche avait piqué Gabe la veille. À vrai dire, elle ne se rappelait pas s'être mise au lit. Son souvenir s'arrêtait au moment où elle s'était brossé les dents.

Gabe avait passé la nuit chez elle, mais avait-il dormi ?

Elle se leva avec un gémissement de douleur et se dirigea vers son placard, dont elle sortit un jean et un tee-shirt. Elle ne prit même pas la peine d'enfiler des sous-vêtements. De toute façon, Gabe n'aimait pas qu'elle porte une culotte.

Elle rassembla néanmoins quelques tenues de rechange, ainsi que ses affaires de toilette, et sortit de la chambre, son sac à la main.

Gabe l'attendait dans le salon, debout face à la fenêtre. Il fit demi-tour à son arrivée.

— Tu es prête ?

Mia répondit par un haussement d'épaules. Non, elle n'était pas prête, et il le savait très bien, mais cela ne changeait rien.

Il l'attira contre lui et, un bras passé autour de sa taille, l'entraîna vers l'ascenseur. Un instant plus tard, il la fit monter dans la voiture et s'installa à côté d'elle.

Dès que le chauffeur démarra, il fit signe à Mia de venir plus près de lui. Elle se blottit contre son torse et ferma les yeux en poussant un long soupir au contact de son corps chaud. Elle s'attendait à ce qu'il lui fasse la morale ou à ce qu'il laisse libre cours à sa colère, mais, étonnamment, il gardait le silence, comme s'il savait que le moindre bruit la ferait souffrir.

D'un geste très doux, il lui caressa les cheveux et lui déposa un baiser sur le haut du crâne.

— Quand on sera chez moi, je te donnerai un cachet pour ton mal de tête, murmura-t-il. Et puis il faut que tu manges. Je te préparerai quelque chose de digeste, ne t'inquiète pas.

Un doux frisson lui remonta l'échine et lui réchauffa le cœur. Rien d'étonnant à ce qu'elle se laisse bercer par l'illusion que Gabe et elle formaient un couple : il en respectait tous les codes, se montrait aux petits soins pour elle et anticipait ses besoins. Certes, il était terriblement exigeant, mais sans jamais tomber dans l'égoïsme. Il lui demandait énormément mais lui donnait au moins autant, et pas seulement sur le plan physique et matériel. Il lui apportait un immense confort émotionnel, quoi qu'il en dise.

Le temps qu'ils arrivent devant chez lui, la jeune femme somnolait, et, à sa grande surprise, il la prit dans ses bras pour la porter à l'intérieur.

Une fois dans son appartement, il l'allongea sur le canapé et alla chercher dans sa chambre une couette et des oreillers. Il l'installa confortablement puis s'éclipsa de nouveau, avant de revenir avec un verre de lait dans une main et une petite pilule dans l'autre. En voyant cela, Mia lui adressa un regard interrogateur.

— C'est un médicament qui va résorber ta migraine, expliqua Gabe, mais tu as intérêt à boire un peu de lait avant de le prendre. L'estomac vide, ce n'est pas idéal.

— Qu'est-ce que c'est, exactement ? demanda Mia, méfiante.

— Crois-moi, Mia, ça va te faire du bien. Et puis on n'a pas de contrôles anti-dopage au bureau, donc tu ne risques absolument rien, ajouta-t-il sur le ton de la plaisanterie.

Mia sourit autant que son mal de crâne le lui permettait, puis but la moitié du verre de lait avant d'avaler le cachet.

— Maintenant, repose-toi pendant que je nous prépare quelque chose à grignoter.

Trop heureuse de laisser Gabe s'occuper de tout, Mia se cala au milieu des oreillers et remonta la couette jusque sous son menton. Si telle était sa punition chaque fois qu'elle encourait la colère de Gabe, elle s'appliquerait à renouveler l'expérience – même si elle ignorait toujours ce qui l'avait mis dans une telle rage.

Elle commençait tout juste à ressentir les bienfaits du médicament lorsque Gabe revint avec un plateau. La douleur qui lui vrillait le crâne au réveil avait cédé la place à une douce euphorie.

— Tu te sens mieux ? s'enquit-il dans un murmure tout en s'asseyant près d'elle.

— Oui, merci. C'est très gentil de prendre soin de moi comme ça.

Elle leva les yeux vers lui et soutint son regard un long moment.

— Tu risques de changer d'avis une fois que je t'aurai volé dans les plumes pour te punir de ton inconscience, rétorqua-t-il.

— Qu'est-ce que j'ai fait ? demanda-t-elle avec un soupir. J'avoue que je ne me souviens pas de grand-chose, mais… Tout ce que je sais, c'est que quand je suis arrivée chez moi tu m'attendais devant la porte et que tu étais en pétard. En revanche, j'ignore totalement pourquoi.

— Je n'arrive pas à croire que tu me poses cette question ! s'écria Gabe en secouant la tête.

Puis, voyant qu'elle s'apprêtait à répondre, il la fit taire d'un geste.

— Mange, d'abord. On discutera de tout ça après, quand tu te sentiras mieux.

Là-dessus, il lui tendit un bagel tartiné de fromage frais et une petite salade de fruits.

Mia contempla l'ensemble d'un œil dubitatif avant de prendre une bouchée du bagel. Cela lui paraissait plus sûr que les fruits, pour commencer.

Pourtant, aussitôt qu'elle eut avalé, son estomac manifesta sa faim par un grondement approbateur, et elle se rappela qu'elle n'avait pas dîné la veille. Pas étonnant que les cocktails lui soient si vite montés à la tête.

— Ça fait du bien, marmonna-t-elle.

— Est-ce que tu avais pensé à manger quelque chose, au moins, avant d'aller picoler avec tes copines ? demanda Gabe avec un soupir exaspéré.

Elle fit « non » de la tête, redoutant sa réaction.

— Putain, Mia !

Il semblait vouloir en dire plus mais serra les lèvres et reporta son attention sur son propre petit déjeuner.

Mia s'appliqua à mâcher lentement, alors qu'elle aurait pu tout dévorer en une minute. Elle savait que, dès qu'elle aurait terminé, Gabe déclencherait les hostilités.

— Dépêche-toi de finir, lança-t-il soudain, comme s'il avait deviné sa manœuvre. Tu ne fais que retarder l'inévitable.

Mia reposa donc son assiette sur la table en grommelant, puis se redressa.

— Écoute, je ne comprends pas pourquoi tu t'es mis dans un tel état. J'admets que j'ai trop bu hier soir, mais je suis sûre que ça t'est déjà arrivé à toi aussi, non ?

À son tour, Gabe reposa son assiette avant de se pencher vers la jeune femme.

— Tu crois que c'est pour ça que je me suis énervé ?

— Pour ça, ou parce que je suis sortie en boîte avec mes copines, répliqua Mia en haussant les épaules. Dans un cas comme dans l'autre, ta réaction est complètement disproportionnée.

— « Disproportionnée » ? répéta-t-il en se passant une main dans les cheveux comme pour contenir sa colère. Tu ne te rends vraiment pas compte, hein ?

— Non. Il va falloir que tu m'expliques parce que là, je suis perdue.

— Je savais très bien que tu avais prévu de sortir, Mia. Ce que je ne comprends pas, c'est pourquoi tu n'as pas voulu me dire où tu allais et avec qui. Je n'ignore pas que tu as d'autres amis que moi. Tu crois vraiment que je t'aurais interdit d'y aller ?

— C'est pour ça que tu m'en veux ? Honnêtement, je ne sais pas pourquoi je ne t'ai pas raconté nos plans en détail. Peut-être que j'avais effectivement peur que tu ne t'y opposes.

— Mais non ! Ce n'est pas pour ça que je suis furieux, rétorqua-t-il. J'ai reçu un coup de fil du chauffeur que je t'ai assigné, me disant qu'il n'avait pas de nouvelles de toi. Pourtant, tu n'étais pas chez toi. J'en ai conclu que tu étais allée rejoindre tes copines au club par tes propres moyens et que vous étiez seules, sans protection. Tu es rentrée en taxi, seule et complètement bourrée, à presque 3 heures du matin !

Mia le dévisagea un instant, interdite. Elle ne s'était vraiment pas attendue à cela.

— Il ne s'agit pas de mon désir de te contrôler, reprit Gabe. Je veux juste que tu sois prudente. J'étais dévoré d'inquiétude parce que je ne savais pas où tu étais ni comment tu allais. Tu ne répondais à aucun de mes messages, et je ne pouvais même pas t'envoyer mon chauffeur. Tu te rends compte ? Je commençais à me dire qu'on allait retrouver ton cadavre dans une ruelle sombre !

Soudain, Mia comprit, et la culpabilité la cueillit comme une gifle. Gabe s'était fait un sang d'encre. Pendant qu'elle était occupée à danser et à siffler des cocktails avec ses copines, il avait eu peur pour sa sécurité – pour sa vie.

— Je suis désolée, murmura-t-elle. Je n'avais pas pensé à ça. Enfin, je n'aurais pas imaginé que tu allais t'inquiéter autant.

— Tu tenais à peine debout, en plus, renchérit-il en fronçant les sourcils. Qui sait ce qui aurait pu se passer si je n'avais pas été là ? Est-ce que tu serais arrivée jusqu'à ton lit saine et sauve ou est-ce que tu te serais endormie sur le trottoir ?

— Caroline est rentrée avec son copain, le videur, expliqua-t-elle. Ils sont restés avec moi jusqu'à ce que je monte dans le taxi.

— C'était la moindre des choses ! s'exclama Gabe d'un air dégoûté. Tu aurais dû m'appeler, Mia. Je serais venu te chercher, même à cette heure-là.

Attendrie, Mia discerna dans les yeux de Gabe une inquiétude sincère derrière la colère qui bouillonnait en surface. Il s'était fait du souci pour elle. Elle se pencha en avant et lui prit le visage à deux mains pour l'embrasser.

— Je suis désolée, Gabe. J'aurais dû penser à te rassurer.

Il lui caressa la nuque puis enfouit les doigts dans ses cheveux, maintenant ses lèvres à quelques centimètres des siennes.

— Tout ce que je te demande, c'est que ça ne se reproduise pas. Si j'ai mis un chauffeur à ta disposition, c'est pour une bonne raison, Mia. Son rôle ne se limite pas à te conduire au bureau et à te raccompagner chez toi les jours où nous ne rentrons pas ensemble. Dès que tu as besoin d'aller quelque part, où que ce soit, tu l'appelles. Compris ? Et puis, si jamais tu te retrouves dans le même genre de situation, n'hésite surtout pas à me téléphoner – à n'importe quelle heure, je m'en fous. Et, si tu n'arrives pas à me joindre, fais-moi le plaisir de contacter ton frère ou Ash. Est-ce que c'est clair ?

Mia hocha la tête.

— Bon, on a besoin de dormir un peu, toi et moi. Tu as eu un sommeil agité, et je n'ai pas fermé l'œil de la nuit. Là, je n'ai qu'une envie, c'est de te serrer dans mes bras pendant qu'on se repose. Après, quand tu auras retrouvé des forces, je te chaufferai les fesses pour te punir de m'avoir infligé une telle angoisse.

Chapitre 27

Assise en tailleur sur le lit de Gabe, Mia dévorait à belles dents la pizza qu'il leur avait fait livrer. C'était un pur délice, avec une pâte moelleuse, peu de sauce tomate et beaucoup de fromage, juste comme elle les aimait.

Gabe la couvait d'un œil amusé tandis qu'elle se léchait les doigts avant de se laisser retomber contre les oreillers.

— Mmmh, c'était bon ! déclara-t-elle. Tu me gâtes, Gabe. Vraiment, il n'y a pas d'autre mot.

— À ta place, j'attendrais de connaître la suite du programme pour dire ça, rétorqua-t-il avec une lueur malicieuse dans le regard.

Ces paroles fouettèrent le sang de la jeune femme. Elle aurait peut-être dû redouter la terrible fessée qu'il lui avait promise, mais, au contraire, elle n'éprouvait qu'un merveilleux frisson d'anticipation.

Puis elle repensa à l'expression soucieuse de Gabe, et cela suffit à calmer ses ardeurs.

— Je suis vraiment désolée, pour hier soir. Je n'imaginais pas que tu t'inquiéterais autant. Si j'avais vu tes messages, je t'aurais répondu aussitôt, Gabe. Je ne t'aurais pas laissé sans nouvelles.

— Je sais, convint-il sur un ton bourru. La seule chose qui compte, c'est que tu fasses attention à toi. Ce n'était pas très prudent de sortir uniquement entre filles, surtout une fois que vous étiez un peu éméchées et vulnérables.

Mia ressentit une intense satisfaction à l'idée d'avoir réveillé chez lui cet instinct protecteur. Cela prouvait qu'il ne la considérait pas seulement comme un jouet sexuel.

— Et maintenant, si tu as fini, j'aimerais aborder cette punition tant méritée, annonça-t-il d'une voix douce.

Il la contemplait d'un œil brûlant de convoitise, et Mia sentit un courant électrique crépiter sous sa peau. Elle repoussa la boîte de la pizza, que Gabe déposa sur la table de nuit.

— Déshabille-toi, dit-il sans détour. Quand tu seras nue, mets-toi à quatre pattes, les fesses tendues au bord du lit.

Tremblante d'excitation, elle se mit à genoux et se redressa pour enlever le tee-shirt que Gabe lui avait prêté en sortant de la douche. Elle ne portait rien en dessous et vint donc se poster devant lui, comme il l'avait exigé. Puis, les mains à plat sur le matelas, elle s'efforça de patienter en respirant profondément.

Elle entendit des bruits de pas, celui d'un tiroir qu'on ouvre et qu'on referme, puis devina que Gabe déposait des objets sur la table de nuit.

Soudain, elle sentit les lèvres de Gabe sur sa fesse, puis ses dents, et ses cuisses se couvrirent de chair de poule.

— Je ne veux pas t'entendre, annonça-t-il d'une voix enrouée de désir. Pas un mot, c'est compris ? Tu vas recevoir ton châtiment en silence, et, ensuite, je vais goûter les plaisirs de ton petit cul tout serré.

À ces paroles, Mia faillit basculer en avant et dut tendre les coudes pour se soutenir.

La cravache glissa sur sa peau dans un murmure de cuir, avec une douceur trompeuse. Puis, après une seconde, Mia reçut le premier coup, vif comme une décharge électrique.

Elle se mordit la lèvre pour étouffer le moindre son, déterminée à ne pas se laisser distraire par son excitation mais au contraire à se préparer pour ce qui allait suivre.

Peine perdue : Gabe ne frappait jamais deux fois au même endroit et variait chaque fois d'intensité, lui échauffant la peau sans lui laisser le temps de souffler.

Elle parvint à compter jusqu'à dix-sept puis oublia complètement, absorbée par une excitation croissante. La douleur du début s'était muée en un désir lancinant, et la jeune femme flottait dans un ailleurs où les frontières étaient brouillées.

Elle fut tirée de sa transe lorsque Gabe appliqua une dose de lubrifiant tiède autour de son anus avant de lui caresser les fesses à pleines mains.

— J'adore ton cul, murmura-t-il d'une voix suave. J'adore quand il porte la marque de mes coups, la preuve que tu m'appartiens. Et, maintenant, je vais finir de prendre possession de toi en te pénétrant là, enfin.

Mia déglutit et baissa la tête, les yeux clos, lorsque Gabe lui agrippa les hanches avant de lui écarter les fesses. Elle devina le bout de son gland contre elle, puis Gabe commença à donner de petites poussées pour se frayer un chemin.

Il avançait avec une lenteur infinie, si bien que Mia crut qu'elle allait perdre patience. Elle voulait le sentir en elle ; cette attente la mettait au supplice.

— Détends-toi, ma belle, souffla-t-il d'une voix apaisante. Tu es trop crispée, j'ai peur de te faire mal. Détends-toi et laisse-moi entrer.

Elle s'efforça de suivre ses conseils, mais son corps vibrait littéralement de désir, ce qui ne lui facilitait pas la tâche. Instinctivement, elle recula les fesses pour venir à sa rencontre, mais il l'arrêta en posant les mains à plat sur sa peau brûlante.

— Un peu de patience, Mia. Si je vais trop vite, je risque de te faire mal.

Il se retira avant de revenir en elle, s'introduisant un peu plus profondément chaque fois, guidant son sexe d'une main.

Même les plugs anaux qu'il lui avait fait porter des journées entières n'auraient pu la préparer à la brûlure que lui infligeait son membre imposant et dur comme une barre de fer chauffée à blanc.

— J'y suis presque, murmura Gabe. Encore un petit effort, Mia. Prends-moi tout entier, ma belle.

Elle se détendit du mieux qu'elle put, et, au même instant, Gabe donna une poussée vigoureuse qui amena ses bourses au contact de sa vulve.

Il était entré jusqu'à la garde ; elle le tenait tout en elle.

— Oh, ma beauté, c'est délicieux ! gémit-il d'une voix rauque. Caresse-toi, Mia. Penche-toi pour pouvoir poser la joue sur le lit et touche-toi pendant que je t'encule.

Ces paroles si crues ne firent qu'accroître l'excitation de la jeune femme. Obéissante, elle trouva une position confortable, et Gabe suivit le mouvement, toujours logé en elle. Alors elle écarta ses lèvres gonflées pour caresser son clitoris durci.

Derrière elle, Gabe se retira presque entièrement avant de revenir à la charge avec une lenteur méthodique et une grande tendresse. À aucun moment il ne précipita l'allure, tout en prenant bien soin de venir appuyer contre son sexe à elle chaque fois qu'il atteignait le fond.

— Je vais éjaculer en toi, Mia. Je veux que tu restes parfaitement immobile et que tu continues à te donner du plaisir.

Elle était déjà si proche de l'orgasme qu'elle dut suspendre ses caresses pour ne pas jouir trop tôt.

Gabe accéléra la cadence mais sans jamais la brutaliser. Soudain, la jeune femme le sentit jaillir en elle, et, une seconde après, il se retira, couvrant son anus de sa semence chaude, qui coula entre ses fesses et à l'intérieur de sa cuisse.

Puis il la pénétra de nouveau, le sexe encore tendu et lubrifié par sa jouissance. Pendant un long moment il continua ainsi, même une fois que ses spasmes se furent calmés.

Alors Mia cessa de lutter contre son propre orgasme et s'abandonna à une extase éblouissante qui la secoua comme une vague. Submergée, elle retomba sur le ventre, et Gabe glissa hors d'elle avant de suivre le mouvement et de la pénétrer de nouveau.

Son membre toujours rigide profondément logé en elle, il la couvrit de son grand corps et lui mordilla l'épaule avant de déposer une ligne de légers baisers jusque dans son cou.

— Tu avais déjà fait ça ? lui murmura-t-il au creux de l'oreille.

— Non, c'était la première fois, répondit-elle dans un souffle.

— Bien, conclut-il avec une note de triomphe dans la voix.

Il resta ainsi de longues minutes, jusqu'à ce que son sexe perde en volume et en dureté, soulageant peu à peu la tension qui habitait Mia. Enfin, il se retira doucement.

Incapable de bouger, la jeune femme tenta de rassembler ses esprits dispersés aux quatre vents par la violence de son orgasme. Elle sentait les séquelles de la fessée et de la possession de Gabe, pourtant elle éprouvait aussi une satisfaction sans pareille.

Gabe revint près d'elle et l'essuya tendrement, puis il retourna dans la salle de bains et alluma la douche. Cette fois, lorsqu'il s'approcha du lit, ce fut pour soulever Mia et la porter jusque sous le jet brûlant. Elle soupira de bien-être en sentant l'eau chaude sur ses muscles endoloris et s'abandonna aux mains expertes de Gabe, savourant chaque instant qu'il passait à s'occuper d'elle.

Il la savonna entièrement, consacrant une attention particulière à la peau rougie de ses fesses. Quand il eut nettoyé chaque partie de son corps, la jeune femme tremblait littéralement d'une excitation renouvelée.

Il la rinça avec soin puis se lava à son tour avant d'éteindre le jet et de sortir de la cabine pour attraper une serviette, qu'il tint ouverte pour que Mia s'y réfugie. Alors, il l'enveloppa dans le tissu moelleux et la serra contre son cœur.

— Je maintiens ce que j'ai dit tout à l'heure : tu me gâtes, Gabe, murmura-t-elle.

Elle leva les yeux vers lui juste à temps pour apercevoir un sourire d'un charme absolument diabolique.

Il la sécha des pieds à la tête puis la laissa nouer la serviette autour de ses cheveux.

— Inutile de te rhabiller ! lança-t-il tandis qu'elle regagnait la chambre.

Elle sourit en devinant la promesse dans sa voix. On n'était que samedi soir, et, en effet, rien ne l'obligeait à enfiler des vêtements avant le surlendemain.

Chapitre 28

— Gabe, il faut que je porte ces documents à John pour qu'il y jette un coup d'œil avant notre départ. D'ailleurs, il doit aussi me fournir le plan marketing. Bref, je pensais en profiter pour descendre nous chercher quelque chose à manger. Comme ça, dès que je reviens, on déjeune tranquillement ici.

Gabe leva les yeux et vit Mia qui, debout devant son bureau, le contemplait d'un air interrogateur. Il consulta sa montre et s'aperçut qu'il était plus de midi. Mia et lui avaient passé la matinée à travailler d'arrache-pied pour préparer leur séjour à Paris.

Il fut tenté d'envoyer quelqu'un d'autre chercher leur déjeuner afin de pouvoir garder Mia à portée de main, mais il réprima cet instinct.

Même un week-end entier passé à faire l'amour jusqu'à l'épuisement n'avait pas suffi à le rassasier.

— Bonne idée, mais ne t'embête pas. Le petit traiteur au coin de la rue fera très bien l'affaire. Tu connais mes goûts.

Elle sourit à ces mots, une lueur malicieuse dans le regard. Cette coquine en savait long sur ses goûts, justement, et, si elle ne sortait pas sur-le-champ, il allait céder à la tentation.

— Vas-y, souffla-t-il d'une voix enrouée de désir. Si tu continues à me regarder comme ça, on n'arrivera jamais jusqu'à Paris.

Elle tourna les talons et s'éloigna avec un petit rire qui retentit à ses oreilles. Il subit un moment de pure panique lorsqu'elle referma la porte derrière elle, le laissant seul dans cette grande pièce vide.

Aussitôt, il eut l'impression que l'atmosphère était changée, comme si des nuages, passant devant le soleil, venaient de le priver de sa chaleur.

Il s'efforça néanmoins de se concentrer sur son travail et de ne pas regarder sa montre toutes les cinq minutes en attendant le retour de Mia, mais il fut dérangé par la sonnerie de son interphone.

— Qu'y a-t-il, Eleanor ? demanda-t-il en fronçant les sourcils.

— Monsieur, madame Hamilton est ici. Euh, Lisa Hamilton.

Gabe ferma les yeux avec un long soupir. Pourquoi fallait-il qu'elle vienne précisément ce jour-là ? Il lui avait pourtant signifié en termes parfaitement limpides qu'elle perdait son temps, la dernière fois qu'elle s'était invitée dans son bureau.

Peut-être n'avait-il pas été aussi limpide qu'il le croyait…

— Faites-la entrer, annonça-t-il d'une voix sèche.

Il allait donc congédier son ex-femme une bonne fois pour toutes en lui faisant comprendre sans la moindre ambiguïté qu'il ne souhaitait plus jamais la revoir.

Un instant plus tard, Lisa entra dans son bureau, tirée à quatre épingles, comme toujours.

Gabe constata avec une légère grimace qu'elle n'avait pas retiré son alliance ni sa bague de fiançailles – des bijoux qu'il lui avait offerts pour symboliser leur union. Pour sa part, il n'avait aucune envie de se rappeler qu'elle avait un jour été sienne.

— Gabe, il faut que nous parlions, lança-t-elle en s'asseyant face à lui avant même d'y être invitée.

— Nous n'avons pourtant plus rien à nous dire, rétorqua-t-il d'une voix égale.

Lisa fronça les sourcils, et, pour la première fois depuis son arrivée, son visage trahit un soupçon d'émotion.

— Que faut-il que je fasse, Gabe ? Combien de temps vais-je devoir me traîner à tes pieds pour que tu me pardonnes ? Dis-le-moi, que je m'exécute et que nous passions à la suite !

Gabe se rassit dans son fauteuil et tenta de contenir son impatience. Il ne voulait pas réagir de manière trop brutale. À peine eut-il pensé cela qu'il faillit éclater de rire. Il cherchait encore à ménager Lisa alors qu'elle l'avait trahi et calomnié devant le monde entier, sans même qu'il sache ce qui l'avait poussée à agir ainsi.

— Lisa, rien de ce que tu pourrais dire ou faire ne saurait me convaincre de changer d'avis, articula-t-il d'une voix claire et déterminée. Il n'y a plus rien entre nous. C'est fini, et c'est parce que tu l'as voulu. Je te rappelle que c'est toi qui m'as quitté, pas l'inverse.

Lisa affecta une petite mine effondrée et poussa la comédie jusqu'à essuyer une larme imaginaire.

— Je suis navrée, Gabe. Je sais que je t'ai fait souffrir. J'ai commis une erreur monumentale, mais nous nous aimons, toi et moi ! Quel gâchis ce serait de ne pas nous accorder une seconde chance ! Je sais comment te rendre heureux, Gabe. Rappelle-toi…

Il se sentait bouillir de colère, et prit le temps de bien choisir ses mots.

— Non, Lisa, je ne t'aime pas, affirma-t-il d'une voix forte.

Elle tressaillit, et, cette fois, les larmes qui perlèrent à ses paupières n'étaient pas feintes.

— Je n'en crois rien, rétorqua-t-elle dans un souffle.

— Je me moque pas mal de ce que tu crois, Lisa, reprit Gabe avec un soupir. C'est ton problème, pas le mien. Notre histoire appartient au passé, point final. Arrête de te faire du mal – et de me faire perdre mon temps par la même occasion. J'ai du travail et n'apprécie pas d'être constamment interrompu.

— Un sandwich club avec du pain aux céréales, ça te va ? lança Mia en entrant dans le bureau, un sac en papier dans chaque main.

Elle aperçut Lisa et freina des quatre fers, les yeux écarquillés.

— Oups. Désolée, bredouilla-t-elle, gênée, avant de battre en retraite dans le couloir.

Gabe se mordit la lèvre pour se retenir de la rappeler. C'était Lisa qu'il voulait voir partir, pas Mia.

Lorsqu'il reporta son attention sur son ex-femme, celle-ci le dévisageait d'un air perspicace.

— C'est à cause d'elle, n'est-ce pas ? demanda-t-elle d'une voix doucereuse avant de se lever en serrant les poings, menaçante. Ça a toujours été à cause d'elle ! J'avais déjà remarqué comment tu la regardais quand nous étions mariés, mais je n'avais pas pris la menace au sérieux, à l'époque.

C'était la petite sœur de Jace, alors je me disais que tu lui témoignais une affection digne de la gamine qu'elle était, rien de plus. Mais, en fait, tu la désirais déjà, hein, espèce de salaud ! Dis-moi la vérité : tu es amoureux d'elle ?

Gabe se leva, fou de rage.

— Ça suffit, Lisa. Tais-toi avant de te ridiculiser davantage. Mia travaille pour moi. Tu devrais avoir honte de parler d'elle en ces termes.

— Mais bien sûr ! s'esclaffa Lisa. Depuis le début, nous étions condamnés à l'échec, toi et moi, pas vrai ? Même si je n'étais pas partie, ça aurait fini par tomber à l'eau. Notre mariage était fichu d'avance, hein, Gabe ?

— C'est là que tu te trompes. Je t'ai toujours été fidèle et je le serais resté jusqu'au bout. La réussite de notre couple me tenait vraiment à cœur. Dommage que tu t'en sois lassée si vite.

— Oh, arrête de faire l'autruche, Gabe ! J'ai bien vu comment tu la regardais, aujourd'hui comme à l'époque. Je me demande si elle sait ce qui l'attend. Je devrais peut-être la mettre en garde.

Rattrapé par sa colère, Gabe contourna son bureau.

— Si tu oses t'approcher d'elle à moins d'un kilomètre, je te le ferai regretter. Tu pourras tirer un trait sur les jolies sommes que je te verse. Je t'assure que je n'aurai aucun scrupule. Tu n'es qu'une calculatrice méprisable. Mia vaut dix fois mieux que toi. Et puis, si tu ne me crois pas capable de mettre ma menace à exécution, imagine la réaction de Jace quand il apprendra que tu complotes contre le bonheur de sa sœur. Je peux t'assurer qu'il ne sera pas aussi patient que je l'ai été jusqu'ici.

Lisa plissa les paupières d'un air rusé.

— Combien serais-tu prêt à débourser pour m'empêcher d'aller discuter avec ta nouvelle employée ?

On en revenait donc à l'argent – le nerf de la guerre et la raison des tentatives de Lisa pour rentrer dans ses bonnes grâces. Livide, Gabe dut faire appel à toute sa volonté pour ne pas laisser libre cours à sa colère.

— Ton petit chantage ne fonctionne pas sur moi, Lisa. Tu devrais le savoir, depuis le temps. Je sais très bien pourquoi tu es revenue dans les parages : tu as dilapidé toute ta fortune, et la pension pourtant considérable que je te paie ne suffit pas à alimenter tes goûts de luxe. D'ailleurs, à ce propos, sache que j'ai déjà contacté mon avocat pour demander une réduction des mensualités. Je me suis montré généreux au moment de notre divorce, et regarde où tu en es. Il est peut-être temps que tu te bouges les fesses et que tu cherches du travail – ou, à défaut, un autre pigeon pour t'entretenir. Moi, j'ai assez donné comme ça.

— Tu vas le regretter, Gabe ! cracha-t-elle en se détournant, cramponnée à son sac à main.

Gabe refusa de réagir à cette provocation et garda le silence. Ce n'est que lorsqu'elle lui jeta un dernier regard par-dessus son épaule avant de franchir le seuil qu'il reprit :

— N'essaie même pas de revenir ici, Lisa, tu ne ferais que t'humilier par un scandale inutile. Je vais prévenir le service de sécurité de l'immeuble que tu n'es plus la bienvenue dans les locaux et donner à Eleanor la consigne de les appeler si jamais tu oses débarquer à cet étage. Et je te promets que, si tu fais mine de t'en prendre à Mia, tu vas t'en mordre les doigts, conclut-il dans un murmure menaçant. Compris ?

Lisa lui décocha un regard chargé d'une haine venimeuse qui confirma les soupçons de Gabe : elle était à court d'argent et cherchait uniquement à regagner l'accès à son compte en banque.

— Quelle déchéance ! persifla-t-elle. Gabe Hamilton, amoureux de la petite sœur de son meilleur ami. Qui sait ? C'est peut-être elle qui te brisera le cœur, après tout.

Là-dessus, Lisa tourna les talons et s'éloigna, ses cheveux lui balayant les épaules. Gabe se prit à espérer qu'il ne la reverrait jamais.

Il s'apprêtait à partir à la recherche de Mia lorsque, justement, cette dernière passa la tête dans l'encadrement de la porte. Il lui fit signe d'entrer, et elle vint déposer les sacs en papier sur son bureau.

Sans un mot, elle lui déballa son déjeuner puis alla s'installer derrière son ordinateur pour manger tout en relisant les rapports qu'il lui avait demandé de mémoriser en prévision de leur voyage.

Quant à Gabe, il avait perdu l'appétit, taraudé par les accusations de Lisa. Ce qu'elle avait insinué lui déplaisait fortement, pourtant il y décelait une pointe de vérité, ce qui n'arrangeait guère son humeur.

Gabe n'ouvrit pas la bouche de tout le voyage. À vrai dire, il était d'une humeur de dogue depuis que son ex-femme était ressortie de son bureau. Mia ignorait ce qui s'était passé entre eux, mais Gabe avait aussitôt averti le service de sécurité de l'immeuble que Lisa n'était plus la bienvenue dans les locaux de HCM.

Il avait pris congé du reste de l'équipe en termes polis mais brefs avant de descendre leurs bagages. Une fois sur la route, il s'était retranché dans un silence que Mia avait respecté jusque dans l'avion.

Aussitôt que ce fut autorisé, elle sortit son iPod et inclina le dossier de son siège, fermant les yeux pour mieux savourer la musique. Son week-end chez Gabe l'avait épuisée, et, si elle ne grappillait pas quelques heures de sommeil pendant le vol, la journée du lendemain lui paraîtrait interminable. Ils atterrissaient à 8 heures du matin, heure locale, ce qui signifiait qu'elle ne pourrait décemment se coucher que quatorze heures après.

Elle ne comprenait pas très bien pourquoi Gabe l'avait fait venir. Il allait rencontrer des investisseurs potentiels – trois hommes que leur projet intéressait beaucoup. Si tout se déroulait comme prévu, ils pourraient commencer les travaux au printemps. D'ailleurs, Gabe comptait également profiter de leur séjour pour sonder quelques entreprises du bâtiment.

Mia n'avait nullement besoin de l'accompagner – clairement, elle n'apportait aucune compétence supplémentaire. La seule explication possible, c'était que Gabe n'avait pas envie de se passer d'elle durant toute une semaine.

Quelque part au-dessus de l'Atlantique, la jeune femme se laissa gagner par le sommeil, bercée par la musique et le confort de leurs fauteuils.

Puis, soudain, Gabe lui toucha doucement l'épaule et lui fit signe de relever le dossier de son siège. Elle retira ses écouteurs et lui lança un regard interrogateur, encore mal réveillée.

— On va bientôt atterrir, annonça-t-il.

Mia se demanda s'il avait dormi. Il affectait la même expression sombre et contrariée que lorsqu'ils avaient quitté New York. Si sa mauvaise humeur ne se dissipait pas, le séjour promettait d'être fort réjouissant.

Quelques minutes plus tard, l'avion se posa et alla se garer près du terminal. Il leur fallut une heure pour passer les contrôles de sécurité et récupérer leurs bagages, puis ils montèrent dans un taxi, et Gabe donna au chauffeur l'adresse de l'un des plus sérieux concurrents de HCM.

Mia avait d'abord trouvé cela curieux, mais Gabe lui avait expliqué que c'était le meilleur moyen d'évaluer la qualité de leur prestation.

Il leur avait réservé une suite luxueuse, qui occupait la moitié du dernier étage de l'hôtel. D'immenses baies vitrées leur offraient une vue splendide, qui embrassait aussi bien la tour Eiffel que l'Arc de Triomphe.

Mia se dirigea vers le somptueux canapé et s'y installa mollement. Elle se sentait toute groggy, même après avoir dormi dans l'avion. Les longs voyages lui faisaient toujours cet effet-là. Elle mourait d'envie de se faire couler un bon bain chaud puis de se glisser sous la couette, mais elle ignorait tout des projets de Gabe pour la journée.

Ce dernier, qui avait branché son ordinateur, passa une bonne demi-heure à écrire avant de lever les yeux vers Mia, alanguie sur son canapé.

— Va te reposer, si tu veux, dit-il. On n'a rien de prévu jusqu'au dîner. On rejoint nos investisseurs au restaurant, puis je les ai invités à venir boire un verre ici après. Je t'ai envoyé un mail qui récapitule les infos capitales concernant ces messieurs. Prends le temps de le lire avant ce soir.

Mia comprit, à la façon un peu cavalière dont il venait de la congédier, qu'il n'avait pas encore digéré sa contrariété. Elle se fit donc un plaisir de le laisser tranquille dans le salon et de gagner la chambre de la suite. Il n'y en avait qu'une, et celle-ci ne comptait qu'un lit, sinon la jeune femme se serait installée seule. Tant pis.

Elle se rendit dans la salle de bains et passa un long quart d'heure sous le jet d'eau brûlante avant d'en ressortir, enfin détendue, la peau rosie.

Elle avait la journée devant elle et connaissait déjà par cœur tout ce qu'il y avait à savoir sur leurs futurs investisseurs. Elle trouvait cela un peu ironique que seulement un seul des trois soit français. Stéphane Bargeron était un entrepreneur de renommée européenne, mais les deux autres, Charles Willis et Tyson « Tex » Cartwright, étaient des Américains implantés sur le vieux continent.

Charles était le plus jeune des deux et devait avoir l'âge de Gabe ou un peu plus. C'était un très bel homme qui, à la mort de son père, avait repris les rênes de la société fondée par celui-ci. Depuis, il bataillait pour établir sa propre réputation, et Gabe comptait sur lui pour faire une offre alléchante. Willis avait besoin de ce projet pour asseoir son influence et décrocher d'autres marchés tout aussi lucratifs.

Tyson Cartwright était un milliardaire texan d'une quarantaine d'années qui avait monté sa boîte à la sueur de son front. Mia avait soigneusement étudié son parcours, qu'elle trouvait fort impressionnant. Orphelin, il avait commencé à travailler alors qu'il était encore adolescent et, à tout juste vingt et un ans, il possédait déjà une petite société de construction dans l'est du Texas. De là, il s'était forgé un véritable empire, illustrant parfaitement l'idéal américain du *self-made man*.

Mia n'avait pas autant d'informations sur Stéphane Bargeron, tout simplement parce que ce dernier n'était qu'un des nombreux maillons de l'entreprise familiale. Son rôle consistait essentiellement à se rendre sur le terrain tandis que son père et ses frères tiraient les ficelles dans l'ombre. Il était en quelque sorte le bras armé d'une machine dont ils formaient le cerveau.

Gabe avait donc invité les trois hommes à les rejoindre dans leur suite après dîner. Mia ne comprenait pas bien le rôle qu'elle était censée jouer, mais la perspective de passer une soirée en compagnie de quatre hommes beaux et fortunés ne lui déplaisait pas du tout.

Ne voyant pas l'intérêt de ressasser des informations qu'elle maîtrisait déjà parfaitement, elle se glissa sous la couette avec un soupir de bonheur.

Chapitre 29

Pendant le dîner, Gabe eut tout le loisir d'observer Mia, occupée à bavarder avec leurs futurs associés, souriante, à l'aise. Clairement, elle les tenait sous son charme.

Mais qu'en était-il de lui ? Le tenait-elle, lui aussi ?

Pour la millième fois depuis la veille, la question de Lisa résonna dans sa tête.

« Tu es amoureux d'elle ? »

Il s'expliquait mal pourquoi ces quelques mots le mettaient dans un tel état. Il avait passé la journée entière à examiner le problème sous tous les angles, tour à tour dérouté et irrité par la conclusion qui s'imposait invariablement : il se sentait incapable de garder ses distances avec Mia.

Il était en outre furieux de ne pas avoir su réfuter aussitôt l'accusation de Lisa.

Il avait envisagé de mettre un terme au contrat sur-le-champ et de licencier Mia pour l'écarter de sa vie, mais il n'en avait pas eu la force, et cela le désespérait plus que tout. Il avait besoin d'elle. Envers et malgré lui, il avait besoin d'elle.

Il examina un instant les trois hommes qu'il avait invités à se joindre à eux après dîner. Leur intérêt pour la jeune femme était évident – quel homme célibataire et hétérosexuel aurait pu résister à son charme ? Ce spectacle lui donnait envie de montrer les crocs, mais il parvint à se contenir et à reconnaître l'opportunité qui se présentait à lui.

Il tenait là l'occasion de se prouver que son obsession pour Mia n'était pas incontournable. Qu'il n'était pas amoureux d'elle.

Les projets qu'il avait en tête s'inscrivaient dans la logique de leur contrat même si, jusque-là, il n'aurait jamais imaginé livrer Mia en pâture aux mains d'un autre. Cette idée allumait une flamme de jalousie rageuse dans ses veines, pourtant Mia n'y était pas opposée. Au contraire, elle avait manifesté une certaine curiosité pour la chose. Et puis Gabe avait déjà tenté l'expérience par le passé.

Pourquoi se priver de recommencer ?

Sa décision était prise.

Il ne lui restait plus qu'à espérer qu'il survivrait à cette histoire sans perdre complètement la tête – et sans perdre Mia.

L'humeur grincheuse de Gabe s'était muée en quelque chose de… Mia n'aurait pas bien su définir quoi, mais le changement était flagrant. Gabe ne la quittait plus des yeux alors que, depuis la visite de Lisa, il avait plutôt évité de croiser son regard. Cela inquiétait d'autant plus la jeune femme qu'elle décelait sur son visage une détermination nouvelle, farouche, et dont elle ignorait l'objet.

Jusqu'à cette étrange transformation, elle s'était accommodée du silence bourru de Gabe, mais, à présent, ce mutisme commençait à lui peser. Elle aurait voulu qu'il lui dise quelque chose, qu'il la rassure, même si elle ne savait pas pourquoi.

Dans le taxi qui les ramenait à l'hôtel, la tension devint si palpable que Mia crut étouffer. Elle aurait voulu demander des explications à Gabe, mais quelque chose dans son expression lui faisait redouter ses réponses.

Aussitôt arrivé dans leur suite, il ferma la porte à clé et toisa Mia d'un regard dur, presque électrique. Pour la première fois depuis longtemps, elle vit le mâle dominateur reprendre le dessus sur l'amant tendre et patient qu'elle avait appris à connaître.

— Déshabille-toi.

Surprise par le ton de sa voix, la jeune femme cilla. Il ne semblait pas tant en colère que… entêté. Elle hésita un instant, mal à l'aise.

— Mais… je croyais qu'ils venaient boire un verre ici, articula-t-elle dans un effort.

— Oh, ils vont venir, ne t'inquiète pas…

Oh!

— Ne m'oblige pas à me répéter, Mia, reprit Gabe d'une voix douce et menaçante.

Les mains tremblantes, elle saisit le bas de sa robe et la fit passer par-dessus sa tête avant de la jeter au sol. Puis elle ôta ses escarpins, qu'elle envoya valser sur le parquet.

Mille questions se bousculaient dans sa tête, mais le regard de Gabe la dissuada d'ouvrir la bouche. C'est donc sans un mot qu'elle retira sa culotte et son soutien-gorge.

— Va t'agenouiller sur le tapis, ordonna Gabe.

Tandis qu'elle avançait d'un pas lent, il ramassa ses affaires et les porta dans la chambre. Seule dans le salon, elle se laissa tomber sur l'épaisse peau de mouton qui ornait le centre de la pièce.

Elle leva les yeux en entendant Gabe revenir et étouffa un petit cri. Il tenait dans les mains une corde – pas une tresse de chanvre comme on en trouve dans les magasins d'outillage, mais un mince lien recouvert d'un tissu satiné et mauve. C'était un objet d'allure sensuelle, même si Gabe comptait s'en servir pour la ligoter.

Tout en s'approchant d'elle, il enroula la corde autour de ses mains. Puis, sans un mot, il se pencha vers elle et lui ramena les bras dans le dos. Le cœur battant à tout rompre, elle ferma les yeux pendant qu'il lui attachait les poignets et, à sa grande surprise, lui entravait les chevilles. Elle se trouvait donc incapable de remuer ou de se relever. Elle n'avait d'autre choix que de subir ce qu'il allait lui infliger.

Une étrange excitation lui fouetta le sang à cette idée. Elle était tour à tour curieuse et mal à l'aise, mais son désir d'explorer des jeux interdits l'emportait sur tout le reste. Sous la direction de Gabe, d'autres hommes allaient venir la toucher, et peut-être même plus... Ils en avaient discuté, après tout.

Alors qu'il serrait le dernier nœud, on frappa à la porte, et le cœur de Mia s'emballa, si bien qu'elle fut prise de vertige.

— Gabe, murmura-t-elle d'une voix incertaine.

Il s'assura que la corde était solidement fixée puis, en se relevant, passa une main dans les cheveux de Mia en une caresse réconfortante.

Ce simple geste lui redonna du courage et, soulagée, elle le suivit des yeux.

Depuis le début, elle savait quel genre de choses l'excitait. Il avait exposé ses goûts en détail dans ce contrat qu'elle avait signé de sa main.

Peut-être qu'à l'époque elle ne pensait pas qu'il irait jusque-là. Ou peut-être que, justement, elle espérait en secret qu'il oserait.

Cela ne changeait rien au résultat : elle se retrouvait littéralement pieds et poings liés, nue et offerte aux regards de trois étrangers.

Gabe fit entrer leurs invités qui, dans un même mouvement, tournèrent la tête vers elle. Elle fut frappée de ne déceler aucune surprise sur leur visage, pas le moindre choc – seulement un désir bien visible.

Savaient-ils à quoi s'attendre en venant ? Gabe les avait-il prévenus que son assistante figurait au menu des réjouissances ?

Dans un premier temps, Gabe se comporta comme si elle n'était pas là. Il entraîna ses hôtes vers le minibar et leur servit un verre avant de les faire asseoir dans le salon.

Pendant tout ce temps, il leur exposa ses plans pour le futur hôtel, ainsi que les perspectives d'évolution qu'il envisageait pour HCM. Tout cela était très poli, très professionnel, mis à part le fait que Mia se tenait à genoux sur le tapis, ligotée et nue comme un ver.

Elle observa ces quatre hommes, beaux et virils, et remarqua la façon dont les trois nouveaux venus l'épiaient, même au beau milieu de leur conversation si sérieuse. La présence muette de la jeune femme contribuait à créer dans la pièce une atmosphère électrique.

Soudain, Gabe se leva et s'approcha d'elle tout en défaisant son pantalon. Il lui caressa les cheveux puis lui prit le visage à deux mains et passa le pouce sur ses lèvres avant de le faire glisser sur sa langue.

Les autres le regardaient faire, les yeux brillants d'excitation.

Gabe prit son érection dans une main et, de l'autre, inclina la tête de Mia pour qu'elle puisse le recevoir.

— Ouvre la bouche, ordonna-t-il.

Mia se sentit rougir de gêne – mais également de désir. Elle vibrait à l'idée que Gabe prenne possession d'elle ainsi, devant ces hommes. Tant d'émotions conflictuelles faisaient rage dans son cœur qu'elle ne savait plus réellement ce qu'elle devait penser de tout cela.

La seule chose dont elle était sûre, c'était de sa confiance en Gabe, et elle s'abandonna entre ses mains expertes.

Elle entrouvrit les lèvres, et il s'avança, lentement mais profondément, jusqu'à toucher l'arrière de sa gorge. Puis il se retira presque entièrement avant de revenir à la charge, et Mia accompagna le mouvement avec sa langue.

Étant donné son humeur orageuse, elle aurait cru qu'il ferait preuve d'une certaine brutalité, mais, au contraire, il restait étonnamment doux. Il ne cessait de lui caresser le visage tout en allant et venant entre ses lèvres.

— Magnifique, murmura-t-il.

— Oh oui, approuva l'un des hommes derrière Gabe.

Cette voix déconcentra Mia. Elle avait réussi à oublier la présence des trois autres tant qu'elle se consacrait à Gabe, mais à présent elle se rappela qu'ils l'observaient d'un œil avide, sans doute envieux du plaisir qu'elle procurait à Gabe.

— Ne pense qu'à moi, lui souffla-t-il tout en donnant un long coup de reins.

Elle n'eut aucun mal à obéir à cet ordre et, fermant les yeux, se perdit dans les sensations de son membre velouté sur sa langue.

Soudain, il accéléra la cadence puis se tint un moment au fond de sa gorge avant de se retirer pour la laisser reprendre son souffle, sans jamais cesser de lui caresser les joues.

— C'est une vraie bombe, commenta Tyson.

— Ouais, je l'essaierais bien, renchérit Charles d'une voix chargée de convoitise.

Crispant les mains autour du visage de Mia, Gabe donna quelques rapides impulsions avant de jaillir dans sa bouche. Il se retira un instant, faisant couler sa semence sur les lèvres de la jeune femme, puis la pénétra de nouveau.

— *Oh putain*, marmonna Stéphane en français.

— Avale, Mia, ordonna Gabe, et lèche-moi jusqu'à ce que je sois bien propre.

Elle s'exécuta, et les bruits de succion emplirent la pièce, étrangement érotiques dans le silence pesant.

Gabe continua ses mouvements jusqu'à son dernier spasme, puis laissa à Mia le temps de recueillir chaque goutte avant de se retirer, le sexe luisant de salive.

Il rajusta son pantalon et se baissa pour détacher la jeune femme, puis il l'aida à se remettre debout et la tint contre lui pendant qu'elle retrouvait l'usage de ses membres endoloris. Alors il la souleva et la porta dans ses bras jusqu'à la longue table basse.

Il l'allongea dessus et lui écarta les jambes, puis lui ramena les mains au-dessus de la tête afin de lui attacher les poignets aux pieds du meuble.

Lorsqu'il se releva, ce fut pour s'adresser à celui des trois hommes qui se tenait le plus près d'elle.

— Vous pouvez la toucher et la caresser, mais je vous interdis de lui faire le moindre mal ou même de lui faire peur. Il s'agit uniquement de son plaisir à elle. Vous restez habillé et ne la pénétrez en aucun cas. Est-ce que c'est clair ?

— Oh oui ! dit Charles Willis en se levant.

Chapitre 30

Gabe recula de quelques pas et observa Mia, ligotée à la table basse. Elle offrait un tableau d'un érotisme incroyable, avec ses longs cheveux bruns qui tombaient jusqu'au sol, ses grands yeux écarquillés et ses lèvres gonflées de lui avoir donné tant de plaisir.

Charles Willis lui tournait autour d'un pas lent, comme un vautour, se repaissant du spectacle de la jeune femme nue. Il lui effleura le ventre puis les seins, en en titillant la pointe jusqu'à la faire durcir. L'estomac de Gabe se noua.

Stéphane et Tyson s'approchèrent, tout en laissant à Charles la place de circuler. Ils attendaient leur tour, tels des prédateurs autour d'une proie tombée à terre.

Cette idée était insupportable à Gabe. Son instinct lui hurlait de faire cesser cette odieuse mascarade. Mia n'appartenait qu'à lui. Personne d'autre que lui n'aurait dû pouvoir la toucher, pourtant c'était lui qui avait organisé cette sinistre mise en scène. Qu'avait-il voulu se prouver, au juste ?

Il rongea son frein en silence tandis que Charles explorait le corps de Mia – ce corps si gracieux qui lui revenait à lui, Gabe. Il avait toujours été possessif, mais cela ne l'avait jamais dérangé de voir un autre homme donner du plaisir à une de ses compagnes de passage. Cela lui était… indifférent, tout simplement. Sauf quand il s'agissait de Mia.

La situation présente lui faisait horreur.

La question perfide de Lisa retentit à ses oreilles.

« Tu es amoureux d'elle ? »

Il se détourna, incapable de regarder plus longtemps les mains de Charles sur la peau de Mia. C'était déjà une torture d'entendre les gémissements étouffés de la jeune femme. Il traversa la pièce et alla se poster à la fenêtre, tendu à l'extrême. Il aurait voulu pouvoir échapper aux conséquences de sa stupidité crasse.

Il n'était qu'un salaud doublé d'un imbécile.

Cette mise en scène était une erreur monumentale. Il fallait qu'il y mette un terme. Tout ce qu'il avait réussi à se prouver, c'était qu'il ne voulait pas partager Mia avec qui que ce soit.

Il allait demander aux trois hommes de partir sur-le-champ.

Alors qu'il s'apprêtait à tourner les talons pour revenir vers eux, un cri de terreur lui glaça le sang.

— Non ! Gabe ! hurla Mia.

Il fit volte-face et aperçut Charles qui, le pantalon ouvert et le poing crispé dans les cheveux de Mia, tentait de la forcer à le prendre dans sa bouche.

Une rage volcanique éclata dans son cœur, et il se précipita vers Charles à l'instant même où ce dernier, énervé par le refus de Mia, la giflait violemment du dos de la main. Gabe vit la tête de la jeune femme heurter la table et du sang perler à la commissure de ses lèvres.

Pris d'une folie furieuse, il saisit Charles et le jeta contre le canapé. Les deux autres s'écartèrent en vitesse, l'un d'eux refermant sa braguette à la hâte.

Gabe donna à Charles un coup de poing dans le ventre suivi d'un crochet à la mâchoire.

— Dégage ! gronda-t-il, tremblant d'une colère meurtrière. Je te préviens : si jamais je revois ta sale tronche un jour, tu le regretteras !

Il avait envie de démolir le portrait de cette ordure, mais le plus urgent était de s'occuper de Mia. Mia, dont il avait trahi la confiance en la mettant dans cette situation atroce, uniquement parce qu'il n'avait pas le cran d'admettre à quel point elle comptait pour lui.

Tyson et Stéphane passèrent chacun un bras sous les épaules de Charles et déguerpirent en claquant la porte derrière eux.

Gabe se précipita vers Mia, la gorgée nouée par l'angoisse. Le menton de la jeune femme tremblait de façon incontrôlable, et, dans ses yeux brillants de larmes, il lut un mélange de peur et d'humiliation qui lui brisa le cœur.

Mais le pire était le sang que ce connard avait fait couler en la frappant.

Gabe s'agenouilla à côté de la table et, les doigts tremblants, entreprit de défaire les nœuds de la corde sans cesser de déposer des baisers sur le front de Mia, sur sa tempe et dans ses cheveux.

— Je suis désolé, ma chérie. Je m'en veux terriblement, Mia. Je n'avais pas l'intention que ça se passe comme ça.

La jeune femme ne dit rien, mais Gabe ignorait si son silence était dû au choc qu'elle venait de subir ou à la colère qu'elle nourrissait envers lui. Dans un cas comme dans l'autre, il ne pouvait guère lui en vouloir. Il était responsable de ce désastre – il l'avait blessée et humiliée.

Une fois qu'il l'eut détachée, il la prit dans ses bras et la porta jusque dans la chambre. Il la déposa sur le lit, s'allongea à côté d'elle et la serra contre lui. Aussitôt, elle se tourna vers lui et enfouit le visage dans son cou. Il crut que son cœur allait se déchirer quand il sentit des larmes brûlantes couler sur sa peau.

Il n'était vraiment qu'une misérable ordure… Un désespoir indicible lui parcourut l'échine et le prit à la gorge.

— Je suis désolé, Mia ; je m'en veux terriblement.

Il semblait incapable de faire autre chose que de répéter ces deux phrases. Et si Mia le quittait ? Cette idée déclencha une vague de panique dans ses veines. Il comprendrait qu'elle veuille s'enfuir en courant.

— Ne pleure pas, ma chérie. Je t'en supplie, ne pleure pas. Je suis désolé. Ça ne se reproduira plus jamais, je te le promets. Je n'aurais jamais dû faire une chose pareille.

Il la berça longuement, et elle s'accrocha à lui de toutes ses forces, toujours secouée de tremblements incontrôlables. Était-ce de la gêne, de la peur ou de la colère ? Peut-être un mélange des trois ? Gabe était prêt à encaisser tout ce que Mia aurait à lui dire. Il ne méritait pas mieux. Il avait manqué à sa parole en se détournant au moment même où elle avait besoin de sa protection. Tout ça parce qu'il avait voulu se prouver qu'il ne tenait pas vraiment à elle. *Quel con !*

C'était absurde, et il le savait à présent. Il ne pouvait pas se passer d'elle. Elle constituait une obsession profondément enracinée dans son âme et dont il n'aurait pas pu se défaire même s'il l'avait voulu. Il n'avait jamais ressenti un tel élan de jalousie en voyant un autre homme poser les mains sur cette femme qui était sienne. Sauf que, justement, au lieu de la traiter comme la personne qui comptait plus que tout pour lui, il l'avait utilisée comme un vulgaire objet sexuel.

Mia tremblait de plus en plus fort, mais Gabe ne savait pas quoi faire d'autre que de lui caresser le dos. Il aurait pourtant voulu lui offrir un réconfort absolu.

Soudain, elle lui agrippa les épaules et tenta de se dégager, mais il la retint contre lui. Il avait besoin de la tenir, terrifié à l'idée que, s'il la laissait partir, elle ne reviendrait plus jamais.

— Je veux me doucher, lança-t-elle d'une voix étranglée. S'il te plaît, Gabe, je veux me laver. Je me sens sale. Il… il m'a touchée.

Un frisson de désolation le parcourut. Mia se sentait souillée, ce qui n'avait rien d'étonnant. Charles avait heurté sa pudeur, mais c'était surtout Gabe qui l'avait trahie de la pire des façons en organisant cette répugnante mascarade. Comment pourrait-il oublier une pareille disgrâce ? Pire : comme le pourrait-elle ?

— Je vais faire couler l'eau, d'accord ? dit-il en lui caressant les cheveux.

Les joues trempées de larmes, du sang séché à la commissure des lèvres, elle leva vers lui des yeux blessés puis se détourna rapidement, incapable de soutenir son regard.

— Ne bouge pas, ma belle, murmura-t-il, la gorge nouée. Je reviens te chercher dès que l'eau est chaude.

Il s'éloigna du lit malgré l'instinct primaire qui lui criait de ne surtout pas la lâcher. Il était en proie à une panique dévastatrice qui lui retournait l'estomac et menaçait de le rendre fou. Il n'avait jamais rien ressenti d'aussi atroce.

Ni quand Lisa l'avait quitté ni même quand elle l'avait calomnié dans les médias. C'était une terreur toute nouvelle qui lui étreignait le cœur.

Il se précipita dans la salle de bains, alluma la douche et, en attendant que l'eau soit à la bonne température, disposa un peignoir et une serviette à portée de main de la cabine. Dans sa hâte, il fit tomber la serviette et se baissa avec un juron pour la ramasser et la replier.

De retour dans la chambre, il trouva Mia assise, les jambes repliées et le menton posé sur les genoux. Elle se balançait doucement d'avant en arrière, et ses cheveux emmêlés lui balayaient les cuisses. Elle semblait si vulnérable ! Gabe crut mourir sur-le-champ.

C'était sa faute si elle se trouvait dans cet état-là. Charles n'était qu'un pion anecdotique dans cette histoire. C'était lui, Gabe, le coupable.

Il lui passa doucement une main sur l'épaule et enroula une longue mèche soyeuse autour de ses doigts.

— Mia, ma chérie, la douche est prête, murmura-t-il avant de marquer un temps d'hésitation. Est-ce que tu veux que je t'aide ?

Elle releva la tête et braqua sur lui ses grands yeux tourmentés, mais ne dit pas non. Elle ne dit rien du tout. Elle se contenta de hocher la tête.

Gabe éprouva un soulagement tellement intense qu'il en eut presque le vertige. Elle ne l'avait pas rejeté. Du moins, pas encore.

Il se pencha et, avec mille précautions, la prit dans ses bras et l'emmena dans la salle de bains en la serrant contre son cœur. Il la déposa le temps de se déshabiller, puis l'entraîna dans la cabine.

Pendant quelques minutes, il se contenta de la tenir tout près de lui, sous la chaleur du jet d'eau. Puis il saisit le savon parfumé et entreprit de la nettoyer minutieusement. Il voulait effacer le souvenir de ces mains étrangères qui avaient osé la toucher.

Il lui lava aussi les cheveux, lui massant doucement la tête avant de rincer ses longues mèches. Puis, de nouveau, il l'attira contre lui et resta un instant immobile, en silence.

Il finit par couper le jet d'eau et ouvrit la porte de la douche pour attraper la serviette. Aussitôt, il en enveloppa Mia et la sécha tendrement, sans se préoccuper d'avoir froid lui-même. La seule chose qui comptait, c'était elle. Il espérait de tout cœur ne pas l'avoir compris trop tard.

Lorsqu'elle fut sèche, il lui enroula la serviette autour des cheveux et l'aida à enfiler le douillet peignoir, dont il noua soigneusement la ceinture. Il tenait à ce que Mia se sente bien couverte, protégée…, y compris de lui.

Alors, il la ramena dans la chambre, attrapant une autre serviette au passage, et ce ne fut qu'une fois qu'il eut installé Mia sous la couette qu'il prit le temps de se sécher et d'enfiler un boxer. Il décrocha le téléphone et, d'une voix ferme, commanda un chocolat chaud. Puis il s'assit sur le lit et aida Mia à se redresser pour finir de lui essorer les cheveux.

Le silence se prolongea entre eux tandis qu'il s'affairait avec douceur. Une fois satisfait, il remporta la serviette dans la salle de bains et revint avec le peigne de Mia. Cette dernière n'avait pas bougé.

Il s'installa derrière elle et commença à lui démêler les cheveux avec une patience infinie, jusqu'à ce qu'ils soient presque secs.

Alors il reposa le peigne sur la table de nuit, prit Mia par les épaules et déposa une pluie de légers baisers dans sa nuque et le long de son cou.

— Je suis désolé, murmura-t-il.

Il la sentit frissonner sous ses lèvres, mais, à cet instant, un coup discret fut frappé à la porte.

— Je reviens, ma belle, dit-il en se levant à contrecœur. Installe-toi comme tu veux, je t'apporte ton chocolat.

Elle acquiesça puis se recula pour s'adosser aux oreillers et remonta la couette jusque sous son menton.

Gabe prit le plateau que lui tendait le garçon d'étage et se dépêcha de le rapporter dans la chambre. Il le posa sur le bureau avant de revenir vers Mia avec une tasse fumante.

La jeune femme la saisit à pleines mains, comme pour en capturer toute la chaleur, et la porta à ses lèvres afin de souffler doucement dessus. Elle but une petite gorgée, mais, dès que le liquide brûlant toucha l'endroit où elle était blessée, elle écarta la tasse avec une grimace de douleur.

Aussitôt, Gabe lui reprit le mug des mains, furieux contre lui-même pour n'avoir pas anticipé que cela lui ferait mal.

— Je vais te chercher de la glace, ma chérie, ne bouge pas.

Il se précipita vers le bar du salon, sortit des glaçons du congélateur et les enveloppa dans une serviette. Quand il revint dans la chambre, Mia regardait dans le vague, l'air hébété.

Gabe s'assit près d'elle et appuya doucement la glace contre sa lèvre ensanglantée. Mia sursauta et tenta de s'écarter, mais il insista.

— Mia, ma belle, ça va enfler si tu ne me laisses pas faire, expliqua-t-il dans un murmure.

Aussitôt, elle lui prit la serviette des mains et se décala pour mettre un peu d'espace entre eux. Avec une tristesse poignante mais dénuée de colère, Gabe se leva et fit quelques pas en direction de la porte avant de se retourner.

Il observa la jeune femme un instant, saisi par une angoisse qui lui faisait perdre tous ses moyens. Lui qui était d'ordinaire si sûr de lui, il se trouvait en proie à une terrible incertitude dès qu'il s'agissait de Mia. Il se sentait écrasé par le poids de l'erreur qu'il venait de commettre. Ce n'était pas le genre de mauvais pas dont on peut se tirer avec quelques mots doux et un bouquet de fleurs. Il avait sciemment placé Mia dans une situation dangereuse. Il avait permis à un autre homme de la violenter alors qu'elle était sous sa protection.

Comment espérer qu'elle lui pardonne alors que lui-même n'était pas sûr d'en être un jour capable ?

Il se tenait toujours à mi-chemin de la porte lorsque Mia baissa la main qui tenait la compresse. Elle semblait complètement abattue, et Gabe eut le cœur serré de voir ses si beaux yeux privés de leur étincelle habituelle.

— Je suis fatiguée, souffla-t-elle.

Elle avait les traits tirés, en effet, et un épuisement poignant se lisait sur son visage.

Gabe aurait voulu lui parler, implorer son pardon, lui expliquer qu'il ne laisserait jamais une telle chose se reproduire, mais il s'abstint. Il n'ouvrirait la bouche que lorsqu'elle serait prête à l'entendre. Pour l'instant, elle restait murée dans son silence. Peut-être qu'elle n'avait pas encore digéré ce qui lui était arrivé, ou peut-être qu'elle rassemblait le courage de l'envoyer au diable.

Il acquiesça, la gorge trop nouée pour parler, et éteignit toutes les lumières à l'exception de la lampe de chevet.

Puis il se glissa sous la couette et tendit le bras pour plonger la chambre dans le noir. Seule la lueur de Paris filtrait à travers les rideaux fermés.

Par réflexe, il se lova contre Mia, qui lui tournait déjà le dos. Voyant qu'elle ne le repoussait pas, il passa un bras autour de sa taille, lui signifiant qu'il était là et qu'il la protégeait. Ou peut-être était-ce lui qui avait besoin de se rassurer.

Au bout de quelques minutes, il sentit qu'elle se détendait et que son souffle se faisait plus régulier, indiquant qu'elle commençait à sombrer dans un sommeil réparateur.

Gabe, en revanche, ne dormit pas. Chaque fois qu'il fermait les yeux, il revoyait l'expression terrifiée de Mia lorsqu'un autre homme avait posé les mains sur elle.

Chapitre 31

Quand Mia se réveilla, le lendemain matin, elle ne trouva pas Gabe à côté d'elle dans le lit. Ce fut à la fois une déception et un soulagement ; elle avait mille choses à lui dire mais ne savait pas par où commencer. Peut-être que cela faisait d'elle une lâche, mais elle savait pertinemment que, en lui révélant ce qu'elle avait sur le cœur, elle risquait de signer l'arrêt de mort de leur relation.

Elle était encore pelotonnée contre l'oreiller de Gabe lorsque celui-ci apparut avec un plateau dans les mains.

— J'ai commandé le petit déjeuner, annonça-t-il d'une voix grave. Tu as faim ?

Mia remarqua avec surprise qu'il semblait terriblement nerveux. Un curieux mélange de sollicitude et de regrets voilait son regard, et elle ferma les yeux pour chasser les sinistres images de la veille.

— Mia ?

Elle revint à elle et le vit debout à côté du lit. Elle se redressa et s'adossa contre les oreillers.

— Merci, murmura-t-elle quand il déposa le plateau devant elle.

Il s'assit doucement à son côté et passa le pouce sur sa lèvre tuméfiée. Elle tressaillit à ce contact, et, aussitôt, il s'excusa d'un air contrit.

— Tu vas réussir à manger ?

Elle acquiesça puis baissa les yeux, incapable de soutenir son regard.

— J'ai annulé tous nos rendez-vous, reprit-il.

Elle releva la tête, interloquée, mais il ne lui laissa pas le temps d'émettre la moindre objection.

— J'ai avancé notre départ à demain matin et j'ai l'intention de consacrer cette journée à te faire visiter Paris. Notre-Dame, la tour Eiffel, le Louvre... ; on va où tu veux ! Je nous ai réservé une table dans un restaurant à 19 heures. C'est un peu tôt pour les Français, mais notre avion décolle de bon matin, et je veux que tu aies le temps de te reposer.

— C'est merveilleux, merci beaucoup, murmura-t-elle.

La joie et le soulagement qu'elle lut alors dans son regard étaient poignants. Il ouvrit la bouche comme pour ajouter quelque chose, mais la referma aussitôt.

Mia ne comprenait pas bien pourquoi il avait annulé tout l'aspect professionnel de ce voyage, mais la perspective de flâner dans Paris en sa compagnie la ravissait.

Pas de discussions d'affaires, pas d'inconnus à charmer... : juste une journée tous les deux, à se détendre et à profiter de cette ville magnifique. C'était une parenthèse paradisiaque pendant laquelle elle pourrait oublier les événements de la veille et la gêne qui en résultait.

Évidemment, il leur faudrait aborder la question, mais Mia comptait bien savourer ces quelques heures de répit avant de se lancer dans la conversation qui marquerait peut-être la fin de leur histoire.

Elle se dépêcha de manger, pressée de partir à la découverte de Paris. Une journée ne suffirait jamais à en mesurer la beauté, mais elle avait bien l'intention d'en tirer le maximum.

Une fois qu'elle eut vidé le plateau, elle s'habilla et se coiffa en vitesse, sans perdre du temps à se maquiller. Elle avait emporté son jean préféré et se félicita de cette excellente décision.

— Il fait frais, ce matin. Tu as pensé à prendre quelque chose de chaud ? demanda Gabe, appuyé contre le chambranle de la porte. On peut t'acheter ce qu'il faut, sinon. Je ne veux pas que tu aies froid.

— J'ai pris un gilet en laine. Et puis on va marcher donc je vais vite me réchauffer, dit-elle avec un grand sourire.

— Que tu es belle quand tu souris ! s'exclama Gabe dans un souffle.

Surprise par ce compliment sincère et spontané, elle sentit son visage s'illuminer puis baissa la tête, un peu gênée.

Elle chaussa ses baskets et sortit de sa valise le fameux gilet, qu'elle enfila sans le boutonner.

Gabe était déjà prêt et, en passant par la réception, il prit un plan de la ville et demanda quelques renseignements au concierge.

Enfin, ils sortirent de l'hôtel, et Mia poussa un soupir de bonheur tant la journée s'annonçait belle. Le fond de l'air était d'une fraîcheur vivifiante, et le ciel était d'un bleu immaculé. Elle n'aurait pas pu rêver de lumière plus parfaite pour découvrir Paris.

Deux rues plus loin, pourtant, un vent glacial leur fouetta le visage, et la jeune femme boutonna son gilet en frissonnant. Aussitôt, Gabe se dirigea vers un des petits étals qui bordaient le trottoir et choisit une écharpe en laine de couleur vive qu'il noua au cou de Mia en prenant bien soin de lui couvrir les oreilles.

— Ça va mieux ? demanda-t-il d'un air soucieux après avoir payé le vendeur.

— Oui, c'est parfait, répondit-elle avec un sourire.

Il l'attira contre lui, et ils reprirent leur chemin, enlacés. Mia ne cessait de s'extasier et tombait régulièrement en arrêt devant les vitrines des boutiques. Gabe se montrait d'une patience à toute épreuve et, chaque fois que Mia manifestait un intérêt particulier pour quelque chose, il entrait dans le magasin pour le lui acheter. Au bout d'une heure, ils avaient les bras chargés de sacs.

Ils montèrent tout en haut de la tour Eiffel et passèrent de longues minutes à contempler la vue magnifique qui s'offrait à eux.

Les cheveux fouettés par le vent, Mia se dressa sur la pointe des pieds pour embrasser Gabe, qui eut l'air à la fois surpris et soulagé.

— J'ai toujours rêvé qu'un prince charmant m'embrasse en haut de la tour Eiffel, expliqua-t-elle avec un sourire malicieux.

— Alors faisons ça bien, rétorqua Gabe d'un ton bourru.

Il laissa tomber les sacs qu'il tenait et passa un bras autour de la taille de Mia pour l'attirer tout contre lui. Puis il lui caressa le visage avant de lui relever doucement le menton. Il lui effleura les lèvres avec tendresse avant de les taquiner du bout de la langue pour qu'elle s'ouvre à lui.

Mia ferma les yeux et, avec un soupir, s'abandonna à ce délicieux baiser – ce fantasme d'adolescente enfin devenu réalité.

Elle passa la journée dans un état d'émerveillement joyeux, auquel l'infinie tendresse de Gabe n'était sans doute pas étrangère.

Il tenait tellement à la gâter que, en début d'après-midi, il dut appeler l'hôtel pour qu'ils envoient un chauffeur récupérer leurs achats, devenus trop nombreux.

Le restaurant où Gabe leur avait réservé une table se trouvait en bord de Seine, et, tandis que le crépuscule tombait sur la ville, ils regardèrent les lumières se refléter dans les eaux du fleuve. Mia était fourbue d'avoir tant marché, mais cette journée figurait parmi les plus belles de sa vie.

Ils commandèrent l'entrée, puis, en attendant, Gabe se pencha pour prendre les pieds de Mia sur ses genoux. Il lui ôta ses chaussures et commença à la masser tout doucement, lui arrachant un petit grognement de plaisir.

— On prendra un taxi pour rentrer à l'hôtel, dit-il. Sinon, tu vas avoir mal aux jambes demain matin.

— Oh, j'ai déjà mal partout, tu sais, rétorqua-t-elle en riant. Mais j'ai passé une journée merveilleuse, Gabe. Je ne te remercierai jamais assez.

— Tu n'as pas à me remercier, Mia, protesta-t-il, soudain sérieux. Je ferais n'importe quoi juste pour te voir sourire.

Au cours de la journée, chaque fois qu'elle avait croisé son regard, elle y avait surpris un étrange mélange d'intensité et de douceur, qui lui avait réchauffé le cœur. Elle aurait presque pu se laisser aller à croire qu'il tenait réellement à elle, et que cela dépassait leurs jeux sexuels.

Une serveuse leur apporta l'entrée, et Mia attaqua son assiette avec un bel appétit, même s'ils s'étaient arrêtés dans une succulente pâtisserie en fin d'après-midi. Toutefois, plus la fin du repas approchait, plus la jeune femme prenait son temps pour manger. Une fois qu'ils seraient de retour à l'hôtel, il leur faudrait aborder le problème dont ils avaient soigneusement évité de parler jusque-là.

En outre, Mia n'était pas pressée que cette journée touche à sa fin. Elle savait déjà qu'elle en chérirait le souvenir toute sa vie. Quelles que puissent être les surprises que leur réservait l'avenir, elle n'oublierait jamais ces quelques heures parisiennes passées en compagnie de Gabe.

Au moment de quitter le restaurant, il lui prit la main et l'entraîna le long du quai qui surplombait la Seine. Un Bateau-Mouche passait justement, scintillant de mille feux.

C'était une soirée magnifique, dont la fraîcheur annonçait l'hiver imminent.

La lune, pleine et argentée, commençait son ascension au-dessus des toits. Mia s'arrêta un instant et, avec un soupir, contempla le spectacle qui s'offrait à elle : les bateaux sur le fleuve, les couples qui se promenaient sur les quais, les façades des immeubles anciens. Une soirée parfaite pour clore une journée parfaite.

Gabe l'attira contre lui pour lui tenir chaud tandis qu'ils profitaient de la scène en silence. Puis il déposa un baiser sur sa tempe et frotta doucement le menton sur sa tête.

La jeune femme sentit une douleur lancinante lui étreindre le cœur. Elle aurait aimé que leur relation soit toujours aussi paisible, et cet espoir complètement fou refusait de la lâcher. Elle ferma les yeux pour mieux savourer cet instant – ainsi que la proximité de Gabe.

Il ne semblait guère plus pressé qu'elle de mettre un terme à cette journée mais finit tout de même par l'entraîner vers une station de taxis. Quelques minutes plus tard, ils étaient de retour à l'hôtel.

De retour dans le monde réel.

Chapitre 32

Vêtue d'un des tee-shirts de Gabe, qui lui arrivait à mi-cuisse, Mia attendait qu'il sorte de la douche. Elle commençait seulement à trouver les mots adéquats. Elle n'avait pas voulu réagir à chaud, et risquer de dire ou de faire quelque chose qu'elle aurait regretté ensuite.

En revanche, à présent qu'elle avait retrouvé du courage, elle était impatiente d'exprimer ce qu'elle avait sur le cœur. Il ne s'agissait pas de poser un ultimatum à Gabe mais de lui avouer la vérité, tout simplement.

Il sortit enfin de la salle de bains, une serviette nouée autour de la taille, les cheveux mouillés et le torse parsemé de quelques gouttes d'eau. Il était d'une beauté à couper le souffle.

Au moment où il se penchait pour attraper un boxer dans sa valise, la serviette tomba à ses pieds, et Mia eut droit à une vue imprenable sur ses fesses musclées. Puis il se retourna, et elle ne put s'empêcher d'admirer son sexe, impressionnant même au repos.

Aussitôt, elle baissa les yeux, un peu honteuse de le dévorer du regard. Et puis elle ne voulait pas se laisser distraire.

Comme il s'approchait du lit, elle prit une profonde inspiration et se lança. Tant pis si sa formulation manquait d'élégance, c'était le moment ou jamais.

— C'était horrible, hier soir, bredouilla-t-elle d'une voix tremblante.

Gabe ferma les yeux un instant et, au lieu de se glisser sous la couette, il s'assit à une certaine distance de Mia.

— Je sais, dit-il dans un souffle.

— C'était horrible de sentir ce type me toucher, poursuivit-elle, pressée d'en finir. Je savais dans quoi je m'embarquais en signant ce contrat, Gabe, et je ne nie absolument pas t'avoir dit que j'étais d'accord. Enfin, je n'étais pas opposée à cette idée par principe, mais, dans les faits, je ne veux pas qu'un autre homme que toi me touche. Je me suis sentie souillée, violée, et je ne veux plus jamais que ce genre de choses vienne entacher notre relation.

— Non, bien sûr que non, ma belle ! s'écria-t-il.

Mais elle ne se laissa pas couper dans son élan.

— Je me fiche éperdument de ce que raconte ce satané contrat. Plus ça va, plus ce truc me fait horreur. À partir de maintenant, le seul qui ait le droit de me regarder, c'est toi. Il est hors de question que tu me prêtes à tes petits camarades comme si j'étais une poupée gonflable.

Gabe émit un son étranglé à ces mots, mais Mia leva une main pour l'empêcher de l'interrompre.

— Je refuse de recommencer ce genre d'expérience, ajouta-t-elle en secouant la tête pour appuyer ses paroles. Certes, j'avais donné mon accord, mais c'était avant de savoir. Maintenant que j'ai essayé, je sais que je n'aime pas ça. J'en ai détesté chaque seconde, et, si jamais ça se reproduit, c'est fini entre nous. Je suis très sérieuse.

Dès qu'elle eut fini de parler, Gabe se pencha vers elle et la serra dans ses bras, si fort qu'elle en eut le souffle coupé.

— Je suis désolé, Mia. Si tu savais combien je m'en veux ! Ça n'arrivera plus jamais, tu m'entends ? Je te promets que je ne laisserai plus jamais quelqu'un d'autre te toucher. Moi aussi, j'ai trouvé ça horrible. J'étais sur le point de tout arrêter quand tu m'as appelé, mais ce connard t'a frappée avant que j'aie pu l'en empêcher. Quel enfer ! Je ne me le pardonnerai jamais, tu sais. Je m'en voudrai toute ma vie de t'avoir causé une telle frayeur et d'avoir laissé ce type te faire des choses qui te déplaisaient.

Gabe tremblait d'émotion et lui caressait le dos en de grands gestes fébriles. Puis il lui prit le visage à deux mains et s'écarta pour la regarder avec intensité.

— Je suis vraiment désolé, ma belle. Tu as raison, c'était affreux. Moi aussi, j'ai détesté.

— Mais alors… pourquoi ?

Il laissa retomber ses bras et se détourna en fermant les yeux, l'air écœuré.

— Parce que je ne suis qu'un lâche, finit-il par répondre d'une voix si basse que Mia l'entendit à peine.

Elle réfléchissait encore à ce qu'il avait bien pu vouloir dire quand il lui prit la main et déposa un baiser au creux de sa paume.

— Sache que ça n'arrivera plus jamais, Mia. Je te demande de me pardonner l'impardonnable, j'en ai bien conscience. Certes, nous avons signé un contrat, mais je savais très bien que tu n'avais pas envie de ce genre de choses. Je m'en doutais depuis le début, et pourtant j'ai permis à cette ordure de poser ses sales pattes sur toi. Je m'en veux à mort. Je devais anticiper tes désirs et les faire passer avant les miens… Hier, j'ai misérablement échoué.

Mia ne comprenait toujours pas ce qui lui avait pris, la veille. Ils n'avaient évoqué le sujet qu'une seule fois, et de façon totalement abstraite.

Elle se demandait vraiment ce qui était passé par la tête de Gabe pour qu'il invite ces hommes à venir les rejoindre à l'hôtel. Il s'était montré d'une humeur ombrageuse depuis leur départ de New York. Était-ce lié ? Essayait-il de lui prouver quelque chose qu'elle ne soupçonnait même pas ? Ou était-ce totalement indépendant ?

— Je suis vraiment désolé, ma belle, répéta-t-il dans un murmure empreint de regrets. Pardonne-moi, je t'en supplie. Dis-moi que tu ne vas pas me quitter, et pourtant ce serait sans doute dans ton intérêt. Je ne te mérite pas. Je ne mérite ni ta douceur ni ta compréhension, mais j'en ai besoin. C'est peut-être pathétique, mais je ne crois pas pouvoir vivre sans elles.

Mia le contempla avec surprise. Il venait presque de lui avouer qu'il tenait profondément à elle. Se redressant sur les genoux, elle lui prit le visage à deux mains et le regarda droit dans les yeux.

— Il n'est pas question que tu vives sans moi, Gabe. Je suis là, et je n'ai pas l'intention de m'en aller. Mais je tiens à ce que notre histoire n'appartienne qu'à nous. Il n'y a pas de place pour d'autres hommes, compris ? ajouta-t-elle en réprimant un frisson d'horreur à ce souvenir.

Une expression d'intense soulagement se peignit sur les traits de Gabe, et il la serra contre lui de toutes ses forces. Il lui déposa de petits baisers sur le front, dans les cheveux, partout, comme s'il éprouvait le besoin vital de la toucher.

— Je te le jure, ma chérie, souffla-t-il tout près de son oreille. C'est rien que toi et moi.

Puis il s'écarta juste assez pour poser le front contre le sien.

— Demain, on rentre à la maison, Mia. Je voudrais qu'on laisse tout ça derrière nous et que tu arrives à oublier. Je sais que je t'ai blessée et je te promets de tout faire pour me racheter.

La jeune femme savoura ce serment, prononcé d'une voix si sincère. Gabe semblait croire qu'ils avaient un avenir ensemble et vouloir plus qu'une relation purement sexuelle. À moins qu'elle ne prenne ses rêves pour des réalités.

— Fais-moi l'amour, Gabe, dit-elle en lui passant les bras autour du cou, et rends cette nuit inoubliable.

— Oh, ma belle, souffla-t-il d'une voix étranglée, je vais t'aimer toute la nuit et demain, dans l'avion, je te tiendrai dans mes bras pendant que tu te reposeras.

Mia se réveilla au beau milieu de la nuit et cilla le temps que ses yeux s'ajustent à la pénombre. Un rai de lumière éclairait doucement les traits de Gabe, endormi.

Il avait passé une jambe par-dessus les siennes et un bras autour de sa taille, la maintenant lovée contre lui. Même pendant son sommeil, il se montrait possessif et protecteur.

Sauf qu'il avait accepté qu'un autre la touche…

Pourtant, elle devait bien admettre que ses regrets et sa douleur étaient sincères lorsqu'il lui avait présenté ses excuses. Elle ne comprenait toujours pas ce qui s'était réellement passé mais ne doutait pas une seconde que Gabe avait été affecté d'une façon qui lui échappait à lui-même.

Elle tenta de se dégager de son étreinte, et il se réveilla, les yeux ensommeillés.

— Je vais aux toilettes, expliqua-t-elle dans un murmure.

— Reviens vite, marmonna-t-il en la laissant partir.

Elle se rendit dans la salle de bains et referma la porte. Un instant plus tard, en se lavant les mains, elle examina son reflet dans le miroir. Elle grimaça en remarquant que sa lèvre, toujours enflée, s'auréolait à présent d'un bleu violacé. Comme allait-elle expliquer cela à Jace ? Il allait perdre les pédales en la voyant ainsi amochée.

Elle allait devoir faire appel à Caroline et à ses talents de maquilleuse.

Mia avait mal un peu partout, mais ce n'était pas pour les raisons habituelles. Gabe avait fait preuve d'une tendresse inhabituelle, et le contraste était presque choquant. D'ordinaire, il ne parvenait pas à se contenir tant il brûlait de désir pour elle, ce qui enflammait la jeune femme à son tour.

Pourtant, cette nuit-là, il s'était amusé à la caresser et à l'exciter avec une lenteur infernale. Mia sentit son cœur s'affoler en repensant à la beauté de ces instants passés à faire l'amour.

Pour la première fois, elle avait eu l'impression qu'il ne s'agissait pas uniquement de sexe.

Ne voulant pas faire languir Gabe, elle retourna dans la chambre et monta sur le lit. Gabe la contempla à travers ses paupières mi-closes et lui tendit les bras, mais elle ne céda pas à son invitation muette. Au lieu de cela, elle s'assit sur ses talons et s'offrit le luxe de l'admirer.

Depuis le début, elle mourait d'envie de toucher son corps magnifique, de l'explorer tout entier, mais Gabe ne lui en avait encore jamais laissé le loisir.

Il se releva sur un coude en fronçant les sourcils, et ce mouvement fit glisser la couette, le dénudant jusqu'à la taille.

— Mia ? demanda-t-il avec une pointe d'inquiétude qui la surprit. Qu'est-ce qui ne va pas ?

— Rien. Tout va bien, répondit-elle à mi-voix.

— Alors pourquoi tu ne reviens pas ici ? reprit-il en tapotant l'endroit où elle dormait tout contre lui quelques minutes auparavant.

Elle s'approcha de lui puis se rassit pour poser les mains sur son torse, légèrement hésitante.

Le corps de Gabe l'attirait comme un aimant dont elle avait envie de parcourir les contours.

— J'aimerais te caresser, Gabe. Je peux ?

Elle vit son regard s'illuminer dans la faible lueur de la chambre. Il inspira profondément avant de souffler :

— Oh oui, tu peux !

Elle se pencha sur lui jusqu'à ce que ses cheveux lui effleurent le torse et que leurs lèvres soient toutes proches.

— En fait, j'ai menti. J'aimerais faire plus que te caresser.

Il plaça une main sur sa joue et dessina doucement le contour de sa bouche.

— Fais ce que tu veux, ma belle. Ça m'étonnerait que je me plaigne.

— Parfait, murmura-t-elle.

À présent qu'elle le tenait à sa merci, elle ne savait pas bien par quoi commencer. Avec une infinie lenteur, elle parcourut son torse et ses épaules puis descendit le long de ses bras jusqu'à son ventre plat et musclé. Avec son index, elle traça les reliefs de ses abdominaux en tablette de chocolat, puis se pencha sur lui pour suivre le même chemin du bout de la langue.

Il enfouit les doigts dans ses cheveux et serra le poing avec un gémissement, comme pour la garder près de lui.

Encouragée par cette réaction, Mia repoussa la couette et dénuda le sexe de Gabe, à moitié érigé et pourtant déjà impressionnant.

Elle se passa la langue sur les lèvres d'un air gourmand à cette vue, et Gabe poussa un nouveau gémissement.

Alors elle s'installa à califourchon sur lui, juste au-dessous de son membre presque complètement dressé. Agité de légers soubresauts, il se tendait en direction de son nombril. Incapable de résister à la tentation, Mia referma les deux mains dessus.

Gabe se cambra violemment, venant instinctivement à sa rencontre, et elle s'allongea sur lui pour l'embrasser, emprisonnant son érection entre leurs deux ventres. C'était comme d'avoir une barre d'acier brûlante et vivante contre sa peau, et elle frissonna de bonheur tout en mordillant les lèvres de Gabe.

Enhardie par ses gémissements essoufflés, elle lui attrapa les poignets et les ramena au-dessus de sa tête, calant ses paumes contre les siennes.

Il sourit à cette manœuvre.

— Il a poussé des griffes à mon chaton, on dirait. Il est devenu une vraie tigresse.

— Exactement, approuva-t-elle dans un grondement. Cette fois, c'est moi qui pilote.

— J'adore ça ! murmura Gabe. Si tu savais comme tu m'excites, quand tu prends les commandes !

— J'en ai une vague idée, rétorqua-t-elle dans un soupir avant de le faire taire d'un baiser.

Ce fut un baiser impérieux, presque brutal, comme ceux que Gabe aimait tant. Lorsqu'elle s'écarta enfin, il avait l'air éperdu, à bout de souffle, et elle adorait ça.

Elle voyait bien qu'elle le rendait fou, à la façon dont ses muscles tressaillaient sous elle. Ses yeux brillaient d'un éclat sauvage, et pourtant, quand elle lui lâcha les mains, il garda la position qu'elle lui avait imposée.

Il lui abandonnait le contrôle de son corps.

Enivrée, elle traça une ligne de baisers en direction de son ventre, consciente que ses longs cheveux accompagnaient le mouvement en une caresse soyeuse. Elle recula jusqu'à s'installer au-dessous des genoux de Gabe et, une fois de plus, referma les mains sur son sexe tendu.

Elle s'immobilisa un instant et chercha le regard de Gabe, où elle lut un désir aussi intense que le sien.

Avec un sourire satisfait, elle s'inclina pour faire jouer son gland entre ses lèvres avant d'en dessiner le tour du bout de la langue puis de suivre la veine qui descendait jusqu'à la base de son membre.

Gabe émit un long sifflement et souleva les hanches à sa rencontre.

— Oh, Mia…, gémit-il d'une voix à peine audible.

Elle sourit de plus belle, ravie de sentir qu'elle avait tout pouvoir sur lui. Il était à sa merci, prêt à la laisser faire tout ce qu'elle voulait.

Absolument tout.

N'y tenant plus, elle le prit tout entier dans sa bouche.

Gabe poussa un grondement étouffé et plongea les mains dans ses cheveux. Elle eut envie de sourire : il ne lui avait pas fallu longtemps pour retrouver l'usage de ses bras. Loin de se fâcher de cette désobéissance, la jeune femme savoura la pression des doigts de Gabe dans ses cheveux. Elle adorait la ferveur avec laquelle il crispait les poings, de façon presque convulsive.

Malgré cela, il la laissait complètement libre de ses mouvements et ne cherchait pas à la pénétrer plus profondément. Il se contentait de jouer avec ses longues mèches, comme s'il avait besoin de s'occuper les mains pour ne pas devenir fou.

Elle laissa son sexe glisser entre ses lèvres puis, après avoir passé la langue autour de son gland, elle le reprit de nouveau et déglutit, le nez pressé contre son ventre.

— Oh oui, Mia ! C'est trop bon ! J'adore quand tu m'avales, comme ça ! C'est incroyable.

Elle poussa un gémissement de bonheur à ces mots, et le son dut vibrer contre le sexe de Gabe qui, pour la première fois, donna un coup de reins, le corps tendu à l'extrême.

Mia le garda contre sa gorge aussi longtemps qu'elle le put, puis recula un peu pour reprendre son souffle, sans cesser de le caresser d'une main ferme.

Elle se plongea dans son regard bleu sombre rendu brûlant par le désir et le plaisir mêlés. Il adorait ce qu'elle lui faisait et ne s'en cachait pas. Elle s'avança au-dessus de lui, sans jamais lâcher son érection.

Puis, d'un seul mouvement, elle le glissa en elle et l'accueillit entièrement.

Gabe émit un son étranglé et la saisit fermement par les hanches tandis qu'elle trouvait la position idéale.

— Que tu es belle ! s'exclama-t-il tout en la dévorant des yeux.

Il fit remonter ses mains le long de son ventre et les referma sur ses seins, en titillant les pointes à l'aide de ses pouces. Les sensations qu'il lui procurait ainsi étaient tout simplement divines, mais Mia ne voulait pas s'adonner à son seul plaisir.

Elle tenait à mener Gabe à une extase incomparable pour qu'il comprenne qu'elle n'appartenait à personne d'autre – que personne d'autre ne méritait de la toucher.

Elle rejeta les cheveux en arrière et commença à onduler contre lui, s'interrompant parfois pour se soulever avant de le reprendre profondément en elle. Elle sentait la tension formidable qui irradiait de lui et qui se lisait à ses muscles bandés et à l'expression de son visage.

Soudain, il crispa les paupières.

— Tes yeux, Gabe, commanda-t-elle d'une voix suave, comme il l'avait fait si souvent par le passé. Je veux voir tes yeux quand tu jouis.

Aussitôt, il obéit, pupilles dilatées. Il serra les mâchoires mais ne se détourna pas.

— Tout ce que tu veux, ma belle, murmura-t-il.

Ces quelques mots faillirent lui faire perdre la tête, et elle sentit qu'elle l'inondait tant elle était excitée.

Avec un soupir d'ivresse, elle accéléra la cadence, entraînant Gabe avec elle jusqu'à ce qu'il en soit réduit à bafouiller des paroles inintelligibles, le regard fou.

Elle vit l'instant où il jouit avant même de le sentir. Elle discerna dans ses prunelles une explosion intense, suivie d'une seconde d'absence. Puis il lui agrippa une hanche avec tant de force qu'il lui laisserait sans doute des marques et, de l'autre main, commença à lui caresser le clitoris.

Lorsqu'elle fit mine de fermer les paupières, il la rappela à l'ordre d'une voix ferme, manifestant son autorité pour la première fois.

— Tes yeux, Mia. Regarde-moi quand tu jouis.

Elle se concentra sur son beau visage tandis qu'un orgasme incandescent montait par vagues. Elle se sentait gagnée par une ivresse explosive, et ce fut au tour de Gabe de la calmer, de l'empêcher de perdre pied complètement. Il ne cessait de lui caresser la hanche tout en appuyant doucement sur son clitoris.

Lorsque, enfin, son orgasme se déclencha, elle ne comprit même pas ce qui lui arrivait. Incapable de se tenir droite, elle se laissa tomber contre Gabe, qui la serra dans ses bras et la maintint contre son cœur aussi longtemps que durèrent ses spasmes.

Il n'en revenait toujours pas de la force et de la beauté de ce qu'il venait de goûter. Bouleversé par un mélange d'humilité et de gratitude, il n'aurait su trouver les mots pour décrire ce que Mia venait d'accomplir. Puis il comprit. Elle lui avait fait l'amour, tout simplement. Après le désastre de la veille, il s'émerveillait qu'elle ait encore confiance en lui au point de lui faire ce don immense : elle-même.

À cet instant, il chérissait profondément cette femme qu'il tenait serrée dans ses bras. Un instinct possessif tel qu'il n'en avait jamais connu auparavant s'empara de lui. Il se vouait une haine intense pour ce qu'il avait fait à Mia, et, pourtant, elle ne lui en voulait même pas. C'en était presque insupportable.

Mia le touchait profondément et atteignait une part de lui qu'il avait crue murée à jamais. Il avait passé des années à ériger des défenses émotionnelles, mais la jeune femme les avait fait plier en quelques jours à peine.

Elle était entrée dans sa vie – et dans son cœur – comme si elle y était chez elle.

Et il était convaincu que c'était précisément le cas.

Chapitre 33

Avec le recul, Mia se rendit compte que, pour traumatisante qu'ait été son expérience parisienne, elle avait également marqué un tournant crucial dans sa relation avec Gabe. Il se montrait encore plus protecteur qu'avant et lui témoignait une tendresse nouvelle, qui ne devait rien à son désir charnel.

Ce constat lui mit du baume au cœur, et elle se prit à espérer que leur engagement finisse par dépasser ce stupide contrat. Elle n'essayait même pas de se voiler la face : elle était amoureuse de Gabe, et ses sentiments s'intensifiaient chaque jour passé à ses côtés. Lucide, elle puisait dans son amour patience et espoir.

Son seul regret, c'était que leur histoire demeure secrète. Elle aurait voulu mettre le monde entier au courant. Le monde entier, mais surtout Jace.

Ce dernier avait immédiatement compris que quelque chose clochait lorsque Mia et Gabe étaient rentrés de Paris. La jeune femme détestait mentir, mais elle avait prétexté la fatigue du décalage horaire doublée de maux de ventre pour expliquer son humeur maussade. Heureusement, Caroline lui avait montré comment se maquiller de façon à dissimuler son bleu.

Thanksgiving approchait à grands pas, et Gabe était invité à aller le fêter chez ses parents. Même si leur séparation avait constitué un choc terrible pour lui, il avait du mal à se faire à l'idée qu'ils puissent recoller les morceaux. À ses yeux, son père avait trahi sa mère. Pire : il l'avait fait souffrir, et Gabe n'arrivait toujours pas à lui pardonner cela.

Quant à Mia, elle n'avait pas encore de projet arrêté pour Thanksgiving. Gabe avait longuement hésité à la laisser seule, mais elle avait insisté pour qu'il accepte l'invitation de ses parents. Après tout, il ne s'agissait que d'une journée. Mia la passerait sans doute avec Jace, si ce dernier était à New York. Sinon, elle savait que la famille de Caroline l'accueillerait à bras ouverts.

Gabe avait rechigné à l'idée d'abandonner Mia à New York, mais, à moins de révéler leur histoire au grand jour, il n'avait aucune raison de l'emmener chez ses parents. Et, jusqu'à présent, il n'avait même pas mentionné la possibilité de rendre leur relation publique.

— Est-ce que tu as terminé le diaporama qui récapitule les offres, pour ma réunion de lundi avec Jace et Ash ? demanda Gabe depuis son bureau.

Mia releva la tête et rencontra son regard chaleureux, caressant. Il avait totalement changé d'attitude envers elle. Il était devenu... plus humain, tout simplement – le genre d'homme qui pourrait tout à fait lui rendre son amour un jour.

— Presque, répondit-elle. J'ai laissé des blancs pour les deux offres qu'il nous manque, mais la structure est prête. Dès que je les reçois, je les insère, et le tour est joué.

— OK, fit-il en hochant la tête. On doit prendre notre décision dans le courant de la semaine prochaine. Il est fort possible que je doive retourner à Paris d'ici à Noël. Ça te dirait de m'accompagner ?

Encore une preuve de la transformation de Gabe : avant, il ne lui demandait jamais son avis sur rien – il lui imposait ses propres choix, purement et simplement.

Depuis leur retour à New York, il avait cessé d'énoncer ses désirs comme s'ils étaient des ordres – même si Mia en devinait sans peine la teneur.

— Paris à Noël ? Ce serait génial ! s'écria-t-elle d'une voix aiguë.

— Parfait, dit Gabe avec un sourire de soulagement. Je vais organiser tout ça dès que possible et inclure une journée supplémentaire pour qu'on ait le temps de faire un peu de tourisme.

Si la jeune femme avait eu l'impression qu'il la gâtait par le passé, cela frôlait l'indécence, à présent. Il était aux petits soins pour elle et consacrait toute son attention à anticiper ses besoins et ses plaisirs.

C'était une expérience nouvelle, qu'elle savourait sans vergogne. Chaque regard, chaque petit geste de tendresse était pour elle un pur délice.

Le téléphone de Gabe sonna, et, sitôt qu'il eut décroché, Mia comprit que c'était sa mère qui appelait. Il adoptait toujours un ton et une attitude particuliers quand il s'adressait à elle.

Il en avait sans doute pour un moment : sa mère et lui passaient de plus en plus de temps à discuter de la possible réconciliation de M. et de Mme Hamilton. Cette dernière s'appuyait sur son fils comme sur un pilier.

Mia consulta sa montre. Il était plus de midi, et Gabe n'avait pas eu une minute pour souffler de toute la matinée.

Il ne s'accorderait sans doute pas de pause-déjeuner avant sa réunion de l'après-midi.

La jeune femme prit donc l'initiative et se leva. En la voyant saisir son sac à main et se diriger vers la porte, Gabe lui jeta un coup d'œil interrogateur.

— Je vais nous chercher à manger, chuchota-t-elle.

Il acquiesça puis posa la main sur le combiné.

— Couvre-toi bien, il fait froid. Et sois prudente : la météo prévoit du gel, il se peut que le trottoir soit glissant.

Elle sourit, attendrie par sa sollicitude, et retourna à son bureau pour enfiler le gilet en laine qu'elle avait laissé sur le dos de son fauteuil. Puis elle envoya un baiser à Gabe et vit son visage s'illuminer.

Elle sortit de l'immeuble et, avec un frisson d'excitation, huma l'air frais, annonciateur de neige. Il faisait gris et légèrement humide, mais elle trouvait que cela convenait parfaitement à l'atmosphère de Thanksgiving.

Elle déambula d'une démarche dansante jusqu'au traiteur où Gabe et elle commandaient souvent leur déjeuner. Elle adorait cette période de l'année – le changement des saisons, l'approche des fêtes…

À moins d'une semaine de Thanksgiving, de nombreux magasins avaient commencé à décorer leurs vitrines en vue de Noël.

Mia se frotta les bras pour se réchauffer contre le vent et se dépêcha d'entrer dans la boutique.

Lorsqu'elle ressortit avec ses sacs à la main, cinq minutes plus tard, elle reçut une goutte sur le nez et pressa le pas, regrettant de ne pas avoir emporté de parapluie.

Évidemment, il avait fallu qu'il se mette à pleuvoir pile au moment où elle se trouvait dehors ! Ça n'aurait pas pu attendre deux minutes de plus, qu'elle regagne son bureau…

Tête baissée, elle tourna au coin de la rue en direction de HCM et heurta quelqu'un de plein fouet. Un des sacs lui échappa, et elle se baissa pour le ramasser tout en marmonnant des excuses. Avec un peu de chance, son bagel serait encore en un seul morceau. En se redressant, elle prit conscience que la personne qu'elle avait percutée se tenait toujours devant elle.

Une vague de nausée lui tordit l'estomac dès qu'elle reconnut son visage. Il s'agissait de Charles Willis, l'homme qui avait tenté d'abuser d'elle à Paris. Ce n'était certainement pas par pure coïncidence qu'il se trouvait justement devant les locaux de HCM.

Elle recula d'un pas, méfiante, mais il la saisit par le bras et l'entraîna tout près de la façade en pierre, à l'écart du flot des passants. Mia jeta un coup d'œil alentour, cherchant un moyen d'échapper à Charles, mais l'entrée de l'immeuble était encore à quelques mètres de là.

— Lâchez-moi ! s'écria-t-elle, furieuse. Gabe va vous tuer…

— À cause de tes conneries, Gabe a pété les plombs ! lança Charles avec un rictus mauvais. Il dit carrément qu'il ne veut plus jamais faire affaire avec moi ! Ça va me coûter cher vis-à-vis d'autres partenaires potentiels. J'ai besoin de ce marché, mais, à cause de toi, je l'ai raté !

— Quoi ? C'est à cause de moi que vous l'avez raté ? hurla Mia, hors d'elle. Espèce d'ordure ! C'est vous qui avez essayé de me violer mais c'est ma faute si vous avez perdu le contrat ? Vous plaisantez !

— Ta gueule, putain ! siffla Charles en resserrant sa prise d'un air menaçant.

— Lâchez-moi. Ne vous avisez plus jamais de poser vos sales pattes sur moi.

Elle savait déjà que sa poigne de fer laisserait des marques sur sa peau. Tout ce qu'elle voulait, c'était échapper à ce fou pour retrouver Gabe et la sécurité de son bureau – de ses bras.

Il pleuvait de plus en plus fort, et Mia cilla pour faire tomber les gouttelettes accrochées à ses cils. Elle commençait à grelotter.

— Il faut qu'on discute, toi et moi, poursuivit Charles. Je veux connaître le détail des offres que les autres ont mises sur la table. Je sais que tu as accès à ces informations. Ma seule chance de décrocher ce marché, c'est de proposer un devis défiant toute concurrence. Je perdrai peut-être un peu d'argent sur ce coup-là, mais ça m'ouvrira des portes par la suite. J'ai besoin de ce contrat, Mia, et tu vas m'aider à l'obtenir.

— Ça ne va pas, non ? Il est hors de question que je vous donne le moindre tuyau. Je refuse de trahir la confiance de Gabe et de mon frère pour faire plaisir à une ordure comme vous. Alors, maintenant, laissez-moi tranquille ou j'ameute tout le quartier.

— À ta place, j'éviterais, rétorqua-t-il d'une voix menaçante en lui mettant son téléphone sous le nez.

Il fallut un instant à la jeune femme pour comprendre ce qu'elle voyait, puis un cri d'horreur lui échappa. *Non ! Impossible !*

— Oh, mon Dieu…, souffla-t-elle, écœurée, dévastée.

Elle avait sous les yeux une photo d'elle-même, ligotée et à genoux sur le tapis, les lèvres refermées autour du sexe de Gabe.

Charles fit défiler son écran et lui montra un autre cliché d'elle, attachée à la table basse tandis que, une main crispée dans ses cheveux, il essayait d'introduire son érection dans sa bouche. Cela signifiait donc que l'un des deux autres hommes avait cru bon d'immortaliser l'instant. Quel genre d'odieux salopard pouvait bien faire un truc pareil ?

Mia dut rassembler toute sa volonté pour ne pas vomir sur le trottoir.

— Enflure ! siffla-t-elle.

Elle ne lui demanda même pas qui avait pris ces photos. La simple idée que d'autres aient pu les voir lui retournait l'estomac.

— Voilà ce qu'on va faire, Mia, reprit Charles en lui agrippant le bras de plus belle, comme s'il devinait qu'elle n'aspirait qu'à s'enfuir. Tu vas me fournir les infos dont j'ai besoin, sinon je montre ces photos au monde entier. Je doute que Jace apprécie de voir de telles images de sa petite sœur circuler sur Internet, pas toi ? Ce n'est pas tout à fait le genre de publicité que vous recherchez, je me trompe ?

Mia eut l'impression que son sang se glaçait dans ses veines. Hébétée, écrasée par l'horreur de la situation, elle dévisagea Charles en silence.

Il n'hésiterait pas à mettre sa menace à exécution, elle le lisait dans son regard.

— Connard ! lança-t-elle. Non seulement vous avez essayé de me violer mais, en plus, vous allez vous servir de ces photos pour me faire chanter ?

— Réfléchis bien, riposta-t-il en serrant les dents. Demain, c'est vendredi. Si je n'ai pas de nouvelles de ta part avant le week-end, je ferai en sorte que le monde entier te voie sous ton meilleur profil.

Là-dessus, il lui lâcha le bras et disparut dans la foule de piétons qui se hâtaient sous leur parapluie.

Mia demeura un long moment immobile, choquée. La pluie lui fouettait le visage et imprégnait ses vêtements, mais elle n'y prêta pas attention. Elle n'éprouvait qu'un effroi indicible face à la situation où elle se trouvait.

Si elle trahissait la confiance de Gabe, elle le perdrait à jamais, mais, si elle refusait, ces photos feraient le tour d'Internet. Jace les verrait. Tout le monde les verrait. Cela sonnerait le glas de l'amitié entre Jace et Gabe – et sans doute de leur partenariat professionnel. Pire : la réputation de Gabe serait entachée de façon irrémédiable. Il serait accusé d'avoir abusé d'elle, et, après le précédent causé par Lisa, personne ne le croirait quand il essaierait de se défendre.

Enfin, Mia se remit en mouvement. Serrant les sacs en papier détrempés contre sa poitrine, elle rejoignit l'immeuble de HCM d'un pas chancelant. La panique entravait ses mouvements et l'empêchait de réfléchir.

Elle parvint à gagner l'ascenseur, le cœur battant à tout rompre. Que faire ?

Elle avait effectivement accès aux chiffres qui intéressaient Charles, mais, même si elle lui fournissait ces informations et qu'il présentait un devis très alléchant, Gabe refuserait catégoriquement de lui confier le marché. Évidemment, Charles serait furieux et publierait les photos.

Comment se tirer de cette situation impossible ?

Aussitôt qu'elle entra dans le bureau de Gabe, ce dernier leva les yeux et se précipita vers elle, l'air inquiet.

— Mia ! Mais tu es toute trempée ! Tu n'avais pas pris de parapluie ?

Avec un juron bien senti, il lui prit les sacs des mains et les déposa par terre.

— Ça va ? Qu'est-ce qui t'est arrivé ? Tu as l'air toute retournée.

— N… non, j'ai froid, c'est tout, bredouilla-t-elle en grelottant. Je me suis fait surprendre par la pluie, ce n'est pas grave. Je t'assure.

— Tu es frigorifiée ! Viens, je te ramène à la maison pour que tu puisses prendre un bon bain chaud et te changer. Tu vas attraper la mort.

Elle recula d'un pas et secoua la tête avec une véhémence qui parut surprendre Gabe.

— Tu as un rendez-vous important, expliqua-t-elle. C'est inutile que tu m'accompagnes.

— On s'en fout, de mon rendez-vous, rétorqua-t-il sur un ton brusque. Ta santé passe avant tout.

— Non. Je n'ai qu'à demander au chauffeur de me ramener chez moi le temps de prendre une bonne douche et d'enfiler des vêtements secs. Je peux être de retour d'ici à une heure et demie.

Cette fois, ce fut Gabe qui secoua la tête.

— Il est hors de question que tu reviennes travailler. Demande au chauffeur de te ramener chez moi et attends-moi là-bas. Je rentrerai dès que ma réunion sera terminée.

Mia acquiesça. À présent qu'elle se trouvait dans la chaleur du bureau, elle frissonnait de façon incontrôlable.

Il fallait pourtant qu'elle fasse bonne figure devant Gabe, sinon il devinerait que quelque chose clochait.

Elle s'efforça donc de sourire.

— Les bagels n'ont pas pris l'eau, eux. Il faut que tu manges, Gabe.

Il lui caressa doucement la joue avant de déposer un baiser sur ses lèvres froides.

— Ne t'inquiète pas pour moi. Emporte ton déjeuner et détends-toi. Je rentre m'occuper de toi dès que je peux m'échapper. D'accord ?

Ces paroles lui firent chaud au cœur mais ne suffirent pas à effacer l'horreur de sa situation. Elle avait besoin de temps pour réfléchir.

Elle sentait poindre une sévère migraine.

Gabe repassa derrière son bureau pour décrocher son manteau et le mettre sur les épaules de Mia.

— Viens, je t'accompagne au moins jusqu'à la voiture. Tu m'appelles si tu as besoin de quoi que ce soit, OK ?

— Oui, dit-elle avec un pauvre petit sourire, mais ça va aller, je t'assure.

Elle détestait lui mentir.

Chapitre 34

En arrivant chez lui, ce soir-là, Gabe trouva toutes les lumières éteintes. Mia avait-elle changé d'avis et décidé de rentrer chez elle ?

Depuis leur retour de Paris, elle avait passé chaque nuit chez lui, sauf une fois où Jace l'avait invitée à dîner et raccompagnée chez elle ensuite. Cette soirée sans Mia avait d'ailleurs suffi à mettre Gabe de mauvaise humeur jusqu'au lendemain.

Il poussa un soupir de soulagement lorsque, en entrant dans le salon, il aperçut la jeune femme endormie sur le canapé. Elle avait allumé sa cheminée au gaz et s'était pelotonnée sous plusieurs plaids.

Gabe fronça les sourcils. Couvait-elle quelque chose ? Elle semblait pourtant en forme avant de sortir leur chercher à manger. Enjouée, souriante, plus belle que jamais… Cela le terrifiait de l'admettre, mais Gabe était devenu complètement accro. Elle éclairait son quotidien. La plupart des gens avaient besoin d'un café pour bien commencer la journée. Lui, il avait besoin de Mia.

Il s'approcha pour voir si elle semblait fiévreuse et remarqua qu'elle avait les paupières rouges et gonflées, comme si elle avait pleuré.

Que lui arrivait-il ? Lui cachait-elle quelque chose ? Il fut tenté de la réveiller pour lui demander ce qui la tracassait mais renonça aussitôt. Elle paraissait épuisée. Avait-elle déjà les yeux si cernés la veille ? S'était-il montré trop exigeant au cours de la nuit ? Était-ce pour cela qu'elle était malade ?

À cette idée, une vague de terreur lui noua l'estomac. Leur relation était-elle trop intense pour Mia ? Il se sentait pourtant incapable de calmer le jeu, au contraire. Loin de se lasser, il la désirait un peu plus chaque jour, comme si le temps ne faisait qu'aiguiser son obsession pour elle. Il avait vraiment fait preuve d'une rare bêtise en croyant pouvoir supporter qu'un autre la touche.

Chaque fois qu'il repensait à cette soirée parisienne, il ressentait le besoin de présenter des excuses à Mia. Certes, elle lui avait pardonné, mais il s'en voulait toujours.

Il ne méritait pas Mia ; il en était bien conscient. Pourtant, l'idée de la quitter pour qu'elle soit libre de rencontrer un homme à la hauteur lui faisait horreur. Il en mourrait.

Un coup d'œil à sa montre lui apprit qu'il était presque l'heure de dîner, et il se demanda si Mia avait ne serait-ce que déjeuné. Il obtint la réponse à sa question en entrant dans la cuisine. Le sac du traiteur était posé sur le plan de travail, intact. Gabe étouffa un juron. Il fallait que Mia se nourrisse.

Il ouvrit quelques placards à la recherche d'une boîte de soupe. La femme de ménage qu'il employait deux fois par semaine faisait en sorte qu'il ait toujours à sa disposition les aliments de base, et, chaque vendredi, il lui dressait une liste de ce qu'il pensait consommer pendant le week-end.

Cependant, il ne trouva rien de satisfaisant et appela le concierge pour qu'on lui livre quelques courses. Une fois sa commande passée, il raccrocha et se rendit dans la salle de bains, où il ouvrit l'armoire à pharmacie.

Évidemment, ne sachant pas de quoi Mia souffrait, il ignorait quoi lui donner. Avait-elle de la fièvre ? Un rhume ? Autre chose ? Il ne le découvrirait qu'une fois qu'elle serait réveillée, et il tenait à la laisser dormir aussi longtemps qu'elle en avait besoin.

Il retourna donc dans le salon à pas de loup et replaça soigneusement une des couvertures, qui avait glissé. Puis il déposa un baiser sur le front de Mia.

Elle était chaude mais pas fiévreuse, et sa respiration était régulière.

Gabe augmenta l'intensité de la flamme dans la cheminée, puis alla se changer en attendant qu'on lui livre la soupe de Mia.

Il aurait pu se remettre au travail – il avait quitté le bureau aussitôt son rendez-vous terminé et devait encore préparer la réunion du lundi suivant avec Jace et Ash –, mais, au lieu de cela, il sortit sa tablette et s'installa sur le canapé en face de Mia.

La présence de la jeune femme l'apaisait. Quand il était avec elle, il arrivait à ne pas penser au travail et à se détendre. Par exemple, il adorait bouquiner en silence à ses côtés.

Il lui avait offert une liseuse contenant déjà toutes ses œuvres préférées, et elle lui avait littéralement sauté au cou, avec une joie enfantine qui l'avait fait éclater de rire. Ça aussi, c'était nouveau : grâce à Mia, il riait de plus en plus souvent.

Elle était dotée d'un charme enjoué qu'il trouvait irrésistible. C'était comme un rayon de soleil qui illuminait sa vie. Il sourit en silence, mortifié de recourir à une métaphore aussi éculée. On aurait dit un adolescent aux hormones aussi enfiévrées que romantiques. Heureusement que personne ne pouvait lire dans ses pensées ; son image d'homme d'affaires inflexible en prendrait un sacré coup.

Dans son milieu, il fallait afficher une façade intimidante, froide, histoire d'inspirer une forme de crainte respectueuse. Si quelqu'un apprenait qu'une brunette malicieuse savait le mettre à genoux par son seul sourire, il serait fichu.

Son téléphone vibra : c'était le concierge, lui annonçant que sa commande était arrivée et qu'il montait la lui apporter. Gabe se leva pour aller l'accueillir devant l'ascenseur, le remercia puis se rendit dans la cuisine.

Il versa la soupe fumante dans un bol et fit griller deux tranches de pain. Puis il sortit du réfrigérateur une bouteille de limonade à la cerise – la boisson préférée de Mia. Il avait prié sa femme de ménage de s'assurer qu'il y en ait toujours en réserve. Il avait même fait une liste des goûts de la jeune femme et mettait un point d'honneur à ne jamais manquer de ce qu'elle aimait. Il voulait qu'elle se sente chez elle.

Il disposa la soupe, le pain grillé, la limonade et un verre sur un plateau, qu'il emporta dans le salon. Cela lui faisait de la peine de réveiller Mia, mais il fallait qu'elle mange et qu'elle lui dise ce qui n'allait pas. Au besoin, il ferait venir son médecin.

— Mia, dit-il d'une voix douce. Mia, ma chérie, réveille-toi. Le dîner est servi.

Elle remua en grommelant quelque chose d'inintelligible puis détourna la tête.

Gabe rit doucement. Elle était toujours grognon au réveil.

Il lui caressa la joue, se délectant de sentir sa peau soyeuse sous ses doigts.

— Allez, Mia, réveille-toi, ma belle.

Elle ouvrit les yeux, et, dans son regard encore embrumé de sommeil, il lut un mélange de peur et d'inquiétude, qui le choqua profondément.

Qu'est-ce qui avait bien pu la mettre dans cet état-là ?

Elle bâilla et se frotta les paupières, puis se redressa en ramenant les couvertures autour d'elle dans un mouvement clairement protecteur.

Gabe se mordit la langue pour ne pas exiger des explications sur-le-champ. Mia paraissait extrêmement fragile, un peu comme après cette soirée de malheur à Paris. À ce souvenir, l'estomac de Gabe se noua.

— Coucou, petite marmotte, murmura-t-il d'une voix douce. Je t'ai apporté de la soupe. J'ai vu que tu n'avais pas touché à ton déjeuner.

— Non, j'avais surtout besoin de me réchauffer, expliqua-t-elle avec une grimace. Je n'avais pas faim.

— Tu te sens mieux ? Tu n'es pas malade, au moins ? Sinon, j'appelle mon médecin, tu sais.

— Non, ne t'en fais pas, répondit-elle en se passant la langue sur les lèvres. Une fois douchée, je tombais littéralement de sommeil, mais je vais bien, je t'assure.

Il avait du mal à le croire, sans bien savoir pourquoi. Mia ne semblait pas dans son assiette et donnait l'impression d'avoir pleuré. Mais peut-être qu'il s'inquiétait pour rien et qu'elle s'était juste frotté les yeux un peu trop fort avant de s'endormir.

— Et maintenant tu as faim ? demanda-t-il.

— Oui ! reconnut-elle en détaillant le contenu du plateau.

Comme elle faisait mine de s'asseoir normalement sur le canapé, Gabe lui tendit la main pour l'aider, et elle entremêla ses doigts aux siens.

— Merci, murmura-t-elle. Tu es tellement gentil...

Il n'était pas rare qu'elle lui dise cela, mais, chaque fois, il éprouvait une pointe de culpabilité.

Il la regarda manger, réprimant son envie de la toucher, de la protéger de ce qui, visiblement, la tracassait. C'était un besoin vital qu'il ne contrôlait absolument pas – pas plus qu'il ne contrôlait son attirance pour elle. Elle lui faisait perdre toute logique, toute raison..., elle lui faisait perdre la tête.

Quand elle eut terminé son repas, elle repoussa la couverture qu'elle avait gardée sur ses genoux et, à la grande surprise de Gabe et à sa plus grande joie encore, elle remonta les jambes sur le canapé et vint se blottir contre lui.

Il la prit dans ses bras et se pencha pour récupérer la couverture, qu'il ramena sur eux deux. Il savoura la sensation du corps de Mia, si doux et si chaud contre le sien, et enfouit le nez dans ses cheveux.

— Merci pour le dîner, murmura-t-elle. Ça va déjà mieux. Maintenant, j'ai juste besoin que tu me serres dans tes bras.

Ces quelques mots lui allèrent droit au cœur. Mia s'exprimait avec une telle confiance, une telle simplicité. Elle ne lui demandait jamais rien de matériel, se moquait complètement de son argent et de ce qu'il pouvait lui offrir avec sa fortune. Tout ce qu'elle lui réclamait, c'était de la tendresse et du réconfort, tout simplement.

Il aurait dû s'enorgueillir de savoir qu'elle s'en remettait entièrement à lui, qu'il détenait un tel pouvoir sur elle.

Pourtant, cela lui rappelait aussi qu'il aurait facilement pu la détruire.

— Tu veux rester ici, près du feu, ou tu préfères aller te coucher ? l'interrogea-t-il en lui caressant les cheveux.

— Mmmh, fit-elle d'une voix déjà ensommeillée. Pour le moment, je suis bien ici, à regarder les flammes. Je me demande s'il neige, dehors.

— Je ne crois pas, indiqua-t-il en tournant la tête vers la fenêtre. Ou, alors, c'est très léger, parce que je ne vois rien.

— Oh, j'ai mal à la tête, grogna-t-elle en cachant le visage dans son cou.

— Pourquoi tu ne me l'as pas dit plus tôt ?

— J'ai pris du paracétamol avant de dormir, expliqua-t-elle en haussant les épaules. J'espérais qu'avec un peu de repos et une bonne soupe ça passerait, mais non…

Gabe se dégagea doucement et se leva pour aller chercher des antidouleur.

— Tiens, dit-il en lui tendant un cachet. C'est ce que je t'avais donné pour soulager ta gueule de bois.

— Ce n'est pas la peine, protesta-t-elle avec une grimace. Je vais être complètement dans le brouillard, après.

— Ça vaut mieux que d'avoir mal au crâne, non ? rétorqua-t-il sur un ton patient. Fais-moi plaisir, avale ça et je m'occupe du reste. Si tu veux, on peut rester ici le temps que tu t'endormes, et je te porterai jusqu'au lit, d'accord ? Demain matin, si ça ne va pas mieux, j'appelle mon médecin.

— Oui, chef, acquiesça-t-elle avec un demi-sourire qui creusa une fossette dans sa joue.

Il lui donna donc le comprimé et la bouteille de limonade et, une fois qu'elle eut pris le médicament, il se rassit à côté d'elle, l'attirant dans ses bras et lui étendant la couverture sur les jambes.

— Je suis tellement contente d'être avec toi, Gabe ! déclara-t-elle avec un soupir en se pelotonnant contre lui. J'ai vraiment bien fait de tenter ma chance, ajouta-t-elle dans un murmure presque inaudible.

Quand il comprit ce qu'elle venait de dire, Gabe fut submergé d'une joie immense qui lui coupa le souffle. Puis il perçut la note de mélancolie contenue dans son message, comme s'il s'agissait du prélude à un adieu. Il refusait d'envisager cette possibilité. Il ferait tout ce qui était en son pouvoir pour garder Mia à ses côtés.

— Moi aussi, je suis content que tu sois là, ma belle, répondit-il d'une voix douce.

Chapitre 35

Mia enfila sa veste en cuir et se prépara à partir. Gabe ne serait pas content de la voir arriver au bureau quelques heures après lui avoir recommandé de rester se reposer.

Il semblait croire qu'elle couvait quelque chose après son coup de froid de la veille.

Elle avait passé l'après-midi en état de choc, trop paniquée pour réfléchir à la marche à suivre. Il lui restait peu de temps, à présent : Charles attendait de ses nouvelles avant la fin de la journée.

La jeune femme avait le cœur au bord des lèvres en montant dans la voiture qui allait la conduire au bureau de Gabe – à son bureau.

Elle avait retourné le problème dans tous les sens, et la seule solution viable était de tout raconter à Gabe en espérant qu'il trouve un moyen de les sortir de ce mauvais pas. Il était hors de question qu'elle trahisse sa confiance. Elle ignorait encore ce que l'avenir leur réservait, mais il était temps pour eux d'affronter Jace et de lui avouer la vérité. Cela amoindrirait considérablement l'influence que Charles Willis pensait détenir.

En se couchant, la veille, elle avait prétexté qu'elle avait encore froid pour enfiler un tee-shirt à manches longues et dissimuler les bleus que ce salaud lui avait faits. Gabe n'aurait pas manqué de les remarquer, et elle se serait vue obligée d'expliquer la situation avant d'y avoir mûrement réfléchi.

Tandis que le chauffeur s'insérait dans la circulation de cette fin de matinée, Mia se frotta le bras, pensive.

Il ne neigeait pas encore, mais de gros nuages bas et menaçants roulaient dans le ciel en dispensant une bruine froide.

Aussitôt que la voiture s'arrêta devant le siège de HCM, Mia courut jusqu'à l'entrée pour éviter de se faire mouiller. Une fois dans l'ascenseur, elle eut l'impression que son angoisse montait en même temps que la cabine.

Lorsqu'elle poussa la porte de la réception, Eleanor l'accueillit d'un air surpris.

— Mia ! M. Hamilton m'a dit que vous étiez souffrante. Vous vous sentez déjà mieux ?

— Un peu, oui, répondit Mia avec un sourire forcé. Gabe est dans son bureau ?

Eleanor hocha la tête.

— Merci. Veuillez à ce qu'on ne soit pas dérangés, nous devons discuter de questions importantes.

— Bien sûr, acquiesça la secrétaire. Appelez-moi si vous voulez que je vous commande à déjeuner.

Mia la remercia d'un bref sourire et s'engagea dans le couloir, l'estomac de plus en plus noué. Cela la rendait malade de devoir parler à Gabe des photos qu'elle avait vues ou des menaces que Charles Willis avait proférées. Cela lui répugnait d'avoir à réveiller les souvenirs de ce qui s'était produit à Paris. Cette histoire appartenait au passé, désormais.

Après une profonde inspiration, elle entra dans le bureau. Gabe leva les yeux vers elle et, aussitôt, vint à sa rencontre.

— Mia ! Qu'est-ce que tu fais ici ? Tu te sens mieux ? Tu aurais pu prendre une journée de repos, tu sais.

Il la serra contre lui puis s'écarta pour la regarder, comme s'il cherchait des signes de maladie sur son visage.

— Il faut que je t'avoue quelque chose, Gabe, commença-t-elle sur un ton hésitant. C'est à propos d'hier..., de ce qui s'est vraiment passé.

Il recula d'un pas pour l'examiner de la tête aux pieds, et son cœur se serra quand il vit la peur dans ses yeux et les marques d'épuisement sur son visage. Elle qui savait être ravissante même au réveil avait une mine atroce.

Il n'avait peut-être pas rêvé, la veille, quand il avait cru deviner, à ses paupières rougies, qu'elle avait pleuré.

— Viens t'asseoir, dit-il, la gorge nouée.

Il lui prit la main pour l'entraîner vers le canapé, mais elle se dégagea doucement.

— Non, je préfère rester debout. J'espère que tu ne vas pas trop m'en vouloir...

Ces mots l'inquiétèrent d'autant plus qu'il ne parvenait pas à imaginer ce qui avait pu se produire la veille. La journée avait commencé le plus naturellement du monde, jusqu'à ce que Mia décide d'aller chercher le déjeuner. Elle en était revenue trempée jusqu'aux os, mais, surtout, elle avait semblé en état de choc.

Il la contempla un instant, et la vulnérabilité, la terreur qu'il lut dans son regard lui firent l'effet d'un coup de poing. Cela le rendait malade qu'elle ait peur de lui – ou, du moins, de sa réaction.

Désireux de la rassurer, il lui caressa les bras et la serra doucement. Aussitôt, elle sursauta et s'écarta, posant une main à l'endroit où il l'avait touchée.

Il en resta bouche bée une seconde, puis commanda d'une voix ferme :

— Mia, enlève ta veste, s'il te plaît.

Elle hésita longuement et poussa un douloureux soupir tandis que ses yeux s'emplissaient de larmes.

Terrassé, incapable de patienter une minute de plus, Gabe fit glisser la veste des épaules de la jeune femme et remonta la manche du côté où elle semblait avoir mal. Pendant toute cette opération, elle garda les yeux baissés.

Gabe laissa échapper un juron quand il aperçut l'hématome violacé qui couvrait son bras. Il le survola du bout de l'index mais sans la toucher.

Lui prenant l'autre main, il l'entraîna vers la fenêtre, où la lumière était meilleure.

— Mais qu'est-ce qui t'est arrivé, Mia ?

Il traça les contours du bleu, et son pouls s'accéléra quand il comprit qu'il avait devant les yeux des empreintes de doigts. Quelqu'un avait violemment agrippé Mia et l'avait retenue dans une poigne de fer – un homme, vu la taille des marques.

Une larme roula sur la joue de la jeune femme, et elle la cueillit de sa main libre.

— Qui t'a fait ça, Mia ? demanda-t-il calmement malgré l'appréhension atroce qui lui tordait le ventre.

Il eut beau lutter pour se contenir, sa voix contenait une menace, la promesse d'une vengeance envers le salaud qui avait osé molester Mia.

— Charles Willis, répondit-elle dans un souffle.

— Quoi ?! explosa Gabe, la faisant sursauter.

Aussitôt, elle lui posa une main sur le torse et l'implora du regard. Elle devait le sentir trembler de rage sous sa paume.

— Hier, alors que je revenais du petit traiteur, il m'a arrêtée non loin de l'immeuble. Il voulait que je lui donne des informations sur les offres que vous avez reçues pour le projet parisien. Il disait que sa seule chance de remporter le marché, ce serait de vous présenter un devis défiant toute concurrence.

Gabe frissonna, en proie à un dérangeant pressentiment.

— Tu lui as donné ce qu'il voulait ?

Était-ce la raison pour laquelle elle semblait craindre sa colère ?

— Non ! s'exclama-t-elle, outrée qu'il ose lui poser cette question.

— C'est pour ça qu'il t'a fait tous ces bleus ? Je vais le tuer, ce fils de...

— Attends, ce n'est pas tout, intervint Mia d'une voix étranglée avant de se détourner en se frottant les bras comme pour se protéger. C'est horrible, Gabe. Il m'a fait du chantage. Il... il m'a montré des photos...

— Des photos de quoi ?

Elle lui fit face, les traits tirés par l'angoisse.

— De nous ! À Paris, dans la suite. Il y en avait une de moi, ligotée au milieu du salon, avec... toi... dans ma bouche, expliqua-t-elle en tremblant si violemment qu'elle semblait sur le point de s'évanouir. Sur la deuxième photo, on me voyait attachée à la table, au moment où Charles essayait de...

— L'infâme connard ! hurla Gabe.

Devant la violence de sa réaction, Mia recula d'un pas.

— Il a dit que, si je ne lui donnais pas les infos qu'il me réclamait, il allait diffuser ces images sur Internet… qu'il allait tout raconter à Jace et ternir ta réputation.

Gabe était trop abasourdi pour formuler une réponse cohérente, trop furieux pour réfléchir. Il se passa une main dans les cheveux, puis sur le visage.

Mia s'approcha de lui, le regard empreint de douceur.

— Il fallait que je te le dise, Gabe. Il fallait que je te raconte toute l'histoire. Je n'ai jamais envisagé de te trahir – j'en serais incapable –, mais si tu voyais ces photos ! Charles est aux abois ; il a exigé que je lui donne ma réponse ce soir au plus tard.

Gabe laissa retomber sa main et contempla Mia avec un émerveillement nouveau. Elle aurait pu lui mentir pour sauver son image, mais, au lieu de cela, elle avait choisi de lui faire confiance. Même après ce qu'il lui avait fait à Paris, elle s'était tournée vers lui et l'avait supplié de trouver une solution alors que, précisément, c'était sa faute à lui si ces satanées photos existaient.

Il crut que son cœur allait éclater. Peu de personnes auraient eu autant de scrupules à livrer ces informations. À vrai dire, il n'était pas certain qu'il en aurait voulu à Mia si elle avait tenté de se protéger. Mais non, elle avait eu le courage de venir tout lui raconter.

Il n'en revenait pas. Il la dévisageait en silence, le souffle coupé par l'énormité de ce que cela impliquait.

Elle l'avait choisi, lui, au risque d'encourir une humiliation publique et la colère de son frère. Elle s'était tournée vers lui plutôt que vers Jace !

Elle lui avait déjà pardonné l'impardonnable, mais en plus, alors qu'on l'avait forcée à voir les images qui prouvaient justement l'étendue de sa trahison à lui, elle était restée honnête et droite. Elle était même venue lui demander son aide et sa protection.

Cela exprimait une foi en lui qui l'époustouflait complètement. Entre Lisa et ses adversaires en affaires, il avait pris l'habitude qu'on tente de lui jouer des tours pendables. Il s'y attendait de la part de presque tout le monde.

Mia avait fait preuve d'un immense courage en venant lui soumettre son problème alors même qu'elle redoutait sa réaction.

Ne supportant plus de voir la peur panique dans son regard, il l'attira contre lui et la serra de toutes ses forces, enfouit son visage dans ses cheveux et respira son doux parfum.

Il l'avait dans la peau, mais pas seulement. Elle était ancrée dans son cœur, dans son âme, comme une marque au fer rouge qui ne s'effacerait jamais.

— Mia, ma chérie, murmura-t-il. Après tout ce que je t'ai fait, tu es venue te confier à moi…

Elle s'écarta de lui, les yeux écarquillés sous l'effet de la crainte et du chagrin. Pas étonnant qu'elle ait paru secouée, la veille. En plus de la malmener physiquement, cette ordure l'avait terrifiée et humiliée.

— Je n'allais quand même pas trahir ta confiance, Gabe ! s'écria-t-elle. Et puis je n'avais pas le choix ! Si j'avais passé à Willis les infos qu'il réclamait, tu m'aurais éjectée de ta vie, à tout jamais. En revanche, si je ne lui donne pas de nouvelles aujourd'hui, il va nous exposer à une honte publique. Jace va découvrir le pot aux roses, ce qui risque de mettre un terme à votre amitié – sans parler de votre entreprise. Et puis pense à ta réputation. Ces photos…

Elle inspira profondément et ravala un sanglot avant de conclure :

— On pourrait croire que tu me forces à faire tout ça contre mon gré.

Gabe bouillonnait d'une froide colère et d'une détermination farouche, mais Mia avait besoin de calme. Elle avait besoin qu'il la rassure, et il comptait bien se montrer à la hauteur.

— Je m'en occupe, dit-il d'une voix douce. Oublie tout ça, d'accord ?

Elle releva les yeux vers lui, et il vit la peur céder la place à un soulagement plein d'espoir. Il lui caressa doucement le visage, cueillant une larme avec son pouce, puis l'embrassa passionnément.

Il lui déposa de légers baisers sur les paupières, le long des joues, puis reprit possession de ses lèvres, de sa langue. Il se délecta de son parfum si enivrant.

Lorsqu'il se recula, elle laissa échapper un sanglot, comme si elle craquait enfin après s'être si longtemps contenue. Elle se mit à pleurer à chaudes larmes, secouée par la profondeur de son chagrin, et le cœur de Gabe se serra.

— Oh, ma chérie ! Ne pleure pas, Mia, murmura-t-il en l'attirant contre lui.

Il l'entraîna vers le canapé et s'assit, la prenant sur ses genoux. Elle s'agrippa à lui, le visage enfoui dans son cou, et il la tint dans ses bras jusqu'à ce qu'elle se calme un peu.

— J'ai tellement peur, Gabe ! Je ne veux pas que mes actions causent du tort aux gens que j'aime. Toi, Jace…, vous risquez gros à cause de moi.

— Non, ma chérie ! Ce n'est pas ta faute. Ce serait plutôt la mienne. J'ai été complètement stupide, ce soir-là. Rien de tout cela ne serait arrivé si j'avais su te protéger.

— Qu'est-ce que tu vas faire ? demanda-t-elle, angoissée.

Elle avait des plaques rouges sur les joues, et les paupières toutes gonflées. Elle semblait malade, épuisée tant physiquement qu'émotionnellement.

— Ne pense plus à cette histoire, la rassura-t-il en lui caressant les cheveux. Tout ce que tu as besoin de savoir, c'est que je vais m'en occuper. Fais-moi confiance.

Il passa doucement la main sur le bras où Charles l'avait blessée. C'était la deuxième fois que cette ordure causait du tort à Mia. Il allait lui faire regretter d'être né.

Après avoir déposé un baiser sur le front de Mia, Gabe s'écarta doucement pour la regarder dans les yeux.

— Voici ce que je te propose : tu vas prendre le temps de te rafraîchir un peu, histoire que les autres ne te voient pas dans cet état. Puis, dès que tu seras prête, demande au chauffeur de te raccompagner chez moi. Je t'y rejoindrai dès que possible. D'accord ?

— Et toi, où tu vas ? l'interrogea-t-elle, inquiète.

Il lui passa un doigt sur les lèvres, en savourant la douceur veloutée avant d'y déposer un baiser.

— Je vais aller m'assurer que Charles Willis n'ose plus jamais te menacer.

Chapitre 36

Les poings serrés, Gabe se dirigea vers l'immeuble où se trouvaient les locaux de Charles Willis, sur Lexington Avenue.

Il avait confié Mia à un chauffeur, après qu'elle se fut passé de l'eau sur le visage et qu'elle lui eut décrit en détail les photos que Charles lui avait montrées.

Le bureau de celui-ci se trouvait au premier étage, qu'il partageait avec une autre société car il ne passait pas souvent à New York. La compagnie familiale avait des branches un peu partout dans le monde, mais Gabe ne referait jamais affaire avec eux. S'il n'avait pas pris en considération les centaines d'innocents que cette société employait, Gabe l'aurait réduite en poussière, mais il allait devoir se contenter de rayer Charles Willis de son répertoire à jamais.

Il passa devant la réception sans ralentir l'allure et ouvrit la porte du bureau de Charles d'un geste brusque, si bien qu'elle alla heurter le mur. Charles leva les yeux, surpris, et Gabe vit un éclair de peur passer sur son visage avant qu'il adopte un masque avenant.

— Gabe ! lança-t-il d'une voix enjouée. Que puis-je faire pour vous ?

Gabe claqua la porte derrière lui et s'avança vers Charles, qui voûta les épaules, visiblement mal à l'aise.

— Vous avez fait une grosse boulette, Willis, commença Gabe d'une voix douce mais menaçante. Vous avez posé vos sales pattes sur une femme qui m'appartient. Vous lui avez fait peur, vous lui avez fait mal, mais le pire, c'est que vous avez essayé de lui faire du chantage.

Charles haussa les épaules en affectant une arrogance détachée.

— Et alors ? Ce n'est qu'une pute parmi tant d'autres.

Fou de rage, Gabe se précipita vers lui et, d'un coup de poing, l'envoya valser contre les étagères placées derrière son bureau. Sonné, Charles s'essuya la bouche et aperçut du sang sur sa main.

— Je vais porter plainte pour coups et blessures ! hurla-t-il. Pour qui vous prenez-vous, à entrer dans mon bureau comme ça, pour m'attaquer ?

— Espèce de misérable ordure, siffla Gabe entre ses dents serrées. Estimez-vous heureux que je ne vous étrangle pas. Si vous osez vous approcher de Mia à moins d'un kilomètre, je vous ferai la peau et, quand j'en aurai fini avec vous, vous n'aurez plus rien : ni crédibilité, ni amis, ni contrats... Rien !

Charles blêmit.

— Je vais diffuser ces photos, je vous préviens ! balbutia-t-il.

Gabe s'immobilisa complètement.

— Faites donc, Charles. Diffusez ces photos, et je vous ferai condamner pour viol. C'est exactement ce que vous avez essayé de faire, après tout, et ces images le prouvent. Je me moque éperdument que ma réputation soit ternie au passage. Il est hors de question que je vous laisse humilier Mia de la sorte. Si ces clichés refont surface un jour, je vous promets que vous passerez le reste de votre vie à jouer la poupée gonflable pour votre voisin de cellule.

Il n'avait jamais été aussi sérieux de toute sa vie, et Charles le comprit. Il perdit toute contenance.

— Je suis prêt à dépenser jusqu'au dernier cent de ma fortune pour vous faire enfermer, s'il le faut, poursuivit Gabe avec une froide conviction. J'ai beaucoup de connaissances fort utiles, figurez-vous, dont plusieurs personnes à qui j'ai rendu service et qui me sont redevables.

Charles semblait sur le point de s'évanouir. Il tenta de se relever en prenant appui sur les étagères, mais ses jambes se dérobèrent sous lui.

— Je suis désolé, bredouilla-t-il, vaincu. J'étais paniqué. Je savais que vous ne voudriez pas me confier ce marché après ce qui s'était passé à Paris, mais j'ai besoin de ce contrat, Gabe. Il me le faut !

Gabe tendit la main à Charles, qui hésita un instant avant de la saisir pour se relever.

Aussitôt qu'il fut sur ses pieds, Gabe lui décocha un autre coup de poing. Du sang jaillit du nez de Charles, qui retomba contre les étagères.

— Ça, c'est pour avoir osé toucher Mia et laisser des traces sur sa peau. Si jamais vous recommencez vos conneries, je vous traquerai comme une bête. Croyez-moi, Willis, personne ne retrouvera jamais votre carcasse.

Sur cette promesse, Gabe tourna les talons. Charles était peut-être stupide, mais certainement pas au point de douter de sa détermination.

Gabe remonta dans sa voiture et donna l'adresse de son appartement. Il était impatient de retrouver Mia pour la rassurer.

Il éprouvait toujours un mélange d'émerveillement et d'humilité quand il repensait à la confiance qu'elle lui avait témoignée.

Cette fille était un cadeau tombé du ciel.

Il passa tout le trajet à penser à elle et à réfléchir à ce qu'il voulait lui dire.

Ce triste épisode lui avait permis de comprendre à quel point leur secret était fragile. Cela valait-il vraiment la peine de s'entêter dans le mensonge ?

Au début de leur relation, il était entièrement d'accord avec Mia sur la nécessité de préserver Jace. Mais c'était uniquement parce que, à l'époque, il croyait que leur aventure ne durerait pas…

À présent, il refusait d'envisager qu'elle puisse se terminer un jour. Il n'aurait su dire à quel moment son regard sur la jeune femme avait changé, mais il était sûr d'une chose : il n'imaginait pas avoir envie de la quitter – en tout cas, pas dans un avenir proche.

Il fallait qu'ils mettent Jace au courant, quitte à passer un mauvais quart d'heure. Au bureau, Gabe éprouvait de plus en plus de difficultés à traiter Mia comme une simple employée – ou comme la sœur de Jace.

Cependant, il ne savait pas quel serait l'avis de l'intéressée sur la question. Évidemment, rien ne les obligeait à entrer dans les détails en mettant Jace au courant. Personne n'avait besoin de connaître l'existence du contrat. À vrai dire, cela lui faisait honte d'avoir imposé ces règles ridicules à Mia. Après des années passées à vivre ses relations selon ce cadre ultrastrict, il se rendait enfin compte qu'il s'agissait en fait d'une réaction exagérée au traumatisme de son divorce.

Mais c'était fini, tout ça. Il ne songeait plus à se protéger. Tout ce qu'il voulait, c'était rassurer Mia et lui faire oublier les menaces de Charles Willis.

Il brûlait d'envie de la toucher, de la serrer contre lui, de respirer le même air qu'elle. Il voulait goûter sa saveur et sentir sa peau contre la sienne.

Il implora mentalement son chauffeur d'accélérer. Ces quelques heures sans Mia avaient suffi à user sa patience. Cette fille était sa drogue, et il était déjà en manque.

Mia avait passé l'après-midi à tourner en rond dans l'appartement de Gabe en regardant sa montre toutes les cinq minutes ou presque.

Qu'avait-il fait ? Et comment pouvait-il être sûr que les photos ne seraient jamais publiées ? Avait-elle eu raison de l'impliquer dans cette histoire ?

Elle était épuisée, et la migraine qui lui vrillait les tempes n'arrangeait pas son affaire. Elle avait pris deux comprimés de paracétamol dans l'armoire à pharmacie de Gabe, mais la douleur persistait.

Enfin, elle entendit l'ascenseur arriver et se précipita vers Gabe à l'instant même où il entrait dans le salon.

Elle se jeta dans ses bras, et il la serra de toutes ses forces, la soulevant légèrement. Elle passa les jambes autour de sa taille, et il lui prit les fesses à pleines mains pour la soutenir.

— Ça va, ma belle ? murmura-t-il en la regardant dans les yeux.

— Oui, ça va mieux, maintenant que tu es ici. Je me suis fait un sang d'encre.

Il la porta jusqu'au canapé et s'assit, l'installant à califourchon sur lui. Il l'embrassa tendrement tout en lui caressant les cheveux.

— Tout va bien, ma chérie. Tu as ma promesse que Charles Willis ne nous posera plus jamais de problème.

— Qu'est-ce que tu as fait ? demanda-t-elle en se mordant la lèvre, soucieuse.

— Disons que nous avons trouvé un terrain d'entente, lui et moi. C'est fini, Mia ; je t'assure qu'il ne viendra plus jamais nous inquiéter.

Au même instant, elle aperçut les écorchures sur ses phalanges et fronça les sourcils.

— Qu'est-ce que tu as fait, Gabe ?

— Il avait osé te toucher. À deux reprises, il a posé ses sales pattes sur toi et a essayé de te faire du mal.

— Mais…, s'il porte plainte, tu risques de te faire arrêter, protesta-t-elle, l'air malheureux. Alors toute l'affaire sera exposée au grand jour. Franchement, ça ne mérite pas que tu finisses en prison.

— Si, Mia, rétorqua-t-il dans un grondement. Tu mérites le monde entier. Je serais prêt à mourir pour toi. Alors, s'il suffit d'un tour en cabane pour empêcher un sale vicelard de s'en prendre à toi, ça ne me fait pas peur.

Profondément secouée par la véhémence avec laquelle il venait de prononcer ces mots, elle le dévisagea en silence. Un fol espoir s'empara d'elle et lui fouetta le sang, la réchauffant de l'intérieur. Des larmes lui brûlèrent les paupières et menacèrent de rouler sur ses joues.

Elle porta la main de Gabe à ses lèvres et déposa un léger baiser sur ses éraflures.

Le regard de Gabe s'adoucit, et il lui caressa tendrement la joue.

— Il y a autre chose dont je voudrais te parler, Mia.

Elle perçut un net changement de ton – une pointe d'incertitude derrière sa détermination.

— Oui ?

— Je pense qu'on devrait dire à Jace qu'on est ensemble, toi et moi.

Elle écarquilla les yeux.

— On n'a pas besoin de tout lui raconter en détail, reprit-il, mais j'en ai assez de faire comme si tu ne comptais pas pour moi. Tu vis dans la peur qu'il comprenne ce qu'il y a entre nous et que ça envenime les choses entre lui et moi – ainsi qu'entre vous deux. Autant s'épargner cette source d'inquiétude, non ? Jace sera peut-être en colère au début mais il finira par s'y faire.

Mia inspira profondément face à la portée de cet aveu. Gabe souhaitait vivre leur relation au grand jour ? La jeune femme osait à peine imaginer ce que cela signifiait. Elle préférait considérer qu'il s'agissait surtout pour Gabe de s'éviter des tracas inutiles.

— Mia ? Tu es d'accord ?

Elle cilla et reporta son attention sur lui. Il la dévisageait avec une lueur de détermination dans le regard. Lentement, elle acquiesça.

— Quand comptes-tu le lui dire ? s'enquit-elle.

— Dès qu'il reviendra à New York, c'est-à-dire lundi, pour la réunion. Je vais le prévenir que nous avons besoin de lui parler d'un truc important.

— OK, convint Mia, le cœur battant.

— Bon. Maintenant que toutes ces histoires sont réglées, voici ce que j'aimerais qu'on fasse, reprit Gabe en entremêlant ses doigts aux siens. J'aimerais qu'on passe le week-end ensemble, à ne s'occuper que de nous. On pourrait se faire livrer nos repas et s'installer au coin du feu pour regarder la pluie se changer en neige. Qu'est-ce que tu en dis ?

— C'est parfait, Gabe, soupira Mia en se blottissant contre lui.

Chapitre 37

Gabe veilla sur Mia pendant tout le week-end et fit de son mieux pour lui changer les idées, chaque fois qu'il voyait le moindre signe d'inquiétude sur son visage. Visiblement, la situation avec Charles Willis la préoccupait encore, même s'il était certain d'avoir fait passer le message.

Histoire de ne rien laisser au hasard, il passa quelques coups de téléphone discrets afin d'être tenu au courant des agissements de Willis. Il se garda bien de le dire à Mia, cependant ; il préférait qu'elle cesse entièrement d'y penser.

Dimanche, après une indécente grasse matinée, il l'emmena prendre un brunch tardif dans un restaurant qui était déjà décoré pour Noël. Il savait que Mia adorait l'ambiance des fêtes, et, effectivement, le visage de la jeune femme s'illumina dès qu'ils entrèrent.

Gabe envisageait de modifier ses plans pour Thanksgiving. Sa décision dépendrait beaucoup de la réaction de Jace lorsqu'ils lui annonceraient la nouvelle. Gabe était ravi que ses parents essaient de recoller les morceaux, mais l'idée de passer une journée entière avec eux dans ce contexte le mettait mal à l'aise. Par ailleurs, il n'avait aucune envie de passer Thanksgiving sans Mia, surtout si Jace n'était pas à New York pour lui tenir compagnie.

Lorsqu'ils sortirent du restaurant, le crépuscule baignait la ville, et les trottoirs luisaient doucement à la lueur combinée des lampadaires et des phares. Mia leva la tête et éclata de rire quand un flocon de neige vint se poser sur son nez.

Elle ouvrit les bras et exécuta une pirouette, faisant voler les pans de son manteau, ainsi que les longues mèches qui s'échappaient de son bonnet de laine.

Fasciné, Gabe sortit son téléphone et la prit en photo sans même qu'elle s'en rende compte tant elle était absorbée par son bonheur.

— Brrr, il fait froid ! s'exclama-t-elle en revenant vers lui.

Elle passa les mains sous le manteau ouvert de Gabe et se serra contre lui en frissonnant. Il lui caressa le dos, souriant devant tant d'exubérance joyeuse.

— Viens, on va se mettre à l'abri, dit-il en l'entraînant vers la voiture.

Ils s'installèrent sur les sièges chauffants, et Mia s'adossa à la banquette avec un soupir satisfait.

— Vive le confort moderne ! s'écria-t-elle.

— Oh, moi aussi, je peux te réchauffer, tu sais, affirma-t-il en riant doucement.

— Mmmh… Dès qu'on arrive à la maison, je te prends au mot, répliqua-t-elle d'une voix suave.

— Ça tombe bien, j'avais justement une petite idée derrière la tête, murmura-t-il en faisant remonter une main à l'intérieur de sa cuisse avant de la reposer innocemment sur son genou.

— Ah oui ? fit-elle en haussant un sourcil d'un air coquin. Tu veux bien m'en dire plus ?

— Non. Tu verras en arrivant.

Elle esquissa une moue boudeuse qui le fit sourire.

À vrai dire, il était un peu tendu en repensant à ce qu'il avait préparé, mais il tenait à effacer le souvenir de la dernière fois où il avait ligoté Mia et à le remplacer par quelque chose de beau, de tendre et de sensuel.

Il ne doutait pas que, s'il prenait son temps, il pourrait la mener à une extase incroyable, mais il ne voulait surtout pas la forcer à quoi que ce soit. Il se promit donc de toujours garder un œil sur elle et de tout arrêter au moindre signe d'inconfort de sa part. Il ne voulait plus jamais lui donner de raisons de se méfier de lui.

En arrivant devant son immeuble, il l'aida à descendre de voiture puis lui tint la main dans l'ascenseur. Une fois à l'intérieur, il la débarrassa de son manteau et de son bonnet, et elle entra dans le salon en se frottant les bras.

Il avait laissé la cheminée allumée, de sorte qu'il régnait une douce chaleur dans la pièce.

Il accrocha le manteau de Mia et retira le sien avant de la rejoindre. Elle se tenait juste devant le feu.

— Reste là et déshabille-toi, ordonna-t-il d'une voix vibrante de désir.

Elle leva les yeux vers lui, et, au lieu de la méfiance qu'il redoutait, il n'y vit qu'une étincelle joueuse.

— Il faut que j'aille chercher quelques accessoires dans la chambre, mais je reviens tout de suite.

Il se dépêcha de rassembler une corde de soie, un plug, du lubrifiant et un vibromasseur avant de retourner dans le salon, où Mia se tenait nue devant la cheminée. La lueur des flammes soulignait sa silhouette et dansait sur sa peau satinée.

Gabe eut le souffle coupé par tant de beauté.

Puis elle se retourna et aperçut ce qu'il avait dans les mains. Elle écarquilla les yeux, l'air interrogateur.

Auparavant, il n'aurait jamais pris la peine de justifier ses décisions. Il avait toujours considéré que les femmes qui choisissaient de signer le contrat acceptaient de faire absolument tout ce qu'il exigeait d'elles.

Mais il était avec Mia, à présent, et il tenait à ce qu'elle comprenne ses intentions – à ce qu'elle n'ait plus jamais peur de lui ou de ce qu'il pourrait lui réserver. Il ne voulait surtout pas lui donner de raison de le quitter.

— J'aimerais que tu me donnes une autre chance de te montrer à quel point le bondage peut être beau et appréciable, expliqua-t-il à voix basse. La dernière fois que j'ai essayé ça, à Paris, cela faisait partie d'un stupide caprice personnel qui n'avait rien à voir avec toi. J'en suis désolé. Cette fois-ci sera à l'opposé, fais-moi confiance.

— Évidemment que je te fais confiance, Gabe. Tant qu'il n'y a que toi, tant que personne d'autre ne me touche, je n'ai aucune objection à ce que tu me fasses découvrir des choses. Je n'ai peur de rien, avec toi.

Gabe fut bouleversé par tant de douceur. Personne n'avait jamais manifesté une foi si profonde en lui, ni sa femme ni les conquêtes qu'il avait enchaînées depuis son divorce. Ces dernières ne voyaient en lui qu'un homme au statut social impressionnant et au compte en banque bien fourni. Obnubilées par les biens matériels qu'il pouvait leur offrir, elles n'avaient jamais vraiment cherché à le connaître, lui.

Mia, au contraire, savait exactement à qui elle avait affaire et elle l'acceptait sans réserve. Elle le désirait autant qu'il la désirait, elle, sans se préoccuper de sa fortune.

Elle connaissait le véritable Gabe Hamilton, et c'était cet homme-là qu'elle voulait.

Il commençait à comprendre qu'avec elle il pouvait se permettre de baisser la garde et de dévoiler une part de lui-même qu'il avait longtemps cachée. De même que Mia lui faisait confiance, il hésitait de moins en moins à lui ouvrir son cœur.

La prenant par la main, il l'entraîna vers l'ottomane et la fit mettre à quatre pattes, puis il commença à faire passer la corde autour de ses seins, mettant en valeur leurs douces rondeurs. Ensuite, il lui demanda de poser la joue sur le siège en cuir et lui ramena les bras dans le dos pour lui attacher les poignets.

Après cela, il fit passer une longueur de corde de chaque côté de son buste et lui lia les chevilles de telle sorte qu'elle n'avait d'autre choix que d'écarter les jambes.

Elle se trouvait donc à la merci de tout ce qu'il avait envie de lui faire – et il avait envie de lui faire mille et une choses.

L'érection qui déformait son pantalon le faisait presque souffrir, mais il tenait à y aller doucement et à entraîner Mia vers des sommets de plaisir.

Il passa une main sur ses fesses et glissa les doigts entre ses lèvres soyeuses. Il les caressa un moment avant d'introduire son index. Il sentit les parois brûlantes se resserrer autour de lui.

Il se retira et s'approcha du visage de Mia.

— Suce mon doigt, Mia. Goûte à quel point tu es délicieuse et imagine que c'est ma queue que tu as dans la bouche.

Elle hésita une seconde avant d'entrouvrir les lèvres, puis il glissa son doigt sur sa langue. Mia le suça doucement, puis il s'écarta pour aller chercher le plug et le vibromasseur. En voyant cela, elle ouvrit grands les yeux d'un air gourmand qui le fit sourire.

Il mit du lubrifiant au bout du plug ainsi qu'autour de l'anus de la jeune femme. Puis il positionna la tête du sex-toy à l'entrée et donna de petites poussées, laissant le temps à Mia de s'habituer.

Fasciné, il regarda son anus se dilater progressivement et imagina que c'était son sexe qui le pénétrait ainsi. Il poussa un grondement sourd en voyant Mia haleter tandis que son corps accueillait le plug. Enfin, il l'introduisit entièrement, et elle se détendit avec un soupir, fermant les yeux un instant.

— Ne t'endors pas, ma belle ; je ne fais que commencer, la taquina-t-il avec un sourire.

— Je ne sais pas si je vais survivre ! s'écria-t-elle dans un souffle.

Il attrapa le vibromasseur et l'alluma à un rythme soutenu. Aussitôt qu'il en effleura le clitoris de Mia, elle sursauta violemment. Pourtant, ligotée comme elle l'était, elle ne pouvait échapper aux sensations délicieuses qu'il comptait lui procurer. De nouveau, il approcha le gode, mais, cette fois, il le fit glisser entre les lèvres de la jeune femme, jusqu'à l'entrée de son sexe.

Il la pénétra très légèrement, en de petits va-et-vient.

Mia gémit, les traits crispés sous l'effet du plaisir.

Alors Gabe poussa le vibromasseur jusqu'au bout, arrachant à la jeune femme un petit cri étouffé. Elle était parfaitement comblée, entre le plug et le gode au diamètre impressionnant.

Gabe reprit ses mouvements, et Mia se mit à remuer les hanches pour venir à sa rencontre. Elle tremblait comme une feuille, si bien que Gabe crut qu'elle allait tomber de l'ottomane.

— Gabe ! S'il te plaît ! le supplia-t-elle.

— Qu'est-ce qu'il y a, ma chérie ? Tu aimerais jouir, peut-être ? demanda-t-il sur un ton badin.

— Tu le sais très bien ! répondit-elle dans un grognement.

Avec un petit rire, il retira le vibromasseur et se pencha derrière elle pour faire jouer sa langue sur son clitoris puis entre ses lèvres.

— Oh ! s'exclama-t-elle.

Gabe pressa son visage contre la chair soyeuse de Mia et aspira doucement la petite excroissance tendue d'excitation. Soudain, il la sentit se durcir et comprit que l'orgasme approchait.

Alors il se releva, défit son pantalon et guida son érection d'une main sûre, pénétrant Mia d'une seule poussée.

— Oh, Gabe ! cria-t-elle dans un long souffle rauque.

Lui saisissant les poignets d'une main, il commença à donner de puissants coups de reins.

Très vite, il sentit un flot soyeux courir le long de son membre et goutter jusqu'à ses testicules. Il dut faire appel à toute sa volonté pour ne pas s'abandonner à son propre plaisir. Il tenait absolument à faire jouir Mia encore plusieurs fois avant la fin de cette nuit.

Soudain, elle fut secouée de spasmes, puis tous ses muscles se contractèrent, et elle se crispa brutalement avec un sanglot étouffé avant de se détendre complètement.

Gabe resta immobile, profondément ancré en elle, le temps qu'elle redescende des sommets d'extase qu'elle venait d'atteindre. Puis il se retira tout en douceur et se rhabilla.

Pendant que Mia recouvrait ses esprits, il alla chercher une de ses cravaches. Quand il revint, la jeune femme avait les yeux fermés.

Il s'approcha de l'ottomane et, du bout de la cravache, effleura les fesses de Mia. Aussitôt, elle sursauta et ouvrit les yeux avec une lueur d'excitation.

— Tu aimes ça, Mia ?

— Oui, murmura-t-elle.

— Ça te plaît, le claquement du cuir sur ta peau ? Cette douleur vive qui s'approche tellement du plaisir ?

— Oui ! répéta-t-elle, plus fort.

— Si je te donne la fessée, ce soir, ce n'est pas pour te punir. C'est uniquement pour notre plus grande jouissance à tous les deux. Et, quand j'aurai fini de marquer ta peau si douce, je compte venir prendre mon plaisir là, conclut-il en lui effleurant l'anus.

Mia poussa un gémissement qui lui fouetta le sang – un son si doux, si féminin…

Tout doucement, il retira le plug, et elle tressaillit avant de soupirer avec bonheur. Gabe posa le sex-toy de côté et, une fois de plus, caressa Mia avec la languette de la cravache avant de la faire claquer sur sa peau.

Il commença par des coups légers, gardant ses forces pour la fin. Il comptait prendre son temps pour zébrer ces jolies fesses de marques qui prouveraient leur appartenance. Il ne voulait pas y aller trop fort et risquer de dégoûter Mia. Il voulait qu'elle le supplie de continuer, pas d'arrêter.

Elle était tellement belle, ainsi ligotée, offerte, ses longs cheveux de jais tombant en cascades sur l'ottomane.

Chaque coup de cravache faisait brièvement affluer le sang sous sa peau, et Mia s'agitait, tirait sur la corde qui l'entravait, se tendait vers lui.

Au quinzième coup, il avait gagné en intensité, et les marques demeuraient plus longtemps, si bien que les fesses de Mia avaient pris une jolie teinte rose.

Encore deux ou trois, et il prendrait possession de ce ravissant petit cul afin de jouir de la totale soumission de Mia.

Soudain, le claquement de la cravache s'accompagna d'un autre son.

— Qu'est-ce que tu fous, putain ?! hurla Jace.

Tiré de son ivresse, Gabe tourna la tête et vit ses deux meilleurs amis debout devant l'ascenseur, dont les portes se refermaient lentement. Absorbé par le spectacle de Mia, Gabe ne l'avait même pas entendu arriver à son étage. Il ne s'était même pas rendu compte que Jace et Ash étaient entrés chez lui.

Puis il jeta un coup d'œil à Mia, et l'horreur qui se peignait sur ses traits lui fit l'effet d'un coup de poing dans le ventre.

— Non mais sérieux, qu'est-ce que tu fais ? renchérit Ash, ébahi, au moment même où Jace se jetait sur Gabe.

Chapitre 38

Gabe entendit le cri de Mia et se sentit voler à travers la pièce. Il atterrit sur le dos et, aussitôt, vit Jace se pencher sur lui, une expression meurtrière sur le visage.

Il eut l'impression que son nez éclatait sous le poing de son ami et roula sur le côté, mais il ne tenta même pas de rendre ses coups à Jace. Il en était tout simplement incapable.

Pendant ce temps, Ash s'affairait à détacher Mia, l'air bouleversé. Gabe aurait voulu l'aider et se défendre, mais Jace ne lui en laissa pas le loisir. Il l'attrapa par le col de sa chemise et le souleva de terre.

— Comment est-ce que tu as pu faire une chose pareille ? gronda-t-il. Je le savais, putain ! Espèce d'enculé ! Je n'arrive pas à croire que tu aies osé lui faire ça !

— Jace, arrête, laisse-moi au moins une chance de t'expliquer !

— Non ! Je ne veux même pas t'entendre. Qu'est-ce que tu crois pouvoir m'expliquer, Gabe ? Non mais, franchement, qu'est-ce qui t'a pris ? Tu veux qu'elle croie que c'est ça, une relation amoureuse ? Tu veux qu'elle s'imagine que tes goûts tordus sont la norme ? Et qu'est-ce qui va se passer quand tu vas te lasser d'elle, comme tu t'es lassé de toutes les autres ? Hein ? Tu veux qu'elle aille se chercher un autre pervers pour lui réclamer qu'il la batte ? C'est ça, que tu veux ?

Gabe baissa les yeux, assailli par la culpabilité. Les accusations de Jace l'atteignaient en plein cœur, comme autant de flèches empoisonnées. Une immense tristesse s'empara de lui. Jace avait largement raison : il avait profité de l'innocence de Mia et l'avait entraînée dans ses jeux. Il l'avait dépossédée de sa propre vie et lui avait causé des souffrances terribles, tant physiques que psychologiques – sans parler du stress de devoir cacher toute cette histoire à son frère, la seule famille qu'il lui restait.

La vérité, c'était qu'il ne méritait pas une femme pareille, douce et rayonnante, qui illuminait son monde au moindre de ses sourires.

Il s'était vraiment planté sur toute la ligne, avec elle. Ce contrat insensé, ces cachotteries vis-à-vis de Jace, la façon dont il l'avait traitée… Il avait réussi à creuser un fossé entre Mia et Jace, ainsi qu'entre Jace et lui. Il ne savait même pas s'il serait possible de réparer les dégâts un jour.

Pas étonnant que Jace ait pété les plombs en entrant dans la pièce. Gabe s'efforça de revoir la scène du point de vue de ses deux amis : la précieuse petite sœur de Jace ligotée, incapable de se défendre, tandis que Gabe lui fouettait les fesses à coups de cravache, laissant des marques rouge vif sur sa peau nue.

Gabe se rendit à l'évidence avec une grimace amère : personne ne le croirait s'il tentait de se justifier. Lui-même se serait condamné sans appel. À vrai dire, il avait honte d'avoir placé Mia dans le rôle d'une victime maltraitée aux yeux de son frère.

Elle méritait tellement mieux que ça ! Elle méritait quelqu'un qui la chérisse comme le trésor qu'elle était, pas quelqu'un qui lui impose ses désirs de tordu égocentrique.

— Tu te rends compte de ce que tu as fait ? cria Jace. Tu as commencé par l'embaucher, histoire qu'elle se croie redevable, puis tu as abusé de ton autorité ! Sérieux, j'ai presque envie de te tuer. Tu n'as donc aucun respect pour elle ? Pour notre amitié ? Je me suis trompé sur ton compte, Gabe. Tu n'es pas l'homme que je croyais connaître.

Gabe ferma les yeux, malade de douleur. Chaque mot que son ami lui lançait à la figure remuait le couteau dans la plaie et semblait confirmer ses pires craintes.

Et si Mia n'avait subi ses caprices que parce qu'elle se sentait obligée ? Parce qu'il était tellement captivé par son désir pour elle qu'il ne lui avait pas laissé la moindre chance de protester ? Il s'était approprié sans vergogne le contrôle de son corps et de sa vie. Il avait pris tout ce qu'elle avait à offrir et aurait sans doute continué jusqu'à l'épuisement – jusqu'à ce qu'il ne reste plus rien de la vive jeune femme qui le fascinait tant.

Par sa faute, Mia avait déjà subi un profond traumatisme à Paris. Malgré ses réticences, elle s'était prêtée au jeu parce qu'elle se croyait tenue de respecter ce maudit contrat.

Certes, Gabe lui avait assuré qu'elle pouvait, à tout instant, manifester son désaccord, mais à quel prix ?

À combien d'autres occasions avait-elle muselé son dégoût ?

— Je ne te le pardonnerai jamais, Gabe, siffla Jace. À partir de maintenant, je t'interdis de t'approcher de ma sœur. Tu as intérêt à oublier qu'elle existe. N'essaie même pas de la contacter, tu m'entends ?

Ash avait fini de détacher Mia, et il l'emmena dans la chambre de Gabe, où il l'enroula dans la couette le temps de dénicher un peignoir. Puis il l'aida à l'enfiler et en noua la ceinture.

— Ça va, Mia ? demanda-t-il d'une voix douce.

Question idiote : évidemment que ça n'allait pas. Elle était mortifiée et humiliée qu'Ash et son frère l'aient surprise dans le salon de Gabe, nue et ligotée. C'était son pire cauchemar devenu réalité. Et, pour couronner le tout, Jace était en train de tabasser Gabe, qui se laissait faire sans lever le petit doigt.

Elle s'assit au bord du lit et se força à respirer profondément pour retrouver un semblant de calme. Son premier réflexe aurait été de se précipiter dans le salon pour voir si Gabe allait bien et pour tout expliquer à Jace, mais elle était encore sous le choc.

Il s'en était fallu d'une journée. Une seule petite journée, et ils auraient tout avoué à son frère. Il fallait absolument qu'elle arrange les choses entre eux. Elle s'en voulait effroyablement à l'idée que ces deux hommes, qui étaient amis depuis presque aussi longtemps qu'elle vivait, puissent se brouiller à jamais par sa faute.

Des larmes lui brûlaient les paupières, et, malgré ses efforts pour se contenir, elle tremblait comme une feuille. Il fallait qu'elle se reprenne : elle ne voulait surtout pas qu'Ash ou Jace croient que son désarroi était dû à ce que Gabe lui avait fait.

— Je vais bien, Ash, dit-elle d'une voix étranglée. Va plutôt t'assurer qu'ils ne s'entre-tuent pas.

— Si Jace veut démolir Gabe, ce n'est pas moi qui vais l'en empêcher, rétorqua Ash, la mine sévère. Ce salaud mérite une bonne correction. Mais… Mia, tu pleures ? Il t'a fait mal ? Est-ce qu'il a essayé de te prendre de force ? Tu veux que je t'emmène à l'hôpital ?

— Non ! s'exclama-t-elle en essuyant une larme, horrifiée qu'Ash ose imaginer une chose pareille.

Jace et lui croyaient-ils vraiment qu'elle avait subi ces coups contre son gré ? Ils connaissaient pourtant les goûts de Gabe et n'ignoraient pas qu'il jouait souvent ce genre de scénario.

Peut-être leur vision de la scène avait-elle été déformée parce qu'il s'agissait de leur petite sœur en train de se faire cravacher. Mia frissonna en imaginant le tableau. Pas étonnant que Jace soit devenu fou de rage. N'importe qui aurait réagi de la même façon.

Il fallait absolument qu'elle rétablisse la vérité.

Elle se leva pour retourner dans le salon, mais, au même moment, Jace entra dans la chambre, les yeux étincelants de colère.

— Est-ce que ça va ? demanda-t-il en la serrant dans ses bras.

Mia perçut dans sa voix une émotion exacerbée. Elle devait trouver un moyen d'apaiser la situation avant d'espérer faire entendre raison à Jace et à Ash.

— Je vais bien, Jace, assura-t-elle en s'efforçant de garder son calme. Qu'est-ce que tu as fait à Gabe ?

— Je lui ai donné la correction qu'il méritait, rien de plus, rétorqua Jace d'une voix sèche. Viens, je t'emmène loin d'ici.

Sans lui laisser le temps de réagir, il la prit par la main et l'entraîna vers le salon. Mia le suivit uniquement parce qu'elle souhaitait s'assurer que Gabe allait bien.

Dès qu'ils franchirent le seuil, elle l'aperçut assis dans le canapé, la tête entre les mains. Cette vision lui serra le cœur, et elle fit mine de s'approcher de lui, mais Jace la retint.

— On s'en va, Mia.

— Hors de question ! Je ne vais nulle part, protesta-t-elle en se dégageant.

Gabe leva vers elle un regard distant, vide, glacial.

Elle courut s'agenouiller devant lui et lui toucha doucement le bras, mais il repoussa sa main d'un geste brusque.

— Gabe, ça va ? demanda-t-elle, en proie à une terreur qui lui serrait le cœur.

— Ça va, répondit-il d'une voix plate, impersonnelle.

— Dis quelque chose, murmura-t-elle, explique-leur ce qui s'est passé. Je refuse de te quitter comme ça, Gabe. Il faut qu'on leur fasse comprendre la vérité. Ils s'imaginent des trucs horribles, on doit à tout prix les détromper. On avait décidé de lui avouer, de toute façon. Je suis sûre qu'il comprendra si on lui explique.

Elle le suppliait littéralement, motivée par une peur irrationnelle. Tant pis si son orgueil en prenait un coup – Gabe valait bien cela.

Il se leva et s'éloigna d'une démarche raide, et la jeune femme se redressa à son tour, interloquée, la gorge nouée par l'angoisse. Elle n'aimait pas du tout l'espèce de résignation morne qu'elle avait lue dans son regard. À quoi s'était-il résigné, au juste ? Qu'est-ce que Jace avait bien pu lui dire ? Et qu'est-ce que Gabe avait répondu ?

Lorsque, enfin, il prit la parole, elle crut que son sang allait se glacer dans ses veines.

— Va-t'en, Mia ; ça vaut mieux. Tu commençais à trop t'attacher, de toute façon. Je m'en serais voulu de te faire souffrir… plus tard… en te quittant. Autant se séparer maintenant et ne plus jamais se revoir.

— Pardon ?! s'exclama-t-elle d'une voix aiguë qui résonna dans toute la pièce.

— Mia, viens, intervint Ash. On y va, ma puce.

Elle devina, à la douceur du ton qu'il employait, qu'il avait pitié d'elle. À ses yeux – et sans doute à ceux de Jace aussi –, elle n'était qu'une conquête parmi tant d'autres au tableau de chasse de Gabe, et elle se couvrait de ridicule en s'entêtant ainsi alors qu'il l'avait congédiée.

Mais elle se fichait complètement de ce qu'ils pensaient d'elle. Il n'était pas question qu'elle quitte les lieux sans une explication valable – sans au moins essayer d'atteindre le vrai Gabe derrière cette façade glaciale. Il lui avait offert tant de chaleur et de tendresse… Elle tenait trop à lui pour abandonner la partie aussi facilement.

Elle secoua la tête avec véhémence.

— Je ne bougerai pas d'ici tant que Gabe ne m'aura pas dit d'où il sort ce tissu de conneries qu'il vient de nous débiter.

Gabe leva les yeux vers elle avec une froide indifférence. C'était un regard dont il avait sans doute gratifié plus d'une femme au moment de couper les ponts, et qui semblait signifier : « Je ne veux plus de toi. Abrège tes souffrances et tire-toi. »

Sauf que non. Mia avait déjà jeté sa fierté aux orties pour cet homme. Il ne pouvait rien exister de plus humiliant que de se faire surprendre par son frère en pleine séance de bondage.

— Gabe ? murmura-t-elle, la gorge nouée.

Le ton implorant de sa propre voix lui fit horreur, mais peu importait.

— C'est terminé, Mia. Tu savais bien que cet instant finirait par arriver. Je t'avais prévenue, dès le début, qu'il ne fallait pas tomber amoureuse de moi. J'aurais dû tout arrêter depuis longtemps, quand j'ai compris que tu commençais à t'attacher. Écoute ton frère et oublie-moi. Tu mérites mieux que ça.

— Menteur ! cracha Mia avec une rage qui fit sursauter les trois hommes. Tu n'es qu'un misérable lâche, Gabe. C'est toi qui commençais à trop t'attacher à moi, et je trouve ça carrément minable que tu oses le nier.

— Mia, intervint Jace d'une voix douce.

Mais elle ne lui accorda même pas un regard.

— J'ai pris des risques énormes pour toi, Gabe ! poursuivit-elle, luttant pour se contenir. J'ai tout sacrifié, mais toi, tu n'as même pas le courage d'en faire autant ! Je te préviens : tu vas te réveiller un beau jour et te rendre compte que j'étais la meilleure chose qui te soit jamais arrivée. Là, tu comprendras que tu viens de faire la plus belle boulette de ta vie ! Et tu sais quoi, Gabe ? À ce moment-là, ce sera trop tard. Je serai déjà loin.

Jace lui passa un bras autour de la taille et l'entraîna doucement vers la porte. Elle se laissa guider sans protester, les yeux trop pleins de larmes pour voir où elle mettait les pieds. Elle tremblait violemment sous l'effet du chagrin et de la colère mêlés. Jace lui murmura un mot d'encouragement à l'oreille, puis Ash vint se poster de l'autre côté pour la soutenir jusqu'à l'ascenseur.

Là, elle se retourna vers Gabe, qui la couvait toujours de ce regard vide et froid.

Excédée par la vue de ce masque d'indifférence odieuse, elle releva le menton et essuya ses larmes, refusant de pleurer cet homme indigne sur qui elle s'était si cruellement trompée.

— Hé, Gabe ? Si jamais tu décides que, finalement, tu veux de moi, il faudra te traîner à mes pieds pour espérer me reconquérir.

Sur ce, elle tourna les talons et, se dégageant de l'étreinte de Jace et d'Ash, monta dans l'ascenseur. Une fois à l'intérieur, elle baissa la tête et se rendit compte qu'elle était uniquement vêtue du peignoir de Gabe.

— Ne t'en fais pas, Mia, la rassura Jace d'une voix douce. Je vais demander au chauffeur d'avancer la voiture juste devant l'entrée, et on va te couvrir, Ash et moi. Je t'emmène à mon appartement.

— Non, je veux rentrer à la maison, chez moi, protesta-t-elle, têtue.

Les deux hommes échangèrent un regard inquiet mais ne firent pas de commentaire.

Quand l'ascenseur arriva au rez-de-chaussée, ils tinrent leur promesse et la flanquèrent de façon que personne ne voie qui elle était ou comment elle était habillée.

Ils montèrent dans la voiture, et, au grand soulagement de Mia, Jace donna l'adresse de chez elle.

— Ça fait longtemps que ça dure, cette histoire ? demanda-t-il une fois que le chauffeur eut démarré.

— Ça ne te regarde pas, riposta Mia sèchement.

— Un peu, que ça me regarde ! rétorqua-t-il avec colère. Ce salaud a abusé de toi.

— Ne dis pas de conneries, Jace ! Notre relation était parfaitement consentante, alors n'essaie pas de me faire la morale. Gabe ne m'a jamais rien fait contre mon gré.

Au contraire, il m'a expliqué dès le début quels étaient ses goûts, et j'ai accepté d'essayer en connaissance de cause. Et puis il va falloir te faire à l'idée que je suis une grande fille, maintenant. Je suis une adulte responsable et je sais exactement ce que je veux. Il se trouve que, justement, ce que je voulais, c'était Gabe.

— Non, c'est impossible. Au risque de me répéter, je ne comprends pas qu'il ait osé te faire croire que c'est ça, une relation normale. Il devait pourtant se douter du danger que tu courrais une fois que vous vous seriez séparés. En recherchant le même genre d'expérience, tu aurais très bien pu tomber sur un type réellement violent, qui n'aurait pas su s'arrêter.

— N'importe quoi ! lança Mia en levant les yeux au ciel. Vous faites vraiment une belle paire d'hypocrites, tous les deux !

Ash se tourna vers elle, surpris d'être inclus dans cette remarque.

— Si on suit ta logique, vos malheureuses copines sont condamnées à croire que c'est normal de se taper deux mecs en même temps – ou que ces deux mecs se tapent toujours la même fille ! Les pauvres, qu'est-ce qui leur arrive une fois que vous les larguez ? Elles deviennent incapables d'avoir une relation classique avec un seul type à la fois ?

— Mais enfin, Mia, qui t'a raconté ça ? demanda Ash, interloqué.

— Personne en particulier. C'est de notoriété publique au bureau, et la grande brune qui a débarqué toutes griffes dehors pendant notre soirée au pub n'a fait que confirmer mes soupçons.

— Il ne s'agit pas d'Ash et de moi mais de Gabe et de toi, intervint Jace, les dents serrées. Il a quatorze ans de plus que toi et fait signer un contrat à chacune de ses conquêtes ! C'est ça que tu veux ? Tu ne crois pas que tu mérites un peu plus d'égards ?

— Ça, ça ne fait aucun doute, répondit-elle dans un murmure étranglé.

La douleur et la rage la suffoquaient complètement ; elle avait l'impression de mourir à petit feu.

Elle resserra les pans du peignoir et leva un regard de défi vers Jace et Ash.

— Ce que je mérite, c'est un homme qui ose prendre des risques pour moi et qui ait le courage de me défendre. Gabe n'a pas été à la hauteur. Ironie du sort : on comptait justement te mettre au courant de notre relation à ton retour, Jace. Je me demande ce que ça aurait changé si tu avais appris la nouvelle de notre bouche plutôt qu'en débarquant chez Gabe à l'improviste. Mais ça, on ne le saura jamais.

Ash esquissa une grimace chagrinée, mais Jace ne trahit aucune émotion.

— Il va aussi falloir que je me trouve un autre emploi, ajouta Mia avec un petit rire amer. C'est dommage, j'aimais vraiment mon travail chez HCM.

— Tu pourrais devenir mon assistante à moi, suggéra Jace. C'est ce qu'on aurait dû faire depuis le début.

— Oh non ! s'écria Mia en secouant la tête. Il n'est pas question que je remette les pieds dans ces bureaux. Ce serait une vraie torture de devoir croiser Gabe tous les jours.

— Qu'est-ce que tu comptes faire, alors ? demanda Ash gentiment.

— Je n'en sais rien, répondit-elle avec un soupir lourd de chagrin. Je vais prendre le temps d'y réfléchir.

Chapitre 39

En voyant Mia entrer en peignoir, flanquée de Jace et d'Ash, Caroline se leva du canapé pour venir à sa rencontre, l'air inquiet.

— Mia ? Qu'est-ce qui t'est arrivé ? Ça va ?

Mia se réfugia dans les bras de son amie, incapable de contenir plus longtemps les sanglots qui l'étouffaient.

Caroline la serra contre elle et lança un regard courroucé aux deux hommes.

— Je voudrais qu'ils partent, Caro, dit Mia entre deux sanglots. Ça va mieux, maintenant que je suis avec toi.

Caroline la guida vers le canapé puis se retourna vers Jace et Ash.

— Vous l'avez entendue : dehors. Je m'occupe d'elle.

Jace fronça les sourcils et s'approcha du canapé. Après un instant d'hésitation, il s'assit et prit Mia dans ses bras.

— Je suis désolé, ma puce. On n'avait pas l'intention de te blesser. On ignorait complètement que Gabe et toi étiez ensemble. Il m'a envoyé un texto hier pour me dire qu'il fallait absolument qu'on discute d'un truc important. C'est pour ça que j'ai fait un détour par chez lui en arrivant à New York. On a un double de ses clés, Ash et moi. À la façon dont il avait formulé son message, j'ai cru qu'il s'agissait d'un truc professionnel. Ça avait vraiment l'air urgent, donc on est venus directement de l'aéroport.

Mia s'accrocha à son grand frère et, comme elle l'avait fait si souvent pendant son adolescence, laissa libre cours à son chagrin.

— Je ne t'en veux pas, Jace, murmura-t-elle au bout d'un moment. C'est contre lui que je suis furieuse ! S'il n'est pas capable de vous tenir tête, alors je ne veux pas de lui. Je mérite mieux que ça.

— Évidemment, que tu mérites mieux, ma puce, acquiesça Jace en lui caressant les cheveux. Gabe est mon ami – du moins, il l'était –, mais ça n'excuse pas son comportement avec les femmes.

— Ah, parce que toi, tu es le modèle du parfait gentleman ? rétorqua Mia en s'écartant de lui.

Jace jeta un regard éloquent à Ash, qui ne semblait pas très à l'aise.

— Là n'est pas la question, Mia, répondit-il enfin. Ça n'a rien à voir avec ce qui s'est passé ce soir.

Mia s'esclaffa d'un air sarcastique. Elle savait très bien que, si ç'avait été une parfaite inconnue sur l'ottomane de Gabe, Ash et Jace se seraient esquivés discrètement – à moins qu'ils ne soient restés pour regarder. Ils ne se seraient pas préoccupés une seule seconde de la femme en question et auraient sans doute félicité Gabe d'avoir trouvé une camarade de jeu aussi complaisante.

Sauf qu'elle n'était pas une parfaite inconnue. Elle était la petite sœur de Jace, et Ash la considérait comme la sienne également. Cela changeait complètement la donne.

— Allez-y, insista-t-elle. Caro est là, tout va bien.

— Je ne veux pas te laisser toute seule, s'entêta Jace.

— Justement ! Elle n'est pas seule puisque je suis là ! s'écria Caroline, exaspérée. Allez, ouste !

— Mais il va bien falloir que tu ailles travailler un jour, objecta Ash.

— Ça suffit ! intervint Mia. Vous croyez quoi ? Que je vais m'ouvrir les veines ? Je suis écœurée et en colère, mais ni stupide ni suicidaire !

— Quoi qu'il en soit, je reviens te voir demain, décréta Jace. Et tu passes Thanksgiving avec nous, d'accord ? Il est hors de question que tu restes dans ton coin à ruminer toute cette histoire.

— D'accord, mais pour l'instant va-t'en ! lança Mia avec un soupir. J'ai envie de pleurer sans vous avoir sur le dos. Laissez-moi tranquille, la soirée a déjà été assez humiliante comme ça.

— Je veux bien le croire, convint Ash avec une grimace gênée.

Après une brève hésitation, Jace se leva et se dirigea vers la porte, mais, à mi-chemin, il se retourna.

— Je te dis à demain. Je t'emmènerai dîner dehors, et, d'ici là, Ash et moi aurons prévu quelque chose pour Thanksgiving. OK ?

Mia acquiesça en silence, pressée de les voir partir et de se retrouver seule avec sa meilleure amie.

Aussitôt que la porte se referma derrière les deux hommes, Caroline s'assit à côté de Mia et la prit dans ses bras.

Une fois de plus, celle-ci ne put contenir ses larmes.

— Qu'est-ce qui s'est passé ? demanda Caroline en la berçant doucement. Tu veux que j'appelle les filles ?

Mia se redressa en secouant la tête. Elle n'avait qu'une envie : ôter le peignoir de Gabe et enfiler des vêtements propres.

— Je vais prendre une douche et me changer, tu veux bien ? Je ne supporte plus d'avoir ce truc sur le dos.

— OK. Pendant ce temps, je nous prépare un chocolat chaud.

— Excellente idée, approuva Mia avec un faible sourire. Merci, Caro, tu es géniale.

Elle se rendit dans sa chambre et ôta le peignoir. Elle hésita à le jeter mais finit par le ranger dans son placard. Elle ressentirait sans doute le besoin pathétique de le porter de temps en temps. En tout cas, elle ne pouvait pas se résoudre à s'en débarrasser. Pas encore.

Elle prit une longue douche brûlante puis enfila un pyjama confortable et s'enroula une serviette autour de la tête sans même prendre la peine de se démêler les cheveux.

Caroline l'attendait dans le salon, deux tasses de chocolat chaud à portée de main. Mia vint s'asseoir à côté d'elle et accepta le mug qu'elle lui tendait, se réchauffant les mains autour.

— Et sinon ça va, avec Brandon ? demanda-t-elle, un peu honteuse d'avoir négligé son amie.

Gabe l'avait tellement accaparée qu'elle n'avait pas parlé à Caroline depuis une semaine entière.

— Oui, ça va bien, répondit son amie avec un sourire. C'est un peu compliqué de se voir à cause de nos emplois du temps, mais on se débrouille.

— Super, ça me fait plaisir.

— Bon, raconte-moi ce qui s'est passé, reprit Caroline d'une voix douce. Visiblement, Gabe t'a fait du mal, mais je ne comprends pas comment Jace et Ash se sont retrouvés mêlés à tout ça, ni pourquoi tu as débarqué ici en peignoir.

— C'est une longue histoire, soupira Mia. En fait, je ne t'ai pas tout raconté au sujet de ma relation avec Gabe. C'est un peu compliqué.

— Je t'écoute, l'encouragea Caroline.

Alors, Mia lui narra en détail les péripéties des quelques semaines qui venaient de s'écouler. Lorsqu'elle parvint enfin à la débâcle de ce dimanche, Caroline avait les yeux écarquillés de surprise.

— Non ! Je n'y crois pas ! s'exclama-t-elle d'un air dégoûté. Il est vraiment nul de t'avoir laissée en plan comme ça, surtout si vous aviez déjà prévu de tout dire à Jace.

— Et oui, renchérit Mia en hochant tristement la tête. Il m'a menti en me regardant droit dans les yeux, Caro. Je sais qu'il a des sentiments pour moi, pourtant il m'a sorti des conneries du genre « Tu commences à trop t'attacher », etc. J'avais envie de l'étrangler.

— Quelle espèce de lâche ! s'exclama Caroline. Franchement, Mia, tu as raison : tu mérites mieux.

— Oui ! Et je lui ai dit que, s'il avait des regrets et qu'il décidait de me reconquérir, il allait devoir se traîner à mes pieds.

Caroline éclata de rire.

— Je te reconnais bien là ! s'écria-t-elle en levant sa tasse de chocolat.

Mia l'imita, et elles trinquèrent.

— À ton avis, qu'est-ce qui va se passer entre Gabe et Jace ? poursuivit Caroline, redevenue sérieuse. Tu penses que ça va mettre un terme à leur collaboration professionnelle ? Jace semblait vraiment remonté…

— Je n'en sais rien. Honnêtement, c'est aussi pour ça que je ne voulais rien dire à Jace. J'étais bien naïve… Ou, plutôt, je ne m'attendais pas à ce que les choses évoluent aussi vite entre Gabe et moi. Je pensais qu'il me demanderait de lui accorder deux soirs par semaine, guère plus. Mais ça devenait de plus en plus intense, et donc de plus en plus difficile de cacher la vérité à Jace.

Elle se tut un instant, et une vague de colère lui mit le feu aux joues.

— Quelle ironie ! Tu te rends compte ? À quelques heures près, on aurait tout avoué à Jace en y mettant les formes. Si seulement cette andouille avait pensé à appeler Gabe avant de débouler dans son salon ! Gabe était de plus en plus amoureux, Caro, je le sentais, et je voyais bien que ça le terrifiait. Alors, quand Jace a débarqué et l'a accablé de reproches, il s'est dégonflé et a commencé à culpabiliser, surtout après ce qui s'est passé à Paris.

— Ma pauvre, dit Caroline avec une moue compatissante. Ce n'est vraiment pas de chance, mais tu mérites mieux que Gabe Hamilton.

— Oui, mais le problème, c'est que je l'aime, Caro. Et ça, je ne peux rien y faire.

Chapitre 40

Mia sortit de *La Pâtisserie*, le cœur lourd. Elle aurait dû être contente, pourtant : Greg et Louisa l'avaient accueillie à bras ouverts, tellement heureux de la voir revenir qu'ils lui avaient concocté un emploi du temps très souple. À vrai dire, elle aurait bien voulu travailler des journées entières pour éviter de penser à Gabe et à tous les moments qu'ils avaient partagés.

Elle avait bien pris soin de préciser à Greg et à Louisa qu'elle cherchait un emploi ailleurs et qu'elle ne revenait donc que le temps de trouver autre chose. Il fallait qu'elle cesse de se cacher et qu'elle se bâtisse un avenir où elle pourrait s'épanouir. Un avenir sans Gabe Hamilton.

Le froid humide de cette journée maussade la fit frissonner. Elle n'avait pas fermé l'œil de la nuit, ce qui n'avait rien d'étonnant. Caroline lui avait tenu compagnie aussi longtemps qu'elle avait pu, mais, la voyant bâiller, Mia l'avait envoyée se coucher. Puis, allongée dans son lit, elle avait scruté le plafond en repensant à chaque instant de sa brève relation avec Gabe.

Elle consulta sa montre : Jace n'allait pas tarder à passer chez elle, aussi renonça-t-elle à rentrer à pied. Inutile qu'il l'attende et qu'il commence à s'inquiéter pour rien.

Resserrant les pans de son manteau, elle se dirigea donc vers le bord du trottoir pour héler un taxi.

Ce qui lui faisait le plus peur, c'était de retourner à une routine qui lui avait autrefois paru saine et rassurante mais qui ne l'attirait plus autant.

En la forçant à sortir de sa coquille et à prendre des risques, Gabe lui avait appris à vivre pleinement, à se frotter au vaste monde et à relever des défis.

Non, à la réflexion, ce n'était pas ça qui lui faisait le plus peur : c'était la perspective d'être privée de Gabe, tout simplement.

Elle avait savouré chaque minute passée avec lui, et elle savait que lui aussi. Il avait beau prétendre qu'elle s'était trop attachée, il s'était lui-même beaucoup investi dans cette relation. Elle le connaissait suffisamment pour comprendre qu'il avait commencé à développer des sentiments sincères pour elle. C'était peut-être ça qu'il lui reprochait, au fond.

Elle avait eu le culot de réveiller son amour.

S'il n'avait pas laissé libre cours à ses émotions, ils seraient peut-être encore ensemble.

Trois taxis passèrent devant elle sans s'arrêter, mais elle put monter dans le quatrième, bien contente d'échapper au froid. Elle indiqua au chauffeur l'adresse de son appartement et se cala au fond du siège.

Que fait Gabe en ce moment même ? se demanda-t-elle en regardant la ville défiler au dehors. *Est-ce qu'il est allé travailler, aujourd'hui ? Est-ce qu'il a repris ses petites habitudes, comme si rien de tout ça n'avait eu lieu ? Ou est-il aussi malheureux que moi ?*

Elle l'espérait de tout son cœur. S'il y avait une justice en ce bas monde, alors Gabe méritait de souffrir autant qu'elle.

En arrivant devant son immeuble, elle aperçut la voiture de Jace. Ash se tenait à côté, la portière ouverte, et, quand Mia descendit du taxi, il la salua d'un geste.

— Jace est monté te chercher. Installe-toi, je vais l'appeler pour lui dire que tu es là.

Tandis qu'il sortait son téléphone de sa poche, Mia prit place sur la banquette arrière et referma la portière.

— Ça va, ma puce ? s'enquit Ash un instant plus tard en s'asseyant à l'avant.

— Oui, ça va, mentit-elle.

Jace les rejoignit et fit démarrer le moteur.

— Où étais-tu, chipie ? demanda-t-il en regardant Mia dans le rétroviseur.

— J'ai retrouvé du travail.

Les deux amis se retournèrent, l'air contrarié.

— Je ne suis pas sûr que ce soit une bonne idée, tu sais, commenta Jace. Prends le temps de te reposer un peu. Tu sais bien que je peux t'aider, s'il le faut.

— Ne vous en faites pas, je ne commence qu'après Thanksgiving.

À moitié satisfait, Jace s'inséra dans la circulation.

— Où vas-tu travailler ? s'enquit Ash.

— Je retourne à *La Pâtisserie.* Louisa et Greg sont d'accord pour me reprendre le temps que je trouve autre chose.

— On a déjà eu cette discussion, soupira Jace. Ce n'est pas exactement un emploi à la hauteur de tes qualifications, Mia.

— Du calme, Jace, rétorqua-t-elle. Je te rappelle que c'est ce genre de raisonnement qui m'a poussée à accepter l'offre de Gabe.

Ash esquissa une grimace, et Jace proféra un juron bien senti.

— Et puis, comme je viens de vous le dire, c'est uniquement le temps que je trouve autre chose, reprit Mia d'une voix plus douce. Je vais remettre mon CV à jour et éplucher les offres d'emploi, mais, en attendant, j'ai besoin de travailler – de m'occuper l'esprit. Greg et Louisa sont d'accord, ils sont vraiment adorables.

Le silence s'installa, et Mia faillit demander des nouvelles de Gabe, mais elle tint bon. Elle ne voulait pas passer pour une pauvre niaise éplorée, même si elle avait un peu l'impression d'en être une.

Comme s'il avait lu dans ses pensées, Ash se retourna de nouveau.

— Si ça peut te consoler, Gabe avait une mine de déterré, ce matin. Il ne semble pas vivre la situation tellement mieux que toi.

Mia eut toutes les peines du monde à ne pas réagir à ces paroles et à feindre l'indifférence. Elle avait envie de hurler que, justement, rien ne les obligeait à vivre cette situation. Il aurait suffi que Gabe ouvre la bouche pour se défendre, qu'il montre qu'il tenait à elle, et elle serait restée à ses côtés. Ils seraient encore ensemble au lieu de se morfondre chacun dans son coin.

Mais, au lieu de ça, il avait osé lui balancer que c'était « mieux comme ça ». Mieux pour qui, au juste ? Pas pour elle, en tout cas, et, à en croire Ash, pas pour Gabe non plus.

— Je n'ai pas envie de parler de lui, dit-elle tout bas. Je ne veux plus entendre son nom.

Comme pour appuyer cette remarque, Jace jeta un coup d'œil courroucé à son ami.

— Je pensais qu'elle voudrait peut-être être au courant, se défendit ce dernier en haussant les épaules.

Il avait raison, évidemment, mais elle ne l'admettrait jamais. Elle tenait à préserver les quelques lambeaux de fierté qu'il lui restait.

— Au fait, on met les voiles, pour Thanksgiving, annonça Jace en la regardant dans le rétroviseur. Départ mercredi, retour dimanche.

— Où est-ce qu'on va ? demanda-t-elle, curieuse.

— Dans les Caraïbes, au soleil. Ça va te remonter le moral.

Mia en doutait fort, mais elle eut la délicatesse de se taire. Jace semblait réellement désireux de lui faire oublier sa douleur. Il ne supportait pas de la voir malheureuse et ne ménageait jamais sa peine quand il s'agissait de lui redonner le sourire.

— Et puis tu vas avoir la chance de me voir en maillot de bain, intervint Ash avec un clin d'œil. Ça devrait te garantir de beaux rêves pendant au moins un an.

Elle leva les yeux au ciel, amusée malgré elle. Pourtant, cela lui faisait de la peine qu'Ash ne voie jamais sa famille, même pas pendant les fêtes. Si l'on exceptait Jace, Gabe et elle-même, il était seul au monde, et la jeune femme était bien placée pour savoir que ce n'était pas un sort enviable.

— Ah, j'aime mieux ça ! s'écria Jace, visiblement soulagé. Tout ce que je demande, c'est de voir un sourire sur cette jolie frimousse.

Aussitôt, Mia sentit son visage se figer. La tâche n'allait pas être simple étant donné que son cœur avait volé en éclats moins de vingt-quatre heures auparavant. L'image était peut-être exagérée, mais Mia la trouvait tout à fait appropriée.

— Est-ce qu'il te manque des affaires pour la plage ? demanda Ash. On a pris un jour de congé demain, donc on peut t'emmener faire les boutiques si tu as besoin de quelque chose.

Elle n'avait besoin de rien, mais ils se donnaient tant de mal pour elle qu'elle n'eut pas le cœur de refuser.

— Bonne idée ! lança-t-elle en souriant.

Le soulagement qu'elle lut dans leurs yeux justifiait bien ce petit mensonge. Elle savait qu'elle pouvait compter sur eux pour la distraire pendant ces vacances, puis elle retrouverait sa vie d'avant : *La Pâtisserie*, son appartement, Caro et les filles... Il faudrait juste qu'elle parvienne à oublier que, pendant quelques semaines, elle avait compté plus que tout aux yeux de Gabe Hamilton. Oublier qu'il représentait toujours le monde à ses yeux.

Chapitre 41

Assis à son bureau, Gabe avait la tête lourde et le cœur triste. Il était encore tôt, et il était seul dans les locaux après ce week-end de fêtes. Il n'avait pas réussi à trouver le sommeil depuis que Mia avait quitté son appartement en lui jetant ce regard blessé, trahi.

Il sortit son téléphone et contempla les deux photos d'elle qu'il avait prises. Il avait même fait imprimer et encadrer la plus récente, qu'il gardait soigneusement à l'abri dans un tiroir. Il n'était pas rare qu'il ouvre le tiroir en question pour apercevoir le sourire de Mia.

Ce sourire qu'il s'était employé à détruire. Il avait vu la joie de vivre s'éteindre dans les yeux de la jeune femme – et son sourire se faner.

Il passa le doigt sur le cliché où elle virevoltait sous la neige, radieuse, les bras ouverts pour attraper les flocons. Elle était belle à couper le souffle.

Il avait passé Thanksgiving avec ses parents, dont le bonheur retrouvé lui avait paru à la limite du supportable. Il éprouvait beaucoup de mal à se réjouir de leur réconciliation alors que lui-même était seul et malheureux.

Et il ne pouvait s'en prendre qu'à lui-même.

En rentrant à New York, il avait trouvé un appartement vide, sans vie. Alors il avait fait quelque chose qui lui arrivait rarement : il avait tenté de noyer son chagrin dans l'alcool.

Il avait passé le week-end sur des charbons ardents parce qu'il savait que Jace et Ash avaient emmené Mia sur une île des Caraïbes. Elle était hors d'atteinte, aussi bien physiquement qu'émotionnellement.

Il avait eu beau lui promettre de ne plus jamais lui faire de mal après Paris, il avait trahi sa confiance, une fois de plus. Submergé par la culpabilité, il était dégoûté par la façon dont il l'avait traitée : il lui avait tourné le dos, comme si elle n'était qu'un vilain petit secret dont il fallait avoir honte.

Quel con !

Au contraire, il aurait voulu que le monde entier sache que Mia Crestwell était sienne. Il se fichait complètement de l'avis de Jace sur la question. Tout ce qui comptait pour lui, c'était de rendre Mia heureuse, de lui rendre le sourire – cette joyeuse exubérance qui pétillait en elle lorsqu'ils étaient ensemble.

C'était pourtant lui qui avait étouffé cette gaieté en disant à Mia que tout était fini entre eux, comme s'il ne voulait déjà plus d'elle.

Il ne pourrait jamais se lasser d'elle, il en avait la profonde conviction.

Il l'aimait.

Il l'aimait d'un amour absolu et la voulait à ses côtés, jour après jour.

Au diable ce maudit contrat : il ne voulait plus aucune restriction à leur idylle.

Comment avait-il pu gâcher ainsi la plus belle chance de sa vie ?

Mia avait raison, et ses paroles l'avaient percuté en plein cœur. Elle était la plus belle chose qui lui soit jamais arrivée.

Il n'aurait jamais dû la laisser partir, ce soir-là. Quand elle s'était agenouillée devant lui et l'avait supplié de tout expliquer à Jace, il aurait dû avoir le courage de déclarer ses sentiments en toute sincérité. Mais, paralysé par ses remords, il n'avait pas osé se battre pour elle.

Une peur violente, comme il n'en avait jamais ressenti auparavant, lui étreignit le cœur. Et si Mia ne lui pardonnait jamais ? Et si elle refusait de lui accorder une seconde chance ?

Il fallait absolument qu'il lui fasse comprendre qu'elle représentait tout pour lui – pas juste une vulgaire histoire de sexe.

Il la voulait pour toujours.

Oui, mais qu'as-tu à lui offrir, toi ?

Il avait quatorze ans de plus qu'elle et déjà un mariage raté à son actif. Mia était à un âge où elle aurait dû s'amuser et goûter le vaste monde, pas se retrouver enchaînée à un être égocentrique comme lui.

Il aurait pu trouver des dizaines de raisons pour laisser Mia tranquille, mais il n'en avait pas la force. Aucune autre femme ne pourrait jamais le rendre heureux, et il refusait de la laisser filer. Cette fois, il allait se battre.

Il consulta sa montre, comme pour encourager les aiguilles à accélérer l'allure. À cet instant, son interphone sonna.

— Monsieur Hamilton, M. Crestwell est arrivé, annonça la voix douce d'Eleanor.

Gabe ne répondit rien. Il avait demandé à la réceptionniste de le prévenir dès que Jace serait dans les locaux. Les deux hommes ne s'étaient pas reparlé depuis ce fameux dimanche soir. Ils avaient trouvé le moyen de s'éviter au bureau le lendemain, puis étaient tous les deux partis en vacances pendant le reste de la semaine. Ce n'était pas plus mal qu'ils aient pu prendre un peu de recul avant de se retrouver face à face.

Mais Gabe ne pouvait se résoudre à attendre une minute de plus. Il tenait à mettre les choses au clair avec son ami et à lui faire comprendre qu'il comptait bien reconquérir Mia, avec ou sans sa bénédiction. Tant pis si Jace décidait de ne plus jamais lui adresser la parole et de le chasser de HCM.

Mia valait au moins cela.

Gabe se leva et sortit dans le couloir. Il n'ignorait pas qu'il faisait peur à voir, mais il fallait qu'il dise ce qu'il avait sur le cœur.

Il entra sans frapper dans le bureau de Jace, dont le visage se durcit lorsqu'il le reconnut.

— Il faut qu'on parle, annonça Gabe.

— Je n'ai rien à te dire, rétorqua Jace.

Gabe referma la porte à clé derrière lui.

— C'est dommage, parce que moi, j'ai plein de trucs à te raconter.

Il s'approcha du bureau de Jace et, posant les deux mains à plat dessus, se pencha vers son ami.

— Je suis amoureux de Mia.

Un éclair de surprise passa dans les yeux de Jace, et il se recula dans son siège, sans quitter Gabe du regard.

— Tu as une drôle de façon de le montrer, répliqua-t-il avec une moue de dégoût.

— J'ai sérieusement déconné, mais je suis prêt à tout pour la reconquérir. Je tiens à ce que Mia soit heureuse, mais ce sera impossible si on est brouillés, toi et moi, alors il va falloir qu'on trouve un terrain d'entente.

— Pourtant, tu ne t'es pas vraiment préoccupé de notre amitié quand tu as décidé de coucher avec ma sœur, repartit Jace d'une voix glaciale. Tu savais que ça me mettrait en rage. Je t'ai même mis en garde dès le premier jour, et tu m'as menti !

— Mia préférait que tu ne saches pas, expliqua Gabe. Elle voulait éviter que tu ne sois furieux, et j'ai accepté de garder le secret parce que j'aurais fait n'importe quoi pour qu'elle soit mienne.

— Mais qu'est-ce qu'elle représente à tes yeux, Gabe ? Une distraction ? Un fruit défendu que tu as voulu cueillir juste pour le plaisir ? Tu sais très bien que Mia n'est pas ton genre de femme – elle est bien au-dessus de ça.

— Mais je veux l'épouser ! cria Gabe en tapant du poing sur le bureau de Jace.

Ce dernier marqua une pause avant de hausser un sourcil perplexe.

— Tu avais juré de ne jamais te remarier, après Lisa.

Gabe s'écarta du bureau et commença à faire les cent pas.

— J'ai dit beaucoup de choses, à l'époque, et depuis aucune femme ne m'avait fait douter de mes choix. Mais Mia… Elle est unique. Je ne peux pas vivre sans elle, Jace. Que ça te plaise ou non, je vais tout mettre en œuvre pour la reconquérir. J'ai besoin d'elle pour être heureux. Je veux prendre soin d'elle, m'assurer qu'elle ne manque jamais de rien. Ça va te paraître dingue, mais j'envisage d'avoir des enfants avec elle. À mon âge ! Je rêve d'avoir une petite fille qui lui ressemble. Je l'imagine déjà enceinte, le ventre arrondi par notre bébé, et ça me bouleverse complètement. Je vois mon avenir sous un jour nouveau, et c'est uniquement grâce à elle. Je n'avais jamais ressenti ça pour personne et je sais que je ne pourrai plus jamais le ressentir pour quelqu'un d'autre.

— Ouah…, souffla Jace. Assieds-toi, Gabe, tu me donnes le tournis.

Après une hésitation, Gabe vint s'installer en face de son ami, mais il avait toutes les peines du monde à rester immobile. Il aurait préféré courir rejoindre Mia pour se jeter à ses pieds et implorer son pardon.

— Tu es sincère, là ? reprit Jace d'une voix qui trahissait un étonnement profond. Tu l'aimes vraiment. Ce n'est pas qu'une petite aventure sans lendemain dont tu vas te lasser dans un mois ?

— Non ! Je t'interdis d'en parler en ces termes ! gronda Gabe.

— Eh bien… ! fit Jace en secouant la tête. Je n'aurais jamais imaginé un truc pareil. Comment c'est arrivé ? Est-ce que j'ai vraiment été aveugle, pour ne rien remarquer ?

— Je préfère ne pas entrer dans les détails. Ce qui compte, c'est que j'aime Mia et qu'avec un peu de chance elle m'aime encore assez pour me pardonner.

— Ça, je ne peux pas te le garantir, mon pote, commenta Jace avec une grimace. Elle est vraiment remontée. Je sais bien que, d'habitude, les femmes te tombent dans les bras sans que tu aies besoin de faire le moindre effort, mais Mia est d'une autre trempe. Elle veut un homme qui soit prêt à se battre pour elle, et tu as échoué sur ce point. Ça m'étonnerait qu'elle te le pardonne facilement.

— Tu crois que je ne le sais pas, ça ? Je comprendrais qu'elle ne veuille plus jamais me parler, mais il faut que j'essaie. Je ne peux pas la laisser filer sans lever le petit doigt.

— Sérieux, mec, tu as vraiment le chic pour te compliquer la vie, commenta Jace en se massant la nuque. Je devrais sans doute te virer de mon bureau à grands coups de pied au cul, mais, bizarrement, j'ai presque pitié de toi.

Gabe se détendit très légèrement et croisa le regard de Jace.

— Je suis désolé, mon pote. Je m'y suis pris comme un manche, mais je tiens à ce que tu saches que je ne ferai jamais rien qui risque de mettre notre amitié en péril. Surtout, je ne ferai plus jamais souffrir Mia. Si elle me pardonne, je passerai le restant de mes jours à la choyer et à m'assurer qu'elle n'ait plus jamais de raison de pleurer.

— Je souhaite la même chose, tu sais, déclara Jace d'une voix douce. Si tu arrives à la rendre heureuse, alors tu as ma bénédiction.

— Je compte bien tout mettre en œuvre pour essayer, en tout cas, affirma Gabe avec une détermination farouche.

— Dans ce cas, je te souhaite bonne chance, conclut Jace. Quelque chose me dit que tu vas en avoir besoin.

Chapitre 42

Mia resserra les pans de son manteau en traversant la dernière rue avant son immeuble. Après plusieurs jours sur une plage ensoleillée, elle avait bien du mal à se réhabituer au vent froid de New York.

Jace et Ash s'étaient mis en quatre pour lui remonter le moral, et elle devait bien admettre qu'elle avait passé de bonnes vacances. Cela ne leur était pas arrivé depuis longtemps, à Jace et à elle, et, avec la présence facétieuse d'Ash, ils ne s'étaient pas ennuyés une seule seconde.

Évidemment, Gabe avait occupé ses pensées la plupart du temps, mais elle avait néanmoins trouvé le moyen de s'amuser. Si on lui avait dit qu'elle profiterait autant de ses vacances aussi peu de temps après sa rupture avec Gabe, elle n'y aurait tout simplement pas cru.

Pourtant, retourner à *La Pâtisserie* ce matin-là au lieu d'aller dans les locaux de HCM lui avait fait l'effet d'une gifle, parce que cela lui rappelait la lâcheté de Gabe. Elle avait beaucoup apprécié de travailler pour lui. Certes, cela avait commencé comme une espèce de couverture pour leur liaison, mais, au fil des jours, Mia avait endossé des responsabilités et prouvé qu'elle était largement à la hauteur. Elle avait éprouvé une grande fierté à relever un défi après l'autre – avec brio, qui plus est.

Et voilà qu'elle devait recommencer à servir des cafés et des croissants. Cela ne l'avait jamais dérangée auparavant, mais, à présent qu'elle avait appris à s'épanouir ailleurs, elle avait du mal à s'en contenter. Il était grand temps qu'elle surmonte ses peurs et qu'elle entame le reste de sa vie. Elle avait déjà commencé à parcourir les offres d'emploi à la recherche de quelque chose qui corresponde à ses études et à son expérience professionnelle, si réduite soit-elle.

Elle hésitait à solliciter l'aide de son frère. Pas pour qu'il lui offre un poste chez HCM – elle ne supporterait pas de voir Gabe tous les jours ou, pire, d'avoir affaire à sa prochaine conquête –, mais il pourrait peut-être lui donner des pistes, voire quelques contacts utiles.

Après tout, ils possédaient plus d'une dizaine d'hôtels aux États-Unis, sans parler de leurs complexes à l'étranger. Elle pourrait sans mal travailler dans l'un de ces lieux sans jamais avoir à croiser Gabe.

Cela impliquerait de quitter New York, cependant. Était-elle prête à faire ce sacrifice ?

Elle avait pris ses petites habitudes à Manhattan, près de Jace, mais c'était essentiellement grâce à la générosité de ce dernier : il était propriétaire de l'appartement où elle vivait. Quand finirait-elle par obtenir son indépendance ?

Peut-être lui faudrait-il partir loin pour avoir une chance d'y parvenir. Pourtant, si séduisante que soit cette idée en théorie, Mia ne pouvait envisager sans une certaine tristesse de quitter New York, Caroline, Jace, Ash, son appartement…, sa vie.

Non, pas question. Gabe l'avait peut-être larguée mais il ne réussirait pas à la chasser de chez elle. Elle allait trouver un emploi encore plus satisfaisant, à New York, et oublier ce misérable lâche.

Beau programme, une fois de plus, sauf que Mia avait du mal à y croire.

Au moment de pousser la porte de son immeuble, elle vit le reflet de Gabe dans la vitre. Il sortait de sa voiture et s'avançait vers elle.

Ah non !

Elle résista à la tentation de se retourner et se précipita vers l'ascenseur. Aussitôt qu'elle fut à l'intérieur, elle appuya sur le bouton de son étage. En relevant la tête, elle vit Gabe repousser le portier qui tentait de le retenir, puis foncer vers elle, l'air déterminé.

Allez, démarre, pensa-t-elle en silence.

Voyant que l'ascenseur commençait à se fermer, Gabe se mit à courir, mais trop tard. Mia poussa un soupir de soulagement.

Elle regagna enfin son appartement, qui était plongé dans l'obscurité, et déposa son sac dans l'entrée. Caroline rentrait en général un peu plus tard, et ressortirait sans doute voir Brandon au *Vibe*.

Mia sursauta en entendant frapper à la porte, puis leva les yeux au ciel. Elle avait bien vu l'expression têtue de Gabe et s'était doutée qu'il ne renoncerait pas aussi facilement.

Énervée, elle retourna ouvrir la porte, mais, lorsque Gabe fit un pas en avant d'un air soulagé, elle l'empêcha d'entrer.

— Qu'est-ce que tu veux ? demanda-t-elle sur un ton brusque.

— Il faut que je te parle, Mia.

— On n'a plus rien à se dire.

— C'est faux, laisse-moi entrer.

Elle passa la tête dans l'entrebâillement de la porte pour qu'il voie qu'elle ne plaisantait pas.

— Je me suis peut-être mal exprimée : moi, je n'ai plus rien à te dire, Gabe. Tu m'as laissée partir. Pire : tu m'as demandé de partir. Je mérite mieux que ça, et je tiens à obtenir ce que je mérite.

Sur ce, elle claqua la porte et la verrouilla avant de se rendre dans sa chambre, d'où elle n'entendrait pas Gabe frapper. Elle était épuisée et mourait d'envie d'un bon bain chaud.

Pourtant, elle craignait fort que rien ne réussisse à la guérir du froid glacial que Gabe avait laissé derrière lui. Rien, à part Gabe lui-même.

Le lendemain, alors que Mia apportait son café à un habitué de *La Pâtisserie*, Gabe entra et s'installa à la même table que quelques semaines auparavant. Mia n'en croyait pas ses yeux. Comment allait-elle réussir à travailler avec Gabe juste sous son nez ?

Elle serra les dents et s'avança vers lui.

— Qu'est-ce que tu fais ici ?

Il l'examina un instant, et son regard s'adoucit. Avait-il remarqué ses traits tirés par la fatigue et le chagrin ? Portait-elle son malheur sur son visage ?

— Moi non plus, je ne dors pas bien, Mia, dit-il d'une voix douce. J'ai fait une erreur – une grossière erreur. Donne-moi une chance de me racheter, s'il te plaît.

Elle ferma les yeux et crispa les poings.

— Ne me mets pas dans une position difficile, Gabe. J'ai besoin de ce boulot jusqu'à ce que je décide de ce que je veux faire. J'ai besoin de travailler, et là, tu me déranges.

Gabe lui saisit le poignet et la força à rouvrir la main pour déposer un baiser au creux de sa paume.

— Tu as un emploi qui t'attend, tu sais. Tu reviens quand tu veux, Mia.

Elle se dégagea d'un geste brusque, comme s'il l'avait brûlée.

— Va-t'en, Gabe, s'il te plaît. Tu vas me faire virer. Si tu tiens tant à te racheter, alors laisse-moi tranquille.

Il fallait qu'il parte, et vite. Elle sentait qu'elle était sur le point de craquer et refusait qu'il devine les émotions contradictoires qui faisaient rage dans son cœur.

Elle tourna les talons, au risque de paraître impolie. Elle avait d'autres clients à servir.

Gabe ne semblait pas vouloir céder. Il la suivit du regard tandis qu'elle s'affairait dans la boutique. Plusieurs personnes arrivèrent puis repartirent, mais il ne faisait pas mine de bouger. Mia finit par se sentir traquée.

Elle se rendit en cuisine et demanda à Louisa si elle voulait bien échanger son poste pendant une petite heure. Lorsqu'elle revint enfin en salle, Gabe avait disparu.

Elle oscillait entre déception et soulagement, sa seule certitude étant que rien ne pourrait jamais combler le vide béant qu'elle avait à la place du cœur.

En regagnant son appartement, ce soir-là, elle trouva un énorme bouquet de fleurs devant sa porte. Avec un soupir, elle détacha le carton et lut :

Je suis désolé. Laisse-moi au moins une chance de m'expliquer, s'il te plaît.

Gabe

Elle dut se retenir de jeter le bouquet à la poubelle comme une gamine en colère. Il égaierait l'appartement et ferait plaisir à Caroline. Elle n'aurait qu'à faire comme si c'était quelqu'un d'autre qui le lui avait offert.

Elle posa les fleurs sur le plan de travail en se demandant ce que Gabe avait derrière la tête. C'était lui qui avait dit qu'il valait mieux couper les ponts ; pourquoi tenait-il tellement à lui parler si c'était pour se dégonfler de nouveau dans quelques mois ? Elle n'avait aucune envie de réitérer l'expérience.

Elle avait trouvé cela salutaire de discuter des habitudes de Gabe avec Jace et Ash. Certes, elle avait déjà une idée assez précise du genre de relations qu'il entretenait avant elle, mais ses deux amis lui avaient révélé quelques détails nouveaux.

Toutes les aventures de Gabe étaient régies par ce fameux contrat, mais ce que Mia ignorait, c'était à quel point elles étaient brèves.

Cela lui avait fait comprendre que, de toute façon, leur histoire n'aurait pas duré très longtemps.

Elle était allongée à plat ventre sur son lit quand Caroline frappa doucement à la porte de sa chambre.

— Salut ! Superbes, les fleurs ! C'est de la part de qui ? demanda-t-elle en passant la tête à l'intérieur.

— De Gabe, marmonna Mia.

— Sérieux ? fit Caroline en venant s'asseoir sur le lit avec une expression de surprise et d'agacement mêlés. À quoi il joue ?

— Ça, je n'en sais rien, répondit Mia en roulant sur le dos, mais ce n'est pas tout : il m'attendait ici quand je suis rentrée hier soir et, ce midi, il est venu à *La Pâtisserie*.

— Quoi ?! Mais pourquoi ?

— Aucune idée, soupira Mia. Pour me rendre dingue ? Hier, je lui ai claqué la porte au nez et, aujourd'hui, je me suis bornée à l'ignorer complètement.

— Bien joué, ma belle ! s'écria Caroline. Tu veux que j'aille lui botter le cul de ta part ?

Mia éclata de rire et se redressa pour embrasser son amie.

— Je t'adore, Caro. J'ai vraiment de la chance de t'avoir.

— C'est fait pour ça, les copines, affirma Caroline en lui caressant le dos. D'ailleurs, si tu décides de le descendre, je promets de t'aider à faire disparaître le corps.

Mia rit de plus belle, le cœur soudain plus léger.

— Qu'est-ce que tu veux manger, ce soir ? demanda-t-elle. Je me disais qu'on pourrait se faire livrer quelque chose, mais, si ça te branche, on peut aussi descendre au pub.

— Tu es sûre ? Ça ne me dérange pas de cuisiner, si tu préfères rester tranquille ici.

— Non, j'ai envie de sortir, insista Mia. Je ne vais quand même pas rester enfermée à me lamenter sur mon sort !

Elle se leva et se dirigea vers la porte, mais Caroline ne la suivit pas tout de suite.

— Peut-être qu'il cherche à te reconquérir, Mia, suggéra-t-elle. Tu ne crois pas que tu devrais au moins le laisser s'expliquer ?

Mia se retourna avec une grimace.

— Je lui ai dit que, s'il voulait une deuxième chance, il allait devoir se traîner à mes pieds. Je compte bien tenir parole.

Chapitre 43

À la fin de la semaine, Mia ne savait plus quoi penser. Gabe venait à *La Pâtisserie* chaque jour mais jamais deux fois à la même heure, si bien que Mia ne pouvait pas anticiper ses visites et l'éviter en allant travailler en cuisine.

Sa présence entêtée allait finir par avoir raison de ses nerfs – et de sa résistance.

Et puis, comme si cela ne suffisait pas, il la bombardait de fleurs et de cadeaux, autant chez elle qu'au salon de thé.

La veille, un livreur avait apporté un énorme bouquet à *La Pâtisserie* et lui avait causé la honte de sa vie en lisant à voix haute le carton, qui disait :

Pardonne-moi. Je ne peux pas vivre sans toi.

Gabe

Le jour même, c'était une boîte contenant une paire de gants en cuir doublés de fourrure, avec le petit mot suivant :

Pour que tu n'aies pas froid aux mains sur le trajet du retour.

Gabe

Cela amusait Greg et Louisa, heureusement, et les habitués de *La Pâtisserie* avaient commencé à lancer des paris sur ce que serait la livraison du lendemain.

La grisaille des semaines précédentes avait disparu, cédant la place à un ciel bleu accompagné d'un vent glacial. Mia apprécia grandement ses gants fourrés tandis qu'elle rentrait à pied dans la lumière du crépuscule.

Au moment où elle tournait au coin de sa rue, son regard fut attiré par un écran publicitaire sur lequel défilaient d'énormes lettres fluo.

Je t'aime, Mia. Reviens.

Gabe

Des larmes brûlantes lui piquèrent les paupières. Comment réagir à cela ? Gabe ne lui avait encore jamais dit qu'il l'aimait.

Était-ce pour mieux la manipuler ensuite qu'il étalait ses émotions ainsi, à un endroit où elle serait forcée de le voir ?

Il allait finir par la rendre dingue. Il n'avait pas essayé de l'approcher depuis le jour où elle lui avait demandé de la laisser tranquille, mais il n'était jamais loin.

Mia se sentait complètement déroutée par ce comportement. Gabe révélait un aspect de sa personnalité qu'elle n'avait jamais vu auparavant – que personne n'avait jamais dû voir.

Elle rentra chez elle, épuisée et déprimée. Elle avait l'impression de couver quelque chose mais ne savait pas bien s'il s'agissait d'une affection physique ou simplement du choc émotionnel combiné à plusieurs nuits sans sommeil.

Le lendemain matin, elle eut la réponse à sa question : elle était bel et bien malade. Elle se rendit à *La Pâtisserie* en pilote automatique, et, au bout de quelques heures, Greg et Louisa commencèrent à lui jeter des coups d'œil inquiets. Lorsqu'une cafetière pleine lui échappa des mains, la vieille dame lui demanda de venir en cuisine.

Elle la fit asseoir et lui posa une main sur le front.

— Mais tu es brûlante, ma pauvre ! Pourquoi tu ne nous as rien dit ? Tu n'es pas en état de travailler, voyons. Rentre te coucher.

Mia ne fit même pas mine de protester, trop contente d'avoir le week-end entier devant elle pour se reposer. En plus, cela lui permettrait d'éviter les petits cadeaux que Gabe continuerait sans doute à lui faire livrer. Elle se réjouissait de pouvoir se cacher de lui et du monde pour réfléchir posément à toute cette histoire. Elle avait l'impression de porter sur ses épaules un poids insupportable.

Elle comptait prendre un taxi, mais la plupart terminaient leur service, et elle se résigna à rentrer à pied. Elle grelottait de froid et voyait flou à cause de la fièvre, si bien qu'il lui fallut deux fois plus de temps que d'habitude pour arriver au coin de sa rue et apercevoir enfin ce fichu écran publicitaire.

Elle poussa un soupir de soulagement, mais, au même moment, quelqu'un la bouscula. Elle parvint à garder l'équilibre mais se cogna contre quelqu'un d'autre et tomba à genoux. Elle était tout près de chez elle, pourtant elle n'avait même plus la force de se relever.

Se cachant le visage dans les mains, elle se mit à pleurer à chaudes larmes.

— Mia ? Qu'est-ce qui t'arrive ? Ça va ?

Gabe. C'était la voix de Gabe. Il lui passa un bras autour de la taille et l'aida à se remettre sur ses pieds.

— Qu'est-ce qui se passe, ma puce ? Pourquoi tu pleures ? Tu t'es fait mal ?

— Je suis malade, articula-t-elle entre deux sanglots.

Elle avait la tête comme une citrouille, la gorge en feu, et tellement froid qu'elle claquait des dents.

Gabe proféra un juron et la prit dans ses bras avant de gagner l'entrée de son immeuble à grandes enjambées.

— Ne commence pas à râler, s'il te plaît. Tu es en piteux état et tu as besoin qu'on s'occupe de toi. Tu imagines ce qui aurait pu se passer si je n'avais pas été là ? Tu aurais pu t'évanouir sur le trottoir, sans personne pour te venir en aide !

Mia n'essaya même pas de parler. Elle se contenta d'enfouir le visage dans le cou de Gabe et de respirer son parfum. Il lui communiquait sa chaleur et apaisait sa douleur. Elle se rendit compte qu'elle n'avait cessé d'avoir froid depuis qu'il l'avait quittée – ou, plutôt, depuis qu'elle l'avait quitté, lui.

Gabe la porta jusque dans sa chambre, la déposa sur le lit, puis ouvrit ses tiroirs à la recherche d'un pyjama bien chaud.

— Tiens, mets-toi à l'aise pendant que je te prépare de la soupe et que je t'apporte des médicaments. Tu es brûlante de fièvre.

Mia employa ses dernières forces à se déshabiller et à enfiler le pyjama, puis elle s'assit au bord du lit, essoufflée, pressée de se blottir sous la couette.

Au bout de quelques minutes, Gabe revint et l'aida à s'installer. Puis il la borda et l'embrassa tendrement sur le front. Mia ferma les yeux pour mieux savourer ce baiser, mais Gabe repartit aussitôt qu'il eut arrangé les oreillers dans son dos.

Quand il revint, cette fois, ce fut pour lui apporter un bol de soupe, un flacon de comprimés et une bouteille de sirop. Il déposa la soupe sur la table de nuit le temps de lui faire avaler deux cachets et une dose de sirop, puis lui tendit le bol.

— Ça fait combien de temps que tu es malade ? demanda-t-il d'une voix légèrement enrouée.

Pour la première fois de la soirée, Mia le regarda vraiment et fut choquée par son apparence. Il semblait aussi mal en point qu'elle : les yeux cernés, le front marqué de profondes rides… Il paraissait fatigué – épuisé, même.

Était-ce à cause d'elle ?

— Depuis hier, répondit-elle. Je ne sais pas ce que j'ai, je suis complètement crevée. Cette semaine a été terriblement éprouvante, je n'en peux plus.

Une ombre passa sur le visage de Gabe, comme s'il se sentait coupable.

— Bois ton bouillon. Le temps que tu finisses, les médicaments auront commencé à agir, et tu pourras te reposer tranquillement, dit-il en se levant.

— Ne pars pas, murmura-t-elle. S'il te plaît, reste avec moi ce soir.

Il se tourna vers elle, le regard empreint de regrets.

— Je n'ai pas l'intention de te quitter, Mia. Pas cette fois.

Une fois qu'elle eut fini sa soupe, Gabe emporta le bol vide dans la cuisine, et elle s'étendit sous la couette, qu'elle remonta jusqu'à son nez en frissonnant. Même le bouillon n'avait pas réussi à la réchauffer.

Un moment plus tard, elle luttait pour garder les yeux ouverts quand, à sa grande surprise, elle sentit le matelas s'enfoncer derrière elle et Gabe se blottir avec elle sous la couette. Il se lova tout contre elle et la serra dans ses bras.

— Dors, Mia. Si tu as besoin de quoi que ce soit, je suis là.

Elle oublia toutes les souffrances des dernières semaines et savoura le simple fait de se trouver dans les bras de Gabe, enveloppée par la chaleur de son grand corps solide.

Gabe était le seul remède dont elle ait réellement besoin.

Avec un soupir de quiétude, elle ferma les yeux et s'endormit enfin.

Lorsque Mia se réveilla le lendemain, elle était seule dans son lit et se demanda si elle avait rêvé la venue de Gabe. Puis elle se retourna vers l'oreiller sur lequel il avait dormi et aperçut un petit mot posé bien en évidence.

N'oublie pas de prendre tes médicaments. Jace va passer te voir dans la journée. Profite du week-end pour te reposer et te remettre sur pied, ma chérie.

Gabe

Il lui avait laissé du paracétamol et du sirop à portée de main, ainsi qu'une bouteille d'eau.

Mia se redressa, surprise qu'il soit parti après s'être montré si tenace depuis Thanksgiving.

Elle frissonna et, aussitôt, prit une dose de sirop suivie d'une gorgée d'eau. Puis elle se rallongea et posa la tête sur l'oreiller de Gabe, qui portait encore des traces de son parfum.

Elle ferma les yeux pour mieux en profiter. Il lui manquait tellement !

Visiblement, ils étaient aussi malheureux l'un que l'autre, et, pour la première fois, elle se demanda si sa fierté blessée justifiait qu'elle continue à leur infliger de telles souffrances.

Tout semblait indiquer que Gabe était sincère quand il la suppliait de lui accorder une deuxième chance, mais elle avait appris à se méfier. Il avait déjà refusé de se battre pour elle… La ferait-il souffrir de nouveau si elle le laissait revenir ?

Debout devant l'immeuble où vivait Jace, Gabe téléphona à son ami.

— Jace, c'est Gabe, je peux monter ? C'est au sujet de Mia, dit-il aussitôt que Jace décrocha.

Quelques secondes plus tard, il était dans l'ascenseur menant à l'appartement de Jace, au dernier étage. Son ami l'attendait, l'air soucieux.

— Qu'est-ce qui se passe ?

Gabe se rendit dans le salon sans même prendre la peine de retirer son manteau.

— Mia est malade, annonça-t-il. Je l'ai trouvée effondrée sur le trottoir devant chez elle, hier soir. Elle avait beaucoup de fièvre, et un connard l'avait fait tomber. Elle n'avait même plus la force de se relever.

— Putain ! Elle va bien ?

— Mieux, le rassura Gabe. J'ai veillé sur elle toute la nuit et je lui ai donné quelques médicaments qui devraient l'aider à se rétablir. En partant, ce matin, je lui ai laissé un petit mot disant que tu passerais la voir.

— Pourquoi tu n'es pas resté avec elle ? s'enquit Jace en fronçant les sourcils. Ça fait une semaine que tu essaies de la convaincre de t'écouter et là, pour une fois qu'elle ne te claque pas la porte au nez, c'est toi qui t'en vas comme un voleur ?

— Je me suis montré trop insistant, expliqua Gabe dans un soupir. Elle voulait que je la laisse tranquille, mais je n'ai pas arrêté de lui envoyer de petits cadeaux. C'est en partie ma faute si elle est dans cet état, et je m'en veux. Évidemment, je souhaite plus que tout qu'on se remette ensemble, mais pas dans ces conditions. Il faut que je lui laisse le temps de se remettre et de réfléchir posément. S'il te plaît, prends bien soin d'elle ce week-end. J'aimerais qu'elle soit complètement remise lundi soir.

— Pourquoi ? Qu'est-ce qui se passe, lundi soir ? demanda Jace, surpris.

— Je vais me traîner à ses pieds, répondit Gabe en se passant une main dans les cheveux. Entre-temps, j'ai une bague à aller acheter et d'autres détails à régler. Toi, tout ce que tu as à faire, c'est de l'emmener voir le sapin de Noël du Rockefeller Center lundi soir. Ne me fais pas faux bond, mon pote. Porte-la dans tes bras s'il le faut, mais débrouille-toi pour qu'elle soit là.

Chapitre 44

Mia passa le week-end avec Jace – ou, plutôt, c'est lui qui vint le passer chez elle, avec quelques apparitions d'Ash. Il leur apporta de bons petits plats et des vidéos, et les deux hommes tinrent compagnie à Mia jusqu'à ce qu'elle s'endorme d'un sommeil fiévreux.

Lorsque lundi arriva, elle se sentait beaucoup mieux mais pas tout à fait assez bien pour travailler, aussi prévint-elle Louisa et Greg qu'elle ne reviendrait que le lendemain.

En partant pour les bureaux de HCM, Jace et Ash lui promirent de revenir en fin d'après-midi pour l'emmener quelque part.

En revanche, elle n'avait eu aucune nouvelle de Gabe. Ni fleurs ni cadeaux – silence radio. Cela la déstabilisait plus que tout.

Elle n'eut pas le cœur de dire à Jace et à Ash qu'elle n'avait pas envie de sortir ce soir-là. Ils s'étaient montrés tellement adorables pendant le week-end, cela méritait bien un effort de sa part.

Elle décida donc de se tenir prête pour leur arrivée et de les accueillir avec le sourire. Jace lui avait recommandé de s'habiller chaudement, mais c'était le seul indice dont elle disposait.

Heureusement que sa fièvre était retombée. Sinon, l'idée de passer la soirée dehors dans le froid aurait suffi à la décourager.

Dans l'après-midi, elle prit une longue douche et fit de son mieux pour ne pas avoir l'air d'un zombie avec une gueule de bois, mais ses talents de maquilleuse avaient des limites…

À 18 heures, Jace et Ash vinrent la chercher, les yeux brillants de malice. Mia réprima un grognement : quand ils faisaient cette tête-là, c'était en général qu'ils s'apprêtaient à jouer un bon tour à quelqu'un. Elle risquait fort d'être la victime du jour.

Elle prit une dose de médicaments avant de partir, histoire d'être tranquille, puis ils descendirent. Jace avait fait appel à un chauffeur au lieu de prendre sa propre voiture, ce qui était inhabituel.

— Où est-ce qu'on va ? demanda-t-elle une fois qu'ils furent installés.

— Tu le verras bien assez tôt, répondit Jace avec un clin d'œil.

Ash et lui avaient l'air de deux gamins la veille de Noël.

Mia se détendit, résolue à passer une bonne soirée, même si elle avait le cœur lourd. Gabe n'avait pas donné de signe de vie après avoir passé la nuit à prendre soin d'elle. Aurait-il changé d'avis ?

Soudain, elle vit que le chauffeur s'était arrêté sur la Ve Avenue, en face du Rockefeller Center, et elle poussa un cri de joie en apercevant l'immense sapin qui dominait la patinoire. Ce tableau magnifique lui rappela ses souvenirs d'enfance – toutes les fois où Jace l'avait emmenée là. Ils avaient toujours fait en sorte d'assister à l'allumage des guirlandes. À vrai dire, cette année était la première fois qu'ils l'avaient manqué.

— Oh, Jace ! souffla-t-elle en sortant de la voiture. C'est magnifique !

Son frère la regarda avec un sourire chaleureux, puis les deux amis l'entraînèrent vers la foule assemblée au pied de l'arbre.

Les lumières multicolores scintillaient, et les haut-parleurs diffusaient des chants de Noël. Soudain, il y eut une pause, et un homme commença à chanter *The Christmas Song*.

— Oh ! Il y a un concert ? s'écria Mia en se tournant vers Jace.

Il hocha la tête et lui fit signe de se rapprocher de la scène. Curieusement, personne ne protesta lorsqu'ils se frayèrent un chemin. Au contraire, un groupe s'écarta même pour leur laisser plus de place au premier rang.

— Oh, c'est génial !

Jace et Ash rirent face à son enthousiasme presque enfantin. Émue par les souvenirs de tous leurs Noëls passés, et reconnaissante envers ses deux grands frères de l'avoir aidée à traverser cette crise, elle serra Jace dans ses bras.

— Merci. Je t'adore, tu sais, lui murmura-t-elle à l'oreille.

— Moi aussi, je t'adore, chipie, et je veux que cette soirée soit spéciale pour toi, dit-il avec un sourire un peu triste qui l'étonna.

Soudain, son morceau terminé, le chanteur s'adressa à la foule, et il fallut quelques instants à Mia pour comprendre qu'il l'appelait, elle.

Alors elle releva la tête, surprise, et cilla lorsqu'un projecteur se braqua sur elle. Elle chercha Jace du regard, mais Ash et lui s'étaient reculés, la laissant seule dans sa bulle de lumière.

— Mademoiselle Mia Crestwell, je vous souhaite un merveilleux Noël et une excellente fin d'année, annonça le musicien. Mais je ne suis pas le seul…, ajouta-t-il en désignant un des côtés de la scène.

Mia écarquilla les yeux, bouche bée, en voyant Gabe se diriger vers elle, son regard intense rivé sur elle. Il tenait à la main un petit paquet cadeau décoré d'un énorme nœud.

La foule applaudit lorsqu'il posa un genou à terre devant la jeune femme.

— Joyeux Noël, Mia, dit-il d'une voix enrouée par l'émotion. Pardonne-moi, j'ai été stupide de te laisser partir. Tu as raison : tu mérites quelqu'un qui ose se battre pour toi, et, si tu m'accordes une deuxième chance, je te promets de tout faire pour me montrer à la hauteur.

Mia le dévisagea, interdite, tandis que des larmes brûlantes lui piquaient les paupières et menaçaient de rouler sur ses joues.

— Je t'aime, Mia, poursuivit Gabe d'une voix plus forte. Je t'aime tellement que j'ai mal quand je ne suis pas avec toi. Je ne veux plus jamais qu'on se sépare, tu m'entends ? Je veux t'épouser, ma belle. Je veux que tu sois ma femme, pour toujours.

Il lui tendit la boîte, qu'elle accepta d'une main tremblante. Elle dut s'y reprendre à deux fois pour réussir à défaire le nœud, et faillit faire tomber l'écrin que le papier cadeau dévoila.

Des flashs se déclenchèrent tout autour d'eux, et plusieurs personnes se mirent à filmer la scène, tandis que d'autres criaient des encouragements à Mia. Mais la jeune femme ne voyait et n'entendait plus rien d'autre que l'homme agenouillé devant elle.

Elle ouvrit l'écrin, qui contenait un magnifique diamant, dont l'éclat fut très vite brouillé par les larmes qu'elle ne put retenir. Puis elle baissa les yeux vers Gabe, qui se traînait littéralement à ses pieds.

— Oh, Gabe.

Elle s'agenouilla à son tour et passa les bras autour de son cou, sans lâcher l'écrin.

— Je t'aime, murmura-t-elle. Je t'aime tellement ! Je ne veux pas vivre sans toi !

La prenant par les épaules, Gabe s'écarta doucement pour la dévisager avec un mélange d'amour et de joie. Puis il sortit un document de la poche de son manteau. Leur contrat !

Lentement, méthodiquement, il le déchira, le regard toujours rivé sur Mia.

— À partir de maintenant, notre relation n'a plus besoin de règles écrites, annonça-t-il, ému. Nous avons le droit d'en faire ce que nous voulons, toi et moi. Plus de contraintes, seulement notre amour. La seule chose que je te demande de signer, c'est le registre des mariages.

Il lui prit l'écrin des mains et en sortit la bague, qu'il fit glisser à son annulaire gauche.

Puis, sous les hourras de la foule, il l'attira dans ses bras et l'embrassa fougueusement. Mia s'accrocha à lui de toutes ses forces, savourant cet instant dont elle se souviendrait toute sa vie.

Même quand Gabe et elle seraient deux vieillards chenus, elle chérirait ce souvenir et prendrait un immense plaisir à le raconter à leurs petits-enfants.

Soudain, elle se rendit compte qu'elle ne connaissait même pas l'opinion de Gabe à ce sujet.

— Je veux des enfants, annonça-t-elle de but en blanc.

Aussitôt, elle se rendit compte qu'elle avait parlé haut et fort, et rougit violemment. Il y eut des rires autour d'eux, et quelqu'un lança :

— Qu'est-ce que tu attends, mon pote ?

Gabe sourit avec une tendresse qui lui réchauffa le cœur au point de lui faire oublier la fraîcheur de cette soirée de décembre.

— Moi aussi, je veux des enfants, Mia. Des petites filles aussi jolies que toi.

Cette remarque lui arracha un sourire si rayonnant qu'elle en eut presque mal aux joues.

— Je t'aime, Mia, ajouta-t-il d'une voix rauque, toujours agenouillé devant elle, l'air étonnamment vulnérable. Je veux passer le reste de ma vie à t'aimer, et à me racheter pour les erreurs que j'ai commises ces dernières semaines. Je te promets que personne ne pourra jamais t'aimer autant que moi.

Cette fois, Mia ne chercha même pas à retenir ses larmes. Gabe Hamilton s'était mis à genoux devant elle, avec la moitié de la population de New York pour témoin.

— Moi aussi, je t'aime, Gabe. Ça fait des années que je t'attends, avoua-t-elle d'une voix douce.

Lentement, il se releva et lui tendit la main, puis l'attira contre lui tandis que la musique reprenait autour d'eux.

— Et ça fait des années que je t'attends, toi. Il m'a fallu du temps pour comprendre, mais ça a toujours été toi, Mia.

Alors il la fit pivoter, et ils se retrouvèrent face à Jace et à Ash. Mia les avait complètement oubliés, mais elle comprit soudain que Gabe avait retrouvé ses deux complices – ses meilleurs amis. L'énormité de cette révélation l'émut plus que tout, et elle se jeta dans les bras de son frère.

— Merci ! lui murmura-t-elle à l'oreille. Si tu savais comme ça compte pour moi que tu comprennes et que tu acceptes…

— Je t'aime, ma chipie, dit-il en la serrant contre lui. Tout ce que je veux, c'est que tu sois heureuse, et Gabe a réussi à me convaincre qu'il était l'homme de la situation.

Avec un grand sourire, elle se tourna vers Ash et l'embrassa à son tour.

— Toi aussi je t'adore, grand dadais. Et je te suis vraiment reconnaissante de m'avoir aidée comme tu l'as fait ces dernières semaines.

Ash lui planta un baiser sur la joue.

— Tu sais très bien que je ferais n'importe quoi pour toi, fripouille, lança-t-il en lui ébouriffant les cheveux. Moi aussi, je veux que tu sois heureuse. Ah, et j'aimerais bien être le parrain du bébé, aussi.

— Pas question ! protesta Jace. C'est moi l'oncle, alors c'est moi le parrain.

Mia leva les yeux au ciel et se lova contre Gabe tandis que Jace et Ash commençaient à se chamailler. Gabe rit doucement et lui passa un bras autour de la taille avec un sourire étincelant.

— Et si on rentrait à la maison, histoire de s'entraîner pour qu'ils aient bientôt un vrai bébé à se disputer ?

EN AVANT-PREMIÈRE

Retrouvez Jace, Ash et Gabe dans :

FEVER

Disponible chez Milady Romantica

Bethany Willis s'essuya les mains sur son pantalon déjà usé et ferma les yeux un instant. Elle tenait à peine debout tandis que devant elle s'empilaient tous les plats vides qu'elle avait rapportés de la salle de bal.

Elle était épuisée et affamée. Ce petit boulot avait un avantage non négligeable, en plus d'être payé en liquide. Les employés avaient le droit d'emporter les restes et, étant donné la quantité de petits fours qui circulait ce soir-là, comparée au nombre d'invités, ils n'allaient manquer de rien.

Bethany secoua doucement la tête. Les riches, avec leur folie des grandeurs… Au moins mangerait-elle à sa faim ce soir-là, même si elle aurait préféré des mets moins raffinés et plus consistants.

Elle pourrait même se payer le luxe de rapporter quelque chose à Jack.

Une profonde tristesse l'étreignit, aussitôt suivie par un sentiment de culpabilité. Elle n'aurait pourtant pas dû réagir ainsi en le voyant refaire surface après des mois d'absence. Depuis le temps, elle aurait dû être habituée à cette routine : Jack disparaissait sans donner de nouvelles puis revenait pointer le bout de son nez quand il avait besoin d'un endroit où dormir, d'un peu de sympathie, d'un bon repas, de quelques dollars… ou de quelques dizaines de dollars.

Le cœur de Bethany se serra ; elle savait pertinemment ce qu'il faisait de cet argent. Lui-même détestait lui réclamer. Quand il abordait la question, c'était toujours à demi-mot, en détournant le regard. « Bethy… il faut que je te demande un truc… » Il n'en disait pas plus. Immanquablement, elle lui donnait ce qu'elle pouvait. Comment refuser ? Pourtant, elle détestait la façon dont il prononçait son surnom. Elle en venait même à détester ce diminutif qui lui était si cher autrefois, justement parce qu'il lui avait été donné par quelqu'un qui l'aimait.

Jack, la seule personne au monde qui se soit donné la peine de la protéger, ou même de faire attention à elle.

Son frère de cœur sinon de sang. Ils formaient une sorte de famille de fortune, et elle n'envisageait pas de lui tourner le dos un jour.

C'était tout simplement inconcevable.

Un bruit attira son attention vers la porte donnant sur l'allée où se trouvaient les poubelles, et elle aperçut Jack. Appuyé contre le chambranle, la tête inclinée, il jetait des regards furtifs par-dessus son épaule. C'était sa posture typique : il restait aux aguets en toutes circonstances et se ménageait toujours une issue de secours.

— Bethy, souffla-t-il.

Elle tressaillit et, sans un mot, sortit de son tablier une liasse de billets – la moitié de son salaire, payée d'avance. Elle toucherait l'autre moitié à la fin de son service et devrait se contenter de cette somme pour survivre jusqu'à son prochain petit boulot.

Elle avança vers Jack d'un pas nerveux et lui remit l'argent. Aussitôt, il le rangea dans la poche de son jean troué, le regard fuyant, aussi mal à l'aise qu'elle.

— Merci, murmura-t-il. Ça va, toi ? Tu as un endroit où dormir, ce soir ?

— Oui, dit-elle.

C'était un mensonge, mais elle refusait de lui avouer la vérité.

Jack se détendit très légèrement et acquiesça.

— Super. Compte sur moi, Bethy. Bientôt, je nous trouverai un appartement, tu verras.

Elle secoua la tête, blasée. Cela faisait longtemps qu'elle entendait cette promesse ; elle savait qu'il n'en ferait jamais rien.

Jack s'approcha et déposa un baiser sur son front. Elle ferma les yeux, essayant d'imaginer des circonstances différentes, mais c'était futile et stupide.

— Je passerai prendre de tes nouvelles, d'accord ? dit-il avant de se fondre dans la nuit.

— Fais attention à toi, s'il te plaît, Jack ! lança-t-elle avant qu'il disparaisse complètement.

Il se retourna, et la lune éclaira faiblement son sourire.

— Comme toujours, ma puce.

Puis il s'éclipsa et, tout en le suivant des yeux, Bethany sentit sa gorge se nouer sous l'effet de la colère. Celle-ci se mua en une rage dévorante, et elle se mit à serrer et desserrer les poings pour endiguer la furieuse démangeaison qui s'emparait d'elle. Lutter contre le manque était une véritable guerre des nerfs, et chaque journée qu'elle passait sans succomber était une fragile victoire.

La tentation de l'oubli demeurait implacable – ces quelques instants séduisants mais vite envolés où plus rien ne semblait grave.

Non, il était hors de question qu'elle replonge. Elle en avait trop bavé pour se tirer de là, sans compter qu'elle avait tout perdu au passage. Cela aurait pu la décourager et la pousser à retomber dans ses mauvaises habitudes, mais elle en avait tiré la force de résister. Elle n'était plus la faible fille qui s'était laissé prendre au piège.

— C'était votre copain ?

Surprise par le ton abrupt de cette question, Bethany fit volte-face et, le cœur battant, affronta du regard l'homme qui la toisait depuis la porte de la salle de bal.

Il faisait partie des invités nantis de la fête – un invité de marque, sans doute, car elle l'avait vu dîner à la table des dignitaires. Il était par ailleurs d'une beauté et d'une élégance incroyables. On aurait dit qu'il sortait tout droit des pages d'un magazine de luxe – un monde totalement étranger à la jeune femme.

Il mit les mains dans ses poches et inclina la tête sans cesser de la dévisager d'un air aussi nonchalant qu'arrogant, comme s'il cherchait à déterminer si, oui ou non, elle était digne. Mais digne de quoi, au juste ? De son intérêt ? En voilà, une idée ridicule !

Il était blond aux yeux verts. Bethany n'avait jamais éprouvé d'attirance particulière pour les blonds, mais les cheveux de celui-ci comptaient au moins quatre nuances, du châtain clair à une couleur presque cendrée. Il était tellement beau que c'en était presque douloureux.

— Vous comptez me répondre un jour ? demanda-t-il d'une voix douce.

Elle secoua la tête en silence et, à sa grande surprise, l'inconnu éclata de rire.

— Ça veut dire que vous refusez de me répondre ou que ce n'était pas votre copain ?

— Ce n'était pas mon copain, murmura-t-elle.

— Ah, tant mieux !

Elle cilla, complètement déboussolée, puis fit un pas de côté en le voyant approcher. Elle ne tenait pas à se faire coincer contre la porte mais ne pouvait pas s'enfuir non plus – hors de question qu'elle parte sans le reste de son salaire, ou quelque chose à se mettre sous la dent.

L'inconnu la suivit et vint se poster juste devant elle, si bien qu'elle envisagea de détaler malgré tout.

— Comment vous vous appelez ?

— Qu'est-ce que ça peut vous faire ?

— Ah, mais ça peut faire toute la différence, répondit-il en l'examinant de plus belle.

— Comment ça ?

— Disons que nous n'aimons pas coucher avec des filles dont nous ne connaissons pas le nom, expliqua-t-il avec un sans-gêne remarquable.

Cette phrase parut tellement malsaine à Bethany qu'elle ne sut même pas quelle objection formuler en premier.

— « Nous » ? répéta-t-elle en levant une main pour empêcher l'inconnu d'approcher davantage. De quoi vous parlez, là ? C'est qui, « nous » ? Et il n'est pas question que je couche avec qui que ce soit, singulier ou pluriel.

— Jace a envie de vous.

— C'est qui, Jace ?

— Et je crois bien que moi aussi, ajouta-t-il sans répondre à sa question.

Elle réprima de justesse un grognement de rage et serra les dents.

— Je vous préviens, je vais porter plainte pour harcèlement sexuel.

L'arrogant personnage se contenta de lui sourire, ce qui la déstabilisa un peu plus.

— Pas la peine de monter sur vos grands chevaux, ma belle, dit-il en lui effleurant la joue. Ce n'est pas du harcèlement, c'est une proposition. Nuance.

— Je ne vois pas bien où est la différence, rétorqua-t-elle.

L'homme écarta cette objection d'un haussement d'épaules désinvolte.

— Et puis, d'abord, c'est qui, Jace ? reprit-elle. Et vous, vous êtes qui ? Vous faites la fine bouche et exigez de savoir le nom d'une fille pour envisager de coucher avec elle, mais vous n'avez même pas la décence de vous présenter !

Il partit d'un nouvel éclat de rire chaud et rassurant, un son d'une insouciance insolente qui fit enrager la jeune femme. Elle brûlait de jalousie envers cet homme qui n'avait visiblement pas d'autre problème que d'apprendre l'identité de sa prochaine conquête.

— Je m'appelle Ash, et Jace est mon meilleur ami.

— Et… vous avez envie de moi ? Tous les deux ? s'enquit-elle, méfiante.

— Oui. Ça n'a rien d'exceptionnel, vous savez. Il nous arrive souvent de partager la même femme. Très souvent, même. On adore les plans à trois. Vous avez déjà essayé ? Parce que, sinon, je peux vous garantir une expérience que vous ne regretterez pas.

— J'ai déjà essayé mais, franchement, ça ne m'a pas emballée, répondit-elle d'une voix sèche.

Elle discerna un éclair de surprise dans son regard. Pourtant, un type qui osait formuler des propositions pareilles n'aurait pas dû s'étonner de se faire rembarrer.

— Ça, c'est peut-être parce que vous choisissez mal vos camarades de jeu.

— Ash !

Cette vive exclamation résonna dans la cuisine exiguë et fit sursauter Bethany. En levant les yeux, elle aperçut un autre homme dans l'encadrement de la porte. Ce dernier posait sur Ash un regard sombre et menaçant, comme s'il se retenait de lui sauter à la gorge.

Ash ne semblait pas s'en alarmer, mais Bethany, si.

Elle avait reconnu dans le nouveau venu le type qui n'avait cessé de la dévorer des yeux pendant qu'elle faisait le service, avec une intensité qui lui avait arraché un frisson. Alors qu'Ash incarnait à la perfection le playboy aussi fortuné qu'insouciant, cet homme était… il était tout le contraire, tout simplement.

Même l'adjectif « intense » ne parvenait pas à lui rendre justice. Ce type était un écorché vif. Elle avait passé suffisamment de temps à traîner ses guêtres dans les rues pour savoir les reconnaître et, à vrai dire, elle aurait préféré affronter le genre de paumés qu'elle connaissait bien plutôt que cet individu intimidant qui la dévorait du regard.

Il avait les cheveux noirs, les yeux bruns et la peau mate, mais il ne s'agissait pas du bronzage artificiel des métrosexuels de base. Ce type respirait le luxe et la fortune autant que son ami, mais cela s'accompagnait d'une certaine rudesse.

Tandis qu'Ash semblait né avec une cuillère en argent dans la bouche, la richesse de son ami paraissait plus récente, comme s'il n'y était pas encore habitué.

Évidemment, il était un peu ridicule de tirer des conclusions au bout de cinq minutes, mais Bethany ne pouvait s'empêcher de réagir à l'autorité acérée qui émanait de cet homme.

— Jace, je te présente…, annonça Ash d'une voix douce en lançant à la jeune femme un regard interrogateur.

— Bethany, bredouilla cette dernière.

Oh merde ! C'est pas vrai !

Il s'agissait donc de l'autre amateur de ménage à trois ? Le meilleur ami d'Ash ? Son complice potentiel dans la proposition qu'il avait faite à Bethany ?

Serrant les lèvres, le dénommé Jace s'avança vers Bethany, qui recula instinctivement.

— Tu lui fais peur, intervint Ash, comme pour le réprimander.

Bethany fut étonnée de voir Jace s'arrêter net et braquer son regard brûlant sur son ami. Elle éprouva un certain soulagement à ne plus en être la cible.

— Je t'ai déjà dit de ne pas faire ça, gronda-t-il d'une voix sourde.

— Je n'écoute pas toujours ce que tu me dis, tu sais, rétorqua Ash posément.

Bethany les observait sans bien comprendre ce qui se passait lorsque Jace reporta son attention sur elle.

Elle retint son souffle en distinguant dans ses yeux une lueur de curiosité.

Il ne s'agissait pas de l'intérêt purement charnel d'un homme qui désire une femme, mais Bethany n'aurait pas su définir précisément ce que c'était. Pourtant, ce type avait passé la soirée à la détailler ; elle le savait parce qu'elle avait gardé un œil sur lui.

— Je suis désolé, reprit Jace.

— Est-ce que votre offre inclut le dîner ? demanda-t-elle de but en blanc.

Aussitôt elle eut honte de son audace, mais elle ne voulait pas qu'il parte. Pas ce soir-là. Pour une fois, elle avait envie de savourer cette bulle de richesse lumineuse où rien de mal ne pouvait lui arriver. L'espace d'une soirée, elle voulait oublier sa vie, Jack, et les ennuis qui la poursuivaient partout.

Cet homme pouvait lui offrir un tel instant de répit, cela ne faisait aucun doute. Et si Ash faisait partie de l'équation, elle s'en accommoderait, tant que cela lui évitait de quitter cette cuisine pour retrouver le froid glacial qui la guettait au-dehors.

— Quoi ? fit Jace en fronçant les sourcils, comme s'il voulait la passer au rayon X.

— Il m'a proposé de passer la nuit avec vous deux, expliqua-t-elle en désignant Ash. Je voulais savoir si le dîner était inclus.

— Évidemment ! s'écria Ash, comme si cette question le vexait.

— Alors c'est d'accord, reprit-elle avant de changer d'avis.

Elle savait pertinemment que c'était une des plus belles erreurs qu'elle ait jamais faites, mais elle ne comptait pas renoncer pour autant.

— Il faut que je finisse mon service, d'abord, ajouta-t-elle.

Pendant tout cet échange, Jace ne décrocha pas un mot et se contenta de la dévisager en silence, sans même accorder un regard à Ash.

— Mais non, lança ce dernier, vous pouvez partir quand vous voulez.

— Pas si je veux toucher la deuxième moitié de mon salaire.

— Le bal est presque fini, insista-t-il. Gabe ne risque pas de s'attarder sur la piste de danse alors que Mia l'attend à la maison. Ne vous inquiétez pas pour votre paie, je compenserai la deuxième moitié.

Bethany recula, le visage figé.

— J'ai changé d'avis, annonça-t-elle.

— Quoi ? s'écria Ash.

Jace n'intervenait toujours pas. Il gardait les yeux rivés sur elle, la mine orageuse. Face à un regard pareil, Bethany envisagea de foncer vers la porte de l'allée.

— Je ne suis pas à vendre, expliqua-t-elle à mi-voix. Je vous ai sans doute induits en erreur en parlant de dîner alors que vous ne recherchiez que du sexe, mais le fait est que je refuse d'être payée pour ça.

Aussitôt, une cuisante douleur la prit aux tripes, faite de souvenirs qu'elle aurait voulu refouler mais qui refusaient de se laisser oublier. Tous ses choix malheureux et lourds de conséquences revinrent l'envelopper comme un épais brouillard opaque, la coupant à jamais de la chaleureuse insouciance de ces deux hommes. Ils ne faisaient pas partie du même monde.

Soudain, Jace sortit de son mutisme et proféra un juron entre ses dents tout en fusillant Ash du regard. Il semblait animé d'une colère volcanique.

— Tu fais vraiment chier, Ash, lança-t-il. Je t'avais pourtant dit de ne jamais recommencer ce petit jeu.

La situation empirait à vue d'œil. Clairement, Ash souhaitait poursuivre l'aventure alors que Jace n'en avait pas envie. Humiliée, Bethany commença à se rapprocher de la porte donnant sur la salle de bal.

— Il faut que je retourne travailler, bredouilla-t-elle.

Mais, quand elle se retourna vers la sortie, elle se trouva nez à nez avec Jace, qui lui barrait la route. Il se tenait si près qu'elle sentit son parfum et la chaleur de son corps. C'était tellement bon qu'elle faillit faire un truc stupide, du genre appuyer le front contre son torse, comme pour chercher du réconfort.

Alors, d'un geste très doux, il lui souleva le menton. Elle n'eut pas la force de résister et croisa son regard.

— Terminez votre service ; nous vous attendrons. Ensuite, nous irons dîner. Y a-t-il un endroit en particulier qui vous ferait plaisir ? D'ailleurs, préférez-vous dîner au restaurant ou dans notre chambre d'hôtel ?

Il avait formulé ces questions avec une douceur teintée d'intimité, sans accorder un seul coup d'œil à Ash. Elle-même était captivée par ses yeux sombres, au point d'en oublier qu'elle avait changé d'avis quant au ménage à trois.

Cependant, elle parvint à se ressaisir suffisamment pour examiner sa tenue. Il n'était pas question de repasser chez elle pour se changer, puisqu'elle n'avait pas de chez-elle, et pas de vêtements dignes du genre de lieux que ces hommes fréquentaient.

Elle se racla la gorge avant de reprendre la parole.

— Votre chambre, ça me va. Quant au menu, je ne suis pas difficile : tant que c'est bon et que ça se mange… En fait, je meurs d'envie d'un burger. Avec des frites.

Cette simple idée la fit saliver.

— Et un jus d'orange, ajouta-t-elle à la hâte.

Elle vit une lueur d'amusement dans le regard d'Ash, mais Jace resta de marbre.

— Un burger avec des frites et un jus d'orange… ça devrait être faisable, dit-il en consultant sa montre. Les invités seront priés de partir d'ici quinze minutes. Combien de temps vous faut-il pour tout remballer, après ça ?

Bethany cilla avant de répondre.

— Euh… tout le monde ne sera pas parti dans quinze minutes. Il y a toujours des gens qui s'attardent, surtout s'il reste à manger et à boire.

— Croyez-moi, Bethany, tout le monde sera parti dans quinze minutes, intervint Jace avant qu'elle ait pu en dire plus.

Elle devina au ton de sa voix qu'il ne s'agissait pas d'une supposition mais d'une promesse.

— Combien de temps vous faut-il ? répéta-t-il non sans une certaine impatience.

— Je ne sais pas… une demi-heure, répondit-elle.

Pour la deuxième fois de la soirée, il la toucha. Il lui effleura la joue et enroula autour de son doigt une des mèches qui s'étaient échappées de son chignon.

— Très bien. On se voit dans une demi-heure.

Achevé d'imprimer en avril 2016
Par CPI France
N° d’impression : 3016685
Dépôt légal : octobre 2015
Imprimé en France
81121589-2